KNAUR

Über die Autorin:

Julie Birkland hat aus Versehen nicht Theaterwissenschaften, sondern Architektur studiert, bevor sie zu schreiben anfing. Sie war schon vieles – Zimmermann, Architektin, Journalistin – und ist nun endlich angekommen, wo sie immer hinwollte: bei spannenden und romantischen Geschichten über Menschen, die Schwierigkeiten überwinden. Mit vier Kolleginnen gründete Julie das Autorenlabel Ink Rebels. Wenn sie nicht am Schreibtisch sitzt, lässt sie sich in der Natur den Wind um die Nase wehen, sei es in Kanada, Norwegen oder an der Ostsee. Sie lebt mit ihrer Familie in der Nähe von Hamburg am Deich.

JULIE BIRKLAND

Northern Love

Tief wie das Meer

ROMAN

KNAUR

Besuchen Sie uns im Internet:
www.knaur.de

Aus Verantwortung für die Umwelt hat sich die Verlagsgruppe Droemer Knaur zu einer nachhaltigen Buchproduktion verpflichtet. Der bewusste Umgang mit unseren Ressourcen, der Schutz unseres Klimas und der Natur gehören zu unseren obersten Unternehmenszielen. Gemeinsam mit unseren Partnern und Lieferanten setzen wir uns für eine klimaneutrale Buchproduktion ein, die den Erwerb von Klimazertifikaten zur Kompensation des CO_2-Ausstoßes einschließt.
Weitere Informationen finden Sie unter: www.klimaneutralerverlag.de

FSC
www.fsc.org
MIX
Papier aus verantwortungsvollen Quellen
FSC® C083411

Originalausgabe Dezember 2020
Knaur Taschenbuch

Ein Imprint der Verlagsgruppe
Droemer Knaur GmbH & Co. KG, München

Redaktion: Catherine Beck
Covergestaltung: ZERO Werbeagentur, München
Coverabbildung: Collage mit Motiven von Nico De Pasquale Photography / Getty Images und shutterstock.com
Satz: Daniela Schulz, Rheda-Wiedenbrück
Druck und Bindung: CPI books GmbH, Leck
ISBN 978-3-426-52602-6

2 4 5 3 1

Für Shelly, die sofort bemerkt hat, dass ich
im ersten Band die Widmung vergessen habe,
und die die coolste Socke ist, mit der ich
je 4444 Stufen hochsteigen würde.
We did this. Vergiss das nie.

Eins

»Hast du am Wochenende mal wieder Lust auf eine Runde Tennis?«, fragte Espen, während er den Gürtel seiner Jeans schloss und sich dabei umsah.

Svea rekelte sich noch unter der Decke. »Klar. Was suchst du?«

»Meine Socken.«

»Eine habe ich unter dem Couchtisch gesehen.« Sie sollte wohl auch etwas anderes tun, als vom Sofa aus ihren besten Kumpel zu beobachten, wie der seine Klamotten zusammenklaubte. Aber wenigstens fünf Minuten wollte sie noch in dieser warmen, sagenhaft faulen Wattewolke verbringen, in die sie nach dem Sex immer fiel. Sie zog die Decke höher.

Espen hob ein dunkles Kleidungsstück auf, das neben der Kochzeile gelegen hatte, und warf es ihr zu.

Svea bekam die Hand nicht rechtzeitig frei, um es aufzufangen, es landete neben ihrem Kopf. Ihr Tanga. »Danke, Solberg, so nett von dir, mich mit Unterwäsche zu bewerfen.«

»Immer gern, Iversen, weißt du doch.«

Auf einem Bein hüpfend, zog Espen sich die Socke an, die er vorher zwischen Küche und Sofa verloren hatte. Wie schön, dachte Svea, dass seine Patienten ihn so nicht sahen.

»Was lachst du?«

»Ich habe mir gerade vorgestellt, wie du mit nacktem Oberkörper einbeinig durch die Praxis hüpfst. Deine Patientinnen wären begeistert.«

Inzwischen war Espen wieder beim Sofa angekommen und auf alle viere gegangen, um unter den Couchtisch zu tauchen. Jetzt hob er den Kopf noch einmal und grinste. »Garantiert würden sie mir ebenso restlos verfallen wie du.«

»Wer ist hier wohl wem verfallen?« Svea konnte nicht anders, als seinem knackigen Jeanshintern einen Klaps zu verpassen.

»Ach, komm. Du warst vom ersten Tag an scharf auf mich.« Er hatte die Socke herausgeangelt und setzte sich damit vor das Sofa.

»Von wegen. Alva hat mir erzählt, du warst es, der mich unbedingt einstellen wollte, weil du mich so heiß fandest.«

»Weil deine Bewerbung die beste war.«

»Es gibt andere Laborantinnen. Du wolltest mich bloß vögeln.«

»Wo ist mein T-Shirt?«

»Feigling.«

Espen lachte. »Morgen *Frontstage,* Samstag Tennis?«

Eine Zeit lang hatte sich die gesamte Belegschaft der Familienpraxis, die Espen mit seinem älteren Bruder Krister und seiner Zwillingsschwester Alva führte, jeden Freitag im *Frontstage* getroffen, der kleinen Bar im Zentrum von Lillehamn. Alva hatte das Svea gegenüber sogar einmal als eine Art Pflichtveranstaltung bezeichnet. »Teambuilding, du weißt schon«, hatte sie gesagt. Und tatsächlich hatten die Abende dort viel dazu beigetragen, dass Svea sich nach ihrem Umzug in Lillehamn zu Hause fühlte. In den letzten Monaten waren die Kneipenabende unregelmäßiger gewesen, aber seit drei Wochen trafen sie sich wieder jeden Freitag.

Sie überschlug im Kopf ihren Terminkalender. »Samstag will ich Videos für meinen YouTube-Kanal drehen. Aber Sonntag können wir gern Tennis spielen.«

»Drehst du den ganzen Samstag?«

Sie grinste, während sie versuchte, die Augen offen zu halten. »Wirst du anhänglich?«

»Du klingst, als würdest du gleich einschlafen.«

»Ich hatte Sex, okay? Das gehört dazu.«

»Ich hatte auch Sex, und ich schlafe nicht ein.«

Svea griff hinter sich und warf Espen sein zerknülltes Shirt zu.

»Stets hilfreich, Iversen.«

»Hau schon ab. Ich will noch was tun.«

»Schlafen?«, fragte er.

»Dich anhimmeln, wie du supersexy dein T-Shirt überziehst.«

»Hör auf, mein Ego platzt sonst.«

Svea ließ die Füße kreisen. »Wäre schade drum.«

»Eben.« Er fischte seinen Hoodie vom Haltegriff des Laufbands. Während er zur Tür ging und die Schuhe anzog, rollte Svea sich behaglich auf den Bauch und krabbelte ein Stück nach vorn, um ihn um die Sofalehne herum sehen zu können.

Espen hob die Hand zum Gruß. »Bis morgen, Sweeny.«

»Lass dich nicht wegfangen.«

An der Tür blieb er kurz stehen und drehte sich noch einmal um. »Sweeny?«

»Ja?«

Ein Lächeln huschte über sein Gesicht, aber er sah nicht sie an, sondern das Laminat. »Nichts. Ich … Das war schön eben.«

War das nicht der Sinn ihres Arrangements? Seit wann musste man das extra erwähnen? Nicht dass es sie gestört hätte, aber …

Mit einem Klacken fiel die Tür hinter ihm zu.

Die Musik aus dem Bluetooth-Lautsprecher auf dem Küchentresen war auf einmal kein stetiges, pulsierendes Hintergrundgeräusch mehr, sondern irrte seltsam haltlos herum. Svea schaltete sie aus und stand auf. Sie wollte ohnehin duschen und sich dann noch ein paar Notizen für ihre neue Videoreihe machen. *Outdoor muss nicht Waldschrat sein*, nannte sie sie. Zwei Videos dafür hatte sie bereits abgedreht und geschnitten, aber der Oktoberregen draußen lud nicht gerade dazu ein, weitere zu filmen.

Außerdem hatte ihr Toyota letzte Woche röchelnd den Geist aufgegeben, sodass sie jemanden brauchte, der sie chauffierte, wenn sie nicht ihr gesamtes Equipment im Bus mitschleppen wollte.

Sie pflückte ihre Hose vom Barhocker am Küchentresen und drehte sie auf dem Weg ins Bad auf rechts.

Wie du trotz der Winterblässe nicht aussiehst wie dein eigener Geist wäre doch ein schöner Videotitel. Und vielleicht, lästerte ihr Spiegelbild, mit der Ergänzung: *selbst wenn deine Haare genauso farblos sind wie dein Gesicht.* Halt die Klappe, Spiegelbild.

Sie sollte sich dringend um eine Badezimmerlampe ohne diesen schimmeligen Grünstich kümmern, sonst würde sie in spätestens drei Monaten in Depressionen verfallen. *Wie du auch bei fieser Beleuchtung das beste Feature in deinem Gesicht lieben kannst.* Nimm das, Spiegel. In ihrem Fall waren es ihre Augen, die sie mochte: groß und hellgrau, mit kleinen blauen Sprenkeln und ohne eine Spur von frühen Falten.

Warum Sex so gut für deine Schönheit ist, und wie du ihn haben kannst, ohne dein Herz zu verlieren. Oder lehnte sie sich damit zu weit aus dem Fenster? Was, wenn doch irgendjemand in diesem Nest hier ihrem Kanal folgte? Svea grinste bei der Vorstellung, wie Tilda, die Rezeptionistin aus der Praxis, mit ihren Freundinnen auf dem Sofa saß, Chips knabberte und Svea auf YouTube zusah. Oder Espen. O Gott. Was, wenn Espen morgens beim Rasieren …

Nein, das war Quatsch. Und selbst wenn. Espen war der Erste, der wusste, wie das funktionierte mit dem Sex, ohne sein Herz zu verlieren.

Wie jeden Morgen warteten bereits Patienten im Vorraum der Praxis, bevor die Sprechstunde anfing. Sie lächelte einzelnen zu und schob sich an ihnen vorbei.

»Morgen, Svea.« Ihre Chefin Alva, Espens Schwester, eilte über den Flur und blieb stehen, als sie Svea sah. »Gut, dass du da bist. Marius ist krank, und wir können keine der anderen Auszubildenden abzweigen. Schaffst du das Labor allein?«

»Sicher.« Vermutlich würden am Ende des Tages Sachen liegen bleiben, und vielleicht mussten die Leute ein bisschen warten. Aber schaffen würde sie es. Irgendwie. Die Herausforderung, vor der Svea Iversen zurückschreckte, musste erst noch erfunden werden. Wenigstens eine positive Eigenschaft, die ihr Vater ihr vermacht hatte.

»Prima«, sagte Alva. »Geht's dir gut?«

»Ja.« Schon auf dem Weg zu den Personalschränken, drehte Svea sich noch einmal um. »Dir auch?«

»Immer. Legen wir los.«

Ausnahmsweise kontrollierte Svea ihr Make-up nicht mehr, sondern bürstete sich nur schnell auf dem Weg ins Labor, bevor sie die Haare zum Zopf flocht. Mit Sicherheit alles andere als vollkommen, aber sie wollte die Leute, denen sie Blut abnahm, schließlich nicht heiraten. *Challenge, Leute. Wie ihr eure größte Schwäche erkennt und überwindet.* Oder doch lieber: *Warum es manchmal in Ordnung ist, wenn euer Bild in der Öffentlichkeit nicht hundertprozentig perfekt ist, ganz egal, was eure Eltern sagen.*

Sie würde diese Überlegungen auf später verschieben müssen, denn Tilda sah ihr von der Rezeption aus bereits abwartend entgegen. Den Vormittag über lösten sich die Patienten nahtlos ab. Dennoch hatte Svea mittags den Eindruck, den ganzen Vormittag nicht wirklich mit jemandem gesprochen zu haben. Sie hätte sich über eine Mittagspause gefreut. Aber Espen blieb hinter der Tür seines Sprechzimmers verschwunden, er hatte ihr nur einmal im Vorbeigehen zugewinkt. Auch Annik, die junge Ärztin aus Deutschland, die die Solberg-Geschwister vor einigen Monaten eingestellt hatten, hetzte nur von einem Patienten zum nächsten. Tilda arbeitete ohnehin durch und aß zwischendurch einen Bissen ihres mitgebrachten Käsebrots oder einen Schokoriegel. *Wie du es schaffst, dreitausend Kalorien am Tag zu essen, ohne es zu merken.* Nein, das war gemein. Tilda war die freundlichste, gutmütigste Person unter der Sonne, und nach allem, was Svea von ihr wusste, glücklich und zufrieden mit ihrem Leben. Svea hasste diese naserümpfende Stimme ihrer Mutter, die sich manchmal in ihre Wahrnehmung schlich. Dieses bittere Bewertenmüssen. Als hätte die Welt irgendeine Verpflichtung, Hilde Iversens Vorstellungen von richtig und falsch zu gehorchen. Tilda war in ihrer Rolle als Praxisgroßmutter mit Sicherheit glücklicher, als Sveas Mutter je gewesen war.

Um kurz Kraft zu schöpfen, setzte Svea sich ins Büro, das gleichzeitig als Pausen- und Besprechungsraum diente. Sie trank ihren Proteinshake und schnitt eben einen Apfel auf, als Espen hereinkam.

»Was für ein Tag.« Er ließ sich ihr gegenüber auf einen Stuhl fallen und streckte die langen Beine unter den Tisch. »Nach der Pandemie verstehe ich ja, dass die Leute Angst haben, aber ich glaube, wenn ich noch ein einziges Mal sagen muss, ›Es ist gut, dass Sie gekommen sind, aber das ist nur eine harmlose Erkältung‹, wachsen mir Fransen am Mund.«

Svea warf ihm einen Apfelschnitz zu, den er auffing. »Hier. Nervennahrung.«

»Danke. Wie läuft's bei dir?«

»Nicht wesentlich anders als bei dir. Nur dass du der gute Doktor bist und ich den Leuten in die Arme steche. Aber ich habe noch nie so viele Komplimente dafür bekommen, dass es gar nicht wehtat, wie heute.«

Espen lehnte sich mit hinter dem Kopf verschränkten Händen zurück und grinste.

»Was ist?«, fragte sie.

»Nichts. Ich freue mich nur, dass es dir gut geht.«

»Nein, du denkst irgendetwas Dreckiges.«

»Tu ich ziemlich oft, wenn ich dich sehe.«

Warum fühlte sie bei seinen Worten fast so etwas wie … Ärger in sich aufsteigen? Normalerweise mochte sie es, wenn Espen bei der

Arbeit andeutete, dass er Lust auf sie hatte. Normalerweise fand sie das witzig. Doch jetzt erhob sie sich schnell. »Ich muss weitermachen.«

»Hab ich was Falsches gesagt?«

»Nein, meine Pause ist bloß zu Ende, und mein Boss wird sauer, wenn ich hier nur rumhänge und quatsche.«

»Kann ja kein sehr angenehmer Zeitgenosse sein, dein Boss.« Er betrachtete sie mit diesen ganz leicht zusammengekniffenen Augen.

»Meistens ist er ganz in Ordnung.«

»Nur ganz in Ordnung?«

»Nein, er ist schon echt okay. Sein jüngerer Bruder Espen ist es, mit dem es manchmal Schwierigkeiten gibt.«

Mit einem kleinen Lachen schob Espen ebenfalls seinen Stuhl zurück. An der Tür ließ er ihr den Vortritt. »Bitte, nach dir.«

»Manieren, Solberg. Das mag ich an dir.«

»Dein Augen-Make-up ist verschmiert.«

»Mist!« Seit wann lief sie damit herum? Wie viele Leute hatten sich den Vormittag lang heimlich darüber amüsiert, ohne etwas zu sagen? »Schlimm?«

»Nein. Gar nicht. Nur ein bisschen da unter dem Auge.«

Svea betastete die Stelle, auf die er zeigte.

»Weiter außen.« Er schüttelte leicht den Kopf. »Nein, da. Hier, leck mal an.«

Sein Tonfall war sachlich, seine Bewegungen waren sachlich. Nichts deutete auch nur im Geringsten darauf hin, dass das hier etwas anderes war als eine Begegnung zwischen Freunden. Trotzdem wurde Svea ohne Vorwarnung die Luft knapp, als Espen ihr die Spitze seines Zeigefingers anbot. Schnell befeuchtete sie seinen Finger mit der Zunge und atmete vorsichtig aus, während er den Mascara-Fleck von ihrer Haut wischte und sie dann prüfend musterte. »Besser so.«

»Danke.«

»Keine Ursache.« Und damit drehte er sich um und verschwand in Richtung Sprechzimmer. Vor der Tür drehte er sich noch einmal um. »Danke für den Apfel.«

»Keine Ursache.« Sie spürte seine Berührung immer noch.

Er hätte. Das. Nicht. Tun. Sollen. Was zum Henker hatte ihn da gerade geritten? Und was hatte Svea geritten, dass sie ihm dafür nicht eine langte? Das eben war in eine Richtung gelaufen, die nicht gut war. Überhaupt gar nicht gut. Svea und er, das war eine klare Sache. Sie spielten Tennis, sie kochten auch mal. Sie gingen ins Kino, und sie trafen sich mit Freunden. Ab und zu schliefen sie miteinander. Aber sie küssten sich nicht, sie sahen einander nicht großäugig und mit hämmernden Herzen an, und es gab ganz gewiss keine kleinen, liebevollen Zusammengehörigkeitsgesten wie das eben zwischen ihnen.

Und zwar nicht nur, weil sein Bruder irgendwann diese Praxisregel aufgestellt hatte, die persönliche Beziehungen bei der Arbeit verbot – eine Regel, die Krister selbst vor wenigen Monaten prompt wieder gebrochen hatte –, sondern auch … generell.

Es wurde Zeit, dass er seine Prioritäten wieder klarkriegte. Den Rest des Praxistags über erklärte er besonders geduldig und untersuchte besonders gründlich. Trotzdem war er froh, als die letzte Patientin sein Sprechzimmer verließ und er seine Jacke aus dem Büro hinter der Rezeption holte.

Wochenende. Das bedeutete: *Frontstage*, ausschlafen, mit seinen Geschwistern herumhängen, Tennisspielen mit Svea. Vielleicht Sex, wenn es sich ergab. Und er könnte allmählich die Weihnachtsgeschenke angehen. Sein Vater wünschte sich eine neue Lampe für sein Ferienhaus in der Toskana, und mit Sicherheit hatte Espen noch das eine oder andere passende Stück Treibholz in der Werkstatt herumfliegen, um damit anzufangen.

Aber heute würde er den Abend erst einmal nutzen, um die Demarkationslinie zwischen Svea und sich wiederherzustellen. Irgendeine willige Mitspielerin würde sich schon finden lassen.

»Sehen wir uns später?«, erkundigte er sich bei Tilda, während er die Jacke überzog. Alle anderen waren bereits nach Hause gegangen, nur sie beide waren noch übrig.

»Bevor ich mich mit euch treffe, will ich noch bei meiner Tochter vorbei. Die Kleine hat nächste Woche Geburtstag. Aber danach komme ich ins *Frontstage*. Ich werde mir doch den Abend mit meinen Lieblingschefs nicht entgehen lassen.«

Espen mochte es nicht besonders, wenn Tilda ihn oder seine Geschwister als ihre ›Chefs‹ bezeichnete, auch wenn das natürlich den Tatsachen entsprach. Aber sie war so viel mehr als nur ihre Rezeptionistin. Sie war ihre Ersatzmutter gewesen, ihr Rettungsanker, ihr sicherer Hafen. Als ihre Mutter immer kränker geworden war, hatte Tilda zugehört, sie hatte mit Espen Mathe geübt und Krister an die Übungen der Logopädin erinnert. Sie hatte Alva über ihren ersten Liebeskummer getröstet, und wenn einer von ihnen Fieber hatte, war Tilda es gewesen, die ihnen kühle Umschläge machte. Und all das, obwohl ihre Tochter Kari nur ein Jahr älter war als Espen und seine Zwillingsschwester. Er fühlte sich ein bisschen schäbig, dass er kaum Kontakt zu ihr hatte.

»Wie alt wird Grete?«, fragte er. »Zwei?«

»Drei.«

Richtig. Kinder waren einfach eine sehr fremde Welt für ihn, vielleicht konnte er es sich deswegen nicht merken. »Grüß Kari von mir.«

Als er das Auto an der Einfahrt zu seinem Resthof abstellte, huschte ein Schatten am Rand des Scheinwerferlichtkegels entlang. Eins von den größeren Hühnern irrte trotz der Dunkelheit noch draußen herum. Er hatte sie eher zufällig bekommen, als die Vorbesitzerin ins

Altersheim ging, aber inzwischen fand er es angenehm, sie um sich zu haben. Entspannend – meistens jedenfalls. Insgesamt waren es sieben, drei große, schwarz-weiß gemusterte Hühner namens Holly, Polly und Molly und drei kleine, namenlose. Ohnehin konnte er sie nicht unterscheiden. Nur den Hahn konnte er eindeutig identifizieren. Krister hatte ihn Ranger getauft, was den Gockel ebenso wenig interessierte wie die Hühner. »Hey, Holly!«, rief Espen trotzdem und lief einen Bogen, um das Vieh in die richtige Richtung zu treiben. Es dauerte, bis es sich in den Stall scheuchen ließ, ohne dass er im Schlamm unter dem Holzstapel herumkrabbeln musste, um es einzufangen.

Nach der Hühneraktion hatte er gerade noch Zeit zu duschen und saubere Klamotten anzuziehen. Vielleicht auch noch schnell rasieren. Svea mochte es, wenn … Er legte den Rasierer beiseite. Es war irrelevant, was Svea mochte oder nicht.

Er hatte versprochen, seinen Bruder auf dem Weg ins *Frontstage* abzuholen. Nach dem Unfall im Sommer freute Krister sich immer noch ab und zu über ein Privattaxi.

Kris öffnete die Tür, bevor Espen klingeln konnte, und rief ins Haus: »Mach's gut, Theo, bis später.«

Die helle Stimme von Anniks Sohn antwortete von irgendwo aus der Ferne. Kristers Freundin Annik selbst begrüßte Espen mit einer Umarmung. »Gut siehst du aus. Hast du noch was vor heute?«

»Es ist Freitag.« Grinsend sah Krister auf, während er sich die Schuhe band. »Was soll Espen schon vorhaben?«

Innerlich nickte Espen. Gut. Wenn nicht mal sein Bruder gemerkt hatte, dass er seit Monaten keine andere Frau mehr abgeschleppt hatte, war es hoffentlich auch niemandem sonst aufgefallen. Äußerlich verdrehte er die Augen. »Ich glaube, ich sagte bereits, dass du an deinem Humor arbeiten solltest.«

Krister richtete sich auf. »Wo wir von Freitagabend sprechen. Ich habe Linnea getroffen, als ich Theo aus dem Kindergarten abgeholt habe. Sie meinte, Amalie sei zurück aus Amerika.«

Okay, keine andere Frau außer Amalie, mit der er im letzten Sommer aus Versehen abgestürzt war, nachdem Svea und er sich gestritten hatten. »Warum sollte mich das interessieren?«

»Ich dachte nur.« Ungerührt wandte Krister sich Annik zu.

Espen betrachtete demonstrativ seine Fingernägel und dann die Hutablage der Garderobe, während die beiden sich umarmten. Und küssten. Und immer noch küssten. »Ich geh sonst schon mal.«

Endlich löste Krister sich von Annik. »Amalie wartet bestimmt.«

»Willst du laufen?«, knurrte Espen.

Krister lachte nur, griff nach seiner Krücke und war zur Tür hinaus.

»Lass dich nicht ärgern«, sagte Annik.

»Von dem? Im Leben nicht.« Er umarmte sie noch mal kurz. »Du tust ihm gut, das weißt du, oder?«

Sie lächelte. »Er tut mir auch gut.«

»Schwer vorstellbar«, sagte Espen.

»Das meinst du nicht ernst.«

»Nein.« Früher war es manchmal schwierig gewesen zwischen Kris und ihm, doch das war lange vorbei. Seit sie erwachsen waren und mit Alva zu dritt die Praxis führten, wussten sie besser, was sie aneinander hatten, ganz gleich, wie unterschiedlich sie waren.

Im *Frontstage* steppte bereits der sprichwörtliche Bär, als sie kamen. Zwar war die Touristensaison vorbei, aber da man in Lillehamn abends nirgendwo anders hingehen konnte, traf sich freitags der halbe Ort in der Bar.

»Siehst du die anderen?«, fragte Krister, auf die Krücke gestützt, nachdem sie sich beide an dem schweren, dunkelroten Samtvorhang vorbei ins Innere geschoben hatten.

Auf Zehenspitzen stehend, reckte Espen den Kopf. »Wahrscheinlich an unserem üblichen Tisch. Ich glaube, ich habe Tildas roten Pullover entdeckt.« Und einen Schimmer von Sveas silberblonden Haaren.

»Krissi! Espen!« Eine junge Frau umarmte sie beide gleichzeitig.

»Hi, Linnea. Seit wann bist du wieder in Lillehamn?«

»Nur ein paar Tage zu Besuch. Ich steh da hinten mit ein paar Freundinnen, komm doch eben mit.« Sie griff nach seiner Hand.

Aus dem Augenwinkel sah Espen Krister schadenfroh grinsen. »Freitagabend, Lillebror. Leg los. Ich gehe schon mal zu unserem Tisch.«

»Du meinst, du humpelst zu unserem Tisch.«

Kristers Antwort verstand er nicht, und er würde ihm jetzt nicht hinterhersehen, auch nicht, um zu schauen, wer von der Praxisbelegschaft schon hier war. Er war heute Abend nicht Boss, nicht verantwortlich. *Genau,* höhnte seine innere Stimme. *Denn nur deswegen starrst du ja dort rüber.*

Zwei

Espen konnte – Liegestütz halten – tun und lassen – halten –, was er wollte. Zehn Sekunden noch. Und wenn er jeden Abend mit einer anderen Frau rummachte. Halten. Noch drei Sekunden. Endlich signalisierte der Timer das Ende der Übung. Svea hielt den Plank noch sieben weitere Sekunden, dann ließ sie sich erschöpft auf die Matte sinken.

Hatte sie allen Ernstes nichts Besseres zu tun, als morgens um sieben über Espen Solberg nachzudenken? Mühsam drückte sie sich hoch und kam in den Stand. Sie war beinahe am Ende ihres morgendlichen Bodyweight-Trainings angelangt. Die Hände hinter dem Kopf verschränkt, beugte sie die Knie. Halten. Das Zittern ihrer Oberschenkel reichte nicht, um die Bilder vom Vorabend aus ihrem Hirn zu brennen. Espens schöne, sehnige Hand auf dem Arm dieser bildschönen Frau mit den ostasiatischen Gesichtszügen. Espens Lächeln dazu, als er das Weinglas gehoben hatte, um mit ihr anzustoßen – dieses Lächeln, das so deutlich von dem sprach, was später am Abend folgen würde. Na und? Espens Frauengeschichten waren nun wirklich nichts Neues. Sveas Beine wollten aufgeben, aber sie hielt durch. Fünf Sekunden noch. Sechs. Sieben. Wenigstens mit diesem Teil ihres Lebens zufrieden, entspannte sie nach acht weiteren Sekunden.

Noch eine Powereinheit auf dem Laufband, bevor sie sich zehn Minuten dehnte und dann duschen ging. Es gab kein Gesetz der Welt, das ihren Freunden verbot, sich mit anderen Menschen zu unterhalten, herrje. Und außerdem war es vollkommen egal. Svea drehte die Dusche auf eiskalt und hielt das Gesicht in den Strahl.

Statt sich trocken zu frottieren, schrubbte sie ihren Körper mit einer Luffabürste ab und verrieb die letzten Tröpfchen des kalten Wassers mit der Hand. Ein Blick auf ihre Finger sagte ihr, dass der Nagellack noch einen Tag halten würde. Nur noch die Haarkur und die Gesichtsmaske – sie lag heute gut in der Zeit.

Während beides einwirkte, bügelte Svea die Oberteile, die sie für ihre Videos anziehen wollte, dazu ihre helle Lieblingsjeans. Zum Frühstücken hatte sie keine Lust. Ohnehin war ihr von gestern Abend noch latent übel.

Föhnen, dann flink die Kleidung auf Flecken kontrolliert. Es war ihr derart in Fleisch und Blut übergegangen, dass sie nicht einmal mehr darüber nachdachte. Nicht alles am Drill ihrer Mutter war schlecht gewesen.

Svea's World of Niceties and Nature sollte nicht zum reinen Beautykanal werden, aber ein Blick aus dem Fenster sagte Svea, dass heute nicht der richtige Tag für neue *nature*-Aufnahmen war. Eine freudlose graue Schneegraupelmischung hatte sich über die Straße gelegt.

Svea suchte ihre Videonotizen heraus. Tipps für Fröhlichkeit im Winter. Bewegung – vielleicht konnte sie eine alberne kleine Sequenz einfügen, in der sie durch ihr Miniwohnzimmer tanzte –, Obst, frische Luft. Hier dann ein kleines Video, wie sie tapfer mit zugeschnürter Kapuze durch den Regen stapfte. Der Selfiestick tat es in dem Fall wohl nicht. Sie würde jemanden bitten müssen, dabei die Kamera für sie zu halten. Ihren *besten Freund* vielleicht. *Wie du auf Menschen zugehst, die du im Moment lieber fressen würdest.*

Als hätte er gespürt, dass sie an ihn dachte, klingelte ihr Telefon. Ohne hinzusehen, nahm Svea das Gespräch an. »Na? Gut geschlafen?«

»Svea?«, klang die irritierte Stimme ihrer Mutter aus dem Lautsprecher.

What the … »Hilde? Entschuldige. Ich dachte, du wärst jemand anders.«

»Das war offensichtlich.«

Es war wie ein Reflex. Wenn sie mit ihrer Mutter sprach, suchte sie sich nebenbei etwas anderes zu tun, um ruhig zu bleiben. Warum also nicht das Make-up für ihr Video schon einmal auflegen? Svea schaltete die Lautsprechfunktion ein und öffnete ihre Schminkschublade. »Wie geht es Vater und dir? Kommst du voran mit den Vorbereitungen für die November-Gala?« Während sie sprach, trug sie den Primer mit den Fingerspitzen auf.

Während ihre Mutter über unzuverlässige Catering-Anbieter und überteuerte Bands jammerte, ließ Svea die Worte an sich abperlen und tupfte mit einem Schwämmchen die Foundation auf. Vorsicht am Haaransatz. Locker mit dem Pinsel verteilen ... »Bestimmt wird es wie immer ein rauschendes Fest.« Sie betrachtete sich kritisch im Spiegel. Entweder das Licht war heute anders als sonst, oder ihr Gesicht war irgendwie aufgeschwemmt. Sie würde ein paar mehr Schatten hineinschminken müssen.

»Womit wir bei der Gästeliste wären. Ich muss planen, Svea, und deine Unentschiedenheit hilft da nicht.« Es war faszinierend, welche Härte unter dem penetranten Lächeln in Hildes Stimme lag. »Ich gehe davon aus, dass du teilnehmen wirst.«

Habe ich eine Wahl? Svea legte den Pinsel zurück in sein Etui. »Ich weiß immer noch nicht, ob ich dafür freibekomme.«

»Bei allem Verständnis für deinen eigenen Weg, Svea, aber unabkömmlich wirst du in deiner Position wohl kaum sein. Du hattest nun wirklich genügend Zeit, dich um diesen einen freien Tag zu kümmern. Und dein Vater braucht dich hier.«

»Wozu?« War Hilde ihm als Dekorationsobjekt an seinem Arm nicht mehr schick genug? Svea verkniff sich eine bissige Bemerkung. Ihr war schon wieder übel.

»Weil es wichtig ist, dass wir gerade bei solchen Ereignissen Familienzusammenhalt zeigen.«

»Dann frag doch Len. Er kommt bestimmt gern.« Sie tupfte Concealer auf die dunklen Stellen an der Nasenwurzel.

»Du weißt, dass Len …«

»Schwul ist?«

»Ach, Svea, das ist doch gar nicht der Punkt.« Jetzt knackste das Lächeln deutlich. »Niemand hat ein Problem damit. Aber Len, und das weißt du, zeigt gern zu deutlich, wie wenig Wert er auf Etikette legt.«

Im Gegensatz zu mir, dachte Svea bitter. Warum hatte ihr Bruder es geschafft, sich aus den Fängen ihrer Eltern freizustrampeln, obwohl er nur wenige Straßen neben ihnen wohnte, und sie war bis nach Lillehamn geflohen und hatte trotzdem noch das Gefühl, ihnen alles recht machen zu müssen? »Ich werde versuchen, es einzurichten«, sagte sie und verachtete sich dafür. Würde das auch nur eine einzige Krone mehr für die Seerettung einbringen, Svea stünde mit Freuden stundenlang neben ihrem Vater, würde Hände schütteln und lächeln, bis ihr die Gesichtsmuskeln einfroren. Aber hier ging es lediglich darum, die Eitelkeit ihrer Eltern zu befriedigen und das Bild der heilen, glücklichen Familie nach außen zu präsentieren.

»Siehst du, Püppchen, das wollte ich hören. Als Tischherrn für dich habe ich Thorbjørn auf der Liste.«

»Thorbjørn Haugen?«

»Genau. Seine Familie ist …«

»Ma, Thorbjørn ist der aufgeblasenste, dämlichste Idiot, den Oslo zu bieten hat.« Abgesehen von Vinnan Johansen, aber der war in ihrem Leben glücklicherweise Vergangenheit. Es war peinlich genug, wie lange sie gebraucht hatte, um einzusehen, dass er nicht die Liebe ihres Lebens war. Eventuell sollte sie ihrer Mutter doch bei Gelegenheit stecken, dass Thorbjørn meistens derjenige gewesen war, der das Kokstaxi bestellt hatte, wenn Vi und seine Jungs feiern wollten.

»Svea, es geht um einen Tischherrn, mit dem du einen Abend lang gepflegt Konversation betreiben sollst, nicht um eine Verbindung fürs Leben. Stell dich bitte nicht an.«

»Thorbjørn ist einen halben Kopf kleiner als ich. Und er tanzt wie ein Zombie.«

»Ihr werdet wunderbar zusammen aussehen. Vielleicht solltest du dich mit Thorbjørn kurzschließen, was die Garderobe angeht. Seine Nummer hast du?«

»Hörst du überhaupt zu? Ich habe nicht mal zugesagt.« Es klang lahm.

»Nun, ich denke, das steht außer Frage. Und wenn du an dem jungen Haugen etwas auszusetzen hast, dann kümmere dich bitte selbst um eine adäquate Begleitung.«

Ein hysterisches Glucksen drängte sich durch Sveas Kehle. Was, wenn sie Espen bat, sie zu begleiten? Sie versuchte, sich Espen im Smoking vorzustellen – es gelang erstaunlich leicht. Und er flirtete ohnehin mit allem, was Beine hatte – danke für die Erinnerung, Hirn –, und war durchaus in der Lage, Smalltalk zu halten. Espen als ihr Partner für einen Abend … vielleicht würde ihre Mutter endlich aufhören, sie mit Oslos vielversprechendsten Junggesellen verkuppeln zu wollen, und mit Glück sogar aufhören zu jammern, dass Svea immer noch keinen Stammhalter produziert hatte – wo Len ja nun schon ausgefallen war, was das anging. Die Idee war nicht dumm.

Aber wollte sie Espen die Gegenwart ihrer Eltern zumuten? Gleich zu Beginn ihrer Freundschaft hatten Espen und sie beschlossen, dass sie über alles reden würden, außer über die Vergangenheit. Svea mochte das Leben, das sie sich hier in Lillehamn aufbaute. Sie mochte ihre neuen Freunde, sie mochte die Bodenständigkeit. Wollte sie Espen ausgerechnet diese Facette dessen zeigen, was sie hinter sich gelassen hatte? Wollte sie, dass er sah, wie sie in Gegenwart ihrer Eltern zum braven, gehorsamen Mäuschen mutierte? Und was, wenn Vi auf der Gala auftauchte? »Vielleicht weiß ich jemanden. Ich gebe dir Bescheid.«

Die Stimme ihrer Mutter wurde zu einem Plätschern, das Svea an sich vorbeiziehen ließ, während sie Wäsche sortierte. Als das

Gespräch endlich zu Ende war, fühlte sie sich ausgelaugter als nach einem langen Arbeitstag. Sie trank ein Glas Wasser und sortierte ihre Gedanken, bevor sie das Make-up vervollständigte. Die leichten Pinselstriche auf der Haut, der Duft der Schminke, das alles brachte sie wieder in ihre Mitte.

Vor der Kamera überprüfte sie noch einmal den Sitz ihres Halstuchs. Die Haare lagen perfekt, und die Softboxen beleuchteten genau die richtigen Partien ihres Gesichts. Svea lächelte in die Kamera. Das hier war ihre kleine Flucht. Sollte ihre Mutter doch über ihr Leben denken, was sie wollte. Als Erstes war das Montagsvideo dran.

Hallo, meine Lieben, und willkommen zurück auf meinem Kanal Svea's World of Niceties and Nature. *Es ist wieder Montag, was bedeutet, ich möchte mich mit euch über eure Wochenziele unterhalten. Meins verrate ich, nachdem ich euch gezeigt habe, was mir Janne vom Kanal* Princess of the Northern Light *geschickt hat, und von meinem Wochenende erzählt habe. Am Ende habe ich dann wie immer noch ein paar easypeasy Gute-Laune-Tipps für euch. Also, auf geht's.*

An dieser Stelle würde das Intro folgen, das sie jedem Video voranstellte. Und danach könnte sie beim Schneiden ein paar Eindrücke von der beleuchteten Strandpromenade – wobei die Bezeichnung für den kleinen Weg an ihrem Ministrand eindeutig ein Euphemismus war – einfügen, die sie noch auf der Festplatte hatte.

Als Erstes zeigte sie ihren Zuschauern wie versprochen das Geschenk von Janne. Es war eine Wärmflasche mit selbst genähtem Bezug in Sand- und Meeresfarben, der perfekt zu Sveas Stil passte.

Ich hab mich so wahnsinnig gefreut, Leute, das glaubt ihr gar nicht! Danke, liebe Janne, vielen, vielen Dank. Ich wusste nicht, dass man so viele liebevolle kleine Details in einen Wärmflaschenbezug einarbeiten kann.

Sie wies auf den winzigen Elch, den Janne fein säuberlich auf dem Bezug appliziert hatte.

Apropos Elch, ich wollte euch von meiner Woche berichten. Wo soll ich anfangen, Leute? Ich würde ja sagen: Zieht einfach alle hierher nach Lillehamn, damit ich euch unsere wunderschöne Natur und das schnuckelige Städtchen live vorführen kann. Aber dann wäre es hier bald genauso voll wie in Oslo. In der Robbenstation würden sich die Leute auf den Füßen stehen, und selbst in der Natur hätten wir keinen Platz mehr für die Schafe und Elche. Habe ich erwähnt, dass ich vor Kurzem einen Elch gesehen habe?

Sie erzählte ein paar kleine Anekdoten. Danach sprach sie darüber, wie wichtig es war, erreichbare Ziele im Leben zu haben, und berichtete, dass sie beschlossen hatte, den Weg zur Arbeit ab sofort zu Fuß zurückzulegen. Hier brauchte sie noch diese Videosequenz, in der sie durch den Regen stapfte. Um eine Tanzeinlage zu drehen, stellte sie die Kamera samt Stativ auf die Fensterseite des Wohnzimmers und schaltete laut Musik an.

Die ersten Male vor der Kamera waren schwer gewesen; Svea hatte keine Ahnung gehabt, was sie sagen sollte, und sich dabei trotz ihres Spickzettels um Kopf und Kragen geredet. Wenn sie diese Videos jetzt anschaute, wollte sie sie am liebsten aus dem Netz nehmen. Aber inzwischen entspannte die Kamera sie, und das fast schon alberne Tanzen ebenfalls. Mit vielen ihrer Follower hatte sich beinahe so etwas wie eine Freundschaft entwickelt, auch wenn sie die wenigsten davon je persönlich getroffen hatte. Es machte ihr Spaß, alles, was sie neu entdeckte, mit anderen teilen zu können, ganz egal, ob es ein besonders schöner Ausflugsort oder ein wirkungsvoller Fitnesstrick war.

Vielleicht sollte sie der Trulla vom Vorabend danken. Nie war sie so konzentriert beim Drehen gewesen. Ohne Pause filmte sie vier Videos hintereinander weg, bevor sie zwei Orangen aß und sich dann an den Computer setzte. Das Schneiden der Videos ging inzwischen recht schnell. Sie verhaspelte sich beim Sprechen kaum noch, und sie hatte sämtliche Musik- und Bilddateien, die sie sonst noch brauchte, griffbereit auf dem Rechner. Sie merkte kaum, wie die Zeit verging, und war erstaunt, dass es bereits Nachmittag war, als Espen sich meldete.

In der Praxis in Fuglesang, die eigentlich Wochenend-Notdienst hat, sind vier Leute krank. Wir übernehmen morgen. Tennis muss dann bis abends warten.

Und ich dachte in meiner Naivität, du würdest mich fragen, wie mein Tag so war.

Wie war dein Tag?

Lass es doch lieber. Das hört sich schrecklich an. Als seien wir seit hundert Jahren verheiratet.

Als sie sich Espens Reaktion vorstellte, musste sie lachen. Er wusste genau, wie albern sie die Vorstellung fand, sich für immer an einen einzigen Menschen zu binden, auch ohne das abschreckende Beispiel ihrer Mutter zu kennen.

Dann hätte ich gefragt: Wie war dein Tag, Schatz?

Ziemlich produktiv, Schatz. Und deiner? Gut geschlafen?

Sie ließ den Finger eine Millisekunde länger über dem Display schweben, bevor sie auf Senden drückte. Wollte sie die Antwort wirklich wissen?

Bisschen wenig, aber sonst sehr gut, danke der Nachfrage.

Sie wollte sie nicht wissen. Trotzdem juckte es sie jetzt, weiterzufragen.

Wieso hast du zu wenig geschlafen?

Ist gestern doch später geworden. Schade, dass du auf einmal weg warst. Linnea ist dann noch mit zu uns an den Tisch gekommen.

~~Linnea also. War's gut?~~

~~Ja, schade. Aber schön, dass du Spaß hattest.~~

Ich war müde.

Die Tussi hatte einen Namen. Wahnsinnserkenntnis – natürlich hatte sie einen. Und das war seltsam bedrohlich. Denn Unverbindlichkeit hin oder her: Sveas Ego konnte schon nicht besonders gut damit umgehen, dabei zu sein, wenn Espen seinen nächsten One-Night-Stand klarmachte. Und jetzt schleppte er die Frau direkt mit an den Team-Stammtisch? Was war mit ihr und ihrer Beziehung zu Espen, wenn da auf einmal etwas Ernstes draus wurde?

Sie dachte an Espen, während sie ihre Wäsche in den Schrank räumte, sie dachte an Espen, während sie das Bad wischte, sie dachte an Espen, während sie staubsaugte, sie dachte an Espen, als sie im Bett lag. An Espens Finger auf ihrer Haut. An Espens Lippen auf ihren Brüsten. Und sie fragte sich, wie es wäre, ihn zu küssen.

Ob er diese Linnea geküsst hatte? Und wie sollte sie auch nur ein Auge zutun, wenn sie ständig darüber nachdenken musste? Sie wollte keine »richtige« Beziehung mit Espen. Aber verlieren wollte sie ihn auch nicht.

Gerädert kroch sie am nächsten Morgen in die Praxis.

Alva hingegen war ärgerlich guter Dinge. »Guten Morgen, gut geschlafen? Kaffee ist in der Küche, wenn du möchtest.«

»Okay«, sagte Svea. Sie war so übernächtigt, dass allein der Gedanke an Kaffee Protestwürgen in ihren Magenwänden auslöste. Aber mit genug Sojamilch zum Ausgleich würde es vielleicht gehen und ihren Kreislauf hochbringen.

Espen sah sie erst später am Vormittag, als sie sich die dritte Tasse Kaffee holte und er ihr auf dem Flur entgegenkam. »Und? Läuft im Labor alles?« Normalerweise konnte sie in seinem Gesicht lesen wie in einem offenen Buch, aber was jetzt unter dem überbreiten Lächeln lag, konnte sie nicht deuten.

»Keine besonderen Vorfälle, Boss.«

»Super. Weitermachen.«

»Geht's dir gut?«

»Sehr.« Zum ersten Mal schien er sie richtig anzusehen. »Aber du wirkst, als hättest du eine krasse Partynacht hinter dir. Wo warst du ohne mich?«

Sie zwang sich ein Lächeln ins Gesicht. »Wir haben alle unsere kleinen Geheimnisse.«

Er zwinkerte ihr zu und ging an ihr vorbei. Leider war sie nicht schnell genug, ihm ein Bein zu stellen. Er würde es ihr sagen, wenn zwischen ihnen etwas anders wäre, oder?

Es gelang ihr, den Vormittag trotz des Notdiensts als einigermaßen normal zu empfinden – bis sie auf dem Weg zu Kaffee

Nummer vier die schwarzhaarige Frau aus dem *Frontstage* erkannte, die Alva vor dem Rezeptionstresen herzlich umarmte, während Espen danebenstand und strahlte. Svea bog schnell in Richtung Teeküche ab. Sie presste Rücken und Hände gegen die Wand neben der Tür, um die Balance wiederzufinden, während ihr Herz hämmerte wie damals, als Hilde sie beim Kekseklauen erwischt hatte. Das hier passierte nicht wirklich, oder? Espen hatte die Tussi vorgestern Abend klargemacht, wie konnte sie jetzt hier auftauchen und Alva wie eine beste Freundin begrüßen? Nur weil sie noch miteinander getrunken hatten, nachdem Svea nach Hause gegangen war? Oder war Espen schon länger mit der Frau zusammen und hatte lediglich vergessen, es ihr gegenüber zu erwähnen?

Nein, das war Unsinn. Espen und sie redeten über alles. Fast alles. Das jedenfalls hätte er ihr erzählt, denn von Anfang an war diese Ehrlichkeit Teil ihres Deals gewesen: Wenn sich einer von ihnen verliebte, hatte der oder die andere das Recht, es zu erfahren. Falls aber doch was Ernsteres mit dieser Linnea lief: Ob ihr klar war, dass Espen einer war, den sie nie exklusiv haben konnte?

Und warum überhaupt hatte Svea das Gefühl, bei etwas Verbotenem ertappt worden zu sein? Wenn überhaupt, betraf das Espen. Allmählich normalisierte sich ihr Herzschlag wieder. Die Wand war rau unter ihren Handflächen und angenehm kühl. Svea richtete sich auf und rückte ihr Lächeln gerade.

Gut, du Hübschchen da draußen. Das hier ist mein Territorium. Was du sonst mit Espen anstellst, kann ich nicht verhindern, aber hier in der Praxis musst du dich warm anziehen, wenn du gegen mich ankommen willst. Sie atmete ein letztes Mal tief durch, dann ging sie mit lockeren Schritten und einem souveränen Lächeln auf die Rezeption zu. Ihr blieben wenige Sekunden, um die Dynamik im Raum zu sondieren – etwas, das sie genauso im Schlaf beherrschte wie ihr Bruder.

Espen – unfassbar vertraut mit dieser Frau, die er gerade seit zwei Tagen kannte. Oder von der er zumindest vorher nie erzählt hatte.

Alva – nicht im Mindesten überrascht oder abgeneigt.

Krister hob im Vorbeigehen die Hand – anscheinend war die Sache auch für ihn nicht weiter aufregend.

Nicht einmal Tilda erschien besonders neugierig, was die Frau anging. Espen musste sie also doch schon eine ganze Weile treffen oder sie von früher kennen, aus einer Zeit, die unter ihre Vergangenheitsverabredung fiel. Trotzdem: diese Vertrautheit. Er hatte den Arm um die Schultern der Frau gelegt, die neben ihm klein, zart und zerbrechlich aussah – alles das, was Svea nicht war –, und grinste sie verschwörerisch an. Wie hatte dieser Teil seines Lebens so vollkommen an Svea vorbeigehen können?

Als er sie bemerkte, huschte etwas über sein Gesicht. Ertapptsein, schlechtes Gewissen? Er ersetzte es zu schnell durch ein Lächeln, als dass sie sich sicher sein konnte. »Linnea, das ist meine beste Freundin Svea, von der ich dir erzählt habe. Svea, das ist Linnea.«

Von der du mir nicht erzählt hast. »Hallo.« Svea Iversen nahm sich zusammen. Freundliches Funkeln in die Augen, Hand zum Gruß ausstrecken. »Linnea – Svea. Das reimt sich.«

Espen lachte und bot keine Erklärung an.

Contenance. Ihre Mutter wäre stolz auf sie. Wer hätte gedacht, dass Svea so perfekt in ihre Fußstapfen treten würde? Fehlten nur noch die Tranquilizer, und die Mutterkopie wäre vollkommen. Mit eingefrorenem Lächeln wandte Svea sich zu Alva um, als wäre es ihr gleichgültig, dass Espen mit dieser Linnea die Praxis verließ. »Wir brauchen neue Monovetten, Alva, und ich würde gern noch ein paar andere Sachen fürs Labor mitbestellen. Können wir das kurz besprechen?«

»Sicher.« Alvas Blick war genauso prüfend wie schon im *Frontstage*. Nur dass hier das Licht besser war und Svea sich seltsam entblößt vorkam. Wie viel hatte Espen seiner Schwester wohl über ihre merkwürdige Nicht-Beziehung erzählt? Alva etwas vorzumachen war schwierig. Doch zum Glück fragte Alva nicht, und Svea musste nicht lügen. Sie zeigte Alva im Computer ihre Einkaufsliste fürs Labor, bekam das Okay und drückte auf Senden, als ihre Chefin bereits zum nächsten Patienten eilte.

Einundvierzig Minuten dauerte Espens Mittagspause. Als er zurückkam, waren seine Wangen gerötet, und seine Augen leuchteten. Svea kannte diesen Ausdruck. Sie kannte ihn gut. Eine kalte, harte Faust krallte sich um ihr Herz. Was war an dieser Linnea, das Espen so sichtlich angeregt zurückkehren ließ? Und was war an ihr selbst so mangelhaft, dass …

Sie verbot sich den Gedanken. Keine Schmerzen mehr. Hatte sie sich nicht bei ihrer Flucht aus Oslo geschworen, ihr eigenes Selbstwertgefühl nie wieder vom Urteil anderer abhängig zu machen? Also.

Sie ignorierte Espen und widmete sich wieder den Blutproben, die sie versandfertig machen musste. Doch er tauchte kurz darauf in der Labortür auf, mit diesen herbstlich zerzausten Haaren und dem unerträglichen Glück in den Augen. »Hey.«

Svea sah auf. »Hi.« Das ›*War ja eine schnelle Nummer*‹ biss sie hinunter.

»Steht unsere Verabredung heute Abend?«

Was stimmte mit dem Mann nicht? »Wolltest du mir noch irgendetwas erzählen? Irgendwas, das ich wissen müsste?«

Er fuhr sich mit der Hand durchs Haar. »Richtig. Sorry, ich war ein bisschen abgelenkt.«

»Du bist unglaublich.«

»Nein, ich brauche einen Gegner, den ich beim Tennis nicht nach drei Minuten vom Platz fege.«

»Und eingebildet.«

Espen grinste. »Nur ehrlich. Also, wie sieht es aus? Tennis, und danach gehen wir noch auf ein Bier ins *Frontstage* und reden?«

Es fühlte sich entsetzlich normal an. Hätte Svea diese andere Frau vorhin nicht gesehen, wäre Espen nicht so eindeutig erhitzt aus der Mittagspause gekommen, sie hätte vielleicht nichts gemerkt. »Okay«, sagte sie.

Drei

In der Tennishalle war es laut und voll. Bevor Espen den Ball zum Aufschlag auf den Boden prallen ließ, wischte er mit der Schulter einen Schweißtropfen von der Wange. Svea nahm seinen Wunsch nach einem würdigen Kontrahenten geradezu verbissen ernst – und das passte nicht zu der Svea, die er kannte. Normalerweise gab sie ihm wenigstens Zeit, warm zu werden, bevor sie ihn vernichtete. Doch jetzt hetzte sie ihn so über den Platz, dass er die Bälle mit Mühe und Not parieren, aber in keiner Weise trickreich platzieren konnte. Er war froh, wenn er sie erwischte und irgendwie übers Netz bekam. Dass er jetzt den Aufschlag hatte, war einfach nur Glück.

Svea nahm seine Angabe gelassen an und feuerte den Ball in die entfernteste Ecke. Espen erwischte ihn gerade noch so. Angestrengt kullerte der Ball über das Netz, ohne dass Espen noch damit gerechnet hätte. Svea auch nicht, wie es schien, denn sie kam erst dann federnd in die Feldmitte gelaufen, als der Ball schon zur Seite rollte. »Vierzig : Fünfzehn. Herzlichen Glückwunsch.«

»Zu den Fünfzehn?«

Svea versuchte vergeblich, bescheiden zu lächeln. Eines Tages, wenn er seine verdrehten Gefühle wieder im Griff hatte und es sicher war, musste er ihr sagen, wie sehr er es mochte, wenn durch ihre schöne, freundliche Fassade so etwas zutiefst Menschliches wie dieser selbstzufriedene Stolz hindurchschimmerte. »Pause?«, fragte sie.

Er zog die Augenbrauen hoch. »Brauchst du schon eine?«

»Nein, aber du, wie es aussieht.« Sie schaffte es, sogar das so zu sagen, dass es nicht wie eine Beleidigung klang. Tatsächlich sah sie noch beneidenswert frisch aus in dem knappen Shirt und kurzen Tennisrock, unter dem trainierte, lange Beine hervorlugten. Sehr heiße Beine.

»Ich kann noch«, sagte Espen. Schon aus Prinzip. »Ich weiß halt nicht, wie es mit dir aussieht …«

Svea warf mit einer eleganten Bewegung den silberblonden Zopf über die Schulter. Dass sie derart erhitzt war, tat ihrer Schönheit keinen Abbruch. Wenn überhaupt, erschien sie ihm gerade noch schöner, noch strahlender, noch … verführerischer als sonst. Espen ertappte sich dabei, ihr auf den Hintern zu starren, als sie zurück zur Grundlinie ging.

Svea ließ den Ball aufprallen. »Sicher, dass du noch kannst?«

Espen grinste nur. Er wusste, was jetzt kam, es war Teil ihres Tennisrituals. Am Anfang ließ Svea es immer so aussehen, als hätte er eine Chance zu gewinnen, und wenn ihr das irgendwann zu langweilig wurde, fuhr sie das Tempo hoch. Kurze Bälle, lange Bälle, angedrehte Bälle; rechte Ecke, linke Ecke, Mitte. Sie fegte ihn vom Platz, mit dem kleinen Finger. Er liebte es, sich auf diese Weise von ihr jagen zu lassen. Ihre Souveränität hatte etwas zutiefst Erotisches an sich. Selbst heute, wo sie schon so vehement losgelegt hatte, gelang es ihr noch, das Tempo zu steigern. Während er kaum noch Luft bekam – und er war bestimmt nicht untrainiert –, sah es bei ihr immer noch spielerisch aus. Die Art, wie sie sich so unangestrengt bewegte, wie ihre Haut glänzte … O Götter, reichte es jetzt mal? Er sollte dringend kalt duschen, bevor sie im *Frontstage* noch etwas essen gingen.

Andererseits … Sie hatte die Sache mit Linnea geschluckt. Sie war nicht sauer geworden, nicht laut, nicht eifersüchtig. Was bedeutete: Sie erwiderte seine aus dem Ruder gelaufenen Gefühle nicht, allen Göttern sei Dank. Sonst hätte er die Sache zwischen ihnen hier und heute beendet. Was für ein Glück, dass er das nicht musste. Selten war er so scharf auf sie gewesen wie jetzt gerade.

Als sie sich nach dieser letzten Runde schwer atmend am Netz trafen, legte er die Fingerspitzen auf ihren Unterarm. »Wir könnten statt ins *Frontstage* auch zu mir fahren.«

Aber Svea ging nicht spielerisch auf seinen Vorschlag ein, wie er erwartet hatte. Im Gegenteil. Espen prallte an dem Zorn in ihren Augen ab und taumelte orientierungslos zurück, innerlich zumindest. Während er noch versuchte zu begreifen, was los war, seufzte Svea und zog während dieses tiefen Ausatmens ihr Kameragesicht wieder an seinen Platz. »Ich hab dich bisher nicht für ein solches Arschloch gehalten«, sagte sie mit einem so falschen Lächeln, dass sogar er es als solches erkannte.

»Sweeny, wir haben … ich meine«, immerhin gelang ihm irgendwas in der Nähe eines Grinsens, »ich hatte bisher schon den Eindruck, es würde dir auch Spaß machen, wenn wir … ich meine …«

»Wir können zu dir gehen.«

»Das wäre schön.«

»Und reden.«

»Klar. Prima.« Nichts wundervoller als das. Aber schließlich hatte er vorhin in der Praxis genau das vorgeschlagen: reden. Aus unerfindlichen Gründen war es ihm zu dem Zeitpunkt einfach und plausibel erschienen, die Linnea-Geschichte weiterzuspinnen, in der Hoffnung, dass Svea es sein würde, die seine Aufgabe übernahm und den Abstand zwischen ihnen wiederherstellte.

»Unter der Bedingung, dass du mich nach dem Reden nach Hause bringst.« Svea legte den Kopf schief und lächelte, nun ehrlich. »Ich habe keine Lust, bei dem Regen die vier Kilometer zu laufen.«

»Ich kann auch einfach von vornherein mit zu dir kommen.«

»Meine Kamera steht rum, und überall –«

»Hey«, unterbrach Espen sie. »Ich bin es, dein bester Kumpel, nicht die *Northern Living*.«

Bei dem Wort ›Kumpel‹ verrutschte Sveas Lächeln um einen Zehntelmillimeter. Für jeden anderen nicht zu sehen, aber Espen hatte es bemerkt, und eine kleine, giftige Ahnung schlich sich an ihn heran.

»Schlagen wir noch ein paar Bälle hin und her?« Das klang wieder ganz normal.

Espen nickte. Vermutlich irrte er sich. Svea, der die Männer hinterherstarrten, die keinen Raum betreten konnte, ohne dass sich ihr alle Blicke zuwandten, war gegen etwas so Profanes wie Schwärmereien immun. Musste sie einfach. Zu spät bemerkte er den Ball, den Svea ihm übers Netz zuwarf, fummelte ihn ungeschickt aus der Luft und stolperte prompt auf dem Weg an die Grundlinie. Im letzten Moment fing er sich.

»Nicht jetzt schon schwächeln, Boss.«

Espen kniff die Augen zusammen. »Ich schwächele nicht.« Ich versuche, mit einer eher beunruhigenden Möglichkeit klarzukommen. Und ich bin verflucht noch mal gerade gestolpert. Halbherzig schlug er auf, während in seinem Kopf zu viele Gedanken gleichzeitig nach Halt suchten und keinen fanden.

Er war gestolpert.

Er stolperte nie beim Tennis.

Espen roch nach diesem Meeresfrische-Duschgel, das sich nach ihrem ersten Sex auf ewig in Sveas Gehirn als Auslöser für sehnsüchtiges Seufzen festgesetzt hatte. Außerdem trug er den Hoodie, der seine Augen noch grüner aussehen ließ, als sie ohnehin schon waren. Und er strahlte etwas für ihn absolut Untypisches aus: Unsicherheit.

Er warf seine Tennistasche auf den Rücksitz des i-Pace und nahm Svea dann ihre ab, die mit einem Schwung hinterherflog, während Svea die Beifahrertür öffnete. Wie oft war sie in den letzten zwei Jahren in diesem Wagen mitgefahren? Fünfzigmal? Hundertmal?

Warum, *warum* musste ihr dämliches Hirn ihr beim Anblick von Espens sehnigen Händen auf dem Lenkrad dann ausgerechnet diese eine einzige Situation präsentieren, als sie im letzten Winter einen Nachmittagsausflug ins Fjell gemacht hatten und danach hier im Auto übereinander hergefallen waren? Espen hatte jetzt eine Freundin, erinnerte sie sich. Und es war ganz gleich, wie sehnsüchtig es in ihrem Unterleib zog. Sie würde in absehbarer Zeit nicht mehr diesen Beifahrersitz nach hinten schieben, um Espen Platz zu machen, dessen dunkelbrauner Schopf zwischen ihre winterkalten Beine tauchte und Svea vor Seligkeit wimmern ließ, während sie die Hände in den Sitz krallte und die Tausende von Sternen am Nachthimmel draußen betrachtete, bevor ein Kometenschauer durch ihren Körper zischte.

Sie drehte den Kopf zur Seite und sah zu, wie die Regentropfen an der Scheibe zu Fäden wurden und dann versprühten.

»Gutes Match«, sagte Espen. »Danke.«

»Ich hab dich zerstört.«

»Ach komm, ich habe mich ganz gut gehalten.« Er verbarg die Unsicherheit gekonnt hinter diesem gutmütigen Lachen, aber sie war noch da.

»Nur, weil ich nett zu dir war«, sagte Svea. Der Duft, der von Espen ausging, kitzelte ihre Nase und scherte sich keinen Deut darum, was sie dachte.

Aus dem Augenwinkel nahm sie wahr, wie Espen an der einzigen Ampel von Lillehamn zu ihr herübersah. Ihre Blicke trafen sich im Außenspiegel. Eine Sekunde lang, zwei, eine Ewigkeit. Dann wurde die Ampel grün, Espen wandte den Blick ab, und der i-Pace rollte lautlos auf die Kreuzung.

Espen schaltete einen Klassiksender ein, der das Schweigen zwischen ihnen füllte. Ihre Gefühle waren so entsetzlich durcheinander. Während Klavierakkorde in Moll durch den Wagen schwebten, versuchte Svea, Ordnung in das Chaos zu bekommen. Erstens:

Sie war erschöpft vom Tennis und zweitens umso schärfer auf Espen. Sie konnte kaum den Blick von seinen Händen auf dem Lenkrad wenden. Drittens: Sie würde heute trotzdem nicht mit ihm schlafen, weil er ihr, viertens, vermutlich gleich mitteilen würde, dass er jetzt mit dieser Linnea zusammen war. Und ganz gleich, was die davon hielt, in dem Moment, in dem einer von ihnen was Festes hatte, war das zwischen ihnen zu Ende, das war von Anfang an klar gewesen.

Vor dem Mehrfamilienhaus, in dem Sveas Wohnung lag, waren alle Parkplätze besetzt. Espen stellte den Wagen drei Häuser weiter ab und stieg aus. Als er Svea galant die Beifahrertür öffnete, waren seine Schultern bereits dunkel vom Regen. »Ich habe eine Kapuze. Willst du den Schirm aus dem Kofferraum nehmen?«

»Geht schon.« Nebeneinander rannten sie durch den Regen. Beim Laufen fummelte Svea ihren Wohnungsschlüssel aus der Jackentasche.

Als sie das Licht in der Wohnung einschaltete, sah Espen sie an. »Das soll unordentlich sein? Du bist komisch.«

»Ich bin kein bisschen komisch. Du bist …«

Er zerrte sich den Hoodie über den Kopf. »Nass vor allem. Kann ich deinen Badezimmerheizkörper benutzen?«

»Tu dir keinen Zwang an.«

Während er im Bad verschwand, bürstete sie sich die Haare und hängte ihre Jacke auf. Ihr Sweater war trocken genug geblieben, um ihn anzubehalten. In Jeans und an den Schultern vom Regen dunklem T-Shirt kam Espen aus dem Badezimmer, als sie gerade Teewasser aufsetzte. »Hast du auch ein Bier da?«

»Im Kühlschrank müsste noch eins sein.« Es war die letzte Flasche des Sechserträgers, den sie zusammen im Sommer gekauft hatten, an dem Abend, als Espen tatsächlich beim Tennis gewonnen hatte und nach dem Match mit zu ihr gekommen war. Am nächsten Morgen hatte ein Typ aus der Nachbarwohnung Svea anzüglich angegrinst, und ihr war eingefallen, dass sie wohl vergessen hatten, die Fenster rechtzeitig zu schließen.

Espen nahm den Flaschenöffnermagneten von der Kühlschranktür. Seine Konzentration galt scheinbar vollkommen dem Kronkorken, als er sagte: »Wir haben uns etwas versprochen, weißt du noch? Als das mit uns anfing.«

Sie nickte stumm. Natürlich hatte sie gewusst, dass er es sagen würde, trotzdem wollte sie im Moment nicht, dass er weitersprach. Und sie wollte nicht, dass er ihr das ansah, wie er ihr verflucht alles immer ansah. Sie tastete hinter sich nach der Kante der Anrichte. Wo war ihre innere Hilde, wenn man sie brauchte?

Espen betrachtete immer noch ratlos die Bierflasche und den Flaschenöffner in seinen Händen. Dann gab er sich sichtlich einen Ruck. »Wir wollten das Ganze unverbindlich halten. Und wenn einer von uns sich verliebt, dann sollten wir das dem anderen sagen.«

Sveas Mund war trocken. Ja, verflucht. Sie wollten es unverbindlich halten. Sie wandte sich ab, füllte mit vom Tennis noch zittrigen Händen Sanddorntee ins Teesieb und hängte es in ihre Tasse. »Du hast dich verliebt«, sagte sie tonlos.

Bis auf ein knappes Nicken schwieg er, sichtlich unbehaglich.

»Das macht die Sache eben in der Tennishalle umso arschiger, meinst du nicht? Was sollte das werden? Eine schnelle Abschiedsnummer, nachdem du erst in der Mittagspause mit ihr im Bett gewesen bist?«

»So ist es nicht.« Espens Blick war unlesbar.

»Es sah aber verdammt danach aus.« All ihre Enttäuschung und ihre Verlassenheit ballten sich zu Wut zusammen.

»Ich … Linnea … das …«

»Ja?« Endlich schaffte Svea es wieder, ihre innere Hilde zu channeln. Sie zog mit verächtlichem Lächeln die Augenbrauen hoch.

»Es … es wäre für Linnea okay gewesen, wenn wir … noch mal …«

»Und sonst geht's noch?« Jegliche Contenance verpuffte in einer Wolke aus heißer Wut. »Es ist mir scheißegal, ob es *sie* stört. *Mich* stört es. Ich schlafe nicht mit Männern, die zu einer anderen Frau gehören.« Sie war kurz davor, ihm den heißen Tee übers T-Shirt zu kippen.

»Ich weiß.« Endlich regte er sich wieder. Er heftete den Magneten zurück an den Kühlschrank und stellte die Flasche ab. Dann trat er einen behutsamen Schritt auf Svea zu. »Ich weiß das. Und es tut mir wirklich, wirklich leid.«

»Mir auch«, sagte sie kühl und ohne zu heulen. »Kannst du jetzt bitte gehen?«

Espen ging nicht. Er verschränkte die Arme, ließ den Kopf nach hinten fallen und atmete aus. »Ich dachte, wir seien Freunde«, sagte er mit geschlossenen Augen in Richtung Decke. Die kleine Ader an seiner Schläfe trat hervor, während seine Kiefer mahlten.

Es hatte funktioniert. Warum tat es das auf einmal nicht mehr?

»Ich dachte, wir seien Freunde.« Dieses Mal hatte er sie direkt angesehen, bevor er sich über das Gesicht rieb. Das Kratzen der Bartstoppeln unter seinen Handflächen war laut in Sveas Ohren.

Sie umklammerte ihre Tasse. »Schieb mir jetzt nicht das Problem zu, ja? Wenn du willst, dass unsere Freundschaft diese Sache unbeschadet übersteht, hau ab und lass mich in Ruhe.«

Er machte noch einen Schritt auf sie zu. Wenn sie gewollt hätte, hätte sie ihn berühren können. Sogar küssen. Aber sie wollte nicht. Trotzdem summte die Luft zwischen ihnen, während sie voreinander standen und sich in die Augen starrten. Espen schluckte hart. »Darf ich dich zum Abschied umarmen? Platonisch?«

Svea schaffte ein eckiges Kopfschütteln. »Geh einfach.«

Espens Nicken war nicht minder eckig. Er schob sich mit Sicherheitsabstand an ihr vorbei und ging ins Bad. »Mein Pullover ist noch nass.« Mit dem tropfenden Hoodie in der Hand kam er zurück. »Hast du irgendwas, das du mir leihen kannst?«

Die wenigen Sekunden, die er nicht im Raum gewesen war, hatten genügt, damit Svea ihre Fassung wiedergewinnen konnte. Der nasse, verstrubbelte Typ da war immer noch Espen. Ganz klar fand er das hier auch nicht angenehm. »Irgendwo in einer der Schubladen ist noch eine Plastiktüte. Ich hole dir was anzuziehen.«

»Ich könnte mitkommen«, rief er ihr ins Schlafzimmer hinterher.

»Werd nicht gleich übermütig.« Irgendwo musste noch dieses scheußliche Sweatshirt sein, das sie mit Len zusammen in einem Anfall von Wahnsinn gekauft hatte. Sie fand es ganz hinten im Schrank, leicht verknittert und ein bisschen muffig. Aus dem Handgelenk warf sie es Espen zu, als sie in die Wohnküche zurückkam.

»Das ist pink.«

»Es ist warm«, sagte sie.

»Und es *glitzert.*«

»Espen? Es ist warm.«

Sichtlich widerstrebend zog er den Sweater über. Nur an den Schultern spannte er etwas.

»Hübsch«, sagte sie.

Er schnitt ihr eine Grimasse. »Warm.«

»Verschwinde, bevor ich ein Foto von dir mit dem Ding online stelle.«

»Ich geh schon.«

Sie brachte ihn nicht zur Tür, und als er »Bis morgen!« rief, antwortete sie mit »Grüß Linnea«. Und sobald die Tür hinter ihm ins Schloss gefallen war, griff sie nach seiner Bierflasche auf der Anrichte, rutschte mit dem Rücken am Kühlschrank nach unten und heulte.

Es war fast Mitternacht, als Espen nach Hause kam. Ausgerechnet Linnea am Freitag im *Frontstage* zu treffen, war ihm wie ein Geschenk des Himmels vorgekommen. In seiner Fantasie war es so einfach gewesen. *Hey, übrigens Svea, ich bin verliebt.* Und dann hätte Svea mit charmantem Lächeln die Reißleine gezogen, die er selbst zu feige war zu ziehen, und er hätte sich nicht wie durchgekaut und ausgespuckt gefühlt. Es war ihm so logisch vorgekommen. Aber irgendwie hatte er es verkackt. Und jetzt stand er hier in diesem albernen Einhorn-Sweatshirt in seiner dunklen Wohnung vor dem Kühlschrank und hatte keine Lösung, außer Svea nicht mehr zu sehen – was aus offensichtlichen Gründen ausgeschlossen war – oder ihr die Wahrheit zu sagen – was mindestens ebenso jenseits aller Möglichkeiten lag.

In diesem Zustand würde er kein Auge zutun. Vor dem Schlafengehen musste er noch irgendetwas machen, um sich runterzufahren. In seiner Werkstatt war es erbärmlich kalt. Espen stellte die Bierflasche auf die Werkbank, und als er im Ofen das Feuer anzündete, stellte er fest, dass das Brennholz zur Neige ging. Ausnahmsweise störte ihn das nicht. Holzschleppen war genau das, was er jetzt brauchte. Der Regen hatte aufgehört, nur die Erde war noch nass. Um Sveas Pullover nicht schmutzig zu machen, zog Espen ihn aus, bevor er in den Schuppen ging, wo er sich die ersten Holzscheite auf die Arme stapelte.

Als er viermal zum Schuppen und vollbepackt zurückgegangen war und zwischendurch eineinhalb Flaschen Bier geleert hatte, war ihm warm und sein Kopf wenigstens halbwegs ruhig. Okay, er war gestolpert. Das kam manchmal vor. Menschen stolperten, wenn sie blöd auftraten. Und im Übrigen entliebten sich Menschen auch wieder, so mit der Zeit, wenn sie sich genug anstrengten. Das Feuer hatte es mittlerweile geschafft, den Raum auf eine angenehme Temperatur zu heizen. Espens Blick glitt über die im Regal aufgestapelten Strandgutstücke. Er würde es morgen früh bereuen, wenn er jetzt noch ein neues Projekt anfing, aber das armlange, gewundene Holz dort lachte ihn schon seit Tagen an. Er holte es heraus und ließ die Hand darübergleiten. Diesen vorstehenden Teil sollte er mit dem Stemmeisen entfernen, den Splitter dort auch. Dann ein wenig schleifen ...

Kurz entschlossen suchte er Schumanns *Klavierkonzert in a-Moll* heraus und schaltete die Bluetooth-Box an. Die Lampe über der Werkbank warf einen warmen Lichtkegel. Nachtschicht hier war besser, als schlaflos herumzuliegen und zu grübeln. Zur Not würde er morgen früh eben eine Tasse Kaffee mehr trinken.

Das Holz war eine Freude. Es hatte die übliche samtige Strandgutoberfläche, aber darunter war es gut erhalten. Mit fließenden Bewegungen zog Espen die Raspel über die Ecken und schliff probehalber eine Stelle glatt, bevor er sich daranmachte, mit dem Stemmeisen die vorstehenden Splitter zu entfernen. Er machte sich noch ein Bier auf.

Stimmte diese fiese Ahnung von vorhin, und Svea hegte wirklich auch Gefühle für ihn? Dann wäre alles noch schlimmer. Und er musste morgen wieder mit ihr zusammenarbeiten. Das Oboensolo segelte durch den Raum, das Piano antwortete, und dann setzte das Orchester ein, so sanft und sehnsüchtig. So verfickt sanft und – weg mit dem Vorsprung! – sehnsüchtig. Das Astloch war härter, als es aussah. Noch einmal setzte Espen das Werkzeug an. Das Orchester steigerte sich zum Forte, das Klavier jubilierte, und er jagte sich das Stemmeisen in den Daumenballen.

Das hervorschießende Blut färbte das Holz rot. Die Wunde brannte, puckerte und blutete, blutete, blutete, aber immerhin war der Daumen noch dran. Mit der gesunden Hand angelte Espen nach einem Küchenhandtuch, das auf der Werkbank herumlag; neben Sveas Shirt war es das einzige halbwegs saubere Stück Stoff, das er auf die Schnelle erreichen konnte. Er hatte sich noch nie mit seinem Werkzeug verletzt. Nie.

Grundgütiger, tat das weh. Espen biss die Zähne zusammen. Ganz tief und langsam sang das Orchester jetzt, und das Klavier schwebte darüber wie ein … wie ein Geist. Und er war beschissen betrunken und presste ein Küchenhandtuch auf seinen kaputten Daumen, und er war in Svea verliebt, dass es wehtat, und er hatte eine Scheißangst. Er klemmte die verletzte linke Hand unter die rechte Achsel und griff nach seinem Telefon.

Kristers Stimme war vernuschelt und kaum hörbar. »Wasn?«

»Kris, ich … scheiße. Ich weiß, wie spät es ist, aber ich hab mir ein Stemmeisen in den Daumen gejagt.«

»Fahr ins Krankenhaus«, murmelte Krister, eindeutig im Halbschlaf. Im Hintergrund hörte Espen Anniks verschlafene Stimme.

»Kann ich mit einer Hand nicht. Und ich hab was getrunken, und …«

»Es ist ein Uhr morgens.« Bettzeug raschelte, Krister klang ein wenig wacher. »Nimm ein Taxi.«

»Das blutet wie Sau.«

»Große Güte, Espen, du bist Arzt, das kann doch nicht –«

»Kris, bitte.« Scheiße, er hörte sich an, als würde er heulen. »Ich … das ist mir noch nie passiert.«

»Mach dir einen Verband und geh ins Bett, ja?«

»Das geht nicht. Ich … bitte, Kris. Ich brauch dich.«

»Hab ich verstanden.« Krister knurrte unwillig. Gedämpftes Rascheln und kaum noch hörbare Stimmen deuteten an, dass Krister den Lautsprecher zuhielt und mit Annik sprach. Dann, endlich: »Ich bin in zehn Minuten da. Und du schuldest mir was.«

Espen nutzte die zehn Minuten, um mit der gesunden Hand das Blut vom Fußboden aufzuwischen, das Holz im Ofen auseinanderzuziehen und in der Küche Teewasser aufzusetzen.

Es dauerte zwölf Minuten, bis es klingelte. Krister wartete vor der Tür, auf eine Krücke gestützt. Neben ihm stand sein Notfallkoffer, und Annik hob vom Auto aus kurz die Hand, bevor sie davonfuhr. Die Rücklichter waren ziemlich grell.

Alles war … grell. Verschoben. »Ich hab nicht dran gedacht, dass du nicht fahren kannst.«

»Sag bloß.«

»Willst du … in der Küche ist frischer Pfefferminztee.«

»Trag mir lieber den Notfallkoffer rein.« Krister war eindeutig schlecht gelaunt.

»Sorry«, murmelte Espen und griff nach dem Koffer.

In der Küche deutete Krister mit einem knappen Kopfnicken auf die verletzte Hand. »Na los, zeig her.«

Espen befreite über dem Küchenwaschbecken die Wunde von dem Handtuch. Wenn überhaupt, sah sie noch schlimmer aus als vorher, klaffend und blutig. Und fast genauso, wie die Wunde seiner Mutter ausgesehen hatte, als die mit dem Brotmesser abgerutscht war. Fast genauso.

Ruhig holte Krister sterile Mullkompressen aus seinem Notfallkoffer, schraubte die Wasserstoffperoxidflasche auf und zog Einmalhandschuhe über. Die Lösung goss er großzügig über Espens Hand, wo sie sprudelnd Dreck und angetrocknetes Blut löste. »Ich brauche mehr Licht.«

Mit seiner gesunden Hand fischte Espen das Smartphone aus der Hosentasche und schaltete die Taschenlampe ein. »Geht das so?«

Krister gab nur ein zustimmendes Grummeln von sich und betrachtete die gereinigte Wunde, wobei er Espens Hand festhielt und leicht hin und her drehte. Diese sichere, sachliche Berührung hatte etwas erstaunlich Tröstliches an sich. »Glück gehabt, Lillebror. Knochen und Sehnen scheinen in Ordnung zu sein. Hast dir halt ein bisschen den Abduktor zerfetzt. Aber glaub nicht, dass ich dich deswegen krankschreibe.«

»Haha.« Espen bemühte sich, locker zu klingen, der Schmerz fräste sich immer weiter durch seine Nerven. »Reicht ja, wenn einer von uns wegen Blödheit fehlt. Au!«

Krister lächelte dünn. »W-was hattest du gesagt?«

»Nichts. Kannst du das vielleicht betäuben?«

»Es sind drei Stiche.«

»Nicht jeder ist so hart wie du.«

»Ich bin nicht hart«, sagte Krister ruhig, während er die Spritze aufzog. »Ich heule nur nicht rum.«

Als würde Espen rumheulen. Dabei hätte er wesentlich mehr Grund dazu als sein Bruder. »Ich bin beim Tennisspielen gestolpert, Kris.«

»Hm, hm.« Konzentriert setzte Krister die Spritze an. Er sah nicht einmal auf. Seine Finger lagen angenehm kühl um Espens Handgelenk.

»Und heute Abend bin ich mit dem Stemmeisen abgerutscht.«

Krister seufzte. »Hast du was gegessen, bevor du mit Svea Tennis gespielt hast? Oder bist du immer noch auf dem Trip, dass ein grüner Smoothie für den Tag reicht?«

»Es waren zwei grüne Smoothies, und –«

»Herr Doktor, ich habe heute fünfhundert Kalorien zu mir genommen, d-ann hab ich eine Stunde mit der härtesten Gegnerin der Stadt T-tennis gespielt, und danach war ich zittrig. Und ich habe auf nüchternen Magen zwei Flaschen Bier getrunken, bevor ich mit dem Werkzeug abgerutscht bin. Muss ich mir S---orgen machen?«

»Ich hasse dich«, sagte Espen leise. Aber Kristers Stottern war ihm nicht entgangen, und das genügte, um jegliches beruhigende Wort auszuhöhlen. Sein Bruder blieb nur dann an den Worten hängen, wenn ihn etwas emotional traf.

Jetzt tippte er prüfend mit dem Zeigefinger auf den Wundrand. »Merkst du das noch?«

»Nein.«

Mit ein paar schnellen Stichen nähte Krister die Wunde. »W-wenn du anfängst zu drehen, weil du dich völlig unterzuckert verletzt, solltest du vielleicht doch überlegen, den Gentest –«

»Nein.«

Seufzend verband Krister die Wunde. »Es t-tut nicht w-weh, Bescheid zu wissen.«

»Dir nicht, das ist mir klar. Du hast ja nichts zu befürchten.«

Er hatte getroffen, sonst würde Kris ihn jetzt ansehen und nicht ohne jede Betonung zu seiner Hand sprechen. »Der Krankheit ist es z-ziemlich egal, ob du von ihr w-weißt oder nicht. M---einst du, für Mama hätte es etwas geändert?«

Für uns hätte es etwas geändert, dachte Espen. Wer weiß, ob wir überhaupt hier wären, hätte sie es gewusst. Trotzdem. »Ich mag mein Leben«, sagte er. »Ich will es genießen, ohne ständig das Gefühl haben zu müssen, auf einer Zeitbombe zu sitzen.«

»A---ber d---as tust du doch längst, sonst würdest du dir wegen dieses Kratzers hier nicht in die Hose machen.«

»Es ist kein Kratzer, und darum geht es auch nicht.«

Krister zog die Handschuhe aus und entsorgte den Müll. Bevor er das Schloss des Notfallkoffers zuschnappen ließ, holte er eine Packung Schmerzmittel hervor und legte sie auf den Küchentresen. »Überleg es dir einfach. Wenn du Bescheid weißt, in welcher Richtung auch immer, ist es leichter, zur Ruhe zu kommen und zu akzeptieren, was ist.«

Der hatte gut reden. »Wie kommst du nach Hause?«

Mitleidig zog Krister eine Augenbraue hoch. »Ich habe nicht vor, mit den Krücken durch die Nacht zu hopsen.«

»Deswegen fragte ich.« Nur langsam holte sein Hirn auf. »Oh.«

»Gib mir eine D---ecke und verzieh dich aus dem Wohnzimmer, ja? Und k---omm hier morgen früh nicht vor sieben reingetrabt.«

Espen gehorchte. Dann holte er Sveas Pullover, warf eine Ibu 800 ein und ging ins Bett, das Gesicht in den pinkfarbenen Stofffalten vergraben.

Vier

Wie konnte es so sehr wehtun, etwas zu verlieren, das man nie hatte haben wollen? Wie konnte es so wehtun, dass sich der Magen zusammenzog und die Hände kalt wurden und die Augen am nächsten Morgen geschwollen und rot gerändert waren?

Jeder Schritt auf dem Weg in die Praxis fühlte sich an, als hätte Svea Blei unter den Füßen. Sie hatte vom ersten Moment an gewusst, dass dieser Tag irgendwann kommen würde – aber sie hatte nicht damit gerechnet, was das mit ihr machte. Wenigstens regnete es ausnahmsweise nicht, sondern der Wind pfiff ihr nur kalt entgegen. Beinahe hätte sie deswegen ihr Telefon überhört. Es war Len.

Svea drehte sich mit dem Rücken gegen den Wind und nahm das Gespräch unter der Kapuze an, in der Hoffnung, dass ihr Bruder irgendwas außer dem Bollern des Winds im Lautsprecher haben würde.

»Schwesterchen. Störe ich dich beim Morgenlauf?«

»Witzbold. Ich bin auf dem Weg zur Arbeit.«

»Wie geht es dir?«

»Gerade nicht so besonders.«

»Was? Ich kann dich fast nicht verstehen.«

»Warte.« Sie sah sich nach einer Möglichkeit um, dem Wind zu entkommen. Eins der Mehrfamilienhäuser an der Straße hatte einen zurückgezogenen Eingang. »Besser so?«, fragte sie wenige Sekunden später.

»Viel besser. Ich hörte ›nicht so besonders‹.«

»Genau genommen ziemlich schlecht.«

»Was ist los?«

Svea lehnte sich an die windgeschützte Wand und strich die Kapuze vom Kopf. »Ich weiß nicht, ob ich dir das je erzählt habe, aber Espen und ich … also, wir sind … waren … nicht nur Freunde. Wir schlafen miteinander, unverbindlich. Beziehungsweise haben wir bis letzte Woche.«

»Und jetzt hast du dich in ihn verliebt?«

»Was?« Ein vorbeigehender Typ drehte sich um, so laut hatte sie gesprochen. »Nein! O Gott, nein. Espen … nein!«

»Er hat sich in dich verliebt?«

Sie seufzte. »Auch nicht.« Obwohl sie ab und zu beinahe sicher gewesen war, dass er mehr für sie empfand. Es war Teil des Kicks gewesen, dieses Wissen, dass er ihr eben doch irgendwie gehörte. *Das war schön eben.* Danach war diese Linnea aufgetaucht. »Er hat jetzt eine Freundin, von einem auf den anderen Tag. Eine, die alle kennen und mögen, und ich steh doof da und bin die Verlassene.«

»Gerade komme ich nicht ganz mit.« Sie hörte, wie Len durch die Wohnung lief und eine Schranktür klappte. »Meinst du, eine Krawatte mit Flamingos geht zum Treffen mit der Bürgermeisterin?«

»Ja.«

»Sorry. Ich fasse zusammen. Dein Bester und du, ihr seid Fuckbuddies – was du mir im Übrigens schon längst hättest erzählen können. Und jetzt bist du eingeschnappt, weil er dich verlassen hat?«

»Er hat mich nicht … ja, verdammt. Bin ich.«

»Habt ihr drüber gesprochen, was passiert, wenn einer sich verliebt?«

»Klar. Ich hatte nur irgendwie …« Sie konnte das nicht einmal aussprechen.

Len verstand sie auch so. Er lachte leise. »Du hattest nicht gedacht, dass er derjenige sein könnte. Du wolltest ihn safe, ohne

Herzbruch zu riskieren. Das Beste beider Welten sozusagen. Sorry, Schwesterchen, so funktioniert es nicht. Liebe hat damit zu tun, dass man riskiert, verletzt zu werden, immer.«

»Ich liebe Espen nicht! Also, nicht … so.«

»Sicher?«

Das war doch lächerlich.

Lens Stimme war weich. »Er kommt halt ziemlich oft vor in deinen Erzählungen.«

»Weil er mein *Freund* ist. War. Whatever.«

»Wäre es so schlimm, wenn du dich in ihn verliebt hättest?«

»Hast du mir nicht zugehört?«, fragte sie. Ein schneller Blick aufs Display zeigte ihr, dass sie dringend weitergehen musste. »Er hat jetzt eine richtige Freundin. Eine, zu der er sich bekennt und –«

»Die sich zu ihm bekennt?«

»Lennart Iversen!« Svea schlug die Kapuze wieder hoch. »Du bist auch mit unseren Eltern aufgewachsen. Du weißt, dass es so was wie wirkliche Liebe nicht gibt. Einer geht immer kaputt daran. Oder beide.« Sie trat aus dem Hauseingang und schützte den AirPod mit der Hand.

»Jonas und ich würden das bestreiten. Apropos Eltern. Deswegen habe ich angerufen. Hilde geht mir auf die Nerven damit, dass sie von dir eine feste Zusage haben will.«

»Die hat sie doch längst.«

»Sie meinte, du würdest *vielleicht* jemanden mitbringen. Nach allem, was du gerade erzählt hast … bleibt es dabei?«

»Keine Ahnung«, sagte Svea.

Sie wusste überhaupt nichts mehr, was das anging. Und es wurde keinen Deut besser, als sie in der Praxis auf Espen traf, der aussah wie sein eigener Geist, eine verbundene Hand hatte und sie dennoch mit seinem üblichen Anmachergrinsen begrüßte. »Hey, schönste Freundin. Bereit für eine neue Woche des Wahnsinns?«

Sie nickte in Richtung Verband. »Hat Linnea dich gebissen?«

»Ich habe gestern noch ein bisschen gebaut.« Das selbstironische Augenrollen kam den Bruchteil einer Sekunde zu spät. »Ungeschicktes Fleisch muss ab.«

»Du hast gebaut? Es war kurz vor Mitternacht, als du gegangen bist.«

Etwas brannte in seinen Augen, etwas, das sie denken ließ, dass sie sich nicht geirrt hatte, was seine Gefühle anging. Doch dann löschte er es mit einem nonchalanten Schulterzucken, als wäre es nie da gewesen. »Konnte nicht schlafen.«

»Und warum nicht?«

»So witzig, Iversen.«

»Ich meine das ernst.« Sie zog endlich ihre Jacke aus. »Warum konntest du nicht schlafen? Wenn du in der Werkstatt warst, wird dich kaum deine neue Flamme wach gehalten haben.«

Krister kam aus der Teeküche. Falls er nicht alles gehört hatte, dann zumindest ihren letzten Satz. Doch er sagte nichts, sah nur zwischen ihnen hin und her und schien etwas zu verstehen. Mit einem leichten Kopfschütteln und dem Anflug eines Grinsens drehte er sich um.

»Dir auch einen guten Morgen«, murmelte Svea, als er im Flur verschwunden war.

»Sei gnädig. Ich habe ihn um eins aus dem Bett geholt. Oder um zwei, genau weiß ich das nicht.«

»Wegen deines Vampirbisses da.«

»Genau.« Immer noch hielt sein Blick ihren fest.

Es wäre so leicht gewesen, jetzt einen Schritt nach vorn zu machen und ihn zu berühren. Ihn sich zurückzuholen. *Wäre es so schlimm, wenn du dich in ihn verliebt hättest?* Sie straffte die Schultern und wandte sich ab. »Crazy Monday. Ich muss arbeiten.«

»Wir sehen uns später.«

Doch *später* – genau genommen um die Mittagszeit herum, wenn sie mit Espen normalerweise im Pausenraum gesessen oder durch den Ort geschlendert wäre – tauchte Linnea in der Praxis auf. Svea schaffte es dieses Mal, rechtzeitig abzubiegen, bevor irgendjemand sie gesehen hatte.

Willkommen auf dem Boden der Tatsachen. Ja, Lenny, es wäre schlimm. Aus irgendwelchen Gründen traf das Ganze sie sogar noch mehr als am Freitag. Sie schlich in die Küche, als sie sicher war, dass Espen mit seiner Tussi die Praxis verlassen hatte, stand ratlos vor dem geöffneten Kühlschrank, bis der protestierend piepte, und schloss ihn wieder. Ihr Herz hämmerte immer noch bei der Vorstellung, was Espen jetzt wohl tat.

Am Donnerstag zeigte die Waage schon wieder ein halbes Kilo mehr, und das, obwohl Svea seit Sonntag maximal drei Äpfel gegessen hatte. Allerdings hatte sie ihr Sportprogramm sträflich vernachlässigt. Außerhalb der Arbeit hatte sie sich kaum bewegt, sondern meistens zu Hause mit ihrer Wärmflasche im Bett gelegen und gelesen oder YouTube geschaut. Wie viel wogen wohl hinuntergeschluckte Tränen?

Sie versuchte sich einzureden, es wäre das Bleigrau des Himmels, das so schwer auf ihrem Leben lastete und ihr jeden Antrieb nahm. Aber in Wirklichkeit wusste sie sehr genau, warum ihr im Moment sogar das Einschalten der Kamera zu anstrengend vorkam. Selbst ihr Donnerstagsvideo hatte sie hochzuladen vergessen.

In der Community blieb das nicht unbemerkt. *Princess of the Northern Light* und Valeria von *Outdoorbeauty* hatten gleich heute Morgen unter dem Montagsvideo kommentiert, ob alles in Ordnung sei. *Alles okay, ihr Lieben,* schrieb Svea, während sie sich die Zähne putzte. *Danke fürs Nachfragen. Erzähle später mehr.* Sie schickte noch drei Herzchen hinterher. Was sollte sie ihren Followern sagen?

Espen und sie hatten sich in den letzten Tagen gemieden, und wenn sie sich aus Versehen über den Weg liefen, behandelte er sie wie mit Samthandschuhen. Es war unerträglich. Sie fragte nicht nach seinem Liebesleben, und er sprach nicht darüber. Aber besonders gut zu tun schien es ihm nicht, hohläugig und blass, wie er war.

Und im Übrigen war es völlig egal, wie es Espen ging oder nicht ging, weil sie nicht zusammen waren und ihre Freundschaft, wie es aussah, wohl auch nicht mehr existierte. Svea schob die Waage zurück unter den Badezimmerschrank und warf einen Blick auf die Uhr. Es war noch Zeit genug, ihre Haare ausnahmsweise zu einem dicken Zopf zu flechten, den sie halbwegs zerstörungsfrei unter der Kapuze unterbringen konnte. Eine Idee für ein neues Video nahm in ihrem Kopf Gestalt an: *Frisuren, mit denen du bei Wind nicht wie ein wild gewordener Hexenbesen aussiehst.*

Sie hatte noch Zeit genug, zur Praxis zu laufen. Wenn sie nicht wollte, dass der graue Dauerregen sie emotional in die Knie zwang, musste sie endlich wieder aktiv werden und ihr Leben in den Griff bekommen. Entschlossen holte sie Espens Pullover aus ihrem Bett und warf ihn in den Wäschekorb, bevor sie die Wohnung verließ. Sie würde ihn am Montag frisch gewaschen zurückgeben und Espen heute sagen, dass er ihren Einhorn-Sweater der Seerettungsgesellschaft spenden sollte.

Der Regen prasselte auf den Schirm und lief ihr in den Ärmel, aber Svea hatte das erste Mal seit Tagen das Gefühl, ihr Leben wieder unter Kontrolle zu bekommen. Ihr Gesicht war durch Kapuze und Schirm einigermaßen geschützt und das Make-up intakt, als sie die Praxis erreichte. Ein kurzer Kontrollblick in den Spiegel im Bad zeigte ihr, dass der Zopf tatsächlich noch saß. Sie gönnte sich selbst ein Lächeln und stellte sich dann der Welt.

Espen wartete – *Espen wartete!* – auf dem Flur. »Du weißt, dass ich dich auch mit verregnetem Make-up mag, oder?«

Es kam derart unerwartet, dass ihr vor Herzjagen der Mund trocken wurde. »Erschreckst du mich vielleicht mal nicht so?«

»Guten Morgen.«

Sie starrte ihn an. »Was ist kaputt mit dir? Ewigkeiten reden wir nicht, und dann lauerst du mir auf, dass ich fast einen Herzinfarkt kriege?«

»Sorry, war keine Absicht.« Das erste Mal seit Tagen war er vernünftig rasiert und sah auch sonst wieder mehr aus wie er selbst. Sogar ein Hauch der alten Arroganz lag in seinem Lächeln. »Ich habe nachgedacht. Über … uns.«

Um zu überspielen, dass ihr die Kehle eng wurde, verschränkte Svea die Arme. »Ich wusste nicht, dass es ein ›uns‹ gibt.«

»Das gab es vom ersten Tag an«, sagte er unwillig. »Mach mir das hier nicht so schwer. Jedenfalls ist es krampfig, wie es gerade läuft, oder?«

»Ist es«, gab Svea zu.

Alva kam um die Ecke, nass geregnet und eilig. »Morgen, Turteltauben, darf ich mal durch?« Sie wartete die Antwort nicht ab, sondern huschte an Svea vorbei ins Bad.

Espen verdrehte die Augen. »Danke, Schwester, sehr sensibel. Und das, wo ich mich eh schon in so eine beschissene Ecke manövriert habe.«

»Du hast über uns«, Svea malte Gänsefüßchen in die Luft, »nachgedacht und warst bei ›Ist blöd, wie es gerade läuft‹ –«

»Krampfig. Ich habe ›krampfig‹ gesagt, nicht ›blöd‹.«

» … ›krampfig, wie es gerade läuft‹ und wolltest mir soeben als Entschädigung für deine Idiotie einen Urlaub mit dem Mann meiner Wahl auf einer Südseeinsel meiner Wahl schenken.«

»So ähnlich.« Er seufzte. »Um ehrlich zu sein, hat Alva mir gestern einen Besuch abgestattet, mich zum Rasieren gezwungen und mir unmissverständlich klargemacht, dass Kris und sie keinen weiteren Tag tolerieren werden, an dem wir uns benehmen wie schmollende Kleinkinder. Ihre Worte, nicht meine.«

Irgendwo im Hinterkopf registrierte Svea, dass etwas nicht zusammenpasste. Sie würde später herausfinden, was es war. Erst einmal rang sie sich einen Witz ab. »Also habe ich Alva die Südseeinsel zu verdanken.«

»Ja.« Er lächelte fast scheu. »Was hast du am Wochenende vor? Ich dachte, wir könnten mal wieder was unternehmen, wie früher.«

»Hat Linnea keine Zeit?«

Espen verzog das Gesicht, als hätte er Zahnschmerzen. »Bitte, Svea.«

Svea warf einen Blick auf die Uhr am Ende des Flurs. In zehn Minuten fing die Sprechstunde an – war das genügend Zeit, um Grundsatzdiskussionen zu führen? Sie beschloss, die Details von Espens ›wie früher‹ nicht weiter zu kommentieren, nicht jetzt. »Okay«, sagte sie schließlich. Elender als in den letzten Tagen konnte sie sich kaum fühlen, also warum sollte sie nicht wenigstens versuchen, Espens Angebot anzunehmen und ihre Freundschaft vielleicht noch zu retten? »Ich will morgen rausfahren und Videos drehen. Du darfst mitkommen, wenn du willst, und den Reflektor halten.«

»Du hast kein Auto. Du brauchst mich.«

»Sei dir deiner Sache nicht zu sicher, Solberg.« Das einzig Ungünstige an dem geflochtenen Zopf war, dass man ihn nicht lässig herumschwingen konnte. Svea beschränkte sich auf ein verführerisches Lächeln, während sie sich in Richtung Rezeption wandte. »Håkon würde sich auch freuen, mich mal wieder zu sehen. Fährt er nicht samstags meist den Überlandbus?«

»Sag nicht, du ziehst Håkon mir vor.«

Svea schickte ihm ein glockenhelles Lachen über die Schulter. »Im Gegensatz zu dir ist Håkon nett.«

»Ich bin auch nett«, rief Espen. »Ich bin unglaublich nett. Außerdem bin ich dein Boss. Ich feuere dich einfach, wenn du Håkon lieber magst als mich.«

Ausnahmsweise regnete es nicht, und trotz der Kälte blinzelte die Sonne zaghaft zwischen dichten Wolkenschichten hervor. Es war ein guter Tag für freundschaftliche Aktivitäten. Und er würde noch besser werden, dachte Espen, während er vor Sveas Haustür wartete. Mit Glück, wenn er es nicht wieder vermurkste, würden sie nach heute endlich wieder normal miteinander umgehen – so normal, wie es eben sein konnte, wenn zwei Leute miteinander befreundet waren, die eigentlich etwas anderes sein sollten.

Svea kam vollbepackt aus dem Haus, in schwarzer Outdoorhose und dieser körperbetonten, blauen Softshelljacke, die ihre Augen noch blauer erscheinen ließ. Sie trug einen Rucksack und über der Schulter Stativ und Kameratasche. Espen stieg aus. »Guten Morgen, Schönheit.« Hakelige Umarmung, Sveas Haare streichelten seine Wange, ihr leichter Apfelshampooduft kribbelte in seiner Nase. »Soll ich dir was abnehmen?«

»Lass mal, ich bin schon groß.«

»Kann ich ja trotzdem …« Er grinste sie an. »Weil ich nett bin, weißt du doch.«

»Machst du mir den Kofferraum auf, netter Espen?«

Espen achtete darauf, einen Sicherheitsabstand einzuhalten. Diese Duftmischung, die von ihr ausging, machte ihn so schon fertig. Svea legte ihre Ausrüstung ins Auto, er schloss die Kofferraumklappe. Als Svea sich gleich darauf neben ihm anschnallte, hatte er sich wieder gefangen. »Wo soll es hingehen?«

»Ich dachte an den Wasserfall in Jørpeland.«

Espen rief sich die Himmelsrichtungen am Fluss in Erinnerung. »Da bekommst du das Licht jetzt am Vormittag aber nur von der Seite.«

»Nicht, wenn wir von Süden aus ranfahren.«

Er schaltete das Auto an. »Ich sehe, du hast mehr Ahnung als ich.«

»Hast du je daran gezweifelt?«

Grundgütiger, musste sie so klug und so sexy sein? Musste sie beim Grinsen dieses winzige Grübchen auf der linken Wange bekommen? Nein, er hatte nicht daran gezweifelt, nie. Und genau das war das verflixte Problem.

Er schaltete seine Autoplaylist an, damit es im Wagen nicht so still war, während er Mut sammelte. Immer wieder bekam er aus dem Augenwinkel mit, wie Svea ihn ansah, aber sie schwieg. Erst als sie schon fast am Wasserfall waren, stieß er hervor: »Ich habe einen Fehler gemacht.«

Sveas Finger am Rande seines Gesichtsfelds spielten am Verschluss ihrer Trinkflasche. »Okay.«

Er setzte den Blinker, um von der Landstraße abzubiegen, und wusste schon wieder nicht, wie er weitersprechen sollte. »Das mit Linnea … ich … das war so dumm.«

Svea schwieg und sah aus dem Fenster. Sie würde ihm nicht den kleinsten Finger reichen; er hatte es kaputt gemacht, er musste es kitten. Aber schlimmer als in den letzten Tagen konnte es wohl kaum werden.

Also sagte er es. »Ich will dich nicht verlieren, Sweeny.«

Die Erde tat sich nicht auf, Svea machte keine spitze Bemerkung, gar nichts passierte – außer, dass er das Gefühl hatte, gleich zu ersticken. Auf der Straße war so wenig Verkehr, dass er zu Svea hinübersehen konnte und genau den Moment erwischte, als sie auch ihn anblickte. Etwas geschah zwischen ihnen, zu schnell, um es zu greifen, und Svea kam zu irgendeinem Entschluss. Er sah es an der Art, wie sie das Kinn nach vorn schob, während er sich wieder der Straße zuwenden musste. Sie machte einen scharfen Knick, bevor sie in den Wald führte.

»Erinnerst du dich an diese Gala für die Seenotrettung, von der ich dir letztes Jahr erzählt habe?«

Ob er sich erinnerte? Er hatte hinterher sämtliche Glitzer-Zeitschriften im Wartezimmer nach Bildern von dem Event durchgeschaut und danach sehr viel Holz hacken müssen. Der Anblick von Svea im cremeweißen Abendkleid, die lachend den Kopf zurückwarf, während ein Typ im Smoking die Hand auf ihren Arm legte, hatte Espens Brennholzstapel um bestimmt einen Kubikmeter vergrößert. »Glaub schon.«

»Meine Mutter –«

Espens Telefon klingelte, die Freisprechanlage zeigte – er stöhnte auf – ausgerechnet Linneas Namen an. Aus dem Augenwinkel sah Espen Svea die Augen schließen, bevor er den Anruf weggedrückt hatte. Die Temperatur im Wagen fiel um mehrere Grad.

»Deine Mutter?«, fragte Espen schließlich.

»Ist egal.«

Er schlug den Kopf nach hinten gegen die Nackenstütze. Konnte bitte mal irgendetwas einfach laufen? Irgendetwas?

Svea schwieg verbissen, der Weg wurde schmaler. Dann endlich holte sie Luft. »Halt da vorn an.«

Er brachte den Wagen zum Stehen, aber weder Svea noch er stiegen aus. Es dauerte einen Moment, bis er verstanden hatte, dass er wohl am Zug war. Dann also los. Ab ins ganz tiefe Wasser. »Linnea ist meine Cousine, okay? Sie will ein Café in Lillehamn eröffnen, am Hafen, wo die Eisdiele war, und sie hat mich gefragt, ob ich ihr ein paar Lampen und Dekokram bauen kann. Tom macht den Rest, aber mit Kreativität hat er es nicht so.«

Ihre Fingernägel fuhren in der Rille zwischen Verschluss und Trinkflasche entlang.

»In den Mittagspausen waren wir auf der zukünftigen Baustelle und haben geplant.«

»Warum sagt du mir das nicht einfach?«

»Hab ich doch.«

»Du weißt, was ich meine.«

Sein Fluchtinstinkt ließ ihn nach dem Türgriff fassen, aber er beherrschte sich.

»›Linnea ist meine Cousine‹ – nicht schwierig, oder?«

»Ich dachte … ich dachte, es macht es leichter für uns, einfach Freunde zu sein, wenn du glaubst, dass ich da was am Laufen habe.« So ausgesprochen hörte es sich selten dämlich an.

Entsprechend verblüfft starrte Svea ihn an.

Er versuchte ein Lächeln. »Ich hatte einfach das Gefühl, das mit uns würde zu eng werden. Und, na ja, ich mag meine Freiheit, genau wie du. War jetzt vielleicht nicht die brillanteste Idee.«

»Nein, eher …« Sie gluckste verhalten. Und dann noch mal deutlicher. »Eher weniger.« Schließlich fing sie an zu lachen. Es klang nicht sehr froh, nur aufgedreht, aber er lachte dennoch vorsichtig mit. »Du bist so bescheuert, Solberg, ehrlich«, japste sie. »Du bist so ohne Ende bescheuert. Und du lügst unfassbar schlecht.«

Er fragte nicht, was sie damit meinte.

Aber er konnte nicht anders, als ihren frohen, leichtfüßigen Gang zu bemerken, während sie kurz darauf durch den herbstlich stillen Wald liefen. Svea tänzelte auf dem schmalen Waldweg vor ihm her, und er trug das Equipment und versuchte, ihr nicht auf den Hintern zu starren. Im Sommer roch es hier nach Kiefern, Beeren und Sonne, und überall raschelte, zwitscherte, fiepte es. Jetzt war es still, die Blätter gelb und braun, und Espens Atem kondensierte in der kalten Luft. »Was wolltest du sagen, vorhin, als Linnea angerufen hat?«

Svea wurde langsamer.

»Es war irgendwas wegen dieser Gala.«

»Ja. Meine Mutter kann die Vorstellung nicht ertragen, ich könnte das große gesellschaftliche Ereignis ohne männliche Begleitung verbringen.«

Der Weg wurde breiter, Espen schloss zu Svea auf. »Und?«

Ihr Grübchen erschien. »Ich weiß, es ist in Anbetracht der letzten Woche ein wenig merkwürdig, aber würdest du, mein netter, bester Freund, eventuell für diesen Tag so tun, als seien wir ein Paar?«

»Du meinst, ich soll mit dir nach Oslo fahren und vor deinen Eltern so tun, als seien wir zusammen?« Er stellte sich dumm, um Zeit zu gewinnen.

»Sonst macht Mama wieder Thorbjørn Haugen zu meinem Tischherrn.«

»Darf ich drüber nachdenken?« Mit Svea nach Oslo zu fahren, das bedeutete zwei achtstündige Zugfahrten mit ihr (Pluspunkt), Small Talk mit ihren Eltern (Minuspunkt, nach allem, was er gehört hatte), Tanzen mit Svea im Abendkleid (dicker Pluspunkt), Übernachten in ... Um nichts in der Welt konnte er mit Svea in einem Bett schlafen und diese Beste-Freunde-Sache aufrechterhalten.

»Meine Mutter drängelt, aber ich denke, ich kann sie noch einen Tag hinhalten.«

»Wo ... würden wir übernachten?« Sein Mund war ganz trocken.

»Vermutlich würden meine Eltern wollen, dass wir in meinem Trakt in ihrer Villa schlafen, aber ...« Sie brach ab und musterte ihn. Ganz eindeutig war sie am selben Problem hängen geblieben wie er. »Irgendwie würden wir es schon hinbekommen, dass niemand was merkt. Oder wir nehmen uns Zimmer im Hotel. Das können wir noch besprechen.«

Hotel, Villa, Parkbank – ganz gleich. Er würde so was von mit Svea tanzen, trinken und feiern. Sämtliche Smokingtypen vom letzten Jahr würden weinen.

Der Wasserfall strömte weiß und schäumend über die dunklen Felskaskaden vor ihnen. Es war keiner dieser schmalen, steilen Fälle, sondern dieser zog sich über beinahe einen Kilometer hin. Weiße Stromschnellen wechselten sich ab mit Strecken, in denen der Fluss ganz ruhig schien, nur um kurz darauf wieder donnernd in die Tiefe zu rauschen. Das erste Mal war Espen letztes Jahr im

Sommer mit ihr hier gewesen, als man in einem der zahlreichen Strudelbecken hatte schwimmen können. Dafür war es jetzt zu kalt, aber der wilde Fluss hatte immer noch dieselbe Anziehungskraft.

Svea suchte sich einen einigermaßen trockenen Stein, um ihr Equipment abzustellen. Sie fand einen hüfthohen, glatten Felsblock unter einer Kiefer und stellte die Kameratasche ab. Espen legte das Stativ daneben. Hier, so nahe am Fluss, war es lauter als hinter der letzten Wegbiegung. Aber Svea hatte das Rauschen in ihre Überlegungen einbezogen; zur Not würde sie teilweise nachvertonen müssen.

Sie sah sich nach einer passenden Stelle für die Aufnahmen um und packte das Stativ aus. Stativ aufgestellt, Kamera festgeschraubt und ausgeklappt, Aufnahme-App an …

»Ich komme mit nach Oslo«, sagte Espen, der nicht mit Linnea zusammen war.

Ein warmes, freundliches Gefühl breitete sich in Svea aus. Sie wandte sich zu ihm um. »Danke. Das bedeutet mir sehr viel.«

»Du wirst mit mir tanzen müssen.« Mit einem lässigen Schwung entfaltete Espen den Goldreflektor.

Svea lächelte ihr Bild im Kameradisplay an. Sie wollte die ganze Zeit nur lächeln. »Vielleicht ertrage ich das gerade so.«

»Und mich anhimmeln.«

Lächeln und leicht überdreht lachen. »Nein, du musst mich anhimmeln, Schatz. Auf Händen tragen musst du mich.«

»Würde ich riskieren.«

Das Licht war schon ganz gut, ebenso der Bildausschnitt. Der prächtige Wasserfall, der im Hintergrund bildfüllend über Felskaskaden rauschte, hatte gleichzeitig etwas sehr Wildes und sehr Beruhigendes an sich. Ein kraftvoller, bewegter Hintergrund, der dennoch nicht von Svea selbst ablenkte. Und ihr Zopf war tatsächlich auch noch so, wie er sein sollte.

Jetzt nur noch die Jacke aus und dafür den hellen Grobstrickpullover an, Make-up dezent nacharbeiten, und es konnte losgehen. Espen, der überhaupt gar kein bisschen mit Linnea zusammen war, war auf einen der wenigen Steine gesprungen, die man von hier aus erreichen konnte. Jetzt stand er da und betrachtete das Wasser, das um ihn herum kochte. Anstatt sich umzuziehen, schraubte Svea die Kamera vom Stativ.

Sie sah Espen von schräg hinten. Er würde sich gut als Model machen, wie er dastand, mit dem grauen Fleecetroyer unter dem offenen Parka und den Händen lässig in den Hosentaschen. Nur dass er nicht poste, sondern vermutlich nicht einmal merkte, wie Svea die Kamera auf ihn richtete und sein Gesicht zu sich heranholte. Etwas beschäftigte ihn, sie sah es daran, wie angespannt die Muskeln an seinem kantigen Kiefer waren. Svea zoomte wieder ein wenig hinaus und drückte auf den Auslöser. Wie die Brise mit Espens Haaren spielte, und wie er jetzt leise vor sich hin lächelte … Noch ein Bild, und noch eins.

Espen wandte den Kopf und lächelte direkt in die Kamera. »Du bist ja immer noch nicht umgezogen.«

»Nein, ich …« Ich hab dich angesehen. *Wäre es so schlimm, wenn du dich in ihn verliebt hättest?*

»Soll ich mich umdrehen?«

»Was? Äh … nein.« Das wäre ja nun wirklich albern. Zügig zog sie sich um.

Espen war schon ab und zu dabei gewesen, wenn sie gefilmt hatte, dennoch fühlte es sich heute auf eine neue Art seltsam an. Selten war Svea vor einem Video so nervös und gehemmt gewesen. Herrje, es ging um *Frisuren*. Was war daran aufregend?

Sie stellte sich in Position. Das Smartphone hatte sie, für die Kamera nicht sichtbar, in der Hand, die Kamerasteuerungs-App geöffnet.

Espen trat neben sie, gerade außerhalb des Bilds, und fing das karge Sonnenlicht mit dem Reflektor ein. »Gut so?«

Svea betrachtete das Bild in der App. »Bisschen weiter da rüber. Und höher. Ich will diese Kontur hier betonen.«

»Noch höher, und mein Arm fällt ab. Wie lange soll ich das Ding halten?«

Sie grinste. »Bis ich sage, dass du es runternehmen kannst.«

»Guck mal, meine Hand zittert schon.«

»Halt die Klappe, ich muss mich konzentrieren.« Sie straffte die Schultern, ließ kurz den Kopf kreisen und schaltete die Kamera an. »Hallo, meine Lieben, und willkommen zurück auf meinem Kanal *Svea's World of Niceties and Nature*. Ich bin Svea, und nach meiner kleinen schöpferischen Pause geht es mir heute wieder richtig gut. Ich habe euch wieder einmal mit in die Natur genommen und will euch ein paar Frisuren zeigen, mit denen man bei Wind nicht wie ein wild gewordener Hexenbesen aussieht. Wenn euch das interessiert, bleibt einfach dran.«

Nachdem sie einmal angefangen hatte, verflog die Nervosität, und Svea konnte trotz Espens Anwesenheit gewohnt locker plaudern. Sie löste den geflochtenen Zopf und kämmte die Haare mit den Fingern durch, bevor sie die nächste Flechtfrisur in Angriff nahm.

Irgendwann zwischendurch ließ Espen den Reflektor sinken, und Svea war so im Flow, dass sie das gleich in ihr Video einbaute. »Ups, jetzt habe ich meinen *reflector man* vernachlässigt. Was ich euch nämlich noch nicht erzählt habe: An diesen wunderschönen Ort hier hat mich mein bester Freund Espen begleitet, dessen Arm leider gerade abgestorben ist, sodass ich keinen schönen Goldglanz mehr im Gesicht habe. Trotzdem ist er immer noch der absolut heißeste Kumpel, den frau haben kann. Aber macht euch keine Hoffnungen, meine Süßen, er datet nicht.«

»Ich fotobombe dir gleich dein Video«, knurrte Espen.

Nach dem Drehen waren sie noch eine Stunde auf den Felsen am Wasserfall herumgeklettert. Auf dem Rückweg zum Auto legte

Espen den Arm um Sveas Schultern, wie er es hundertmal getan hatte, und drückte sie ruppig an sich. Er roch nach Wald und Aftershave und sich selbst. Und sie war sich nie im Leben so sicher über etwas gewesen wie darüber, dass er mehr für sie empfand, als er zugab. Sie sollte dringend mit Len telefonieren.

»Gehen wir noch was essen?«, fragte Espen.

Essen bedeutete Warten. Reden. Zugeben, warum sie ihre Freiheit so wertschätzte. Ihr Schuh musste dringend neu geschnürt werden. Sie tauchte unter Espens Arm weg und hockte sich hin.

Espen steckte eine Hand in die Hosentasche und sah auf sie herunter. »Was ist mit Essen?«

Der andere Schuh auch.

»Wir müssen ja kein Fünfsternerestaurant mit vier Gängen nehmen.«

Svea sah auf. »Ich will das Video noch schneiden.«

»Irgendwas Kleines.«

»Und ein weiteres Video drehen.«

»Vielleicht asiatisch.«

Jetzt musste sie grinsen. »Außerdem habe ich mein Training in den letzten Tagen vernachlässigt.«

Er wandte sich zum Gehen, bevor er über die Schulter sagte: »Wolltest du nicht immer mal den Tibeter ausprobieren, der auf halber Strecke zurück nach Lillehamn liegt?«

Svea richtete sich auf, und ohne Vorwarnung wurde ihr schwummerig. Sie tastete nach einer der Birken.

»Was ist?«

»Nichts. Mir ist nur kurz der Kreislauf weggesackt.«

»Vielleicht sollten wir ganz ernsthaft doch was essen …«

Es war zu viel. »Warum tust du das, Espen?«

»Was?«

»Das alles hier.« Sie machte eine hilflose Geste, die den gesamten Wald einschloss. »Du chauffierst mich in den Wald, hältst meinen

Reflektor, bis dir der Arm fast abfällt, und jetzt suchst du das eine Restaurant in Norwegen aus, von dem du weißt, dass du mich damit kriegst? Warum?«

Er lächelte breit und unschuldig. »Weil wir Freunde sind. Weil ich was wiedergutzumachen habe.«

Sie schüttelte den Kopf. »Du warst immer nett und aufmerksam. Aber nie so … *perfekt.*«

Espen blickte zu ein paar Krähen hinauf, die hinter Svea in den Kiefern herumkrakeelten. Seine Stimme war so leise, dass sie Mühe hatte, ihn zu verstehen. »Ich bin sehr wenig perfekt. Und ich hatte nie so viel gutzumachen.«

Sagte er mit diesen perfekten, sinnlichen Lippen, auf denen dieses perfekte, traurige Lächeln lag. Svea schaltete ihr inneres Kameraauge aus. Ein verirrter Regentropfen traf ihre Nasenspitze, ihr Magen knurrte vernehmlich.

»Dein Magen stimmt mir zu.«

»Mein Magen ist ein Verräter.« Und sie wollte nach Hause und mit ihrem Bruder telefonieren. Es gab Verschiedenes, über das sie sich erst klar werden musste, bevor sie sich weiter von Espen umwerben ließ – denn genau das tat er doch, oder nicht?

Weitere Regentropfen fielen. »Außerdem bist du mir wichtig«, sagte Espen über die Schulter, bevor er seine Schritte beschleunigte.

Auf einmal gelangte die Frage an die Oberfläche, die Svea seit Espens Geständnis auf der Herfahrt beschäftigte. »Ich denke über etwas nach«, sagte sie zu seinem Rücken, während sie schnellen Schrittes unter herabhängenden Kiefern hindurchtauchten. »Vielleicht kannst du mir dabei helfen.«

»Was willst du wissen? Ob es stimmt, dass Frauen in Nordsibirien Typen, die sie heiß finden, mit Feldschnecken bewerfen?«

»So witzig, Solberg.« Der Regen wurde stärker. Automatisch rannte Svea los.

Ohne weitere Absprache folgte Espen ihr. Sie sprangen über Pfützen, schlitterten auf Herbstlaub und warfen sich gerade noch rechtzeitig ins Auto, bevor der Sturzregen niederging.

Espen grinste atemlos. »Was wolltest du fragen, vor meinem angeblich unwitzigen Witz?«

»Er war schlecht«, sagte Svea unwillig. Warum auch immer – hier in der Enge des Autos die richtigen Worte zu finden, war schwieriger als beim Laufen im Wald. Aber sie hatte nun einmal angefangen. »Als wir hergefahren sind und deine Cousine anrief, hast du gesagt, einfach Freunde zu sein sei leichter, würde ich glauben, zwischen euch liefe was.«

»Denke ich immer noch.« Er drückte auf den Startknopf.

Während er zurücksetzte, um auf die schmale Straße einzubiegen, sprach Svea weiter. »Ich glaube, nein, ich bin mir sicher, dass du mich mehr magst, als du zeigen willst. Irgendwann, wenn ich mir Mut angetrunken habe, werde ich dir erzählen, warum ich keine Beziehung will. Aber warum du? Warum ist es dir so wichtig, dass das zwischen uns nichts Ernstes wird, dass du dafür sogar dieses Theater mit deiner Cousine inszenierst?«

Espen legte seine warme Hand um ihre. Bis zu diesem Moment hatte sie nicht gemerkt, wie fahrig sie an ihrem Hosenbein entlanggekratzt hatte. Sie sah auf. Espens Blick war konzentriert auf die Straße gerichtet, obwohl er langsam fuhr und hier maximal ein Elch, aber kaum Gegenverkehr zu vermuten war. »Weil«, sagte er zwischen zusammengepressten Kiefern, »ich, wie gesagt, nicht perfekt bin.«

»Aber –«

»Lass gut sein, Sweeny, bitte.« Es schien ihr, als täte dieser Satz ihm mindestens ebenso sehr weh wie ihr.

Espen verabschiedete Svea ohne Umarmung und sah ihr auch nicht nach, während sie ins Haus ging, sondern fuhr davon. Erst hinter der Straßenecke hielt er an und ließ den Kopf aufs Lenkrad sinken. Fuck. Fuck, fuck, fuck.

Ungefragt tauchten Erinnerungen vor seinem geistigen Auge auf. Svea, wie sie mit der Kamera flirtete. Svea, wie sie sich vor Lachen ausschüttete, als er ihren blöden Einhornpullover überzog. Svea, wie sie zum Vorstellungsgespräch in die Praxis kam. Es war direkt nach Kristers Tonia-Katastrophe gewesen und Krister entsprechend ungnädig mit allem, was auch nur entfernt nach Flirt aussah.

»Hi, ich bin Svea.« Vielleicht war es etwas in ihrem Lächeln gewesen oder an der Art, wie ihre Augen funkelten, auf jeden Fall hatte er in dem Moment, als sie seine Hand nahm, gewusst, dass er ebenso in ihr Beuteschema passte wie sie in seins.

»Espen, hi.« Er hatte sich räuspern müssen. Eine Woche später hatte er Nora gesagt, dass er sich nicht mehr mit ihr treffen würde, und zwei Wochen später hatte er das erste Mal mit Svea geschlafen. Es war klar gewesen, von Anfang an, dass es nichts Festes sein konnte. Svea hatte sich gerade von diesem Arsch in Oslo getrennt, und er … er hatte keine Beziehungen. Jeder wusste das. Sie fanden sich einfach nur gegenseitig scharf. Dass Svea dazu noch smart und liebevoll war, hatte er erst nach und nach gemerkt. Und jetzt saß er hier mit der scheiß Stemmeisenwunde am Daumen und war verknallt in Svea, schönen Dank auch, Leben.

Er musste mit jemandem sprechen. Kurz entschlossen lenkte er den i-Pace wieder auf die Straße.

Vor der Robbenstation parkten nur wenige Autos – klar, wer kam auch an einem verregneten Oktobernachmittag auf die Idee, einen Ausflug hierher zu machen? Espen stellte seinen Wagen in der Nähe des Eingangs ab und ging zur Kasse. Die Frau hinter dem Tresen kannte er, sie hatten vor ein paar Jahren kurz was miteinander gehabt. »Hey, Lisa. Alles gut?«

»Ja.« Sie strahlte. »Könnte besser nicht sein.«

Erst jetzt fiel ihm ihr Bauch auf. »Das ist … Bist du noch mit Erik zusammen?«

Sie wackelte mit den Fingern, ein Ring blitzte im Neonlicht des Kassenraums. »Nicht nur zusammen.«

»Herzlichen Glückwunsch.«

»Und bei dir? Auch alles gut?«

»Könnte besser nicht sein«, wiederholte er lahm ihre Aussage. Kein bisschen besser. »Ist meine Schwester da?«

»Ich glaub, die macht gerade das Futter zurecht. Kannst reingehen.«

Er kaufte trotzdem eine Eintrittskarte und machte sich dann auf die Suche nach Alva. Andere Leute heirateten. Andere Leute bekamen Kinder. Nicht dass er sich dringend um so ein plärrendes kleines Ding sorgen wollte, aber er hätte schon irgendwie gern die Wahl gehabt.

Er fand Alva in der Robbenküche, dem hässlichsten mintgrün gefliesten Raum, den er kannte. Das Neonlicht ließ sie blass erscheinen – ihn vermutlich dann wie einen Geist. Alva trug eine Gummischürze und Gummihandschuhe und war dabei, Fisch in einen Standmixer zu füllen. »Lillebror! Was verschafft mir diese Ehre?«

»Ich hatte Sehnsucht nach dir.«

»Klar.« Sie schaltete den Mixer an, und er wartete, bis der Lärm vorüber war. »Tut mir leid. Jetzt bin ich da. Was ist los?«

»Ich bin in Svea verliebt.« Es kam einfach so raus, ungesteuert, ohne dass er es irgendwie anhalten konnte.

»Das weiß ich«, sagte Alva ruhig.

»Wieso weißt du das?«

»Niemand, der Augen im Kopf hat, kann das übersehen. Außer Svea selbst vielleicht.«

»Nicht mal die, wie es aussieht. Und ich habe mich für subtil gehalten.«

»Sorry.« Sie wusch sich mit den Gummihandschuhen die Hände. »Sag nicht, du hast von den Wetten nichts mitbekommen.«

»Ich habe von den Wetten nichts mitbekommen.«

»Kannst du mir mal den Eimer da hinten geben? Ich glaube, Märtha führt das Wettbüro. Aber wie die Quoten derzeit stehen, dass ihr diesen Monat noch zusammenkommt, weiß ich nicht.«

Espen stöhnte.

»Svea ist in dich verliebt, du bist in –«

»Warte.« Er hob abwehrend die Hand. »Svea ist definitiv nicht in mich verliebt. Wir haben heute gerade darüber gesprochen.«

Alva sah ihn zweifelnd an. »Ach ja? Und da hat sie dir das gesagt, und du hast ihr gestanden, dass –«

»Ähm. Nein. Habe ich nicht.«

»Merkst du selbst, oder? Den Eimer, bitte.« Sie trocknete ihre Hände ab. »Also, ihr habt drüber gesprochen und euch gegenseitig versichert, dass ihr euch rein platonisch nett findet. Hört sich für mich an, als sei die Sache recht einfach.«

»Du weißt, dass sie das nicht ist.« Der Eimer war kalt. Der ganze Raum war kalt.

Alva schien das nicht zu stören. Sie nahm den Mixerbehälter vom Sockel und goss den Inhalt um. Mit einem satten Schmatzen rutschte die Fischpampe heraus und platschte auf den Eimerboden. »Dann rede mit Svea. Erzähl ihr von Mama und davon, was dich beschäftigt. So funktionieren Beziehungen. Man redet miteinander.«

»Da spricht der Profi.«

Ungerührt stellte Alva den Mixerbehälter in die Spüle. »Was glaubst du, warum ich nicht mehr mit Magnus zusammen bin?«

»Weil er dich betrogen hat?«

Ihr Lächeln war fast mitleidig. »Weil wir nicht reden konnten. Und das ist etwas, das auf Svea und dich nicht zutrifft, wenn ich das richtig sehe.«

»Ich kann ihr das nicht sagen, Alva. Sie wird schreiend wegrennen. Hast du sie dir mal angesehen? Svea ist … Svea geht zehnmal am Tag ihr Make-up kontrollieren, die hat nie ein Haar, das zufällig liegt. Sie ist«, ihm fiel kein anderes Wort ein, »perfekt. Und selbst wenn sie mich mehr als freundschaftlich mögen sollte, was sie nicht tut, ist ein Teil dessen mit Sicherheit der Tatsache geschuldet, dass ich –« Okay, das auszusprechen war doof.

»Dass du dieses obersexy, durchtrainierte Leckerchen mit dem hübschen Lächeln bist?«

»So in der Art, ja. Vergiss die grünen Augen nicht.«

Alva sah ihn ernst an. »Ich glaube, dass du sie unterschätzt. Und ich finde es ein bisschen unfair von dir, sie das nicht selbst entscheiden zu lassen, zumal du dich da gerade echt in was reinsteigerst.«

»Ich kann rechnen.«

»Das kannst du eben nicht, wie es scheint. Mach einfach den blöden Test, dann wirst du sehen, dass du dich ganz umsonst aufregst, und Kris und ich können endlich unseren Wettgewinn einstreichen.«

Fünf

Ich hab dein Video vom Wochenende gesehen. Nice.« Das war Märthas Stimme.

Svea antwortete: »Danke.«

»Gefällt mir echt richtig gut. Ich werde diesen seitlichen Zopf demnächst mal ausprobieren.«

Espen hörte nicht weiter zu. Er brauchte nichts aus dem Labor; es gab keinen Grund, dorthin zu gehen. Besser, er holte sich noch schnell einen Tee, bevor der *Crazy Monday* voll zuschlug.

Und das tat er kurz darauf. Es war mehr als deutlich zu spüren, dass die Erkältungssaison angefangen hatte. Eine Stunde nach Praxisöffnung hatte er bereits zwölf Patienten versorgt, von denen die meisten schnieften und husteten. Der dreizehnte Patient wurde von Tilda persönlich angekündigt, als sich Espen gerade eine Minute lang zurücklehnen wollte.

»Da ist jemand für dich, Espen. Ich wollte ihn zu Alva schicken, aber er sagt, ihr würdet euch kennen.«

Der Junge war vielleicht elf, klein, blond und blass. Die dünne Jacke war an den Schultern feucht, und die Haare klebten ihm an der Stirn. Espen kannte ihn tatsächlich. »Ist in Ordnung, Tilda.« An den Jungen gewandt sagte er: »Du bist von dem Hof oben an der Straße, oder? Merten?«

»Oliver.«

Espen lächelte. Es fiel ihm schwer, weil der Junge so ernst wirkte. »Setz dich, Oliver. Was kann ich für dich tun? Ich nehme an, Tilda hat dir gesagt, dass eigentlich meine Schwester unsere Kinderärztin ist.«

Der Junge setzte sich auf den angebotenen Stuhl. Seine schlammigen Fußspitzen erreichten gerade den Boden. »Es ist ein internistisches Problem.«

Grundgütiger, wie alt war das Kind?

»Okay.« Espen beugte sich vor. »Worum geht es?«

»Meine Mama ist krank.«

Der Raum kippte, ganz leicht nur. Espen fing sich schnell genug wieder, um vorsichtig zu sagen: »Dann müsste deine Mama einmal hierherkommen.«

»Das kann sie nicht. Sie ist krank.«

»Meine Mama kann mir keine Entschuldigung schreiben.«

»Aber das geht so nicht, Espen. Vielleicht kann sie hierherkommen und mit mir darüber sprechen, dass du öfter in die Schule kommen musst?«

»Das kann sie nicht.« Espen rannte zur Tür. »Sie ist krank, verstehen Sie das nicht?«

Der Junge betrachtete ihn immer noch mit vorwurfsvollen grauen Augen.

Espen schluckte. »Magst du mir sagen, was sie hat?«

»Sie ist ganz weiß im Gesicht und bekommt keine Luft. Außerdem hat sie Bauchschmerzen. Ich hab ihr gestern Hühnersuppe gekocht, aber sie … wollte nicht …« Der Junge wischte sich mit dem Jackenärmel über das Gesicht.

Vielleicht war es harmlos. Blässe, Atemnot, Bauchschmerzen, das konnte sonst was sein. Espen reichte dem Jungen die Kleenexpackung. »Wo ist denn dein Papa, Oliver?«

»Der ist weg.«

»Was meinst du mit ›weg‹?«

»Er wohnt woanders.«

Das erklärte, warum Espen den Nachbarn noch nie gesehen hatte. Die Frau führte den Hof, das wusste er. Dazu bot sie Übernachtungen für Touristen an. Espen tastete sich weiter vor. »Hast du keine Schule?«

»Meine Mama ist krank«, wiederholte der Junge.

Espen nickte, während der kleine Espen in ihm nichts lieber wollte, als davonzurennen. »Und wie bist du hierhergekommen?«

»Ich bin gelaufen.«

Sieben Kilometer im Nieselregen durch den Wald, in dieser viel zu dünnen Kleidung. Der Blick des Jungen ruhte erwartungsvoll auf ihm. »Warte kurz hier, Oliver. Ich bin gleich wieder bei dir.«

Es war übertrieben. Er reagierte vollkommen über, nur weil ein kleiner Junge in seiner Sprechstunde erschien. Trotzdem. An der Rezeption stand gerade nur noch Jostein Arnesen. Espen gestattete sich ein Grinsen in Richtung von Anniks Sprechzimmer und wartete, bis Jostein mit seinem Rezept die Praxis verlassen hatte.

Tilda sah auf. »Alles klar mit dem Kleinen?«

»Irgendeine Chance, dass du meine Patienten für die nächsten zwei Stunden auf die anderen aufteilst?«

»Das wird schwierig.«

Espen klopfte auf den Tresen. »Ich verlasse mich auf dich. Sag zur Not jemandem ab.«

»Espen Solberg, so einfach geht das nicht.«

»Ich liebe es, wenn du so autoritär bist, Tilda. Bitte, mach es irgendwie möglich, ja? Ich muss den Jungen nach Hause bringen und nach seiner Mutter sehen.« Bevor er sich abwandte, um weiteren Diskussionen aus dem Weg zu gehen, sah er das Mitleid in Tildas Gesicht.

»Svea?« Mit einer Kopfbewegung bedeutete Espen ihr, mit ihm zu kommen.

»Ist schon Mittagspause?« Und wie kam er überhaupt auf die Idee, sie wären zur Mittagspause verabredet?

»Nein, Hausbesuch in den Bergen. Ich brauche dich und alles, was du fürs Labor benötigst, Spritzen, Kanülen, Urinbehälter, Kühltasche, du weißt schon.«

»Jetzt?« Sie rotierten ohnehin schon, und Märtha allein konnte Svea das Labor nicht überlassen. »Das geht nicht, ich –«

»In zehn Minuten an der Rezeption.« Damit verschwand er und ließ sie allein mit ihrer Verwirrung über seinen zackigen Ton. Selbst wenn es schnell gehen musste, war Espen normalerweise nicht so … genau, frostig. Sein Tonfall eben hatte sie massiv an Krister erinnert.

Zu ihrer Überraschung wartete er kurz darauf zusammen mit einem blonden Jungen auf sie. »Oliver, das ist Svea, sie ist richtig gut im Labor. Sie hilft mir, deine Mutter zu untersuchen.« Dann wandte er sich an sie. »Bereit?«

Sie nickte.

Im Auto ließ Espen den Jungen vorn sitzen, angeblich, um ihm den Weg zu zeigen, aber Svea vermutete, es hatte mehr damit zu tun, dass Espen sein Bestes gab, ihn zu unterhalten und über seine Mutter auszufragen. Außer mit Anniks Sohn hatte sie Espen bisher kaum mit Kindern erlebt. Er machte das gut, wie sie erstaunt feststellte. Als sie an der ausgebauten Scheune vorbeikamen, in der Espen wohnte, deutete er hinüber. »O nein, Holly ist schon wieder draußen. Brechen eure Hühner auch immer aus?«

»Manchmal.« Oliver lächelte das erste Mal vorsichtig, Svea sah es im Außenspiegel.

»Habt ihr noch andere Tiere?«, fragte Svea.

»Schafe, aber die sind jetzt im Stall. Und zwei Hunde.«

Die Straße wurde schmaler, und nach und nach hörte die Befestigung auf. Es musste seltsam sein, hier oben zu wohnen, so weit weg von allem. Doch als sie auf Olivers Ansage hin in eine Einfahrt bogen, war Svea angenehm überrascht. Inmitten der graugrün verregneten Wildnis bildete der kleine Hof eine einladende Oase. »Da wohnen wir.« Oliver deutete auf eins der vier dunkelroten Häuser. »Und da sind Ferienwohnungen, aber in denen ist jetzt niemand.«

Espen lenkte das Auto vor das einzige beleuchtete Haus. Eine beinahe greifbare Unruhe ging von ihm aus, die erst abfiel, als sie dem Jungen ins Innere folgten. Zwei große, struppige Hunde kamen ihnen bellend entgegen, beruhigten sich aber, als sie Oliver erkannten.

»Meine Mama schläft oben.«

Nur die Details verrieten Svea, dass das Kind schon eine ganze Weile allein für sich und die Hunde sorgte. Eine leere Eispackung auf dem Küchentisch, ein zernagter Pizzakarton neben dem Mülleimer, nasse Kleidung auf dem Boden. Im Schlafzimmer hing ein säuerlicher Geruch in der Luft, und Svea erschrak beim Anblick der kranken Frau im Bett.

»Mama? Ich bin wieder da. Ich habe Doktor Espen mitgebracht.« Es war herzzerreißend, wie erwachsen der Junge klang.

Die Lider der Frau flatterten, sie öffnete den Mund zu einem leisen Gruß.

»Hallo, Linda.« Espen begrüßte Olivers Mutter, indem er ihr zwei Finger auf das fahle Handgelenk legte. »Ich würde dich gern untersuchen, wenn das in Ordnung ist.«

Ein schwaches Nicken antwortete ihm.

Espens Gesicht verriet nichts, während er Reflexe prüfte, Lymphknoten ertastete, die Lunge abhörte. Nachdem er die Untersuchung beendet hatte, hockte er sich vor Oliver hin – was irgendwie rührend falsch wirkte in Anbetracht der Tatsache, dass der Junge ihm stehend bis zur Schulter ging. »Hör zu, du hast genau das Richtige getan, indem du uns Bescheid gegeben hast. Aber wir müssen deine Mama in ein Krankenhaus bringen, damit sie gesund werden kann.«

»Nein.«

»Doch.« Es klang, als durchzöge ein hauchfeiner Bruch Espens Stimme, von außen unsichtbar. Er richtete sich auf.

»Aber das will ich nicht. Dann bin ich … ganz …« Hilfe suchend sah Oliver Svea an.

Espen verließ abrupt das Zimmer, kurz darauf hörte Svea ihn im Flur telefonieren, wieder mit dieser emotionslosen Stimme. Offensichtlich war es an ihr, sich um den Jungen zu kümmern.

Erst nach mehreren Telefonaten kam Espen zurück. »Okay, so sieht es aus, Oliver. Gleich kommt ein Krankenwagen und holt deine Mama ab. Hast du eine Telefonnummer von deinem Vater?«

»Ja, aber da will ich nicht hin.«

»Du kannst hier nicht allein bleiben, darüber müssen wir nicht diskutieren. Mette kennst du von früher aus dem Kindergarten, richtig? Sie nimmt dich erst mal mit zu sich, bis dein Vater dich abholen kann.«

Die Unterlippe des Jungen zitterte gefährlich. »Ich will bei meiner Mama bleiben. Sie soll wieder gesund sein.«

Der Haarriss in Espens Beherrschung wurde sichtlich breiter. »Wir tun, was wir können, damit deine Mama schnell wieder gesund wird. Pack jetzt mal deine Sachen. Ich rufe Ingmar an, ob er die Hunde nimmt und die Hühner füttern kann, solange ihr nicht hier seid.«

Es ging viel zu schnell für den Kleinen, merkte Espen das nicht? Zack, zack, drei Sätze, und das Kind sollte springen? Verstand er nicht, dass das so nicht funktionierte? Als Oliver jetzt anfing zu weinen, konnte Svea die Tränen auch kaum mehr zurückhalten.

Espen presste die Lippen aufeinander.

»Was denkst du?«

Der Krankenwagen war vom Hof gefahren, Mette hatte Oliver abgeholt, ein Nachbar die Hunde. Jetzt holperte Espens Auto die Schotterstraße entlang zurück. »Ich denke, dass manche Dinge scheiße sind«, sagte Espen und starrte weiter in das neblige Grüngrau.

»Sie sah schlimm aus«, wagte Svea sich vor.

»Vielleicht täuscht das.«

Wie konnte es sein, dass er nicht über das Erlebte reden wollte? Svea brannte so viel auf der Seele.

»Hast du einen Verdacht?«

»Ein Verdacht ist keine Diagnose.«

»Klar, dass sie erst richtig untersucht werden muss, aber ich sehe dir doch an, dass du –«

Espen seufzte. »Ich vermute eine akute Leukämie. Ich hoffe, dass ich mich irre.« Das darauffolgende ›Und jetzt halt die Klappe‹ hing so deutlich in der Luft, als hätte er es ausgesprochen.

Trotzdem fragte sie weiter, es wollte so sehr aus ihr raus, dass sie es nicht aufhalten konnte. »Und was denkst –«

Unvermittelt trat Espen auf die Bremse, das Auto machte einen erschrockenen Satz und blieb mitten auf dem Weg stehen. Espen war schneller draußen, als Svea gucken konnte. Er knallte die Autotür zu und lief ein paar Meter den Weg entlang, bevor er einen Stein aufhob und in den Wald schleuderte. Noch einen. Dieser krachte gegen eine Kiefer und ließ die Rinde zerbersten.

Svea schnallte sich ab und stieg ebenfalls aus.

Ein dritter Stein, ein vierter. Espen brüllte, warf Steine – und blieb dann reglos mit hängenden Armen stehen. Es hatte etwas von einem Roboter, dem plötzlich der Strom ausgeht. Was war in diesem Haus eben passiert, das ihn so aufwühlte? Oliver und seine Mutter beschäftigten Svea auch, aber Espen war normalerweise gut darin, sich von seinen Patienten zu distanzieren. Mitgefühl, ja. Empathie, ja. Aber keine steineschleudernde Verzweiflung.

Vorsichtig näherte sie sich Espen und legte ihm die Hand auf die Schulter.

Er streckte den Rücken durch, bevor er sich zu ihr umdrehte. »Fahren wir weiter. Das Wartezimmer ist voll.«

»Espen, ich …« Ich bin deine verfluchte beste Freundin. Und ich will nicht schon wieder irgendwelches Drama zwischen uns.

Ohne ein weiteres Wort ging er zum Auto zurück. Das Schweigen, das während der Fahrt den Wagen füllte, übertönte er, indem er das Radio anschaltete. Svea unternahm keinen weiteren Versuch, mit ihm über Oliver zu sprechen. Vielleicht war ihre Freundschaft eben doch nicht so eng, wie sie sich das einbildete.

Vor der Praxis parkte Espen den i-Pace. Endlich sah er Svea wieder an. »Meine Mutter ist gestorben, als ich zwölf war«, sagte er.

Fassungslos starrte Svea ihn an, als er nach dem Türgriff fasste. Sie hatte gewusst, dass seine Mutter gestorben war, aber irgendwie hatte sie nie darüber nachgedacht, wann und wie. Espen und seine Geschwister wirkten so glücklich zusammen und sprachen wie selbstverständlich von ihren Eltern, wenn es um den Vater und seine neue Frau ging. Es war ihr nicht klar gewesen, dass der Verlust seiner Mutter für Espen noch eine derartige Rolle spielte. Ob sie auch Krebs gehabt hatte? Mit unbewegtem Gesicht öffnete Espen die Autotür.

Endlich kam Svea zu sich. »Warte. Wir gehen da jetzt nicht rein und tun, als wäre alles normal.«

Genervt klappte er die Tür wieder zu. »Schön, dann spuck's aus.«

»Was?« Dass ich gerade versuche, damit klarzukommen, wie wenig ich dich trotz allem kenne? Dass ich Mitgefühl habe mit dem Jungen, der du warst? Dass ich mehr erfahren will?

»Das, was sie alle sagen. O nein, wie leid dir das tut und das muss ja furchtbar für mich gewesen sein. Dabei werde ich das verfickte Mitleid in deinen Augen schwimmen sehen, und dann verschiebt sich etwas zwischen uns, ganz subtil, aber von dem Moment an werde ich dir immer leidtun.« Die letzten beiden Worte spuckte er hin wie etwas Bitteres im Essen.

Zwischen all den Gefühlen, die sich in ihr überschlugen, tastete Svea nach den richtigen Worten.

»Um das vorwegzunehmen: Ja, es war furchtbar. Und nein, ich will dein Mitleid nicht.«

Sachlich, emotionslos. Genau wie Krister in seinen verletzlichsten Momenten. Vielleicht sollte Svea bei Gelegenheit mit Annik darüber sprechen, wie die mit diesen Eisphasen klarkam. Bisher hatte Espen sich ihr noch nie so gezeigt. »Ich bin nicht alle«, sagte sie schließlich würdevoll. »Ich bin – angeblich – deine Freundin.«

»Nicht angeblich.«

»Glaubst du ernsthaft, ich würde dich irgendwie weniger achten, weil ich weiß, was dir als Kind zugestoßen ist? Glaubst du das?«

Espen seufzte, die Unnahbarkeit rutschte aus seinem Gesicht wie eine schlecht sitzende Maske. »Ich hab's einfach einmal zu oft erlebt. Es ist jedes Mal das Gleiche. Ich kann zusehen, wie es passiert. Im einen Moment bin ich heiß, kompetent, sexy oder was auch immer, und im nächsten … bemitleidenswert. Ich hasse es.«

»Ich finde dich nicht bemitleidenswert.«

»Es wird kommen, so sicher wie das Fieber bei der Grippe. Es kommt immer. Aber jetzt weißt du es halt. Blöd gelaufen, schätze ich.«

»Du hättest es mir schon vorher sagen können. So unter *Freunden.*« Mitleid? Eher war ihr Stolz immer noch empfindlich angekratzt.

Jetzt huschte sein Blick doch zu ihr. »Du hast nie gefragt.«

»Ach, Mensch, stimmt. Dass ich da nicht drauf gekommen bin! Wer von uns hatte noch gleich die Idee, dass wir in unserer Beziehung Fragen nach der Vergangenheit ausklammern und nur im Moment leben?«

»Du.«

»Das ist ja wohl die Frechheit.«

Seine Mundwinkel zuckten. »Dein Vater hat ein Immobilienunternehmen in Oslo«, sagte er ruhig. »Es ist ihm sehr wichtig, dass niemandem seine Mitgliedschaft im Klub der Reichen und Mächtigen verborgen bleibt. Deine Mutter hatte gute Chancen auf eine Wirtschaftsprofessur, hat diese aber aufgegeben, weil dein eher altmodisch veranlagter Vater mit einer eigenständigen Frau nicht umgehen konnte. Jetzt lebt deine Mutter dafür, Frau Immobilienunternehmerin zu sein, und kaschiert ihre Frustration mit Wohltätigkeitsveranstaltungen und regelmäßigen Spa-Besuchen. Dich betrachtet sie nach wie vor als ihr Projekt, das es zu formen gilt. Außerdem beschwert sie sich ständig, dass du dich nicht meldest, aber wenn du es tust, lässt sie dich wissen, dass du sie wie eigentlich immer störst. Hab ich was vergessen?«

Warum listete er ihr das auf? »Das ist beeindruckend, aber was willst du mir damit sagen, außer dass *ich dir* keine wichtigen Details verschweige?«

»Ich habe dich nach nichts davon je explizit gefragt.«

»Und ich habe nichts davon je gezielt verheimlicht«, schoss sie zurück.

Er öffnete die Tür wieder, und dieses Mal hielt sie ihn nicht zurück, sondern sah ihm zu, wie er ausstieg und zum Kofferraum ging, sehr gerade aufgerichtet und mit wenigen langen Schritten. Doktor Espen, der zuversichtliche, vertrauenerweckende Arzt. Eine Erkenntnis begann sich in ihr zu entfalten. Und die hatte durchaus ein wenig mit Mitleid zu tun. »Bist du deswegen so?«, fragte sie, während sie die Autotür hinter sich schloss.

Espen schenkte ihr ein Lächeln. »Wie bin ich denn? Extrem gut aussehend, charmant –«

»Ja«, sagte Svea schlicht. »Ich glaube, es hat etwas damit zu tun. Du willst, dass die Leute dich mögen. Aber wirklich an dich heran lässt du niemanden, denn der- oder diejenige könnte verloren gehen.«

»Fertig mit der Analyse, Dr. Freud?« Espen schloss die Kofferraumklappe.

Verflucht, ja. Sie hatte Mitleid. Umso mehr, weil zwischen dem steineschleudernden Espen und diesem glatt lächelnden Espen hier keine zwanzig Minuten lagen. Sie hätte heulen können um den Jungen, der er gewesen war, und ihr Herz wollte brechen bei dem Gedanken an den kleinen Oliver, der so mutig gewesen war, Hilfe zu holen. Und dann hatte er dem Krankenwagen hinterhergesehen. So etwas sollte einfach nicht passieren. Eltern durften nicht sterben, solange ihre Kinder sie brauchten.

Mit dem Hausbesuchskoffer in der Hand ging Espen auf die Praxistür zu. »Deine Analyse stimmt nur zum Teil.«

»Ach ja?«

Vor dem Haus blieb er so plötzlich stehen, dass sie beinahe in ihn hineingelaufen wäre. »Irgendwann erzähle ich es dir. Bis dahin wäre ich dir dankbar, wenn niemand von meinem kleinen Aussetzer im Wald erfährt.«

»Wir müssen deine Mama jetzt ins Krankenhaus bringen, damit sie gesund werden kann.«

»Nein!« Er war zwölf, und seine Mutter war krank, seit er sich erinnerte. Sie war auch die letzten Male im Krankenhaus nicht gesund geworden, es wurde immer nur schlimmer. Espen war alt genug, das Wort Erbkrankheit zu verstehen. Es bedeutete, dass etwas in den Zellen krank war, das nicht repariert werden konnte, niemals. »Nein! Bitte, ihr dürft sie nicht wegbringen, bitte, Papa …«

Krister stand nur da, ganz blass, und dann drehte er sich um und ging einfach davon, während Espen tobte und Alva die Hand ihrer bewusstlosen Mutter hielt.

»Ich rufe Oma an, damit sie in den nächsten Tagen auf euch aufpasst.« Die Stimme seines Vaters kam wie aus weiter Ferne.

»Ich will nicht, dass Oma kommt. Ich will, dass Mama wieder gesund ist.«

Espen legte das Schleifpapier zur Seite. Das Werken gab ihm heute nichts. Wahrscheinlich sollte er sich einfach bis zur Besinnungslosigkeit betrinken.

Der Krankenwagen hatte seine Mutter weggebracht, und sie war nicht wiedergekommen. Danach war sein Vater zum Zombie geworden, sein Bruder zum Besessenen, der den Tod immer wieder herausfordern musste, seine Schwester hatte vergeblich versucht, sich um alle zu kümmern. Und er selbst hatte beschlossen, niemals, niemals zu riskieren, dass ihm das Herz noch einmal brach. Vielen Dank, Svea Freud. Wenn das nur das einzige Problem wäre …

Bis heute Vormittag war er so sicher gewesen, dass seine Entscheidung gegen jede Art von fester Beziehung die richtige war. Und ausgerechnet die Verzweiflung dieses kleinen Jungen mitzuerleben, brachte das ins Wanken. Denn so unangenehm ihm die Sache im ersten Augenblick gewesen war: Letztlich hatte es auf absurde Weise sogar gutgetan, vor Svea die Fassung zu verlieren. Sie war außer seinen Geschwistern der einzige Mensch, dem er vertraute. Und sie hatte erfrischend wenig mitleidig und wunderbar zornig reagiert.

Bevor er darüber nachgedacht hatte, und ohne zu wissen, was er ihr eigentlich sagen wollte, rief er ihre Telefonnummer auf. Vielleicht reichte es schon, einfach ihre Stimme zu hören. Doch außer auf der Mailbox geschah das nicht. *Hi, hier ist Svea. Ich esse gerade Chips und kann dabei auf keinen Fall gestört werden. Hinterlasst einfach eine Nachricht.*

Espen schmunzelte. »Eine Tüte Chips hat sechshundert Kalorien. Du wirst zum Ausgleich viele höchst intensive körperliche Aktivitäten brauchen. Ruf mich an, ja?«

Sie brauchten einen neuen Modus, Svea und er. Am liebsten hätte er seinen Anruf wieder gelöscht. Er begehrte Svea, sicher, aber er wollte nicht länger so tun, als sei das alles. Alva hatte gesagt, er solle Svea die Entscheidung selbst überlassen. Nach heute glaubte er das erste Mal daran, dass das tatsächlich möglich sein könnte. Immer vorausgesetzt natürlich, Alva hatte auch mit ihrer anderen Behauptung recht und Svea empfand mehr für ihn als Freundschaft – was immer noch alles andere als sicher war.

Er wählte erneut Sveas Nummer, und wieder erreichte er nur die Mailbox. »Wie viele Chips kann man bitte an einem Abend essen?«

Als sie sich nach einer halben Stunde noch nicht gemeldet hatte, öffnete Espen den Chat mit seinem Bruder.

Glaubst du, dass Papa je bedauert hat, Mama geheiratet zu haben?

Krister schien auf seinem Telefon gesessen zu haben, denn er antwortete sofort:

Keine Sekunde.

Obwohl sie so krank war?

Hast du mal Fotos von den beiden gesehen?

Natürlich hatte Espen das; eins davon hatte früher in seinem Flur gehangen. Seine Mutter, die zu diesem Zeitpunkt schon nicht mehr laufen und kaum mehr koordiniert sprechen konnte und einen Beatmungsschlauch unter der Nase trug, lag im Arm seines Vaters, und beide lachten aus vollem Herzen. Danach hatte Espen ihn jahrelang nicht mehr so lachen gesehen. Aber der Schluss, den er als Kind daraus gezogen hatte, war falsch. Bei der Erinnerung an dieses Bild war er sich auf einmal sicher: Nein, sein Vater hatte es nicht bedauert. Trotz allem.

Alva behauptet, Svea hätte Gefühle für mich.

Annik wettet auf den ersten Kuss bis Freitag nächster Woche.

Und du?

Ich wäre schön blöd, dir das zu verraten.

Morgen würde er mit Svea sprechen.

Sechs

Sommer, warum war Sommer? Um Svea herum toste der Wasserfall, sie befand sich auf einem der sonnenerhitzten, glatten Felsen über dem sprudelnden Sprungbecken.

Sie lag auf dem Bauch, unter ihr Espens Bettdecke. Am Rande ihres Bewusstseins fragte sie sich, wieso sie die Decke mitgenommen hatte auf die Felsen. Und warum war sie nackt? Starke Hände massierten ihr die Schultern. Espens Hände. Espen kniete über ihr, seine Beine eng neben ihrer Taille. Sie tastete mit der Hand nach seinem Oberschenkel, aber er hielt sie fest und beugte sich nach vorn, sodass er auf dem Rücken zu liegen kam.

In weiter Ferne sang ein Vogel, Svea hörte es kaum über dem Gurgeln des Wassers. »Ich komme dir sehr gern sehr, sehr nah«, sagte Espen dicht neben ihrem Ohr. Seine Zunge umkreiste ihr Ohrläppchen, und seine Finger wanderten seitlich an ihrem Körper entlang in Richtung ihrer Brüste.

Wieder sang der Vogel, es war ein schrilles, störendes Geräusch, aber Svea vergaß es schnell, als Espen die Hand unter ihren Bauch schob, tiefer, zwischen ihre Beine glitt und sich wieder zurückzog. Sie drängte sich ihm entgegen, der Druck an ihrem Hintern wurde stärker.

Nur der dämliche Vogel hörte nicht auf. Svea drehte sich um, und Espens Gewicht verschwand. Im Halbschlaf schaltete sie den Wecker aus. Sie brauchte einen Moment, um sich zu orientieren. Sie lag in ihrem Bett. Ihre Brüste spannten, und die Spitzen schmerzten allein bei der Erinnerung an den Traum. Vielleicht sollte ihr Unterbewusstsein bei Gelegenheit eine Therapie machen.

Sie schaltete das Licht ein. Ohnehin war sie spät dran, wenn sie ihr gesamtes Morgenprogramm noch schaffen wollte. Sie hatte eine neue Übungsreihe entdeckt, die angeblich supereffizient den Körper straffte und geschmeidig hielt. Doch vor dem Aufstehen streckte sie sich wenigstens noch genüsslich in alle Richtungen und ließ Füße und Handgelenke kreisen.

Die Wanduhr über der Küchentür war schon vor Tagen stehen geblieben, aber ein Blick auf ihr Smartphone verriet Svea, dass sie nur noch sechs Minuten hatte, bis Kristian, der unter ihr wohnte, von der Nachtschicht kam. Fünf Minuten Seilspringen mussten also heute genügen, und danach noch ein bisschen Krafttraining.

Sie hatte es hinter sich und war gerade bei den Dehnübungen, als ihr Telefon klingelte. Svea blieb in der Grätsche sitzen, den Oberkörper auf das rechte Bein gezogen, und tastete blind neben sich nach dem Gerät. Es war ihre Mutter. »Hallo, Hilde.«

»Ich habe das Wochenende über gewartet, dass du dich meldest«, kam die Stimme ihrer Mutter aus dem Lautsprecher.

»Dir auch einen guten Morgen.« Es war nicht ganz einfach, in dieser extremen Dehnung noch freundlich und gelassen zu klingen, aber es gelang.

»Entschuldige, Svealein, wie rücksichtslos von mir. Aber du musst verstehen, ich bin sehr im Stress wegen der Gala.«

Du bist immer im Stress wegen irgendwas. Noch ein Stück tiefer mit der Stirn. Sveas Kniesehnen heulten in wildem Protest.

»Warum ist es bei dir so laut?«

Svea legte das Smartphone vor sich und wechselte das Bein. »Das ist meine Anfeuerungsmusik. Ich mache gerade Sport.«

»Was ihr heute so Musik nennt. Nun, ich will dich nicht aufhalten, aber ich warte dringend auf deine Entscheidung bezüglich deines Tischherrn.«

Noch ein Stück nach vorn ziehen, die linke Seite war ihre schwächere. »Ich bringe meinen Freund mit.« Was streng genommen nicht einmal gelogen war.

»Du hast einen Freund?«

Kumpel, Lover, was macht das schon für einen Unterschied?

»Warum weiß ich davon nichts? Aber du erzählst mir ja ohnehin nichts mehr.«

Rate, warum.

Ihre Mutter lachte verschwörerisch. »Jetzt verstehe ich natürlich, warum du nicht mit Thorbjørn …«

In der entstehenden Pause richtete Svea sich Wirbel für Wirbel auf.

»Aber er ist schon vorzeigbar, dein Freund?«

Schultern kreisen lassen, lächeln. »Klar.«

»Du weißt, wie wichtig deinem Vater ein ordentliches Erscheinungsbild ist, und wenn ich mich erinnere, was für Leute du in der Vergangenheit –«

»Mama, glaub mir, Espen ist tausendmal vorzeigbarer als ausgerechnet Thorbjørn Haugen.«

Was für ein Tagesanfang.

Annik fing Svea ab, kaum dass diese die Praxis betreten hatte. »Hast du heute nach der Sprechstunde noch zehn Minuten Zeit? Wir haben gestern bei der Teambesprechung die Bewerbungen für Hannes Vertretung vorsortiert und hätten gern eure Meinung dazu.«

Svea liebte es, Anniks deutschem Akzent zuzuhören. Und sie wusste, wie wichtig ihrer neuesten Chefin die Auswahl einer passenden Sprechstundenhilfe war. Hannes Babybauch rundete sich zusehends, und sie arbeitete am meisten mit Annik. »Natürlich.«

Annik blieb noch einen Moment stehen. »Geht es dir gut?«

»Ja, warum?«

»Weil … ich weiß nicht. Du wirkst verändert in letzter Zeit.«

»Inwiefern verändert?«

Annik hob die Schultern. »Kann ich nicht genau sagen. Wenn du willst, achte ich mal drauf.«

Auf dem Weg ins Labor hallten Anniks Worte in Svea nach.

»Findest du, dass ich verändert wirke?«, fragte sie Märtha, die ihr heute im Labor half.

Ein verständnisloser Blick traf sie. »Inwiefern verändert?«

»Keine Ahnung. Annik meint, ich wirke in letzter Zeit verändert.«

»Gibt es denn irgendwas, das in deinem Leben im Vergleich zu früher anders ist?« Wäre Svea nicht hundertprozentig sicher gewesen, dass Märtha jegliche Hinterlist absolut fremd war, sie hätte einen lauernden Unterton in der Frage gehört. »Nicht dass ich wüsste.«

Verändert.

Sie trug nicht mal ihre Haare anders. Das Einzige, was ihr zu schaffen machte, waren die blöde Gala bei ihren Eltern und ihr Magen, der bei all dem emotionalen Chaos mit Espen nicht zur Ruhe kam. Aber nichts davon sah man ihr an, oder?

Das Labor brummte. Svea hatte das Gefühl, selten derart viel Blut abgenommen, Urinwerte geprüft und Impfungen verteilt zu haben. Wo kamen all die Menschen her? Eigentlich hatte sie gedacht, inzwischen fast alle Einwohner von Lillehamn zu kennen. Irgendwann zwischendurch trank Svea ihren Proteinshake, die übrige Zeit waren Märtha und sie voll damit beschäftigt, die Tagesarbeit zu schaffen. Entsprechend verblüfft war Svea, als Espen den Kopf zur Labortür hereinsteckte. »Svea?«

Märtha sah gleichzeitig mit ihr auf.

»Mittagspause. Gehst du mit mir spazieren?«

Ihr Herz stolperte kurz, dann hatte sie sich wieder gefangen. »Klar«, sagte sie ein bisschen zu hoch.

Märtha feixte, und das bildete Svea sich nun garantiert nicht ein. Espen hatte es auch gesehen. Er schenkte der Auszubildenden ein breites, weißes Zahnpastalächeln. Warum auch immer es bei dieser Interaktion ging, Svea würde ihn später danach fragen. Jetzt brauchte sie wirklich dringend frische Luft, da er es schon einmal angesprochen hatte.

Espen war beinahe unheimlich normal, so als hätte er nicht erst gestern vor ihren Augen diesen emotionalen Durchrutscher gehabt. Mit den Händen in den Hosentaschen schlenderte er vollkommen gelassen neben ihr her. »Wusstest du, dass sie Wetten auf uns abschließen?«

Wie, Wetten? Was sollte man … oh. »Wer? Die Azubis?«

»Alle, wie es aussieht. Alva hat mir am Wochenende davon erzählt.«

»Ich hoffe, sie hat nicht zu viel Geld eingesetzt.«

Espen schwieg, während sie den Holzweg durch die Dünen zu Lillehamns Ministrand nahmen, und Svea konnte an nichts anderes denken als an ihren Traum heute Morgen und an Lens Frage, die wieder und wieder durch ihren Kopf kreiste. Vielleicht, möglicherweise, war es Zeit, ein paar Tatsachen ins Auge zu sehen.

In dem Moment, in dem Svea den ersten Schritt im Sand machte, brach die Sonne durch die Wolkendecke. Wann hatten sie das letzte Mal Sonnenschein gehabt? Richtigen Sonnenschein, ohne Nieselregen, ohne Grau? Svea legte den Kopf in den Nacken und schloss die Augen. Sonnenstrahlen kitzelten ihre geschlossenen Lider, und der Wind zauste ihr die Haare, sodass sie ihren Hals berührten, genau an der empfindlichen Stelle unter ihrem Ohrläppchen. Es fühlte sich angenehm an, wie … Svea öffnete die Augen.

Wie die hauchzarte Berührung von Espens Fingerspitzen.

Er störte sich nicht daran, dass sie ihn ansah, während er mit dem Zeigefinger an der Kante ihres Unterkiefers entlangstrich. Die leise Berührung ließ sie an ihren Traum denken. Espens Fingerspitze glitt über ihr Kinn, zu ihrer Unterlippe. Langsam zog er sie hinunter und ließ sie behutsam wieder los.

»Du bist so unfassbar schön«, sagte er heiser, während er die kleine Bewegung wiederholte und dann den Finger zwischen ihren Lippen entlanggleiten ließ.

Sie sollte ihn jetzt definitiv in den Finger beißen. Oder zumindest den Kopf wegdrehen. Sie sollte nicht mit hämmerndem Herzen auf etwas hoffen, das sie selbst bis gestern vehement geleugnet hatte. Und ganz bestimmt sollte sie nicht die Lippen spitzen und seinen Zeigefinger damit einfangen. Nicht zart daran saugen und nicht genießen, wie Espens Augen groß wurden und sich dieses atemlose Lächeln auf sein Gesicht schlich.

Und was die Sache so was von überhaupt gar nicht besser machte, war, dass Espen die Arme um Sveas Taille legte und sie an sich zog, sehr nah. Warum war ihr in zwei Jahren noch nie dieser bläuliche Rand um seine Iris aufgefallen? Sein warmer Atem strich über ihre Lippen und schickte kleine, scharfe Funken durch ihren Körper. Wie es aussah, war sie tatsächlich drauf und dran, Espen Solberg zu küssen. Sie öffnete den Mund ein wenig und kam ihm entgegen. Wie zur Antwort darauf glitten Espens Hände auf ihrem Rücken tiefer, bis sie auf ihrem Po lagen.

Mit Sicherheit sollte sie sich auch nicht an ihn pressen, an diese Verlockung da vor ihr, aber …

Ganz zart umfasste er mit dem Mund ihre Unterlippe und begann seinerseits, daran zu saugen. Zwischen Sveas Beinen wurde es warm.

Espens Lippen ließen ihre los, aber er blieb ganz nah, berührte sie mit der Zunge, forderte sie heraus und zog sich wieder zurück. Nein, nicht zurückziehen. Sie wollte mehr von diesem Kuss, mehr von diesem Mann. Sie wollte genau das hier, dass seine Zunge ganz langsam an ihren Lippen entlangstrich, bevor sie in ihren Mund glitt und er nur mit seiner Zungenspitze an ihrer nach und nach ihren ganzen Körper in Flammen setzte.

Gingen Menschen an ihnen vorbei? Waren da Stimmen neben dem schmatzenden Gurgeln der Wellen? Es war egal. Was zählte, war dieser Mund auf ihrem, diese Arme um ihren Körper, dieser Duft nach Kiefern und Kaffee und Espen und Meer.

Hör niemals auf, hörst du? Niemals. Alles andere spielt absolut keine Rolle mehr, solange du nur nicht aufhörst.

Aber Espen löste die Lippen von ihren und strich sanft mit ihnen an ihrer Wange entlang, bis sein Mund direkt neben ihrem Ohr lag. »So ist es also, dich zu küssen.«

»So ist es, mich zu küssen.« Und so war es, Espen zu küssen. Wie lange hatte sie wirklich darauf gewartet, ohne es sich einzugestehen?

Sein Atem streifte ihr Ohr, eine kaum merkliche Berührung. »Meinst du, wir könnten es mal miteinander versuchen? So richtig?«

Sveas Knie wurden weich. Sie wollte das, sie wollte Espen. Espen war einer von den Guten. Und gleichzeitig reckte in ihr die Erinnerung ihren hässlichen Kopf in die Höhe. Svea wusste, was passierte, wenn man sich jemandem ganz gab. »Ich weiß nicht.« Sie hielten sich nur noch an den Händen; ohne es bewusst zu entscheiden, hatte Svea die Umarmung gelockert.

Espen stieß ein unsicheres Lachen aus, aber er sah nicht sie an, sondern einen Punkt neben ihr im Sand.

»Ich glaube, ich bin ziemlich überfordert. Irgendwie hatte ich mich ganz gut mit unserer Unverbindlichkeit eingerichtet. Ich weiß nicht, ob ich das andere überhaupt kann.«

»Ich auch nicht.« Sein Daumen fuhr an ihrem entlang. »Es wäre eine Premiere, und ich frage dich das bestimmt nicht leichthin. Aber ich wäre bereit, es zu versuchen.«

Was auch immer ihm zugestoßen war – er wollte dem für sie die Stirn bieten. Nur dass sie nicht wusste, ob sie dasselbe versprechen konnte. Ob sie je bereit sein würde, über das mit Vinnan zu reden. Erinnerung und Angst klatschten sich in ihrem Inneren ab. »Das klingt jetzt vielleicht blöd, aber ich weiß nicht, ob ich … ich hab so viel Mist erlebt, und du verdienst –«

»Svea.«

»… eine Frau, die –«

»Svea, hör auf.«

Eine Frau, die keine Angst hatte, sich ihm zu zeigen, die nicht beschmutzt und verletzt worden war. Sie leistete keinen Widerstand, als er sie wieder in die Arme zog. »Glaubst du, in meinem Leben war alles rosig? Wir haben beide Angst.«

»Ich hab mehr«, murmelte sie.

Sein leises Lachen kitzelte ihr Ohr. »Das glaubst auch nur du. Auf jeden Fall bist du die klügste, schönste Frau, die ich kenne. Und ich will keinen Sicherheitsabstand mehr zwischen uns haben.«

Svea ließ seine Worte sinken und wartete, bis sie sich in ihrem Inneren so weit ausgebreitet hatten, dass sie ihnen Glauben schenken konnte, wenigstens ein bisschen. Probehalber versuchte sie zu sprechen, ohne dass ihre Stimme zitterte. »Klug und schön, ja?« Vorsichtiger Humor war gut, den beherrschten sie beide.

»Und witzig und sexy«, sagte er in ihre Haare.

»Gib mir mehr.«

»Überaus heiß.«

»Das ist eine Doppelung mit sexy.«

»Humorvoll.«

»Doppelung mit witzig.«

»Pedantisch und rechthaberisch.« Sein boshaftes Grinsen war deutlich zu hören.

Svea atmete auf. »Eventuell könnte es doch klappen mit uns.«

»Warum sollte es nicht? Ich meine, ich bin ausgesprochen nett, gut aussehend, gebildet, kreativ, sportlich …«

»Vergiss eingebildet und überheblich nicht.«

Espen lächelte dieses Lächeln, bei dem sämtliche Frauen in Lillehamn schnell internistische Krankheiten an sich feststellten, um von ihm behandelt zu werden. Es war eine merkwürdige Mischung aus sagenhaft unschuldig und sagenhaft arrogant. »Todesmutig«, sagte er. »Weißt du, über was für einen finsteren Schatten ich gerade gesprungen bin?«

Sveas erster Reflex war, sich wieder in die Sicherheit ihrer Wortgefechte zu flüchten. Aber ein Blick in Espens ernstes Gesicht hielt sie zurück. »Ich auch.«

»Das heißt, wir sind jetzt zusammen?«

»Wir könnten es eventuell versuchen.«

Zusammen.

Espen und sie. Richtig zusammen.

Die Idee war einigermaßen beunruhigend. Sie hatte nicht gelogen: Sie wusste wirklich nicht, ob sie das konnte. Ob sie es wollte. Ob Vinnan in ihrem Kopf dazwischengrätschen würde.

Sicherheitshalber hatte sie sich bei der Abendbesprechung, bei der es um die Auswahl für Hannes Vertretung ging, nicht neben Espen gesetzt, sondern auf die andere Tischseite.

Die Besprechung selbst dauerte erstaunlich lange dafür, dass sie nur vier Bewerberinnen in der engeren Auswahl hatten. Keine von ihnen schien hundertprozentig zu passen, und keine Bewerbung fiel von vornherein aus. Schließlich einigten sie sich darauf, alle einzuladen.

Die ganze Zeit über kämpfte Svea dagegen an, dass ihr Blick immer wieder zu Espen wanderte. Espens Hände, die den Kugelschreiber drehten, Espens Lachen, Espens Haare. Als ihre Blicke sich trafen, grinste er verschwörerisch.

»Ich denke, das war's.« Alva legte die Ausdrucke der vier Anschreiben zurück in einen Pappordner.

»Habt ihr meine Bewerbung auch so auseinandergepflückt?«, fragte Annik.

Hanne hob bedeutungsschwer die Augenbrauen. »Nein, deine Bewerbung war Chefsache.«

»Wir mussten niemanden fragen, weil niemand Annik abgelehnt hätte«, sagte Krister träge.

Espen hustete gekünstelt, und Svea dachte daran, wie unbegeistert Krister von Anniks Einstellung gewesen war. Jetzt allerdings machte er keinerlei Geheimnis daraus, dass seine Hand unter dem Tisch auf Anniks Bein lag. Es irritierte sie noch immer, ausgerechnet Krister derart offen mit seiner Zuneigung umgehen zu sehen. Demonstrativ beugte er sich zu Annik und küsste sie. Auf die Wange zwar nur, aber Svea musste dennoch wegsehen.

»Ich glaube, wir haben es verstanden«, sagte Alva. »Soll ich dich noch mal daran erinnern, dass es meine Idee war, Annik einzustellen?«

»Wo wäre ich jetzt nur ohne dich?«, fragte Annik. Sie lächelte Alva kurz zu und sah dann wieder Krister an.

Sveas Blick begegnete Espens.

Er spielte mit der Zunge an seiner Unterlippe herum und betrachtete sie versonnen.

Rechts von ihr sprachen Alva und Hanne noch über die Bewerbungen, doch die Details gingen zwischen Sveas Gedanken unter. Espen und sie. Und angeblich hatte er ebenso wenig Ahnung wie sie, wie man eine sinnvolle Beziehung führte. Sie würden das gemeinsam herausfinden müssen, mit allen unangenehmen Vergangenheiten, die es dazu auf den Tisch zu legen galt. Er zwinkerte ihr zu, und ein Lachen kribbelte in ihrem Hals, von dem sie nicht wusste, ob es aus Panik oder Freude bestand. Kussgeräusche von links. Dann Wispern. Mehr Kussgeräusche. Ganz leise und mit Sicherheit moralisch einwandfrei, aber …

»Könnt ihr das nach Feierabend machen?«, fragte Espen.

»Ich b-bin krankgeschrieben.«

»Oh, ich kann dich sehr schnell wieder gesundschreiben«, flötete Alva vom anderen Tischende, bevor sie sich wieder Hanne zuwandte.

»Kannst du nicht.« Trotzdem setzte Krister sich wieder aufrechter hin und legte nur den Arm um Anniks Schulter.

»Danke«, sagte Espen. »Ich meine, es gibt Regeln.«

Zufällig sah Svea in diesem Moment zu Alva, die nur vor sich hin grinste.

Ein paar Minuten später hatte die Besprechung sich aufgelöst, Hanne hatte sich mit dem Fahrrad in die eine, Alva, Annik und Krister zu Fuß in die andere Richtung verabschiedet. Nur noch Espen und Svea standen vor der Praxis in der kühlen, tiefblauen Nachmittagsdunkelheit. Sie konnte nur erahnen, dass Espen den Rücklichtern von Kristers Auto hinterhersah. »Als wenn die kein Schlafzimmer hätten, echt.«

»Du warst nur neidisch«, sagte Svea.

Espen zuckte unbekümmert die Schultern. »Jepp.«

»Soll ich zum Ausgleich auch deine Hand halten?«

»Mich küssen vielleicht?«

Er meinte das wirklich, wirklich ernst. O Gott, sie würden so viel reden müssen. Sie wollte ihn küssen, aber Küssen war eine Verpflichtung. Warum war es so einfach gewesen, mit ihm Spaß zu haben, und jetzt flippte sie aus, sobald sie sich wirklich auf ihn einlassen sollte? Sie atmete ein. Sie würde ihre Mutter nicht gewinnen lassen. Und Vinnan schon gar nicht.

»Svea?« Espens grüne Augen waren kaum zu erkennen. Er legte seine Stirn gegen ihre, und einen Moment standen sie einfach so da. »Für mich ist das auch neu. Ich habe auch Angst – du kannst dir nicht mal vorstellen, was ich für Angst habe.«

Bei den letzten Worten war seine Stimme leiser geworden, und undeutlicher, weil Svea ihre Lippen auf seine legte und ihn küsste, ganz vorsichtig.

Die wenigen Meter zur beleuchteten Bushaltestelle gingen sie gemeinsam. Espen nahm ihre Hand. »Ich habe mir etwas überlegt. Soll ich es dir erzählen?«

»Leg los.«

»Ich habe mir überlegt, wir fangen noch mal ganz von vorn an, in der richtigen Reihenfolge dieses Mal. Wir lernen uns kennen, als hätten wir uns nie vorher getroffen.«

»Du meinst, wir haben uns nie obszöne Dinge ins Ohr geflüstert?«

»Nope, nie.«

»Und ich darf dich nicht fragen, ob dich was anmacht?«

»Nicht, wenn du nicht willst, dass ich peinlich berührt das Restaurant verlasse, in dem unser erstes Date stattfindet.«

Die Idee begann Svea Spaß zu machen. »Restaurant, Solberg? Ich hätte dich nicht für einen Langweiler gehalten. Glaubst du, ich treffe mich mit einem Typen, dem nichts Kreativeres einfällt? Wo lernen wir uns überhaupt kennen?«

»Keine Ahnung. Beim Einkaufen.«

»Oh, bitte.« Svea dröselte ihren Zopf auf und befreite ihre armen Haare, die den ganzen Tag über eingesperrt gewesen waren. »Ich muss mir, glaub ich, noch mal überlegen, ob ich dich wirklich daten will.«

»Unser Kennenlernen an der Tiefkühltruhe ist aber ziemlich verheißungsvoll. Pass auf. Ich kaufe Eis, Karamelleis. Und du betrachtest das abfällig und rechnest mir die Kalorien vor –«

»Bin ich so eine Spaßbremse?«

Espen schüttelte den Kopf. »Darum geht es doch nicht. Also, du und deine Kaloriensache, und ich erzähle dir dann lauter schmutzige Dinge, die man mit Eis anstellen kann. Und zack, du bist verliebt, und es kann losgehen.«

»Ich werde peinlich berührt den Laden verlassen. Außerdem kommt da mein Bus.«

»Fitnessstudio«, schlug Espen vor, als der Bus anhielt. »Du könntest da diesen supergut gebauten, megaheißen Typen entdecken, der den Stairmaster neben deinem nutzt.«

Svea riss die Augen in gespieltem Entsetzen auf. »Nicht gut. Ich würde ihn schrecklich bemitleiden.«

»Du würdest ihn bemitleiden?«

Svea stieg ein und nickte dem Busfahrer zu, dann beugte sie sich noch einmal zur Tür. »Gute Nacht, Espen.«

Doch in der letzten Sekunde, bevor sich die Bustüren schlossen, sprang Espen ebenfalls hinein. »Bemitleiden?«, zischte er.

»Fährst du mit, oder steigst du wieder aus?«, fragte der Busfahrer.

»Ich fahre mit.« Espen hielt ihm sein Smartphone mit der Bezahl-App hin. »Eine Station.«

»Du bist irre.«

»Nein, kreativ.« Er strahlte sie an. »Also, kein Karamelleis, kein Fitnessstudio. Was sonst?«

»Du guckst wie beim Schulfotografen.« In dem Moment, als sie es aussprach, klickte etwas in Sveas Kopf. »Das ist es! Du als talentierter Hobbykünstler organisierst dir eine Fotografin – mich –, die deine Lampen, und was du sonst noch so machst, in gutes Licht rückt.«

Espens Strahlen wurde zu einem aufrichtigen Lächeln. »Was für ein glücklicher Zufall, dass wir uns darüber unterhalten haben. Passt es Ihnen Ende der Woche? Und würden Sie mir Ihre Kontaktdaten geben?«

»Das würde ich sehr gern.« Svea zückte ihr Telefon. Als der Bus hielt und Espen ausstieg, hatte sie einen neuen Termin im Kalender stehen: den Abend, an dem sie ihren zukünftigen Freund zum ersten Mal besuchen würde.

Espen und Svea: Drehbuch einer Liebesgeschichte.

- *Kennenlernen beim Fototermin. Feststellen, dass die / der andere nett und attraktiv ist.*
- *Erstes Date. Reden. Kennenlernen. Hobbys, Interessen, noch keine Skelette aus dem Keller. Evtl. Umarmung zur Begrüßung und zum Abschied?*
- *Zweites Date. Irgendwas Spannendes unternehmen, wie zum Beispiel eine Gala in Oslo besuchen. Tanzen. Erster, vorsichtiger Kuss.*
- *Drittes Date. Jeder gesteht dem anderen eine fiese Angst aus seiner/ihrer Vergangenheit. Wilder Kuss zur Belohnung.*
- *Viertes Date. Heißes Rummachen.*
- *Fünftes Date. Mehr heißes Rummachen.*
- *Sechstes Date. Sex.*
- *Siebtes Date. Mal wieder reden statt rummachen. Gucken, wo wir hinsichtlich der Ängste so stehen.*
- *Achtes Date … Ach was. Du bist dran.*

Espen hätte noch eine ganze Weile weiterfantasieren können, aber irgendetwas sagte ihm, dass er Svea lieber nicht mit der Aussicht auf Hochzeitsglocken verschrecken sollte. Abgesehen davon, dass es nach Date Nummer drei spätestens wohl eh aus sein würde zwischen ihnen. Wenn sie es überhaupt bis zum wilden Belohnungskuss schafften.

Trotzdem war er in Hochstimmung, als er die E-Mail abschickte und dann in die Werkstatt ging, ohne sein Smartphone, um nicht permanent auf eine Antwort von ihr zu hoffen.

Leider vergaß er, sich etwas zu trinken mitzunehmen, und musste zurück in die Küche gehen, wo das Gerät auf dem Charger lag.

Das klingt hart. Eventuell muss dieser Plan leicht modifiziert werden.

Ideen?

Reden auf der Fahrt nach Oslo, vorsichtig küssen in Oslo abends. Inniger küssen im Hotelzimmer. **Erste gemeinsame Nacht.**

Espen schluckte. Es war nicht so, dass er die Sache vergessen gehabt hätte. Und er wollte das hier, er wollte Svea. Er hoffte nur mit allem, was er hatte, dass sie ihn nach all dem Reden auch noch wollte.

Jeder auf seiner Seite des Bettes natürlich.

Natürlich. Eventuell wird ein kleiner Gutenmorgenkuss folgen.

Oder zwei. Oder drei.

Sieben

Hallo, hier ist wieder Svea. Ich heiße euch herzlich willkommen auf meinem Kanal Svea's World of Niceties and Nature. *Ich hoffe, euch geht es auch so gut wie mir.*
Zuerst einmal: Vielen Dank für eure zahlreichen Rückmeldungen zu meinem Frisuren-Video. Ich freue mich, dass das bei euch so gut angekommen ist. Einige von euch haben darum gebeten, dass ich noch mehr Frisuren zeige, die einerseits alltagstauglich und andererseits ein bisschen individuell sind. Heute will ich euch also meine neu entdeckte Lieblingsfrisur zeigen: den Messy Bun, meinen liebsten Wuschelknoten auf dem Kopf. Ich zeige euch, wie ihr den so hinbekommt, dass er auch nach einem heißen Tanzabend noch genauso selbstverständlich lässig aussieht, wenn ihr loszieht,, und ich gebe euch ein paar Tipps, welche Strähnen ihr herausziehen und vielleicht sogar zu Locken drehen könnt. Also, bleibt dran.

Nicht nur nach einem heißen Tanzabend sollte die Frisur sitzen, dachte Svea, als sie die Kamera abschaltete und die SD-Karte wechselte, um Platz für Espens Fotos zu haben. Auch nach einer heißen Fotosession wäre es schön, wenn die Haare blieben, wo sie hingehörten.

Mit dem Make-up war sie zurückhaltend, sie legte nur einen Hauch Rouge und Mascara auf. Dazu den zartrosa Lippenstift mit Perlglanz – fertig war der Fotografenlook. Als Oberteil hatte sie sich für einen grob gestrickten weißen Pullover entschieden, der die Angewohnheit hatte, immer mal wieder über ihre Schulter zu rutschen. Dazu die hautenge anthrazitfarbene Jeans und die festen

Stiefel. Die Jeans zwickte ein wenig, vielleicht wäre es besser gewesen, sie nicht ganz so heiß zu waschen. Dafür machte sie einen wirklich tollen Hintern.

Obwohl sie ihren Look schon zehnmal kontrolliert hatte, musste Svea das Bedürfnis unterdrücken, noch einmal die Selfiekamera hervorzuholen, nachdem sie bei Espen geklingelt hatte. Auf einmal waren ihre Hände feucht und ihre Lippen trocken, und ihr Herz tat, als wolle es ihr aus der Brust springen. Alles fühlte sich so unwirklich an, als handele es sich tatsächlich um ein erstes Date mit einem Fremden.

Espen öffnete die Tür, ein warmer Lichtschein fiel heraus. »Hi.« Einen Moment lang sah sie nur seine Augen, deren Blick den ihren festhielt. Diese sanften grünen Augen, die sie von Anfang an so gemocht hatte, selbst wenn ihr Bruder über das Klischee gespottet hatte. Espen räusperte sich leise. »Komm doch rein.«

Seine spezielle Kiefern-Meeresfrische-Espen-Mischung stieg ihr in die Nase. Er trug eine extrem gut sitzende tiefblaue Jeans und ein schlichtes weißes T-Shirt. Die dunklen Haare hatte er locker in Form gegelt.

Svea stellte Kamera und Softbox-Tasche ab. Dabei fiel ihr Blick auf Espens Socken. Knallpink mit silbernen Glitzersternchen. Grinsend richtete sie sich wieder auf, versucht, eine kumpelhafte Bemerkung zu machen. Vielleicht würde es schwieriger werden als gedacht, so zu tun, als lernten sie sich gerade neu kennen.

Sie reichte ihm förmlich die Hand. »Svea Iversen, wir haben uns ja bereits getroffen.«

Seine Finger umschlossen ihre und hielten sie fest, während er ihr in die Augen sah. »Espen Solberg, sehr angenehm.« War das ein roter Schimmer an seiner Ohrmuschel?

»Sie tragen überaus kreativ ausgewählte Socken, Espen.«

»Freut mich, dass sie Ihnen gefallen.«

»Wollen wir gleich anfangen?«

Er ließ ihre Hand los und ging voran in die Werkstatt. Es war das einzige Zimmer seiner ausgebauten Scheune, das sie bisher nur selten betreten hatte. Der Raum war riesig. An der Rückwand befand sich ein aus Bohlen gebautes Regal, prall gefüllt mit allerhand Zeug. Auf den ersten Blick wirkte es chaotisch, doch dann erkannte Svea Strandgut aller Art, alte Metallwerkzeuge, Glasflaschen in allen Formen und Farben, rostige Bleche, Muscheln. Daneben dunkle Holzkästen mit vergilbten Silbergriffen. Allein mit Nahaufnahmen dieser Gegenstände hätte sie sich drei Tage lang beschäftigen können. In etwas Abstand von dem Regal stand eine grobe Werkbank im Raum, über der eine Fabrikleuchte sonnenwarmes Licht verteilte.

»Meinst du, damit kann man arbeiten?« Espen sah sie abwartend an.

»Auf jeden Fall. Genau, wie ich es in Erinnerung hatte. Es ist fantastisch.«

»Willst du vielleicht was trinken?«

Ja, irgendwas zum Abkühlen. »Wenn du einen Tee hast?«

»Ich hab auch Bier oder Wein.«

Grundgütiger, nur kein Alkohol. Das hier war schon herzflatternd, hormonpulsierend genug. Ein Glas Wein, und dieser Abend würde in Espens Bett enden. »Tee ist prima, ich bin ja sozusagen bei der Arbeit.«

Während Espen Richtung Küche verschwand, baute Svea das Stativ auf, machte ein paar Probeaufnahmen und versuchte, ihr Inneres zur Ruhe zu bringen. Sie war zum Fotografieren hier. Durch die Linse verfolgte sie, wie Espen seine Werke nach ihren Anweisungen aufbaute. Seine Hände schienen die samtig glatten Oberflächen zu liebkosen, er glitt mit beinahe sinnlichen Berührungen daran entlang. Svea hatte die Kamera längst vom Stativ genommen und fotografierte aus der Hand. Sie suchte sich ungewöhnliche Winkel, spielte mit Schärfen und Unschärfen, mit Licht und Schatten.

Espens Hände am Holz, dahinter schemenhaft sein T-Shirt und sein Hosenbund. Espens Gesicht, wie er lächelnd nach unten auf die verschwommene Lampe im Vordergrund sah, Fokus auf die geschlossen wirkenden Augen. Fokus auf das sinnlich-versonnene Lächeln. »So?«

Sie sollte Bilder von seinen Werken machen, nicht von ihm. Und sie sollte nicht bei allem, was er tat, an Sex denken. Ganz bestimmt sollte sie, während er harmlos einen Lampenständer umfasste, nicht daran denken, wie er die Finger um etwas ganz anderes legte. Was stimmte nicht mit ihr? Hier ging es darum, eine neue Art von Zusammensein zu finden. »Perfekt«, sagte sie. »Gehst du mal aus dem Bild, bitte? Ich habe jetzt einige Fotos davon gemacht, auf denen du ansatzweise mit drauf bist. Ich hätte gern noch welche ohne dich.«

Espen kam zu ihr. Er berührte sie nicht, er stand einfach hinter ihr. Aber wie sollte sie sich konzentrieren, wenn ihre Antennen nur auf ihn ausgerichtet waren? Wenn sie sich vorstellte, er würde einen Schritt nach vorn tun, sich an sie pressen, von hinten ihre Brüste umfassen … Aufhören, Hirn. Sofort.

Sie hockte sich hin. Die Lampe im Vordergrund verschwamm jetzt, während die Kamera die gut ausgeleuchteten Strandholzstöcke scharf sah. Die Luft vibrierte. Mit einem Mal war Svea sich überdeutlich bewusst, auf welcher Höhe sie sich gerade befand. Schnell richtete sie sich auf. »Ich glaub, das war's.«

»Schade, Frau Iversen. Es ist sehr vergnüglich, Ihnen beim Arbeiten zuzusehen. Wollen wir die Aufnahmen gleich noch am Computer sichten?«

Jetzt neben ihm sitzen? Oberschenkel an Oberschenkel, Schulter an Schulter, Lippen an … Ihr Körper würde sofort auf Autopilot gehen. »Wenn wir das tun, kannst du dein Drehbuch zum Fenster rauswerfen, das weißt du, oder?« Bloß war der Autopilot längst angesprungen. Ihr Körper wusste genau, was er jetzt wollte. Entweder sie ging – oder sie drehte die Situation. »Wie wäre es noch mit ein paar Bildern von dir?«

Espen sah sie zweifelnd an. »Und wer soll sich die ansehen?«

»Keine Ahnung. Ich, du. Kannst du später denen Enkelkindern zeigen oder so. Seht her, Kinder, so ein Hottie war Opa mal.«

Sein Lächeln wirkte gequält. »Eher unwahrscheinlich.«

»Wieso? Willst du nicht irgendwann Kinder haben?« Hoffentlich war das nicht zu aufdringlich gewesen. »Also, in ferner Zukunft, meine ich?«

Espen lächelte sein schönstes, glattestes Fassadenlächeln. »Frau Iversen, ich weiß Ihr Interesse zu schätzen, aber lassen Sie uns doch für heute im Moment bleiben.«

Das sagte er so freundlich, und dennoch hatte sie das sichere Gefühl, vermintes Gebiet betreten zu haben. »Du kannst auch bei deinen Geschwistern damit angeben.«

»Solange du sie nicht meistbietend verkaufst … Und keine Nacktfotos, ja?«

Sie zuckte zusammen. Aber woher sollte er wissen, dass er gerade eine Bombe gezündet hatte? Das fiel definitiv unter die Kategorie ›Skelette im Keller‹. Sie würde es ihm irgendwann erzählen, vielleicht. »Das würde ich nie, niemals tun, und das weißt du.«

»Das weiß ich, Sweeny. Es war ein Witz.«

»Klar.« Atmen, lächeln. »Na los, du und dein Werkzeug fürs Praxiswartezimmer.«

»Von wegen.«

»Sie würden von nah und fern kommen. Ich werde die schärfsten Bilder von dir machen, die je in einem Wartezimmer hingen.«

»Schön, dass Kris das Budget unter sich hat. Der würde dem im Leben nicht zustimmen.«

Sie lachte. »Na los, es muss nicht alles einen tieferen Sinn haben. Und du hast schöne Hände.«

Ratlos drehte er seine Hände hin und her. »Meinst du?«

»Eindeutig. Stell dich einfach hinter die Werkbank und tu so, als würdest du arbeiten und deine Werke bewundern.«

Er ging zur Werkbank. »Das ist albern.«

»Sagt der Mann mit den pinkfarbenen Glitzersocken.«

»Notwendiges Accessoire, um von meinen neuen Boxershorts abzulenken.«

»Warum sollte ich auf die achten?« So glaubhaft.

Espen besaß die Frechheit, nur wissend zu grinsen. Das warme Licht badete die Ansätze seines Bizeps und seine Unterarme, auf denen sich Adern und Sehnen deutlich abzeichneten, in Gold. Vielleicht sollte sie sich die Augen zukleben. Und die Nase. Und eigentlich alle Sinnesorgane.

»Frau Iversen, darf ich etwas Persönliches sagen?«

»Solange es nicht zu persönlich ist … Ich werde heute nicht mit Ihnen ins Bett gehen, Herr Solberg.«

»Sind Sie sich da sicher, Frau Iversen?« Espen und sie waren durch die Werkbank voneinander getrennt, doch die Funken, die zwischen ihnen knisterten, überbrückten diese Distanz mühelos.

Svea schenkte ihm ein laszives Lächeln. »Auf jeden Fall, Herr Solberg. Was wollten Sie sagen?«

»Ich wollte sagen, dass ich Ihren Nacken mit dieser Hochsteckfrisur äußerst anregend finde. Und ich wollte Sie fragen, ob ich Sie in den nächsten Tagen mal nach Stavanger einladen darf.«

»Mein Nacken ist anregend?«, fragte Svea mit ihrer normalen Stimme.

»Dein Nacken ist extrem scharf. Und deine Schulter da unter dem Pullover auch. Ich musste mich eben sehr zusammennehmen, als ich hinter dir stand. Schließlich soll das hier nicht ausarten.«

Sie stellte die Blende ein. »Du darfst mich sehr gern nach Stavanger einladen. Aber erst stehst du mir ein bisschen Modell.«

»Okay. Was muss ich tun?«

Im Kopf hatte sie eine bestimmte Vorstellung, welchen Effekt sie erzielen wollte. Heißer Typ mit Werkzeug. Espen hatte keinen künstlichen Waschbrettbauch, und er quälte sich auch nicht damit, seinen Oberkörper zu wachsen, aber man konnte ihn durchaus anschauen. »Ich hätte gern ›Heißer Typ, dessen Oberkörper man zu sehen erhofft‹.«

»Ich bin heiß, ja?«

»Blödmann, du weißt, dass ich auf dich stehe.«

Herausfordernd zog er das Shirt ein Stück hoch und betrachtete sie von unten herauf.

»Du machst das gut.« Locker, kumpelhaft, sehr gut. Ignorier das Kribbeln im Unterleib. Espen schien das Posieren jetzt zunehmend Spaß zu machen, und Sveas Kamera jubilierte. Dieses goldene Licht, dieser schöne Mann, diese … »Was tust du?«

Er grinste und ließ das Shirt auf den Boden fallen. »Du sagtest, du hoffst, meinen Oberkörper zu sehen.«

»Ja«, sagte Svea und ließ den Blick über seine Schlüsselbeine gleiten, die Brustmuskeln, seinen Bauch, die feinen Härchen, die sich nach unten zogen. Schnell hob sie die Kamera.

Den Blick konzentriert auf sie gerichtet, öffnete er den obersten Knopf seiner Jeans. »Ich hasse dich«, knurrte sie, und er lachte leise. Durch den Sucher holte sie seinen Hosenbund zu sich heran, die Ansätze seiner Bauchmuskeln, den Bund der Boxershorts, sah seine Hände, die einen weiteren Knopf öffneten. Sie konnte nicht mehr. Aber sie wollte diese Bilder.

»So geht das nicht.« Ihr Pullover rutschte ihr über die Schulter, während sie den Raum mit wenigen Schritten durchquerte. Sie war heute nur die Fotografin.

Von Espen strahlte Hitze ab wie von einem Ofen. »Ich würde jetzt gern deinen Nacken küssen.«

Svea schluckte. »Das wäre ziemlich ungehörig bei einem Geschäftstermin.« Sie sah ihm ins Gesicht, während sie einen weiteren

Hosenknopf öffnete. Seine Nasenflügel weiteten sich, sein Blick ruhte auf ihrem Gesicht. Ihr Zeigefinger streifte aus Versehen seine engen Boxershorts, und Espen sog scharf die Luft ein. »So ist es besser«, sagte Svea, bevor sie wieder flüchtete. »Und die Hose noch ein kleines Stück runter, bitte.«

Sie hatte sich nicht zu viel vorgenommen. Es wurden die schärfsten Fotos, die je jemand von einem Arzt gemacht hatte.

»Die Hand locker in den Hosenbund.«

Espen lachte tonlos auf. »Keine Chance. Dann kann ich für nichts garantieren.«

Tu's, dachte sie. Ich will zusehen, und ich will dabei dein Gesicht fotografieren. Ich will den Moment für ewig festhalten, in dem die Lust über dir zusammenschlägt. »Das ist sehr schade, Herr Solberg.« Sie riss den Blick von Espen los, der sein T-Shirt wieder überstreifte. »Nun, ich denke, dann war es das für heute. Ich werde mich mit Ihnen in Verbindung setzen.«

»Es war … höchst interessant, Frau Iversen. Verlaufen Ihre Fototermine immer so anregend?«

»Nein, Herr Solberg, in der Regel nicht.«

»In der Regel?« Katzenhaft leicht kam er zu ihr herüber. »Haben Sie denn öfter derartige Aufträge?« Sein Gesicht war viel zu nah an ihrem.

»Seit ich dich kenne, eher weniger.«

Sie traten zeitgleich einen Schritt zurück, bevor Espen sich noch einmal räusperte. »Jedenfalls war es cool. Und wir haben es beinahe hinbekommen, so zu tun, als träfen wir uns das erste Mal.«

Svea grinste, um die Spannung noch weiter aufzulösen. »Du meinst, wenn du eine Frau zum ersten Mal triffst, ziehst du dich sonst auch immer aus.«

»Ich treffe wenige Frauen öfter als einmal.« Ein ernster, fast bitterer Unterton hatte sich in seine Stimme geschlichen, obwohl er lächelte.

»Richtig, da war was.«

»Nicht streiten, Sweeny, bitte. Nicht jetzt.« Auf einmal sah er müde aus. »Das mit Amalie war blöd, aber du und ich, wir waren nicht zusammen, und ich hab dafür gebüßt.«

Er hatte recht, und sie war unfair. »Hattest du vorhin eigentlich Tee gekocht?«

Der Tee in der Küche war längst kalt geworden. Espen versorgte seine einsame Yuccapalme damit und stellte den silbernen Wasserkessel erneut auf den Gasherd. Svea suchte sich den bequemsten Stuhl seines Sammelsuriums heraus – einen Korbstuhl – und setzte sich mit unter dem Hintern zusammengefalteten Beinen. Der Stuhl knarrte.

Kurz darauf saß Espen auf der anderen Tischseite, er hatte den Holzstuhl gewählt und die Beine auf dem Bistrohocker daneben ausgestreckt. Dampf stieg von den Tassen auf, um die sie beide wie Spiegelbilder ihre Hände gelegt hatten. Espen pustete in seine Tasse. »Ich hatte keine anderen Frauen, seit ich dich kenne.«

»Wir haben uns keine Exklusivität versprochen.«

Er zuckte die Schultern. »Ich wollte keine.«

»Außer Amalie.«

»Du hattest dir auf Toms Party diesen Typen geangelt –«

»Der sich als oberlangweilig herausgestellt hat –«

»Und ich war megabetrunken. Mildernde Umstände.«

Sie beugte sich vor. »Du hast es der fast vor meinen Augen gemacht!«

Auch Espen lehnte sich über den Tisch zu ihr. Seine Augen sprühten Funken. »Während der Typ seine Zunge bis zum Anschlag in deinem Hals hatte.«

»Ich bin aber nicht drei Tage lang mit dem Hand in Hand durch den Ort gelaufen und habe große Liebe gespielt.«

Espen ließ sich wieder nach hinten fallen und rieb sich mit beiden Händen übers Gesicht. »Hör zu, ich mag wissen, wie man Frauen ins Bett bekommt, aber ich bin nicht besonders gut in

Beziehungen. Ich weiß nicht, wie das geht. Aber ich würde es gern von dir lernen.«

Weil sie ja die Meisterin darin war. »Dann wohl eher mit mir zusammen«, sagte sie zu ihrer Tasse.

»Meinst du, wir werden jemals normal miteinander umgehen können?«

»Tun wir doch gerade.«

»Stimmt. Normale Leute schwanken auch immer zwischen lässiger, berührungsloser Freundschaft und totalem Scharfsein aufeinander.«

Der aufsteigende Dampf verwirbelte, als Svea auflachte. »Welcher Teil ist das hier gerade? Vorspiel?«

»Ich weiß nicht«, sagte Espen langsam. »Vielleicht ist es tatsächlich etwas zwischen den beiden Polen. Oder jenseits davon.«

Erstes Date. Reden. Kennenlernen. Hobbys, Interessen, noch keine Skelette aus dem Keller.

In diesem Fall: Ausflug nach Stavanger. Mit Umarmung zur Begrüßung.

Es regnete nicht, Stavanger zeigte sich freundlich. Und Svea war mindestens so aufgekratzt wie Espen selbst. Es war keine schlechte Sache, dieses Dating. Vielleicht würden sie den Modus zwischen Freundschaft und schnellem Sex tatsächlich eines Tages finden. Svea hatte die Haare zu einem lockeren Dutt zusammengedreht, sie trug wieder diese Jeans, bei der er ihr immer auf den Hintern sehen musste, und dieselben Stiefel wie bei ihrer Fotosession. Espen konnte sich nicht vorstellen, dass die kurze Jacke sie wärmte, und um den Hals hatte sie einen dieser lockeren Schals geschlungen, bei denen er sich immer fragte, ob sie nicht nur dekorativen Zwecken dienten. Aber sie hatte rote Wangen, und ihre Augen leuchteten, als sie seine Hand nahm und aufgedreht durch die Luft schwenkte. Vor ihnen lag der graffitibesprühte Kletterspielplatz auf dem Vorplatz des Ölmuseums, der bei Erwachsenen ebensolchen Anklang fand wie bei Kindern.

Ohne seine Hand loszulassen, sprang Svea auf eine der schmalen Mauern und balancierte darauf entlang. »Das ist bisher ein sehr gelungenes zweites Date, Herr Solberg.«

»Genau genommen ist es das erste.« Die Mauer wurde nach und nach höher, inzwischen musste er sich recken, um noch an Sveas Finger zu gelangen.

»Wieso das –« Sie schwankte, ruderte mit den Armen und verlor das Gleichgewicht. Mit einem Satz landete sie vor ihm und stolperte in seine Arme. Weiche Haare in seinem Gesicht, Apfelshampoo, Vanille, Svea.

Sveas Hände, die sich an seinem Oberkörper abstützten.

Sveas Lippen. Direkt. Vor. Seinen. Sveas Atem, sein Atem.

Sie lachten zeitgleich nervös auf, und zeitgleich machten sie einen Schritt zurück, wobei Svea gegen die Mauer stieß.

»Au.« Sie rieb sich den Ellbogen.

»Wir lernen das noch.«

»Meinst du.«

»Wenn wir uns Mühe geben.«

»Ich möchte das, mir Mühe geben.« Ganz zart berührte sie mit der Kuppe ihres Zeigefingers seine Lippen.

»Ich auch«, antwortete Espen, nachdem er einen Kuss auf die Fingerspitze gehaucht hatte. »Kaufen wir dir jetzt ein Kleid?«

Svea nickte. Die Strähnen, die sich aus dem Knoten auf ihrem Kopf gelöst hatten, wehten ihr ins Gesicht.

Er bot ihr seine Hand.

Sie grinste zu ihm hoch. »Und wir lernen uns kennen. Stell mir eine Frage.«

»Was für eine Frage?«

»Irgendeine. Etwas, das du immer schon über mich wissen wolltest.«

Wie du zu der Überzeugung gelangt bist, feste Beziehungen würden wehtun, dachte Espen. Denn dass das nur an deinen Eltern liegt, glaube ich einfach nicht. Doch das fiel eindeutig in die Kategorie ›Skelette im Keller‹. »Wie bist du auf die Idee für deinen YouTube-Kanal gekommen?«

»Es war ein bisschen Rebellion dabei. Ich wusste, meine Eltern würden es hassen. Sie leiden ja immer noch darunter, dass ich nicht Jura studiert habe. Ich bin dran. Was hat dich in der letzten Stunde am meisten erstaunt?«

Espens Blick fiel auf ihre verflochtenen Hände. »Das verrate ich dir, sobald ich mich traue. In welche Stadt würdest du gern mal reisen?«

»Venedig, bevor es untergeht«, sagte Svea, ohne zu zögern.

Auf dem Weg in die Altstadt warfen sie sich weiter Fragen zu, wichtige und unwichtige. Sie waren verflucht geübt darin, das Entscheidende zu umschiffen.

»Warum hast du nicht Jura studiert?«, fragte er, als sie an einer Ampel auf Grün warteten.

Ihr Griff um seine Hand wurde kaum merklich fester. »Weil ich es nicht wollte.« Sollte er an der Stelle nachhaken? Alva hätte gesagt, ja. Krister hätte gesagt, nein. Espen entschied sich für nein. Wenn Svea ihm die Geschichte erzählen wollte, würde sie es tun. Sie hatten beide ihre kleinen oder größeren Geheimnisse.

»Sweeny? Ich mag es, deine Hand zu halten.«

»Geht mir auch so.« Sie blieb stehen und sah ihn an. »Es ist ein gelungener Dating-Fortschritt.«

»Ich …« Er legte ein Lächeln über die Erbärmlichkeit des Ganzen. »Ich wollte dir noch sagen, was mich am meisten erstaunt hat. Es ist, wie gut es sich anfühlt, Hand in Hand zu laufen. Ich habe das noch nie vorher getan.«

»Du meinst, ich bin die Erste?«

Hoffentlich wirkte sein Schulterzucken einigermaßen lässig. »Ganz eventuell habe ich in der siebten Klasse mal mit einem Mädchen Händchen gehalten. Genau weiß ich das nicht mehr, da –« Da hatte ich anderes zu denken. »Auf jeden Fall gefällt es mir.«

»Mir auch.« Sie bogen in eine der schmalen Einkaufsstraßen ein, die von niedrigen weißen Holzhäusern gesäumt wurde. Es war so typisch für Svea, in einer kleinen Boutique einzukaufen und nicht in einem Kaufhaus.

Es war an der Zeit, sich noch einen Schritt nach vorn zu wagen. »Du hattest übrigens recht, Doktor Freud.«

»Womit?«

Grundgütiger, wieso war es leichter, eine Krebsdiagnose auszusprechen, als über seine eigenen Ängste zu reden? »Damit, dass ich keine Beziehungen habe … hatte …« Sie sah ihn mit hochgezogenen Augenbrauen an. »Es vorgezogen habe, unverbindlichen Sex zu haben, weil ich den Gedanken nur schwer ertragen kann, von jemandem verlassen zu werden.«

»Du meinst, dann lässt du dich gar nicht erst auf was ein?«

»Billig, oder?« Er seufzte. »Aber: Ja, ich schätze, das trifft es. Falls wir das hier durchziehen, wirst du mich vielleicht manchmal daran erinnern müssen, keine Klette zu sein.«

Sveas Arm glitt um seine Taille, aber ihre Stimme war zu hoch. »Falls.«

»Wir wollten die schwierigen Themen noch aussparen, aber warum ist es dir so wichtig gewesen, dass aus uns nichts Festes wird?«

»Ist das hier nicht gerade erst unser erstes Date?«

Sie hatte recht, und er hätte mit dem Psychologisieren nicht anfangen sollen. Das waren drei Schritte auf einmal. Bei einem normalen Kennenlernen packte man auch nicht gleich alles aus. Er hatte das nicht ohne Grund so aufgeschrieben.

Sveas Telefon gab das schrille Piepen von sich, das für ihre Mutter reserviert war. Entschuldigend sah sie ihn an. »Tut mir leid, ich muss das annehmen, sie wird sonst keine Ruhe geben. Du weißt, wie sie ist.«

»Ja.« Wer hätte gedacht, er könnte Sveas Mutter einmal dankbar für ihre Anrufe sein. Vielleicht war es ganz gut, dass sein Geständnis unterbrochen worden war. Während Svea telefonierte, tat Espen sein Bestes, nicht zuzuhören, sondern löste sich von ihr und betrachtete die Schaufenster der Bars und Boutiquen. Von mehreren machte er Fotos und schickte sie Linnea als Anregung für ihr zukünftiges Café.

Apfelblüten-und-Herbstfrische-Duft wehte Svea an seine Seite zurück. Ohne zu zögern, legte sie den Arm wieder um seine Taille, und er tat es ihr nach. »Meine Mutter hat ein Zimmer für uns im Grand Hotel gebucht.«

»Eins?« Er sah Svea im Ballkleid vor sich stehen und gestattete sich eine kleine, schmutzige Fantasiereise.

Svea lächelte breit. »Es hat einen Pool und ein Spa auf dem Dach.«

»*Ein* Zimmer?«

»Bestimmt gibt es ein Sofa, auf dem du schlafen kannst.« Sie knuffte ihn freundschaftlich, und aus irgendeinem Grund war Espen sicher, sie tat das nur, um davon abzulenken, dass sie ihn viel lieber küssen wollte.

Acht

Das Kleid war ein Traum in Grün mit einem engen Oberteil und schwingendem, halbtransparentem langem Rock. Svea hatte Espen überredet, eine Krawatte und ein Einstecktuch in derselben Farbe zu kaufen. Vor ihrem geistigen Auge sah sie sich an Espens Arm durch die Menge der Gäste schreiten, lächelnd und mit erhobenem Kopf. Sie wusste, wie wenig schlau es war, sich von der Meinung irgendwelcher Fremder abhängig zu machen. Was nichts daran änderte, dass sie froh war, nicht an Thorbjørn Haugen verschachert worden zu sein, weil sie bedauernswert allein auftauchte. Bei dem Gedanken an ein Wochenende mit Espen freute sie sich inzwischen tatsächlich auf das Fest.

Montagabend war der Zug nach Oslo gebucht, der Maniküretermin am Freitagmorgen stand, die Packliste klemmte angefangen am Badezimmerspiegel.

Jetzt war Espen beim Friseur und noch irgendetwas einkaufen, was er ihr nicht verraten wollte, und Svea verbrachte einen Frauenabend mit Alva, Annik und Hanne. Im Moment allerdings trieb sich zumindest ein Mann noch in der Küche herum.

»Irgendjemand Glühwein?« Krister stand mit einer Schöpfkelle in der Hand am Herd.

Annik und Alva hoben die Hände, Hanne streichelte ihren Babybauch und schüttelte den Kopf.

»Kinderpunsch?«

Es roch verlockend, aber Svea hatte nicht vergessen, dass ihre Lieblingshose kniff.

»Svea, was ist mit dir?«

Die anderen würden sie für die letzte Tussi halten, aber sie hielt ihren Körper nicht in Form, um dann abends mit wenigen Minuten Genuss alles wieder zu zerstören. »Ich hab meine Kalorienzahl für heute erreicht.«

So ausgesprochen hörte es sich albern und eitel an, doch Alva lachte freundlich. »Wie gut, dass ich mir darum keine Gedanken machen muss, da eh alles zu spät ist.«

Svea konnte an Alvas Körper beim besten Willen nichts entdecken, was diese Aussage gerechtfertigt hätte. Gut, ihre Chefin und Freundin war nicht so trainiert wie sie und auch nicht ganz so schlank – aber in Sveas Augen war sie ganz genau richtig so. »Ich finde dich sehr hübsch«, sagte sie ehrlich.

»Wow, danke.«

»Das meine ich ernst. Ich … manchmal wünsche ich mir, ich könnte damit so locker umgehen wie du, aber … keine Ahnung, es geht halt nicht.«

»Willst du üben und ein Miniglas Glühwein mit uns trinken?«, fragte Alva.

»Es würde mein Sechzehnstundenfenster um zwei Stunden nach hinten schieben.« Wie blöd konnte man sich denn bitte vorkommen? »Außerdem vertrage ich nichts. Das letzte Mal, als ich was getrunken habe, hätte ich beinahe Krister vernascht.«

Aus der Küche kam ein trockenes Husten.

»Ach komm.« Dieses Thema war weit einfacher. »Ich hätte dich rumgekriegt, wenn ich es drauf angelegt hätte.«

Annik sah höchst interessiert aus, und Krister zog eine Augenbraue hoch.

»Okay, vielleicht nicht«, gab sie zu. »Ohnehin hätte ich es nur getan, um …« Um Espen die Sache mit Amalie heimzuzahlen. »Jedenfalls wäre es gelungen, wenn du nicht schon total scharf auf Annik gewesen wärst.«

»War ich aber.« Krister machte auf seinen Krücken zwei große

Sätze zu Annik und küsste sie. Sie gab ein Geräusch von sich, das irgendwo zwischen Schnurren und Lachen lag. Die rechte Krücke sollte wohl an der Sofalehne landen, fiel aber zu Boden, als Krister Annik die Hand in den Nacken legte und sie sich an ihn schmiegte.

»Leute, hier sind Kinder«, sagte Alva.

»Hier sind«, murmelte Krister zwischen zwei Küssen, »keine Kinder.« Was stimmte. Anniks Sohn Theo war im Obergeschoss – außerdem hatte er seine Mutter garantiert schon vorher küssen gesehen.

Trotzdem schnappte Alva sich ein Kissen und warf es ihrem Bruder an den Kopf. »Hau ab, Lüstling. Wir haben Frauenabend. Weißt du, was das heißt?«

Mit einem Luftkuss in ihre Richtung hopste Krister zur Treppe.

»Schön«, sagte Annik. »Dann können wir jetzt endlich über die wichtigen Dinge des Lebens plaudern. Alles, was nur Frauen angeht.«

»Politik zum Beispiel«, sagte Svea.

»Genau.«

»Globale Wirtschaftsverflechtungen.«

»Sport.«

»Nein, beim Sport dürfen ab und zu auch Männer mitreden.« Alva ließ sich behaglich nach hinten fallen. »Wissenschaft.«

Svea angelte nach dem Wasserkrug auf dem Tisch. »Lasst uns mit Politik anfangen, man kann schließlich nicht den ganzen Tag über ernste Themen wie heiße Sixpacks und Make-up sprechen.«

»Apropos Sixpacks. Was läuft denn jetzt eigentlich zwischen dir und meinem Brüderchen?«

»Seit wann hat Espen einen Sixpack?«, fragte Hanne.

»Könnt ihr die arme Svea mal in Ruhe lassen?« Annik verdrehte die Augen und schüttelte den Kopf, wobei sie Svea verschwörerisch angrinste. Klar, Annik wusste genau, wie es sich anfühlte, wenn der ganze Ort die eigene Beziehung beobachtete. »Ich wüsste nicht, was euch das eine oder das andere angeht.«

»Es ist okay«, sagte Svea. »Espen hat mir von den Wetten erzählt.«

»Der Verräter!«, sagte Alva zeitgleich mit Hanne. »Und?«

Auf einmal wollte Svea es erzählen. Dass ihre Freundschaft gewisse Vorzüge gehabt hatte, wusste niemand. Aber dass etwas zwischen ihnen kribbelte, war wohl doch offensichtlicher gewesen, als sie selbst hatte wahrhaben wollen. Es jetzt auszusprechen, war wie damals, als sie in der zehnten Klasse ihrer besten Freundin gestanden hatte, dass sie in Mohamed aus der Elften verliebt war. Vermutlich grinste sie wie ein Honigkuchenpferd. »Wir … wir daten.«

»Yes!« Hanne boxte in die Luft. »Endlich.«

»Bist du verliebt?«, fragte Alva direkt.

Annik stupste sie am Oberarm. »Was ist denn das bitte für eine Frage?«

Ungerührt zuckte Alva mit den Schultern. »Ich habe Espen gegenüber behauptet, Svea sei in ihn verliebt. Ich stehe blöd da, wenn es nicht stimmt.«

»Alva! Kannst du aufhören zu kuppeln?«, fragte Hanne.

»Habe ich überhaupt nicht getan. Espen ist mein Bruder, schon vergessen? Und er hat mir gesagt, dass er Svea mag und nicht weiß, wie er damit umgehen soll. Und ich habe geantwortet, dass das erstens ohnehin ganz Lillehamn weiß und dass Svea zweitens seit Jahren in ihn verschossen ist.«

Sveas empörtes »Was, bitte?« wurde überschrien von Hannes »Seit Jahren?« und Anniks »Wieso wusste ich das nicht?«.

Es war wirklich wie in der zehnten Klasse. »Ihr seid echt blöd«, sagte Svea lachend. »Können wir jetzt zu den Frauenthemen zurückkehren?«

»Bist du verliebt?«

»Ja. Glaub schon.«

Hanne und Alva wechselten einen schnellen Blick.

»Was ist?«, fragte Svea.

Hätte Svea nicht ihre Kindheit mit einer Mutter verbracht, die falsches Lächeln perfektioniert hatte, hätte sie vielleicht nicht gemerkt, dass hinter Alvas Lächeln etwas Vorsichtiges lag. »Nichts. Wir freuen uns für euch, wenn ihr das miteinander hinbekommt. Espen ist lange genug durch die Gegend getingelt.«

Die letzten zwei Jahre nicht mehr, dachte Svea. »Reden wir wieder über Frauenthemen.«

»Sixpack?«, fragte Annik.

»Gibt noch andere. Rezepte. Pinterest.«

»Fensterdeko.«

»Diäten.«

Selbst ohne Alkohol fühlte sich Svea in der aufgekratzten Runde wie beschwipst. Als hätte sie Freundinnen. »Oder über das nervige Geblute.« Noch während sie den Satz beendete, kam die Erkenntnis. Rings um sie ging das gut gelaunte Geplänkel weiter, während Svea sich am Sofakissen festhielt.

»Was haltet ihr von der Erschließung der neuen Ölfelder?«, fragte Alva. »Ich finde, Norwegen sollte sich mehr auf …« Der Rest rauschte durch Sveas Bewusstsein, ohne einen Sinn zu ergeben.

Die Übelkeit. Die schmerzenden Brüste. Die elende Emotionalität. Das permanente Bedürfnis, Espen ins Bett zu zerren. *Du siehst verändert aus,* hatte Annik gesagt.

Ach. Du. Scheiße. Tonlos fragte Svea: »Wann ist Vollmond?«

Drei Augenpaare, drei verwirrte Gesichter.

»Vollmond«, wiederholte sie, das Zittern niederkämpfend, »wann ist Vollmond?«

»Nächste Woche«, sagte Hanne zögernd. »Warum?«

Der Boden schwankte. Die Welt schwankte. Ihr ganzes kontrolliertes Leben schwankte. Sogar die Sofalehne, die sie umklammerte, schwankte.

»Alles okay?«, fragte Alva besorgt.

Klar. Alles super, alles … »Sicher.« Svea Iversen lächelte Momente wie diesen gekonnt weg. »Mir ist nur gerade etwas eingefallen, das ich vergessen habe. Ich will unbedingt die Vollmond-Challenge von *Outdoorbeauty* mitmachen und habe dafür noch nichts vorbereitet.« Das Schöne daran, wenn man ein so ungewöhnliches Hobby hatte, war ja, dass nur die Beteiligten es wirklich begriffen. Ihren Kolleginnen hätte Svea sonst was erzählen können. »Darauf freue ich mich schon ewig«, fantasierte sie weiter. »Außerdem kann man eine wirklich gute Kamera gewinnen, und wenn ich die Chance nicht nutze, würde ich mich extrem ärgern.« Vielleicht sollte sie sich bei ihrer Mutter bedanken, dass sie ihr das Lügen so gründlich beigebracht hatte.

»Ich mag deinen Kanal übrigens wirklich gern«, sagte Annik.

»Echt? Das freut mich.«

»Ja, ich komme nicht oft zum Schauen, aber ich finde deine Videos schön gemacht. Und du kommst supersympathisch rüber.«

»Danke.« Svea Iversen konnte selbst dann noch lächeln und sich bedanken, wenn ihr Inneres sich in einem Zustand vollkommener Auflösung befand. Wenn sie etwas gelernt hatte, dann das.

Hanne streichelte abwesend ihren gerundeten Bauch. »Sollte ich mir auch mal angucken. Ich hab mir das schon so oft vorgenommen, Svea, aber mit den Kindern … Es ist viel Arbeit, solche Videos zu machen, oder?«

Svea nickte. Irgendwie schaffte sie es, die nächste Stunde über zumindest ansatzweise an den Gesprächen teilzunehmen, während es in ihrem Hinterkopf summte. Von Praxisanekdoten kamen sie schnell zu ernsteren Themen wie der Hilflosigkeit, manchmal nicht helfen zu können. Es waren gute Gespräche, und normalerweise hätte Svea sie genossen. Trotzdem hielt sie es nicht mehr aus.

»Mir ist das unglaublich unangenehm, aber ich würde heute tatsächlich gern noch was für die Challenge tun. Die Chance ist zu gut, um sie nicht zu nutzen.« Sie stand auf, und Alva erhob sich ebenfalls. »Schade. Aber schön, dass du da warst. Wir sollten öfter solche Abende machen.«

»Gern.«

»Wie kommst du nach Hause?«

»Ich laufe«, sagte Svea. »Es dauert nur fünfzig Minuten, und ich kann mir dabei Notizen ins Telefon sprechen.« Oder gepflegt hyperventilieren, ohne dass es jemand mitbekommt.

»Soll dich nicht schnell jemand von uns rumbringen?«

»Nein, wirklich, das ist okay.« Sie musste weg hier, sie musste allein sein mit dieser überwältigenden, erschreckenden Möglichkeit, und sie musste Gewissheit haben. Schnell umarmte sie ihre Freundinnen zum Abschied.

Wenn ihr wüsstet, dachte sie, während sie kurz darauf mit hämmerndem Herzen in Richtung Praxis lief. Ihr Atem kondensierte in der Luft. Gewissheit, sie brauchte Gewissheit. Ihre Gedanken torkelten durcheinander. Was, wenn sie tatsächlich schwanger war? Sie mochte ihr Leben, wie es im Moment war. Sie mochte ihre Beziehung zu Espen, wie sie vielleicht eines Tages werden würde. Wollte sie jetzt ein Kind? Konnte ihre Beziehung im jetzigen Zustand ein Kind verkraften?

Außerdem konnte sie nicht schwanger sein. Wie denn? Ihr Körper zickte nur ein wenig herum wegen der neuen Trainingsroutine. Sie konnte einfach nicht … Zittrig fummelte sie den Praxisschlüssel ins Schloss und öffnete die Tür. Sie verzichtete darauf, im Flur Licht zu machen, sondern hetzte im Dunkeln ins Labor. Während hier die Energiesparlampe langsam heller wurde, öffnete Svea mit fliegenden Fingern den Schrank mit den Teststreifen. Blutzucker, pH-Wert. Schwangerschaft.

Ohne auch nur die Jacke auszuziehen, lief sie mit einem der Streifen ins Bad. *Hey, Espen, ich weiß, wir wollten erst mal vorsichtig so tun, als wären wir noch ganz am Anfang, aber – herzlichen Glückwunsch – du wirst Vater.*

Es dauerte keine zehn Sekunden, bis das Ergebnis kam. Svea hatte gerade ihre Hose wieder angezogen. Mit dem Papierstreifen in der Hand taumelte sie zurück ins Labor und ließ sich auf den Boden sinken. Der Ausschlag war nur sehr blass, aber unverkennbar vorhanden.

Sie hatten verhütet. Niemals hätte sie mit jemandem geschlafen, ohne zu verhüten, und Espen schon gleich gar nicht, der war regelrecht panisch, was das anging.

Sie konnte nicht schwanger sein.

Sie wollte nicht schwanger sein.

Wie in Trance stellte sie die Teststreifenpackung zurück in den Schrank. Verflucht, sie hatten doch nie ohne … Das hier, das musste ein böser Traum sein.

Svea lachte hysterisch auf. *Übrigens, Vater, ich bekomme ein uneheliches Kind von meinem Boss.* Scheiße! Sie konnte nicht verhindern, dass ihr die Tränen kamen. Svea Iversen, designierte Erbin von Iversen Real Estate, saß in einer Arztpraxis am Ende der Welt auf dem blassgrünen Linoleumboden und heulte. Von wegen Contenance.

Sie hatte die Arme um die Knie gelegt und den Kopf darin vergraben. Der Teststreifen des Untergangs lag zwischen ihren Schuhen.

Schwanger.

Einfach so.

Da, wo eben noch unendlich viele Gedanken gewesen waren, herrschte jetzt nur noch Leere. Svea starrte blicklos auf den Teststreifen, eine Ewigkeit lang. Als sie sich aufrichtete, waren ihre Gelenke steif geworden. Ächzend, als wäre sie sechsundachtzig statt sechsundzwanzig, kam sie auf die Füße. Sie kontrollierte, ob sie alles ordnungsgemäß zurückgelassen hatte, schaltete das Licht aus und tastete sich durch den dunklen Flur zurück zur Tür. Nieselregen benetzte ihr Gesicht, sobald sie hinaustrat.

Wollte sie ein Kind mit Espen Solberg, von dem sie vor nicht allzu langer Zeit noch angenommen hatte, er wäre nur daran interessiert, unverbindlich mit ihr zu vögeln? Wollte sie sich durch dieses Kind ein Leben lang an Espen binden? Und wollte sie sich selbst überhaupt ein Leben lang an ein Kind binden? Sie ließ die feuchte Luft tief in ihre Lunge fließen und zog die Schultern zurück. Wann konnte das passiert sein? Da war dieser Abend, als Espen und sie im Kino gewesen waren und er sie danach nach Hause gebracht hatte. Wenn sie es richtig in Erinnerung hatte, würde das bedeuten, sie wäre schon in der zehnten Woche. Nicht mehr besonders viel Zeit, sich für einen Schwangerschaftsabbruch zu entscheiden.

Hi, Hilde, ich wollte nur fragen, wie du das damals gemacht hast, als ich klein war. Svea atmete durch die Nase aus. Ihre Mutter war die letzte Person auf diesem Planeten, die sie nach irgendwas Derartigem fragen würde. Nun gut, die zweitletzte, vor ihrem Vater. Ihre Mutter hatte trotz gegenteiliger Beteuerungen nie den Eindruck gemacht, eins ihrer Kinder besonders zu mögen. *Falls* sie das hier durchzog, würde Svea ihren eigenen Weg finden müssen, diesem Kind eine bessere Mutter zu sein, als sie sie selbst gehabt hatte. Und das war ein verdammt großes Falls.

Sie war auf einem fremden Planeten gelandet, in einem Paralleluniversum. Das letzte Mal hatte sie sich während ihrer Ausbildung mit Schwangerschaftsverläufen befasst. Erschöpft legte sie das Smartphone auf den Nachttisch. Genug YouTube-Schulungen für einen Abend. *In der zehnten Schwangerschaftswoche hat Ihr Kind bereits ein erkennbares Gesichtchen mit einer Nase, und die Schwimmhäute an den Händen bilden sich zurück.* Sie rollte sich auf die Seite und zog die Bettdecke bis zum Kinn hoch.

Es dauerte lange, bis sie einschlief, und als sie es tat, träumte sie davon, dass Espen und sie auf Selerøy waren und zusahen, wie ein blondes, zweijähriges Mädchen mit Hannes dunkelhaarigem kleinem Jungen zusammen in einer Pfütze planschte. Theo und Hannes große Tochter kletterten daneben auf den Felsen herum. Espen lehnte mit angezogenen Knien an einem sonnenbeschienenen Stein. Svea saß zwischen seinen Beinen und schmiegte sich mit dem Rücken an ihn, während er ihren erneut gerundeten Bauch streichelte.

Erschrocken fuhr sie hoch und blinzelte ins Dunkel. Sie lag allein in ihrem Bett. Kein Kind in der Nähe, und auch kein Espen. Und allen Göttern sei Dank kein dicker Babybauch. Noch nicht.

Der Gedanke weckte sie vollends auf.

Es war kurz vor halb sechs. Die Straßenlaterne warf fahles Licht durch die Spalte im Vorhang. Einschlafen würde Svea jetzt nicht mehr, das war ausgeschlossen. Also konnte sie ebenso gut fortfahren mit ihrer Recherche.

Das Gefühl, aus Versehen in ein falsches Leben geschlittert zu sein, änderte sich auch nicht, nachdem sie ihre Morgenroutine erledigt hatte und auf dem Weg zur Arbeit war. Alles sah genauso aus wie gestern. Dieselbe Werbetafel leuchtete an der Bushaltestelle, dieselben Leute warteten. Rauch von der unvermeidlichen Morgenzigarette des einen Typen wurde zu ihr herübergeweht. Und doch war die Welt leicht verschoben. Auf eine schwer zu greifende Art fühlte sie sich isoliert von den anderen Menschen, als nähme sie die Welt auf einmal nur noch durch eine Scheibe wahr.

Sie hatten ohnehin noch so viel zu bereden, wie sollte sie das hier Espen sagen?

Genau dort, wo Marius jetzt stand und Kanülen in die Schublade räumte, hatte sie gestern Abend auf dem Boden gesessen, den Teststreifen in der Hand. Ich bin *schwanger,* dachte sie. In mir wächst ein *Baby.* Es war absurd. Svea riss sich zusammen. »Ich sehe, du bekommst das gut hin. Dann kann ich wieder gehen, oder?«

Marius grinste. »Wenn ich dafür morgen freibekomme.«

»Das musst du mit den Chefs klären.«

»War nur ein Witz.«

Alva streckte den Kopf herein. Sie wirkte gehetzt. »Geht schon wieder gut los. Im Wartezimmer sind drei Leute, die Blut abgeben müssen. Die alte Dame bitte einmal Urin zusätzlich, und bei dem Jungen, der mit seiner Mutter da ist, bitte einmal Tetanus auffrischen.«

»Ich mache mich gleich daran.«

Bis zum Mittag arbeiteten sie konzentriert und zügig, zum Glück blieb Svea kaum Zeit für abschweifende Gedanken. In ihrem Hinterkopf jedoch herrschte ganz etwas anderes vor, das wurde ihr klar, als sie zusammenzuckte, weil Espen das Labor betrat. »Hey, schöne Frau Iversen.« Er wirkte angespannt, obwohl er sie mit einem Lächeln begrüßte. Einem angespannten Espen würde sie nicht sagen, dass sie blassrosa schwanger war.

»Hey, äußerst attraktiver Herr Solberg mit der neuen Frisur«, sagte sie über die Schulter.

»Doktor Solberg, bitte. So viel Zeit muss sein. Und ich sehe nicht viel anders aus als vorher.«

Marius blickte skeptisch zwischen ihnen hin und her. Espen lachte und gab ihm einen Klaps auf die Schulter. »Los, geh Mittagspause machen.« Nachdem Marius gegangen war, fing die Luft ungefragt an zu flirren. Espen kam zu ihr und umarmte sie von hinten.

»Meinst du, das passt mit deinem ausgefeilten Plan? Wir sind nicht mal beim dritten Date.«

»Genau genommen nicht mal beim zweiten«, murmelte er. Seine Lippen kitzelten die empfindliche Haut unter ihrem Ohr.

Sie sollte sich umdrehen, aus seiner Umarmung winden und ihm sagen, dass sie schwanger war, aber er stand so tröstlich warm und fest hinter ihr. »Stimmt, das bei dir in der Werkstatt war kein Date.« Sie lehnte den Kopf gegen seine Schulter. Espen hatte breite, stabile Schultern.

»Was war es denn dann?«

Vielleicht war es doch ein Date gewesen. Der Anfang von etwas Neuem zwischen ihnen. Etwas Neuem, das Zeit brauchte und dieses … dieses winzige Ding mit Gesicht und Nase und Händen ohne Schwimmhäute in ihr noch nicht vertragen konnte.

»Alles in Ordnung?« Espen knetete sanft ihre Oberarme. »Hat alles geklappt mit deinem Video gestern?«

»Mit meinem … äh, ja. Das wird richtig gut.« Lügnerin, elende!

»Ich freue mich drauf, es anzuschauen.«

Endlich gelang es Svea, sich umzudrehen. Doch das änderte nichts daran, dass Espen immer noch so nahe bei ihr war. Seine Stirn berührte ihre.

»Meinst du, es ist in Ordnung, sich zwischen dem ersten und dem zweiten Date zu küssen?« Sein Atem streichelte ihre Lippen.

»Ich bin mir nicht –« Weiter kam sie nicht, weil Espens Mund ihren berührte und sie sich darauf konzentrieren musste. Behutsam tastete sie sich mit der Zungenspitze vor, während sie gleichzeitig die Arme um ihn legte – ihre Hände auf seinem Hintern – und ihn an sich zog.

Etwas klopfte.

Svea zuckte zusammen, aber Espen ließ sie nur im Zeitlupentempo los, und nicht, ohne noch einmal an ihrer Unterlippe zu knabbern.

Im geöffneten Türrahmen stand Alva und schüttelte grinsend den Kopf. »Leute, echt.«

»Wir haben nur kurz etwas besprochen«, sagte Espen mit dem unverschämtesten Lächeln, das es geben konnte. Seine Hand fand Sveas und drückte sie.

»Ich weiß alles«, sagte Alva würdevoll. »Svea hat uns gestern erzählt, dass ihr datet.«

Gestern. Sveas Hand zwischen Espens warmen sicheren Fingern wurde auf einmal kalt. Es war erst gestern gewesen. Vor weniger als vierundzwanzig Stunden hatte sie bei Annik im Wohnzimmer gesessen und diesen Verdacht gehabt. Sie zwang sich ein Lächeln ins Gesicht.

»Rede noch nicht drüber, ja?«, bat Espen seine Schwester.

»Bin ich wahnsinnig? Ich habe auf nächste Woche getippt. Kommt jemand von euch mit zum Mittagessen?«

Svea schüttelte den Kopf. »Marius ist gerade los.«

»Ich auch nicht«, sagte Espen. Auf einmal war die Anspannung wieder sichtbar, die ihr schon aufgefallen war, als er das Labor betreten hatte.

»Morgen?«, fragte Alva. »Ich bin doch so neugierig.«

»Schaff dir ein eigenes Leben an«, sagte Espen grinsend und schob seine Schwester zur Tür hinaus. Doch die Leichtigkeit von vorher war verschwunden.

»Was ist los? Bedrückt dich was?«

Er hob die Schultern. »Es sollte mich eigentlich nicht so belasten.«

»Tut es aber anscheinend. Also, was ist?«

»Die Biopsie von Olivers Mutter ist da.« Espen seufzte. »Deswegen kann ich nicht mit Alva mittagessen. Ich will schnell ins Krankenhaus.«

»Schnell geht das kaum«, sagte Svea vorsichtig.

»Ich weiß. Ich muss da trotzdem hin.« Die Unruhe, die von ihm ausging, war jetzt beinahe greifbar.

»Ist es …«

»Ja«, sagte er knapp, bevor er innehielt und sich durch die Haare fuhr, wodurch sie in alle Richtungen standen. »Ich will ein Auge darauf haben, dass da nicht vor lauter Stress was übersehen wird.«

Svea legte Espen die Hand auf die Wange. »Du weißt, dass das eigentlich nicht deine Aufgabe ist. Wenn überhaupt jemand von uns dort nachhakt, sollte das dann nicht lieber Alva sein? Oder Annik?«

»Meine Patientin, meine Verantwortung.«

Jedes Mal brach es ihr das Herz, wenn er wie jetzt versuchte, seine Anspannung wegzulächeln. Bei Gelegenheit musste sie ihm sagen, dass er das nicht tun musste. Nicht für sie.

Espen umschloss ihre Hand mit seiner, küsste sie auf die Handfläche und löste sich. »Sehen wir uns heute Abend beim Tennis? Ich fürchte, ich muss mich dann abreagieren.«

Als er das Labor verlassen hatte, atmete sie tief durch. Es war gut, dass sie es ihm noch nicht erzählt hatte.

Oliver und sein Vater kannten sich nicht besonders gut, das war mehr als offensichtlich. Oliver wirkte verloren, wie er da in dem blassgelb gestrichenen Krankenhausflur auf einem Stuhl saß und ungeduldig hin und her wackelte. Ein Stück von ihm entfernt stand ein hochgewachsener, breitschultriger Mann am Fenster, der deutliche Ähnlichkeit mit Oliver hatte, sich aber nicht weiter um ihn kümmerte.

Espen trat näher.

»Doktor Espen.« Ein winziges Lächeln erhellte Olivers blasses, spitzes Gesicht.

»Hallo, Oliver.« Espen verkniff sie die Frage nach Olivers Wohlbefinden. »Warum sitzt du hier auf dem Gang?«

»Da sind fünf Ärzte bei meiner Mama, die haben uns rausgeschickt.« Ein unsicherer Blick huschte zu dem großen Mann, der nun zu ihnen kam.

Er baute sich vor Espen auf, was in Espens Fantasie die schräge Vorstellung auftauchen ließ, Olivers Vater könne ihm spontan eine runterhauen.

»Sie sind Lindas Mann?«

»Ex.« Der Mann kniff die Augen zusammen. »Du bist der Junge vom alten Solberg. Der Winzling, der immer geflennt hat.«

Espens Inneres zog sich unvermittelt zusammen.

»Ich bin Kjell«, sagte der Mann. »Dein Vater hat mir mal den Arm repariert. Und ich war mit deinem Bruder in einem Jahrgang. Scheiße damals, die Sache mit deiner Mutter.«

»Ja«, sagte Espen möglichst gelassen. Deswegen habe ich *geflennt,* du Vollhonk. Die Stimmung war seltsam gespannt. Oliver, hinter dessen verschlossenem Gesicht die Tränen so deutlich erkennbar waren, als würde er sie weinen, sein Vater, der seine Hilflosigkeit hinter diesen harten Sprüchen tarnte – und dazwischen er selbst, der Linda so dringend am Leben halten wollte, als könne er damit seine eigene Kindheit retten.

Kjell kaute auf seinem Kaugummi herum. »Eins muss man ihm lassen. Geheult hat Krister nie. War trotzdem echt Mist, das Ganze.«

Vergeblich versuchte Espen sich daran zu erinnern, ob Kjell damals zu der Gang gehört hatte, die seinen Bruder wegen seines Sprachproblems gemobbt hatte. »Weinen ist manchmal wichtig«, sagte er sehr ruhig und sah Oliver dabei an. »Und es gibt einfach Dinge, die zum Heulen sind.«

Kjell machte ein undefinierbares Geräusch, und Espen musste sich sehr anstrengen, die Augenbrauen nicht oberlehrerhaft hochzuziehen, als er ihn ansah. Kjell verzog geringschätzig die Lippen. »Tja, nicht jeder kann sich den Luxus erlauben, rumzuheulen.«

Oliver tat, als hätte er die Bemerkung seines Vaters nicht gehört. Das Ganze wurde zunehmend unerträglich. Espen war gekommen, um mit den behandelnden Kollegen zu sprechen, nicht um hier Familienseelsorge zu betreiben. Doch der Anblick von Olivers zusammengepressten Lippen ließ nichts anderes zu. Mit aller Autorität, die er aufbringen konnte, hier, wo er eigentlich überhaupt keine hatte, sagte Espen: »Lass uns kurz unter vier Augen sprechen.« Mit einer knappen Kopfbewegung deutete er zum Ende des Flurs, und tatsächlich folgte Kjell ihm, als wäre er dankbar, dass Espen die

Verantwortung für die Situation übernommen hatte und ihm sagte, was zu tun war.

»Hör zu«, sagte Espen, als sie hoffentlich außerhalb von Olivers Hörweite waren. »Oliver ist elf, richtig? Seine Mutter ist schwer krank. Er macht sich Sorgen, und im Moment hat er nur dich. Es ist wichtig, dass er weiß, du bist für ihn da und hast ihn lieb.«

»Natürlich hab ich das, er ist mein Junge.«

»Er ist auch noch dein Junge, wenn er weint«, sagte Espen scharf. »Und seine Mutter wäre jetzt vielleicht tot, wenn er nicht sieben Kilometer durch den kalten Regen gelaufen wäre, um Hilfe zu holen.«

Kjells Kiefer mahlten, das Kaugummi knackte. »Ich kenne ihn nicht gut«, gab er widerwillig zu. »Wir sehen uns kaum.«

»Du arbeitest draußen auf dem Ölfeld, Oliver hat es erzählt. Er ist sehr stolz auf seinen Vater.«

»*Gullfaks C*, ja. Da lernt man schnell, dass das Leben kein Zuckerschlecken ist. Als Softie kommst du da nicht weit.«

Espen klopfte ihm auf die Schulter. »Nur weil man Kummer hat, ist man kein Softie.«

»Es ist doch meine Pflicht, ihn zu einem richtigen Mann zu erziehen«, sagte Kjell hilflos. »Wie soll er sonst klarkommen, jetzt, wo Linda … Aber das kann jemand, der so behütet aufgewachsen ist wie du, wohl nicht verstehen.«

Espen sah ihm gerade ins Gesicht. »Du kannst verdammt froh sein, dass ich nicht ganz so behütet aufgewachsen bin, wie du glaubst. Und jetzt nimm verdammt noch mal deinen Sohn in den Arm und lass ihn weinen.«

Neun

Sveas Bruder rief an, als sie den Zopf gerade fertig eingeflochten hatte.

»Hey, Len.«

»Schwesterchen, ich hab gehört, du kommst am Wochenende und bringst den Loverboy mit?«

»Sieht so aus, ja.« Svea warf einen prüfenden Blick in den Spiegel und drehte sich kritisch hin und her. Selbst in dem engen Tennisdress sah man ihr die Schwangerschaft nicht an. Wenigstens etwas. Den Gedanken daran, wie das in einigen Monaten sein würde, wenn sie nicht sehr bald etwas dagegen unternahm, schob sie weit weg. Sie war diejenige, die die Sache hier im Griff hatte.

»Wie hast du ihn denn dazu bekommen, wo er doch jede Verbindlichkeit scheut wie der Teufel das Weihwasser?«

Wo war die Sporttasche? »Ich glaube, da nehmen wir uns beide nicht viel, er und ich.«

»Du hast Gründe.«

»Er auch, glaube ich. Und was deine Frage angeht«, die Tasche stand im Flur, aber das Duschgel war leer, »ich habe ihn gebeten mitzukommen, weil Mama mir sonst Thorbjørn als Tischherrn aufs Auge gedrückt hätte. Nachdem ich Espen glaubhaft versichert habe, dass mich das in eine tiefe Krise stürzen und meine Arbeitsfähigkeit massiv beeinträchtigen würde, hat er im Interesse der Firma –«

»Du schwafelst, Schwesterchen.«

»So war es wirklich, in groben Zügen.« Wenn nur nicht alles so verworren wäre! Das Kribbeln war immer da, wenn sie an Espen dachte, aber es hatte durch die blöde Schwangerschaft einen hässlichen Begleiter bekommen.

»Du meinst, es gibt keinerlei romantische … wie soll ich sagen … zwischen dir und dem hübschen Doc besteht nach wie vor ein Arrangement der rein rohen, lüsternen Triebe?«

»Na ja …«

»Gib mir die Wahrheit, du weißt, ich bin ein Romantiker.«

»Wir versuchen gerade, uns an so was wie eine Beziehung ranzutasten.«

»Yessss! Endlich! Ich hoffe, ihr tastet euch auch gegenseitig ein bisschen ab.«

Svea verdrehte die Augen. »Len Iversen, König der Wortwitze. Wir tasten derzeit eher weniger. Wir reden.«

»Oh. Wie ist das passiert?«

»Espen hat ein ziemlich zauberhaftes … wie hat er es genannt … ›Drehbuch einer großen Liebe‹ ausgearbeitet. Wir tun so, als würden wir uns neu kennenlernen.«

»Das ist extrem süß.«

»Ich weiß.« Mit der neuen Duschgelflasche in der Hand ließ Svea sich auf die Sofakante sinken. Wenn das alles so einfach wäre.

»Funktioniert es?«

»Teilweise.« Die Angst schubste das Kribbeln zur Seite. »Ich bin schwanger, Lenny.«

Len schwieg, lange. Dann hörte sie ihn vorsichtig lachen. »Ehrlich?«

»Ja. Und ich … ich will es nicht. Oder vielleicht doch, aber eigentlich nicht, und …« Warum heulte sie schon wieder? Wer hatte eigentlich diese Hormone erfunden? Und wieso saß sie herum, wenn sie doch ihre Sachen packen wollte?

Am anderen Ende der Leitung blieb es still.

»Das ist … Ich würde jetzt gern sagen: ›Das ist Wahnsinn!‹, aber du freust dich nicht gerade, wie es scheint.«

»Nein.« Svea stopfte ihr Handtuch und die Tennisschuhe in die Sporttasche.

»Schade. Ich würde gern Onkel werden.«

»Wende dich an Jonas' Bruder, Onkel Lennart«, sagte Svea. »Ernsthaft. Ich kann damit nicht umgehen.«

»Vielleicht ist das eine blöde Frage«, sagte Len vorsichtig, »aber warum nicht?«

»Warum nicht?« Sveas Stimme kiekste. »Weil ich es nicht will! Ich hab ein Leben. Ich … ich … ich will nicht aus den Fugen gehen wie ein Hefekloß, und –«

»Ausgerechnet du! Das würdest du doch gar nicht. Und wenn, dann nimmst du später wieder ab.«

Len hatte gut reden mit seinem hypertrainierten Tänzerkörper. Und mit seinem Freund, der nicht unverbindlich und flatterhaft war wie Espen. »Und ich will die Verantwortung nicht. Ich will keine stinkenden Windeln wechseln, nicht nachts aufstehen, weil wieder einer plärrt, nicht in beschissenen Elternabenden sitzen. Wieso soll ich mein Leben lang für etwas büßen, das einen Abend lang Spaß war?«

»Was sagt denn dein Doc dazu? Er ist doch der Vater, oder?«

»Er weiß das nicht, und es geht ihn auch nichts an. Es ist mein Körper, um den es hier geht.«

»Puh.«

Konnte Lenny bitte mal angemessen mitfühlen?

»Reiß mir nicht den Kopf ab, aber ich finde, er hat ein Recht darauf, das zu erfahren.«

»Warum?«, fragte Svea. »Er braucht nie etwas davon mitzubekommen. Wie gesagt, wir versuchen gerade ganz vorsichtig was in Richtung Beziehung. Die verkraftet … *das* hier noch nicht.«

»Aber mit einer so fetten Lüge anzufangen, ist auch nicht der Renner, oder?«

»Vermutlich nicht.« Svea seufzte. »Aber ich will auch nicht, dass er am Ende nur aus irgendeinem Pflichtgefühl mit mir rumhängt.«

Len lachte auf. »Auch wenn ich vielleicht nicht ganz der Richtige bin, um das zu beurteilen, aber ich bin mir recht sicher, dass kein Mann je nur aus Pflichtgefühl mit dir zusammen wäre.«

»Sondern?« Ganz sicher war sich Svea nicht, ob sie die Antwort hören wollte.

»Sie wären mit dir zusammen, weil sie scharf auf dich sind, Süße. Aber ich meinte eigentlich, dass es niemand mit dir nur aus Pflichtgefühl aushalten würde. Dafür bist du viel zu kiebig.«

»Danke, Lennart. Ich liebe dich auch.« Aber seltsamerweise war es Lens letzter Satz, der Svea endlich wieder Kraft gab. Genau. Sie war kiebig. Bissig. Svea Iversen war keine hormongeschüttelte Heulsuse.

»So gefällst du mir schon besser.«

»Bereite dich drauf vor, während der nächsten Tage öfter mit mir zu telefonieren. Ich muss entscheiden, ob ich die Schwangerschaft abbrechen will.«

»Meinst du nicht, auch das solltest du lieber mit dem Loverboy bereden? Er hat ein Recht darauf, Svea.«

Theoretisch stimmte das. *Theoretisch* fand Svea sogar, dass Espen möglicherweise ein winziges bisschen Mitspracherecht bei der Sache hatte. Praktisch brachte sie schon genug emotionales Gepäck mit. Die Schwangerschaft war einfach zu viel für dieses fragile Neue zwischen ihnen.

»Denk drüber nach«, sagte Len.

»Was, wenn er es unbedingt behalten will? Es ist mein Leben, das dadurch den Bach runtergeht.«

»Svea, nur weil unsere Eltern uns immer dieses Gefühl gegeben haben, heißt das nicht, dass alle Kinder kleine, fiese Blutsauger sind.«

»Das weiß ich.«

»Mit dem Kopf. Was ist mit dem Gefühl?«

»Therapiestunde bei Lenny, oder was wird das?« Svea starrte blicklos aus dem Fenster.

»Ich musste diesen Sachen einfach ein bisschen früher ins Gesicht sehen als du. Und ich glaube, solange du nicht dein Leben und deine Erfahrungen von unserem ganzen Kindheitsscheiß trennst, wirst du nicht glücklich, egal, ob mit Espen oder allein oder mit Baby oder Pinguin.«

»Ich war glücklich. Bevor sich dieses … dieses Ding eingenistet hat.«

»Das Ding ist ein Teil von dir und von ihm. Jonas wäre froh, wenn ich ihm das geben könnte.«

»Willst du es adoptieren?«, knurrte sie.

»Erzähl mir in Oslo, was Espen gesagt hat, ja? Zur Not frage ich ihn selbst danach.«

»Erpresser, elender.«

»Stets gern zu Diensten. Was hast du heute noch vor?«

»Wir wollen gleich Tennis spielen gehen.«

Unter Freunden. Jenseits von Espens Drehbuchdings. Heute würde sie ihm noch nichts sagen, nicht, wenn er sich so um seine Patientin sorgte. Morgen. Vielleicht.

Doch Espen kam nicht. Hätte Svea vorher gewusst, wie sehr er sich verspäten würde, hätte sie noch ein Video drehen können. Beim Filmen war eine Stunde im Nu vorbei. Und jetzt, da sie nichts zu tun hatte, als die aufgeräumte Wohnung aufzuräumen, tickten die Minuten im Schneckentempo dahin. Draußen war es längst winterlich dunkel geworden.

Sie fragte Espen, wo er blieb, schickte Alva ein Robbenfoto, über das sie im Netz gestolpert war, fragte Annik, was Theo sich zu Weihnachten wünschte, und scrollte durch Instagram, um nicht denken zu müssen. Wenigstens Notizen für ein neues Video zum Thema Lebensveränderungen könnte sie machen. Sollte sie machen. Das Montagsvideo hatte sie nicht geschafft, weil sie stattdessen erst bei Annik auf dem Sofa und dann fassungslos auf dem Laborfußboden gesessen und ihre Lebensveränderung angestarrt hatte.

Endlich kam Espens Antwort.

Gleich da im Tunnel war Stau trauriges Gesicht

Wieso Tunnel? Wo bist du überhaupt? Und seit wann nutzt du keine Satzzeichen und schreibst du deine Emojis aus?

Haha, das war das Auto.

Du textest beim Autofahren?

Nein, das Auto textet. Ich rede.

»Ich texte nicht beim Autofahren«, sagte er kurz darauf, als er sichtlich unschlüssig vor ihr stand. »Begrüßungskuss? Auf die Wange?«

»Irgendwie ist das schon ein bisschen albern, oder?« Sie umarmte ihn. Und küsste ihn auf die Wange. Und er küsste sie auf die Wange.

Nach der Begrüßung ließ er sie jedoch nicht los, sondern legte die Arme fester um ihre Schultern, die Nase in ihren Haaren vergraben. Svea zögerte kurz und schmiegte sich dann an Espen. Das Gesicht legte sie an seine Halsbeuge. Seine Wange kratzte die empfindliche Haut neben ihrem Auge. *Ich bin so verliebt in dich. So verliebt, dass es mich fast zerreißt. Und ich bekomme übrigens ein Kind von dir.* Sie öffnete den Mund, um zumindest den ersten Teil auszusprechen, als Espen seufzte. »Ich hätte jetzt furchtbar Lust auf eine schnelle, harte Nummer.«

»Und ich wollte dir gerade etwas Schönes und Wichtiges sagen.«

Espen lachte freudlos auf. »Tut mir leid, dass ich das kaputt gemacht habe.« Liebevoll und ohne jeden sexuellen Unterton strich er ihr über die Haare, bevor er sich aus der Umarmung löste. »Wollen wir los?«

»Harte Bälle?«

Er schenkte ihr einen Luftkuss. Während sie sich die Tennistasche über die Schulter hängte und nach dem Hausschlüssel griff, fragte sie: »Was war das für eine komische Nachricht, die du mir geschrieben hast, mit dem traurigen Gesicht?«

»Warte, zeige ich dir gleich.«

Sein Auto stand direkt vor ihrem Haus. Svea warf die Tasche in den Kofferraum und stieg ein, Espen drückte auf den Startknopf. Während das Auto leise aus der Parklücke rollte, sagte er: »Schick mir mal eine Textnachricht. Mit Emoji.«

»Okay.«

Sobald sie die Nachricht abgeschickt hatte, poppte auf dem Display in der Mittelkonsole eine Meldung auf. *My Love ♥ hat Ihnen eine Nachricht geschickt. Abhören oder stumm schalten?*

»Oh. Das hatte ich vergessen.« Selbst im dämmrigen Licht der vorbeigleitenden Straßenlaternen war deutlich zu sehen, dass seine Ohrmuscheln knallrot wurden.

»Ich bin *My Love?*« Sveas Stimme flatterte. »Mit *Herzchen?*« Sie ließ sich in den Beifahrersitz sinken.

»Willst du wissen, wie das mit den Emojis ist?«

»Ich bin *My Love*«, flötete sie.

»Hör auf.« Er lachte, unsicher und so, als würde er sich genieren.

»Mit Herzchen!«

Sein verschämtes Lachen machte sie so von innen heraus froh, dass alles andere für einen Moment unwichtig wurde. Während sie noch im Sitzen vor sich hin tanzte, drückte Espen auf *Abhören.*

Sofort quäkte die Stimme des Autocomputers aus den Lautsprechern. *My Love Herz* – Svea giggelte in sich hinein – *schreibt: Ich freue mich darauf, mit dir ein paar harte Bälle zu schlagen, lachendes*

Gesicht mit Tränen in den Augen, angespannter Bizeps mittelhelle Hautfarbe. Möchten Sie antworten, oder ist das erst mal alles?

»Wie genial ist das denn bitte?«

Ich habe Sie nicht verstanden. Möchten Sie antworten, oder ist das erst mal alles?

»Das ist alles«, antwortete Espen dem Bordcomputer. »Ich habe vorhin versucht, dir einen traurigen Emoji zu schicken, aber andersherum funktioniert es anscheinend nicht, sonst hätte das Ding nicht ›trauriges Gesicht‹ ausgeschrieben.«

»Das ist so lustig. Warte, ich schreibe noch etwas.«

Sobald sie auf *Senden* gedrückt hatte, meldete das Auto den Eingang ihrer Nachricht, und Espen hörte sie ab. *My Love Herz schreibt: Danke, dass du mir dieses Gadget gezeigt hast, das ist sehr witzig. Ich freue mich, dass ich unter My Love Herz abgespeichert bin. Lachendes Gesicht irrer Blick mit herausgestreckter Zunge, orangefarbenes Herz, blaues Herz, grünes Herz. Möchten Sie antworten, oder ist das erst mal alles?*

»Antworten.« Espen schielte mit einem bösen Grinsen zu ihr herüber.

Wie lautet die Antwort?

»Wenn du nicht aufhörst, dich daran hochzuziehen, ändere ich deinen Namen in Stinkekröte.«

Verstanden, quakte das Auto. *Ihre Nachricht lautet: Wenn du nicht aufhörst, dich daran hochzuziehen, ändere ich deinen Namen in Schminkeröte.*

Svea quiekte.

Möchten Sie sie senden oder ändern?

»Senden«, sagte Espen entschieden, und Svea boxte ihm gegen den Oberschenkel. »Stinkekröte.«

My Love mit Herz, dachte Svea. My Love. Mit Herz. Sie schielte zu Espen hinüber. Obwohl er eben noch mit ihr gelacht hatte, wirkten die Konturen seines Gesichts härter als sonst. Während Sveas überdrehtes Hochgefühl langsam abebbte und sie auf den Boden der schwangeren Tatsachen zurückkehrte, schien sich auch Espen gedanklich von den lustigen Emojis zu entfernen und zurückzukehren zu dem, was ihn bei der Ankunft beschäftigt hatte.

»Also, warum musstest du durch den Tunnel?«, fragte Svea schließlich. »Durch welchen überhaupt von den vielen?«

»Den großen.«

Beim Anblick von Espens Gesicht wünschte sie sich, geschwiegen zu haben.

»Den nach Stavanger. Ich war noch mal im Krankenhaus und habe versucht, da mit den Ärzten zu sprechen.«

»Die Sache macht dir wirklich zu schaffen, oder?« Womit ganz klar entschieden war, dass sie Espen heute nicht von ihrer Schwangerschaft erzählen würde.

»Ich werde nicht zulassen, dass sie stirbt.«

Espen war immer engagiert, was seine Patienten anging, aber Svea hatte noch nie erlebt, dass ihn etwas derart einnahm. »Vielleicht liegt es aber nicht in deiner Hand«, sagte sie behutsam. »Die werden im Krankenhaus schon wissen, was sie tun.«

»Ja.« Knapp, abweisend, derartig un-Espen, dass Svea erschrak. »Das sollte man annehmen.«

Sie legte ihm eine Hand in den Nacken. »Hier geht es um mehr als um Olivers Mutter, habe ich recht?«

»Ich könnte dich auch in Sherlock umbenennen.« Espen warf ihr ein müdes Lächeln zu. »Tut mir leid, dass ich so wenig unterhaltsam bin. Mir macht das zu schaffen, ja.«

»Ich mag dich auch, wenn du nicht ›unterhaltsam‹ bist.« Svea malte die Anführungszeichen mit den Fingern in die Luft. »Willst du drüber reden?«

»Demnächst, okay? Das ist nicht so einfach.« Er bog in den Parkplatz zur Tennishalle ein. »Vielleicht können wir wirklich mal ein Date machen, bei dem ich dir den ganzen Scheiß erzähle, auch wie meine Mutter gestorben ist, und alles, was damit zusammenhängt. Es ist halt nur …«

»Nicht so schön?«

»Nein«, sagte er. »Nicht wirklich schön.«

»Dafür lernst du in Oslo all das Unschöne in meinem Leben kennen, das passt schon. Außerdem will ich auch was mit dir besprechen.«

Aber bis dahin würde sie einfach so tun, als arbeiteten sie lediglich gemeinsam an dem Plan, etwas zwischen Sex und Freundschaft zu finden. Es würde schon alles gut gehen. Sie war *My Love*.

Mit Herz.

»Weißt du noch, unser allerserstes Tennismatch?«, fragte Svea, während sie locker neben ihm am Außenrand der Halle entlanglief. Dieses Lächeln, das seit ihrer Entdeckung im Auto auf ihrem Gesicht lag, war Espen unheimlich. Während er sich innerlich zermarterte, was er noch für Linda tun konnte, schwebte Svea fast durch die Halle. Er hätte ihr heute einfach absagen sollen, anstatt sich zu guter Laune zu zwingen. »Du hast mich gleich nach meinem ersten Arbeitstag gefragt, ob ich zufällig Tennis spiele.«

»Ich dachte, wir schlagen entspannt nach der Arbeit ein paar Bälle. Woher sollte ich ahnen, dass du es drauf anlegen würdest, den Platz mit mir zu bohnern.«

»Und woher sollte ich ahnen, dass du auf Amateurlevel spielst?«

»Gehobenes Amateurlevel, bitte.«

»Auf jeden Fall dachte ich: Das ist zu gut, um wahr zu sein. Dieser superheiße Typ macht auch noch meinen Sport.« Sie schielte zu ihm rüber. »Gib es zu, du hast bloß gefragt, weil du mich ins Bett kriegen wolltest.«

Espen zuckte nachlässig eine Schulter. Es nützte wenig, zu leugnen, was sie beide wussten. »Ich war nur deswegen dafür, dich überhaupt einzustellen.«

»Ich hab nur deswegen die Stelle angenommen«, feuerte sie zurück.

Ihre eingespielten Sticheleien holten Espen wenigstens ein bisschen aus seiner Wut auf das Schicksal. »Ich glaube, wir sind aufgewärmt. Lass uns spielen«, sagte er. Vielleicht würde er den Kopf ja freibekommen, wenn Svea wieder Wir-hetzen-Espen spielte.

Der Kopf wurde nicht frei, stellte Espen zehn Minuten später fest. Aber wenigstens einen Teil der hilflosen Wut wurde er los. Er drosch die Bälle übers Netz, dass Svea mehr als einmal fragte, ob er Tennis spielen oder Löcher in die Hallenwand ballern wollte.

Nimm das, Leben! Der Ball schoss übers Netz, Svea parierte. Und das! Und das! So hart und unkoordiniert er auch spielte, Svea fing seine Bälle mit lässiger Eleganz ein und gab sie ihm zurück. Und noch einer! Seine Schulter schmerzte, aber das spielte keine Rolle. Nimm. Das. Du. Verfluchtes. Scheiß. Leben.

Nach dem ersten Satz kam Svea in die Mitte. »Es macht so nicht viel Spaß. Wollen wir aufhören, und du redest drüber?«

»Nein.« Er donnerte den Ball, den er in der Hand hielt, gegen die Wand. »Ich bin einfach irrsinnig wütend, dass ich für Olivers Mutter überhaupt nichts tun kann.«

»Lass uns aufhören. Wir fahren nach Hause, reden drüber, und ich massiere dir die Schultern.«

»Die Schultern, ja?« Er schaffte ein halbes Grinsen. »Ich nehme mich ab jetzt zusammen, versprochen. Der ganze Mist soll uns nicht den Abend verderben. Spielen wir.«

Svea betrachtete ihn zweifelnd, dann nickte sie langsam. »Gut. Zieh dich warm an, Solberg. Und versuch, ein bisschen zivilisiert zu spielen.«

Tatsächlich half ihm die Konzentration auf saubere Bewegungsabläufe und Reaktionen nun sogar. Natürlich gewann Svea dennoch haushoch, aber immerhin war Espens Laune nicht mehr auf dem Gefrierpunkt. Nach dem Spiel tat ihm jeder Muskel weh. »Ich weiß nicht, ob ich am Wochenende tanzen kann«, ächzte er, als sie gemeinsam zu den Umkleiden gingen.

Sveas Gesicht war gerötet, die schweißnassen Haare frottierte sie notdürftig trocken. »Guter Punkt. Kannst du überhaupt tanzen?«

»Einigermaßen.« Wahrscheinlich spielte sie nicht nur auf Weltranglistenniveau Tennis, sondern tanzte auch noch so.

»Wenn du willst, könnten wir dein Drehbuch modifizieren und vor der Gala tanzen üben. Morgen Abend vielleicht?«

Es war nicht so, dass er die Idee nicht attraktiv fand, aber … »Ich weiß nicht«, sagte er ehrlich. »Ich will nach der Praxis morgen noch mal ins Krankenhaus, und danach kann es sein, dass ich auch nicht besser gelaunt bin als heute.«

Sie waren vor der Herrenumkleide angelangt. Svea sah ihn ernst an. »Du bist ein guter Arzt, Espen. Aber es gibt auch andere gute Ärzte. Und egal, ob Olivers Mutter überlebt oder nicht, es bringt deine Mutter nicht zurück.«

Er wusste das. Natürlich wusste er das. Er wusste auch, dass er sich irrational reinhängte. »Ich habe Kjell – das ist Olivers Vater – heute geraten, der Chemo zuzustimmen. Und jetzt weiß ich nicht, ob damit einfach nur für alle das Leiden verlängert wird.« Ihm war schon wieder danach, irgendetwas kaputt zu werfen. »Kjell hat keine Ahnung, er glaubt mir blind. Aus irgendeinem Grund hält er von meiner Meinung mehr als von allen anderen. Es war selbstsüchtig von mir, ihm diese Therapie zu empfehlen.«

»War es nicht, und das weißt du.«

»War es wohl.« Es klang trotzig, und Svea grinste schief.

»Komm her.«

Sie streckte den Arm nach ihm aus, doch Espen schüttelte den Kopf. »Ich bin völlig verschwitzt. Außerdem mag ich mich gerade selbst nicht.«

»Du siehst aus, als könntest du eine Umarmung brauchen.«

Natürlich hatte sie recht. Nur dass es heute nicht dabei bleiben würde. In seinem Zustand würde jede ihrer Berührungen, und sei sie noch so zart, nichts als rohe Entladung verlangen. Während kurz darauf das warme Wasser über seinen Körper rann, stellte er sich dennoch vor, es seien Sveas Hände, die über seine Schultern strichen, über seine Arme, seine Brust, seinen Bauch, seine Lenden. Womöglich sollte er darüber nicht unbedingt in einer öffentlichen Dusche nachdenken, aber die Bilder kamen einfach. Er hatte den Kopf in den Nacken gelegt, das Wasser küsste seine geschlossenen Lider und seinen Mund, als wären es Sveas Lippen. Und Sveas Finger strichen über seinen Hals, zwischen seinen Brustmuskeln hindurch abwärts, wo es jetzt immer mehr spannte. Sveas Finger waren es, nicht seine eigenen, die ihm Erleichterung verschaffen wollten, so dringend.

Von der Umkleidentür her kamen Stimmen. Anscheinend hatten die Typen auf dem Nachbarfeld auch fertig gespielt.

Espen wandte sich zur Wand und drehte die Dusche auf eiskalt. Er sollte heute nicht mehr mit zu Svea in die Wohnung gehen.

»Sicher, dass du nicht noch mit reinkommen willst? Ich würde gern«, Svea biss sich auf die Lippen, »etwas mit dir besprechen.« Eine eigenartige Intensität lag in ihrem Blick.

Espens Hand gehörte nicht zu ihm, wie sonst wäre es erklärbar, dass sie sich einfach verselbstständigte und an Sveas Wange legte?

Und er konnte einfach nicht aufhören, Svea anzusehen. Sie drehte sich zu ihm, kaum merklich, und er lehnte sich wie ferngesteuert in ihre Richtung. »Wir sehen uns morgen.« Schnell beugte er sich vor und hauchte Svea einen Kuss irgendwo auf die Wange.

Ihr Lächeln ließ ein aufgeregtes Lachen in seiner Kehle aufsteigen.

Er fuhr los, sobald Svea die Autotür zugeklappt hatte. Sein hilfloser Besuch im Krankenhaus, das Tennismatch und diese Anziehung zwischen ihnen, die immer stärker wurde – das alles hatte seine Selbstbeherrschung dünn werden lassen. Früher war es etwas anderes gewesen, mit ihr zu schlafen. Jetzt konnte er gewisse Dinge nicht mehr einfach ignorieren. Svea musste wissen, worauf sie sich einließ, wenn sie mit ihm zusammen war. Morgen würde er deswegen mit ihr reden, auch wenn ihm allein der Gedanke daran den Hals zusammenschnürte.

Einen Moment lang überlegte Espen, seinen Bruder anzurufen. Er hatte den Finger schon über der Nummer auf dem Display schweben. Doch Krister hatte abends um zehn sicherlich anderes zu tun, als Seelsorger zu spielen. Außerdem hatte Espen Kris' Stottern an jenem Abend nicht vergessen. Alva würde ihn zwar verstehen, aber ihre Erinnerungen reichten nicht weiter zurück als seine eigenen.

Kurz entschlossen wählte Espen die Nummer seines Vaters, der erstaunlich schnell abnahm. »Pa? Ich bin's.«

»Espen. Schön, dich zu hören, Junge. Was gibt's Neues in meiner Praxis?« Er war kaum zu verstehen.

»In meiner Praxis, meinst du«, sagte Espen, und sein Vater lachte. »Wo bist du? Es rauscht so.«

»Am Hafen in Key West.«

Richtig, der Segeltörn. »Störe ich?«

»Du störst nie.« Espen hörte Schritte, Rumpeln, Klappern. »So, jetzt bin ich auf dem Boot und aus dem Wind heraus. Was gibt's, dass du außer der Reihe anrufst? Es ist schon spät bei euch.«

»Zehn, ich komm gerade vom Tennis.« Espen suchte nach den richtigen Worten. »Pa, kann ich dich was Persönliches fragen?«

»Nein, bitte nur Gespräche über Aktienkurse oder Praxisführung.« Sein Vater lachte. »Wieso fragst du so was?«

»Ich musste mich an das eigentliche Thema ranarbeiten.«

Das Lachen verlosch. Am anderen Ende der Leitung entstand eine Pause. Dann: »Schieß los. Ich höre.«

Espen atmete tief durch und lenkte das Auto an den Straßenrand. »Angenommen, mein Großvater wäre nicht verunglückt, bevor die Krankheit ausgebrochen ist – glaubst du, Mama hätte den Gentest gemacht? Also, wenn es den schon gegeben hätte?«

»Ich weiß es nicht«, sagte sein Vater langsam. »Ich weiß es wirklich nicht. Willst du es jetzt doch tun?«

Espen zwang sich zu einem optimistischen Ton. »Es gibt eine Frau, für die ich bereit wäre, mein passioniertes Singleleben zu überdenken. Und irgendwie finde ich es unfair, dann nicht Bescheid zu wissen.«

Schluckgeräusche deuteten an, dass sein Vater es sich, wie er es gern tat, mit einem Kaffee gemütlich gemacht hatte. »Hast du mit ihr drüber gesprochen? Vielleicht ist es ihr gar nicht wichtig.«

»Wie kann es nicht wichtig sein? Natürlich interessiert es sie, ob sie in absehbarer Zeit einen Pflegefall zu Hause haben wird.«

»Hat sie das gesagt?«

»Nein. Sie weiß noch gar nichts von dem ganzen Scheiß.«

»Willst *du* den Test machen lassen? Oder glaubst du nur, dass sie es sich wünscht?«

»Jetzt weiß ich, wo Alva ihr Psychologen-Gen herhat.«

Endlich hörte Espen wieder ein Schmunzeln. »Überleg dir das mit dem Test. Stell dir vor, wir hätten von HD gewusst: Keiner von euch wäre hier, und das fände ich wirklich schade.«

»Hättest du Mama trotzdem geheiratet?«

»Das hat doch damit nichts zu tun!« Die Empörung seines Vaters war so entschieden, dass der Lautsprecher der Freisprechanlage schepperte. »Ich hätte immer mit deiner Mutter zusammen sein wollen. Weil sie die Frau war, die ich geliebt habe.«

»Das ist die Theorie. Ihr wart ja schon zusammen, als es losging.«

Espens Hände waren klamm, als er sich mit den Mittelfingern die Schläfen massierte.

»Ja«, antwortete sein Vater ruhig. »Das ist die Theorie. Und ich bin dankbar, dass ich die Entscheidung in der Praxis nicht treffen musste. Ich möchte keine einzige Sekunde mit deiner Mutter missen.«

Svea war noch nicht mit ihm zusammen. Noch nicht richtig. »Wie alt war Mama noch mal, als die ersten Symptome aufgetreten sind?« Eigentlich wusste er das. Er wusste es verflucht genau.

»Neunundzwanzig.«

Espen presste die Handballen auf die Augen.

»Aber das heißt nicht –«

»Ich weiß.« Er kannte jede verdammte Studie und jeden Artikel, die je über diese beschissene Krankheit veröffentlicht worden waren. Jeden missglückten Therapieversuch, jede zersplitterte Hoffnung. Es würde lange dauern, Svea all das zu erzählen.

Zehn

Svea spürte Espens Lippen an ihrer Wange noch, nachdem der i-Pace längst hinter der Straßenecke verschwunden war. Es hatte sich neu angefühlt, wie er sie berührt und geküsst hatte, fast so, als hätten sie sich wirklich gerade erst getroffen. Unwillkürlich legte sie die Hand auf ihren Bauch. Schade, dass das nicht der Fall war.

Morgen würde sie die Sache mit ihm besprechen. Er verdiente es, zumindest von ihrer Entscheidung zu wissen. Und wenn er dann nichts mehr von ihr wissen wollte? Oder wenn er darauf bestand, dass sie diese Schwangerschaft durchzog?

Im Wohnzimmer ließ sie sich aufs Sofa fallen und starrte an die Decke. Mit ein paar Tipps auf ihrem Smartphone schaltete sie ihre Lieblingsplaylist an. Oder würde sie das Kind am Ende seinetwegen behalten und dann eine genauso freudlose, strenge Mutter werden, wie sie selbst sie gehabt hatte?

Sie hatte *Kind* gedacht. Nicht Zellhaufen, nicht Fötus, nicht Schwangerschaft. *Kind.*

In ihr wuchs Espens Kind.

Ihr Kind – das sie trotzdem immer noch nicht wollte.

Aber angenommen – nur mal angenommen –, Espen würde sich vor Freude überschlagen, wenn er von der Schwangerschaft erfuhr. Und angenommen, er würde es schaffen, Svea davon zu überzeugen, dass sie zusammen Eltern werden sollten …

Allein das Wort *Eltern*. Das waren Menschen im Alter ihrer, nun, Eltern eben. Was würde es bedeuten, selbst *Mutter* zu werden? Lens Stimme hallte in ihrem Kopf wider. *Nur weil unsere Eltern uns immer dieses Gefühl gegeben haben, heißt das nicht, dass alle Kinder kleine, fiese Blutsauger sind.*

Trotzdem würde ihr Familienleben im Fall der Fälle wohl kaum in Weichzeichner getaucht sein wie in ihrem Traum. In Wirklichkeit würde sie erst zum hohläugigen Zombie und dann zu einer ungeduldigen Schreckse werden, der ihre Tochter nichts recht machen konnte. Oder ihr Sohn. Beides war gleich unheimlich.

Am nächsten Morgen wachte Svea um kurz vor fünf auf. Ihre Fantasie hatte sich über Nacht selbstständig gemacht und ihr eine romantisierte Familienszene nach der anderen auf die innere Leinwand geworfen. Danke auch, Unterbewusstsein.

Was, wenn sie den Gedanken zuließ, als Gedankenspiel nur? Andere Frauen waren schon ungeplant schwanger geworden, und Espen war einer von den Guten. Vinnans Kind hätte Svea ohne jede Diskussion sofort abgetrieben, aber Espens? Espen war klug, hübsch, freundlich – und dazu noch ziemlich witzig. Gutes Genmaterial, sozusagen. Und im Gegensatz zu ihr selbst hatte Espen allem Anschein nach immerhin irgendwann in seinem Leben erfahren, wie »Familie« funktionierte. Trotzdem war es einfach zu viel. Aus eins mach zwei war beängstigend genug. Diesen Schritt zu überspringen … nein.

Ob das Kind Espens dunkelbraune Haare hätte oder ihre blonden? Seine grünen Augen oder ihre blauen? Ob es seinen Humor haben würde? War so was wie Humor überhaupt vererbbar?

Sie konnte sich beim besten Willen nicht vorstellen, *Mutter* zu werden. Und der Gedanke, dass jemand sehr Kleines mit einer Piepsstimme »Papa!« rief und Espens ordentliche Frisur mit klebrigen Fingern durcheinanderbrachte, ließ sie in Panik auflachen. Trotzdem: Irgendetwas hatte sich seit dem Gespräch mit ihrem Bruder geändert, dass sie sich auf einmal nicht mehr sicher war, was eine Abtreibung anging. Nicht mehr ganz sicher.

Zwölf Stunden Gnadenfrist noch. Zwölf Stunden, in denen er stark und schön und strahlend für Svea war. Espen betrachtete sein Spiegelbild mit zusammengezogenen Augenbrauen. Klar, dass ausgerechnet heute ein Stresspickel auf der Wange blühen musste. Außerdem war er winterblass. Wie machte Svea es, dass ihre Haut diesen zarten Goldton beibehielt?

Großzügig verteilte er Rasierschaum auf dem Gesicht, das ihn mit diesen geisterhaften grünen Augen anglotzte. Obwohl der Moment der Wahrheit erst am Abend auf ihn wartete, hatte er das Bedürfnis, wenigstens seine Fassade so weit wie möglich in Ordnung zu bringen.

Nach dem Rasieren war sein Kinn glatt, und an der Wange lief ein dünnes Blutrinnsal hinunter. Die Wunde, die der dämliche Pickel hinterlassen hatte, würde knallrot leuchten. Vielleicht sollte er Svea um Abdeckcreme bitten.

Aber es war nicht Svea, sondern sein Bruder, dem Espen in der Praxis als Erstes begegnete. So wie Krister ihn musterte, hatte Espen nicht das Gefühl, ihn um einen halben Kopf zu überragen. »Alles gut?«, fragte Krister.

Espen ließ sein Lächeln blitzen. »Immer. Bei dir?«

»Läuft.« Mit schiefem Grinsen hob Krister die Krücke ein wenig an.

»Das Wortspiel des Jahrhunderts.«

Krister zuckte in gespielter Bescheidenheit die Schultern. »Sicher, dass du okay bist?«

»Was machst du überhaupt hier?«

»Ich will mit Oddgeir meine Rückkehr besprechen. Geht ja so nicht weiter.«

»Ohne dir zu nahe treten zu wollen, aber dir ist schon aufgefallen, dass du ohne das Ding da keine halbe Stunde stehen kannst, oder?«

»Zweiunddreißig Minuten.«

Espen feixte. »Das ist es, was ich so an dir liebe.«

»Begrüßungsumarmung.« Er hatte Svea nicht kommen hören. Jetzt umfasste sie von hinten seine Taille und knuffte ihn dabei in die Seite. Es gelang ihm, einen schnellen Kuss unter ihrem Ohr zu platzieren.

»Ich habe hundert Kronen auf öffentliche Zuneigung nächste Woche gesetzt«, sagte Krister.

Espen lachte. »Du geh doch auf deinen Berg. Wartet Oddgeir nicht auf dich?«

Nachdem Krister in Richtung Behandlungszimmer verschwunden war – betont ohne Krücke –, wurde Espen sich überdeutlich bewusst, dass er immer noch Sveas Hand hielt. Sie jetzt loszulassen wäre seltsam. Aber er wollte auch nicht weiter unbeholfen auf dem Praxisflur stehen, Händchen halten und Svea verklärt ansehen.

Svea schien etwas Ähnliches zu empfinden. Zeitgleich traten sie einen Schritt zurück. Espen wischte sich unauffällig die Hände an der Hose ab, während Svea mit einer schnellen Verlegenheitsgeste eine Strähne hinter das Ohr strich.

»Ich …«, begann sie, gerade als er fragte: »Steht dein Angebot mit der Tanzstunde noch?«

»Logisch. Ich will mich ja mit dir nicht blamieren.«

Die traurige Wahrheit war, dass das vermutlich stimmte. Nun, er würde alles in seiner Macht Stehende tun, damit sie das nicht musste. »Erste Lektion heute Abend?«

»Wenn wir Zeit haben.« Auf einmal schien sie zögerlich. »Ich will etwas mit dir besprechen. *Jeder gesteht dem anderen eine fiese Angst aus seiner/ihrer Vergangenheit,* du weißt ja.«

»Solange wir dann auch bei *Wilder Kuss zur Belohnung* ankommen, habe ich damit kein Problem.« Von wegen. Gäbe es eine Hölle, würde sie bei dieser Lüge vor Schreck zufrieren.

»Sehen wir mal.« In Sveas Blick lag Unsicherheit. Dabei konnte, was auch immer sie ihm zu sagen hatte, kaum schlimmer sein als seine Offenbarung.

»Wir kriegen das schon hin. Ich war nie so willens, es wenigstens zu versuchen, wie jetzt.« Wenigstens den letzten Satz hatte er sich selbst geglaubt. Sollte er ihr jetzt einen kleinen Kuss auf die Wange geben? War das angemessen?

Svea nahm ihm die Entscheidung ab, indem sie nur kurz die Lippen spitzte. »Bis später. Mach was Gutes aus dem Tag.«

Marius arbeitete langsamer als sonst, aber Svea ließ ihn. Ausnahmsweise verlief der Vormittag im Labor ruhig, und sie hatten sogar Zeit, die Materialbestände mit der Liste im Computer abzugleichen.

Die fehlende Hektik hatte allerdings auch zur Folge, dass Sveas Gedanken die Gelegenheit nutzten, unbekümmert hierhin und dorthin zu schweifen. Angenommen – nur mal *angenommen* –, sie behielte dieses Kind, was würden ihre Eltern wohl sagen? Ob sie von einem Enkelkind ebenso tadelloses Verhalten erwarteten wie früher von Len und ihr? Oder würden sie auf einmal zu gemütlichen, verständnisvollen Großeltern mutieren?

Automatisch lächelte sie der alten Dame zu, die zum Blutabnehmen vor ihr saß, und legte den Stauschlauch an. »Dann wollen wir mal.«

»Aber piksen Sie nicht daneben. Nicht dass ich wieder einen blauen Fleck bekomme.«

»Ich werde mir Mühe geben.«

»Ich soll ja dann gleich noch mal zum Doktor rein, bevor mein Enkel mich abholen kommt.«

Svea machte ein zustimmendes Geräusch. Extra konzentriert punktierte sie die knorrige Vene. Mit einem Pflaster in der Armbeuge entließ sie die alte Dame kurz darauf ins Wartezimmer. Ein Teil des Bluts würde eingeschickt werden, doch einige Schnelltests konnte Svea selbst vornehmen. Die Ergebnisse brachte sie persönlich bei Espen vorbei, als er gerade einen Patienten verabschiedet hatte. »Geschenke?«

Svea legte ihm den Ausdruck mit den Werten auf den Tisch, während er sich die Hände wusch. »Bisschen erhöhter Albuminwert, sonst unauffällig.«

»Blutzucker?«, fragte Espen über die Schulter.

Svea schenkte ihm ein Lächeln. »Sonst unauffällig.«

»Ich seh mir das gleich an, danke.« Während er seine Finger einen nach dem anderen abtrocknete, drehte er sich zu ihr um. »Weißt du, was wir lange nicht mehr gemacht haben?«

»Na?«

»Wir haben lange nicht mehr zusammen gekocht. Könnten wir heute tun.«

»Du willst tanzen, kochen und mir was erzählen?«

Er ließ sein Handtuch durch die Luke in der Schrankabdeckung in den Korb darunter fallen. »Ich dachte, *du* wolltest *mir* was erzählen?«

»Will ich auch«, sagte Svea. »Wir können auswürfeln, wer anfängt.«

»Was hältst du von Pizza bei mir? Beim Gemüseschneiden reden wir, und wenn das Ding im Ofen ist, folgt die Tanzstunde.«

Falls Espen nach ihrer Eröffnung noch tanzen wollte und nicht in Ohnmacht gefallen war oder begeistert anfing, sich durch Babybasare zu klicken. Sie konnte ihn so wenig einschätzen, was das anging. Immerhin hatte sie bis vor Kurzem auch noch geglaubt, er sei begeisterter Single. Okay, das hatte sie auch von sich selbst geglaubt. So unbeschwert sie konnte, beugte sie sich vor und wisperte ihm ins Ohr: »Pizza bäckt ganze fünf Minuten lang.«

In einer einzigen fließenden Bewegung hatte er sie umarmt. Raues Flüstern kitzelte ihre Lippen. »Dann tanzen wir hinterher, um die vielen Kalorien wieder loszuwerden.«

»Und danach gibt es den Belohnungskuss.«

»Ja.« Er knabberte an ihrem Mundwinkel, den Blick hypnotisch auf sie gerichtet. »Wenn wir beide tapfer sind.«

Grüne Augen, unverschämte Wimpern, weiche Lippen auf ihren, Zähne, die ihre Unterlippe neckten. Es war nicht auszuhalten. Svea begann ihrerseits, mit ihrer Zunge nach seiner zu tasten. Ein leises, wohliges Brummen erklang in Espens Brustkorb.

Ohne dass Svea es bewusst entschieden hätte, öffneten sich ihre Lippen. Espens Zähne klackten an ihre, seine Zunge glitt hinter ihre Schneidezähne, und jetzt war sie es, die einen genüsslichen Laut von sich gab, bevor sie sich gleichzeitig voneinander lösten.

Espen hielt ihre Lippe noch einen Moment fest, bevor er sie losließ. »Das mit dem Tanzen wird gefährlich.«

»Dann backen wir einfach nur Pizza.« Sveas aufgeregt klopfendes Herz schien sie zu verhöhnen. Wie zwei Teenager vor dem ersten Date standen sie jetzt voreinander, wieder einmal.

»Um acht bei mir?«

»Okay.«

»Soll ich dich abholen?«

»Ich nehme den Bus.«

»Gut.« Espen rieb die Hände an der Hose. »Dann kannst du jetzt in die Mittagspause gehen, so tun, als wäre nichts gewesen, und ich kümmere mich weiter um Grethe.«

»Wieso, was war denn?«

Er betrachtete sie nachdenklich und strich ihr behutsam eine Strähne aus der Stirn, von der Svea nicht glaubte, dass sie überhaupt dort gewesen war. »Ich weiß es auch nicht, aber du siehst ein bisschen zerzaust aus.«

»Es war stürmisch in deinem Sprechzimmer.«

»Warte ab, wie stürmisch es heute Abend in meinem Wohnzimmer wird.«

»Kein Sex!« Grinsend öffnete Svea die Tür.

»Beim Tanzen, meine ich. Beim Tanzen wird es stürmisch zugehen.«

»Klar.«

Den kleinen Laden auf dem Heimweg hatte Svea nie vorher betreten. Genau genommen war sie sich nicht einmal sicher, ob ihr Unterbewusstsein ihn richtig abgespeichert hatte. Vielleicht war es auch eine Kinderkrippe? Oder irgendetwas anderes mit Kindern? Jedenfalls waren gut gelaunte Käfer, lachende Sonnen und bunte Blumen an die Scheibe geklebt.

Auf gar keinen Fall würde sie anfangen, irgendwelchen Plüschbärchen-Kitsch in ihrer Wohnung zu verteilen. Oder in Espens. Vielleicht würde er mit ihr zusammenziehen wollen. Sie musste darüber nachdenken, ob sie das wollte.

Trotzdem konnte sie zumindest kurz in den Laden gehen. *MiniMax: Baby- und Kindermode, neu und gebraucht.* Nur mal sehen, wie es sich anfühlte. Sie musste ja nichts kaufen. Bevor sie das Geschäft betrat, sah sie sich um wie eine Diebin auf der Flucht vor der Polizei.

Ein heller Glockenton kündigte sie an, aber als die Tür hinter ihr zugefallen war, konnte Svea keinen Schritt weiter tun. Wie angewachsen stand sie zwischen einer unüberschaubaren Menge von Strampelanzügen, Höschen, Hemdchen, Tragehilfen und Sitzschalen.

»Kann ich dir helfen?« Die junge Frau wirkte ebenso gut gelaunt wie die Käfer am Schaufenster.

Svea erwiderte ihr Lächeln automatisch, obwohl sie am liebsten auf der Stelle wieder hinausgelaufen wäre. »Danke. Ich sehe mich erst mal um.«

»Sag einfach Bescheid, wenn du was brauchst. Ich bin da hinten.«

»In Ordnung.«

Die Frau kam ihr vage bekannt vor, vielleicht kannte sie sie aus dem *Frontstage*, oder es war eine Patientin, die nur selten kam.

Nach zwei Jahren in Lillehamn hatte Svea gelernt, vorsichtig zu sein mit dem, was sie über sich preisgab. Die Vorstellung, wie die Verkäuferin ihrer Freundin erzählte, die Laborantin aus der Familienpraxis habe im Babyladen eingekauft, genügte, um sie nervös zu machen. Auf keinen Fall wollte sie, dass irgendwelcher Tratsch die Runde machte, bevor sie mit Espen gesprochen hatte.

Es fühlte sich an, als wäre sie in eine fremde Welt gefallen – eine Welt aus rosafarbenem und hellblauem Frottee, putzigen Teddys und goldigen Kätzchen. Svea hatte das dringende Bedürfnis, die Augen vor all der lauten Niedlichkeit zusammenzukneifen. Vorsichtig stakste sie weiter ins Innere des Ladens.

An einer Seite fand sie ein Regal mit Babykleidung, die ihr gefiel. Fasziniert berührte sie eins der winzigen T-Shirts mit den Fingerspitzen. Wie konnte ein Mensch so klein sein, da hineinzupassen? Und dieser bunt geringelte Minipullover!

Ungefragt präsentierte ihre Vorstellungskraft ihr eine Szene, in der Espen ein Baby auf dem Arm hielt, das diesen Pullover trug und Svea mit großen Augen ansah.

Aufhören, Hirn. Sofort aufhören. War sie jetzt schon vollkommen neben der Spur?

Neben der Kasse war ein Ständer mit Karten. Zwischen all den blau-rosa-rüschigen Karten fand Svea eine, die ihr gefiel. Schlicht weiß war sie, mit einem schwarz gezeichneten Strichmännchen darauf. Es schaute aus einer augenscheinlich gerade zuvor geöffneten Kiste und hielt dem Betrachter ein großes rotes Herz entgegen. In Druckbuchstaben stand *ÜBERRASCHUNG!* darüber. Es war bloß eine Karte, aber Svea fühlte sich wie damals, als sie das erste Mal »für meine Freundin« Kondome gekauft hatte.

Zu Hause zündete sie eine Kerze an und hüllte sich in ihre Lieblingsdecke. Frischer Sanddorntee dampfte aus einer Tasse auf dem Couchtisch und verteilte seinen fruchtigen Duft.

Und neben dem Sofa stand die Papiertüte aus dem Babyladen wie eine Bombe.

~~Lieber Espen~~

~~Lieber Papa!~~
~~Überraschung! Zwar war ich nicht gepl~~

~~Lieber Papa,~~
~~bestimmt wunderst du dich~~

~~Mein lieber bester Freund Espen,~~
~~willst du der Vater meiner Kinder werden? Wenn nicht, ist es jetzt ein bisschen zu spät, weil~~

~~Espen,~~
~~ich dreh hier durch, weil ich nicht weiß, was ich auf diese verfickte, blöde, dämliche Karte schreiben soll~~

~~PAPA! Halt dich fest! Ich komme!~~

Svea knüllte den dritten Bogen Papier zusammen und warf ihn in Richtung Papierkorb.

Das. Funktionierte. So. Nicht.

Was sollte der romantische Quatsch mit der Karte überhaupt, wenn sie nicht mal wusste, ob sie das Kind behalten wollte? Hatten die Hormone ihr Hirn jetzt schon vollends aufgeweicht?

Wenn nur dieser verflixte Text nicht so schwierig wäre! Allmählich wurde der Tee kalt, und Sveas Beine beschwerten sich über den Schneidersitz. Sie streckte sie aus und schüttelte sie, bevor sie wieder das Papier heranzog.

Elf

Svea hatte eine halbe Stunde vor dem Spiegel verbracht, bis sie mit ihrem Gesicht zufrieden war. Schwanger oder nicht, es durfte gern seine Konturen behalten, selbst wenn sie dafür ein wenig nachhelfen musste. Sie trug ein locker fallendes, halbtransparentes Oberteil, das mit seinem Anthrazit die Farbe ihrer Augen betonte. Groß und graublau sahen sie ihr aus dem Spiegel entgegen – ein schöner Kontrast zu den bordeauxroten Lippen. Dazu die beigefarbene Jeans und Sveas Lieblingsstiefel. Zur Feier des Tages band sie ihre Haare wieder auf dem Kopf zu einem Knoten und holte sogar die langen Silberohrringe aus der Schachtel.

Am Ende hatte sie die Karte zerknüllt und in den Papierkorb geworfen. Dafür war ihre Playlist bestückt mit allem, was ihr an Tanzbarem eingefallen war.

Espen hatte versprochen, sich um die Pizzazutaten zu kümmern, und Svea hätte ganz und gar nichts gegen einen Abend voller unschuldigem Vergnügen gehabt. Pizza, Tanzen, vielleicht ein Film. Kein Sex, aber auch keine tiefschürfenden Geständnisse. Wieso fing sie überhaupt erst jetzt, als sie vor seiner Tür stand, an, darüber nachzudenken, was Espen ihr möglicherweise sagen wollte?

Übrigens, Svea, nett, dass du kommst. Ich habe mich mit Amalie Helland verlobt und dachte, das solltest du wissen. Oder mit Pia Arnessen. Oder mit wem auch immer. *Amalie ist dieses Muttermal auf deinem unteren Rücken sofort aufgefallen, als ich ihr ein paar Fotos gezeigt habe, die ich auf Selerøy von dir gemacht habe. Sie hat sich köstlich amüsiert und meinte, es sähe aus wie eine Banane. Ich musste so lachen.*

Ein unangenehmer Druck breitete sich in Sveas Magen aus, bevor sie ihn entschieden verdrängte. Blödsinn. Das war Blödsinn. Sie atmete tief durch. Espen mochte über die Jahre mit jeder Frau in Lillehamn was gehabt haben, aber er war kein Lügner. Er hatte die Idee gehabt, dass sie es miteinander versuchen sollten, und wenn sie ihm jetzt schon misstraute, konnte sie ebenso gut gleich wieder nach Hause gehen. Sie war *My Love*. Also.

Entschieden drückte sie auf die Klingel.

Über Espens Gesicht glitt ein Leuchten, als er ihr die Tür öffnete. »Du bist wunderschön.«

»Danke.« Die letzten Reste des Knotens in ihrem Magen lösten sich auf. Hatte sie tatsächlich an ihm gezweifelt? »Du auch.« Er war frisch geduscht und hatte die Haare auf seine übliche Weise fast ordentlich in Form gebracht. Der cremeweiße Longsleeve betonte seine definierte Schulterpartie, und er trug sogar dunkle Socken zur schwarzen Jeans. »Keine Ringel heute?«

Espen schüttelte feierlich den Kopf. »Es ist ein Date. Keine Ringel beim Date mit der schönsten Frau der Welt.«

»Ich mag deine Ringelsocken.«

Er trat zur Seite und ließ sie eintreten. »Ich kann mich umziehen gehen, wenn du willst.«

»Schon in Ordnung so.« Svea gab ihm einen schnellen, unschuldigen Kuss auf die Wange. Ihre Lippen spürten jeden Quadratmillimeter seiner Haut.

»Komm rein.«

Mit ihm zusammen ging sie in den Wohnraum mit den breiten, von dickem Wollteppich belegten Holzdielen. Espen hatte sich mächtig ins Zeug gelegt. Die bodenlangen, weißen Vorhänge vor den Fenstern waren zugezogen, und im Kamin knisterte ein Feuer. Der grobe Holztisch, der viel zu groß war für eine Person und den Espen deswegen nur nutzte, wenn er Besuch hatte, war bereits festlich gedeckt. »Wenn, dann richtig, was?«

»Ein Date mit der schönsten Frau der Welt, ich sagte es.«

»Ich mag die dicken Kerzen.«

»Das wusste ich. Deswegen habe ich sie gekauft. Dummerweise müssen sie beim ersten Anzünden drei Stunden brennen, damit es kein tiefes Loch in der Mitte gibt. Ich muss also beim Gemüseschneiden ab und zu ins Wohnzimmer gucken.«

Svea grinste in sich hinein, während sie ihm in die Küche folgte. Und sie hatte immer gedacht, nur Frauen würden zu viel reden, wenn sie aufgeregt waren. *My Love.* Mit Herz.

Espen holte Zwiebeln und Paprika aus dem Kühlschrank. »Ansonsten hätte ich noch Brokkoli, Tomaten, Pilze, Chili, Knoblauch …«

»Alles«, sagte Svea und nahm zwei scharfe Schneidemesser aus der Schublade. »Hast du zufällig auch getrocknete Tomaten?«

»Ich habe dein Video über deine Lieblingspizza gesehen. Natürlich habe ich getrocknete Tomaten.«

Natürlich hatte er getrocknete Tomaten. Weil er ihr Video angesehen hatte. Weil er sich für sie interessierte, nicht nur, weil er Sex mit ihr haben wollte. Sie musste das mit der Schwangerschaft mit ihm besprechen, heute. Aber wenigstens ein paar Minuten noch wollte sie einfach genießen, hier mit Espen gemeinsam in der Küche zu stehen, friedlich und ohne Probleme. Sie griff nach der Zwiebel.

Derweil putzte Espen am Spülbecken die Pilze. Svea erwischte ihn dabei, wie er ihr einen schnellen Seitenblick zuwarf. »An Gewürzen habe ich jetzt nur Oregano und Basilikum. Ich hoffe, das reicht.«

»Wird es.«

Sie halbierte die Zwiebel. *Espen, ich bin schwanger.* Jetzt dünne Scheiben schneiden, die man zu Ringen auseinandernehmen kann. *Ich habe übrigens meine Regel nicht bekommen.* Was war daran so schwierig?

»Wie möchtest du die Pilze haben? In Scheiben oder geviertelt?«

Ich bin schwanger, Espen.

»Ich mag es ja lieber geviertelt, aber ich weiß, dass Alva das zum Beispiel überhaupt nicht leiden kann, deswegen frage ich lieber. Schließlich soll der Abend perfekt werden.« Jetzt lächelte er sie offen an, ganz normal. Warum hatte etwas in seiner Stimme ihr verraten, dass er ganz und gar nicht sicher war, ob der Abend gut verlaufen würde?

»Hast du eine Schüssel für die Zwiebelringe?«

»Klar.«

Svea betrachtete ihre Finger. »Wir sollten es hinter uns bringen. Wer zuerst?«

»Ich kann anfangen.« Täuschte sie sich, oder war Espen blass um die Nase? Er wischte sich die Hände an einem Geschirrtuch ab und lehnte sich an den Tresen. »Es ist …«, mit einem freudlosen, kleinen Lachen sah er zum Fenster, »also …«

»So schlimm?«

»Geht schon. Was ich dir sagen wollte, ist … ich …« Wieder dieses Lachen, das keins war. »Also, ich … ich finde den Gedanken ziemlich unheimlich, am Wochenende deine Eltern kennenzulernen.«

Unwillkürlich verengte Svea die Augen. Deswegen machte er so einen Aufstand? Da gab es durchaus Sachen, die schwieriger auszusprechen waren.

»Vermutlich werde ich mich fühlen wie ein Junge vom Dorf zwischen all den glitzernden Frauen und reichen Bonzen. Aber wenigstens wird das mit dem Tanzen klappen.«

Er redete immer noch zu viel und zu schnell. Svea war so beschäftigt damit, diese Beobachtung einzuordnen, dass sie nur verzögert antwortete. »Sieh mal bitte in den Spiegel, Junge vom Dorf mit der eigenen Arztpraxis und dem teuren Haarschnitt.«

»Du meinst, ich stelle mich an?«

»Nein, ich meine …« Es war nur ein vages Gefühl, so ungreifbar, dass Svea es nicht einmal hätte aussprechen können. Ich meine, dass du nicht ehrlich bist. Ich meine, dass du eigentlich etwas anderes sagen wolltest. Warum log er sie an, wenn es doch gerade darum ging, dass sie anfingen, voreinander auszupacken? »Wir sollten jetzt die Pizza belegen«, beendete sie lahm ihren Satz.

»Verstanden.«

»Ganz ernsthaft, Espen, an dir ist absolut gar nichts auszusetzen. Nicht mal mein Vater wird etwas zum Meckern finden, und das heißt schon was.« Von der Schwangerschaft würde sie ihm später erzählen, nachdem sie gegessen hatten. Vielleicht bei einem … eher nicht bei einem Glas Wein. Allein die Pizza hatte genügend Kalorien, um das Trainingsprogramm für drei Tage verdoppeln zu müssen. Wein musste nun nicht auch noch sein, das hatte nichts mit diesem Fötus in ihr zu tun. »Was macht der Teig?«

»Bereit zum Belegen.« Espen verstrich die Tomatensoße auf dem Teig, dann verteilten sie das geschnittene Gemüse. »Da müssen noch Paprika hin.« In einem tapferen Versuch, die übliche Leichtigkeit zwischen ihnen zurückzurufen, griff er zwischen ihre Hände.

Sie nahm das Spiel auf. »Und hier Zwiebeln.«

»Tomaten.«

»Du fasst mich nicht mit deinen glibberigen Tomatenfingern an!«

Er lachte, und sie steckte ihm ein Stück Brokkoli in den Mund.

Nachdem Espen die Pizza in den Ofen geschoben hatte, lehnte er sich wieder an den Küchentresen und grinste Svea von unten herauf an. Fast wie immer. »Tanzen wir jetzt?«

»Wir tanzen.« Alles, um nicht den Elefanten benennen zu müssen, der im Raum herumstand.

Wie sich herausstellte, war sie nicht die Einzige, die eine Playlist parat hielt. Espen hatte den Vorteil, dass sein Smartphone schon mit der Anlage verbunden war, deswegen durfte er wählen. Kurz darauf tönten weiche, rhythmische Klänge aus dem Lautsprecher. *What If* von Will's Seaside.

Espen bot Svea die Hand. »Darf ich bitten?«

Lächelnd nahm sie an, sich auf einmal wieder ihrer Glitzerohrringe und der halbtransparenten Tunika bewusst. Besonders viel Platz war im Wohnzimmer nicht, aber während der ersten, noch langsamen Takte fanden sie einen Platz zwischen dem Sofa und dem gedeckten Tisch, wo sich tanzen ließ.

What if this was true

What if it was you

Espen brauchte keinen Tanzkurs, er führte extrem gut. Nach wenigen Augenblicken schaffte Svea es, die Kontrolle abzugeben und in seinen Takt zu gleiten.

Dance with me, fly with me

Let me see

it is you

Er zog sie eng an sich, und gemeinsam wirbelten sie in die Drehung, bevor sie auf Abstand gingen und sich beim Refrain wieder annäherten. Sein fester Griff, die abgezirkelten Bewegungen, die Musik … dazu die Kerzen und dieser Duft, der von ihm ausging … *What if it was you.*

»Ich finde«, Espen hob den Arm, und Svea drehte sich darunter durch, »wir machen das nicht schlecht.«

»Gelungenes Date?«, fragte sie über ihre ausgestreckten Arme hinweg.

»Sehr gelungen.« Er brachte sie wieder dichter zusammen. »Und ein bisschen beängstigend.«

»Hast du Angst, dein Herzensbrecher-Ruf könnte leiden?«

Let me see …

It always, always has been you …

Die letzten Takte klangen aus.

»Ja«, sagte Espen mit einem nervösen Lachen. »Auch das.« Sein Blick hielt ihren fest. Wie im Film neigten sie in Zeitlupe langsam die Köpfe …

Die Ofenuhr piepte.

»Nicht jetzt«, murmelte Espen.

Das Piepen wurde eindringlicher, und jetzt kitzelte der Duft nach Oregano, Tomaten, Knoblauch und gebackenem Teig Sveas Nase. »Wir sollten uns darum kümmern.«

»Sollten wir.« Espen ließ ihre Hand erst in der Küche los, um die Pizza aus dem Ofen zu holen.

Sie verteilten die Pizza auf Teller, und Espen füllte Rotwein in zwei bauchige Gläser.

»Hast du auch Wasser?«

»Zufällig, ja.« Er stellte sich auf die Zehenspitzen und angelte eine Karaffe aus dem obersten Regalfach, die er unter den Wasserhahn hielt.

Mit Tellern und Gläsern kehrten sie ins Wohnzimmer zurück. Im Hintergrund lief jetzt klassische Klaviermusik. Wann hatte Espen die herausgesucht?

»Ist dir aufgefallen, dass wir gerade in einem kitschigen Film mitspielen?«, fragte Svea, während sie sich ihm gegenübersetzte.

»Gut, oder?«

»Sehr.«

Er hob sein Weinglas, und Svea tat es ihm gleich. Sie würde einfach so tun, als nippte sie. Mit einem dunklen Klingen stießen die Gläser aneinander. »Auf dieses Date«, sagte Espen.

»Auf dieses Date.«

Genüsslich schmeckte Svea ihrem ersten Bissen nach, während Espen mit vollen Backen kaute. »Wir sollten auch mal wieder mit den anderen zusammen kochen.«

In Sveas erstem Jahr in Lillehamn hatten sie manchmal zu fünft oder zu sechst gekocht, Espen, Krister, Alva, Hanne und sie. Hin und wieder war Hannes Mann noch dabei gewesen oder Espens Kumpel Leon. Nach einem dieser Events hatten sie das erste Mal miteinander geschlafen, unverbindlich, einfach nur, weil sie heiß aufeinander waren. Und dann noch mal. Und … Svea schluckte den Bissen hinunter. Irgendwann zwischendurch hatte sie festgestellt, dass Espen Solberg mehr war als eine hübsche Hülle. *Ich bin schwanger, Espen.*

»Schade, dass Hanne bald ausfällt«, sagte Espen. Hatte er ihre Gedanken aufgefangen?

Svea nickte. *Ich könnte demnächst auch ausfallen, übrigens.* »Es wird anders sein in der Praxis, ohne sie.«

»Fehlt nur noch, dass Krister und Annik auf die Idee kommen, sich unbedingt vermehren zu müssen.«

Svea nahm einen Schluck Wasser. »Meinst du, die wollen irgendwann Kinder?«

Ein Schatten flog über sein Gesicht, bitter, fast ein bisschen verächtlich. »Irgendwie scheint ja jeder ganz wild drauf zu sein.«

Wasser half nicht mehr gegen den trockenen Mund.

»Als wären fast acht Milliarden Menschen nicht genug.«

»Willst du nicht ... irgendwann ...« Er war dieser Frage schon einmal ausgewichen.

»Kinder?« Espen schüttelte den Kopf. »Zu viel Verantwortung. Ich finde es ja schon aufregend genug, mich auf eine Beziehung einzulassen.«

Er griff nach ihrer Hand. Warm und freundlich, und ihr Herz müsste jetzt verliebt klopfen. Sie dachte an den blassrosa Streifen. »Espen?«

Espen schien erst jetzt zu begreifen, dass seine Aussage sie getroffen hatte. »Das war jetzt nicht so elegant, oder?« Er versuchte, seinen Fauxpas wegzulachen. »Ich meinte natürlich: Wenn überhaupt mit irgendwem, würde ich mich auf eine Beziehung mit dir einlassen. Und ich finde es gut, dass wir das angehen. Besser?«

»Espen, ich ...« Ein simpler Satz, es musste doch möglich sein!

»Über Kinder habe ich noch nicht viel nachgedacht. Wer weiß, vielleicht wollen wir irgendwann welche, in ferner Zukunft. Was ist mit dir?«

»Es kann sein ... ich glaube, ich bin schwanger.« Es kam einfach raus, ungeplant, unchoreografiert.

In den letzten Tagen hatte sie sich seine Reaktion wieder und wieder ausgemalt. Aber diese war nicht dabei gewesen. Jedes bisschen Farbe wich aus Espens Gesicht, sodass seine Haare dunkler wirkten und die Augen noch grüner. Selbst seine sonst so verlockenden Lippen sahen mit einem Mal aus wie weißer Marmor. Die Knöchel der rechten Hand traten so deutlich hervor, dass Svea fürchtete, Espen würde das Glas zwischen den Fingern zerdrücken.

»Nein.« Seine Stimme war rau und kaum vernehmbar.

Es fühlte sich an wie ein Tritt in den Magen. Sie hatte nicht unbedingt mit einem Freudentanz gerechnet, aber das hier war definitiv unerwartet. Espen starrte sie immer noch an, dieses fassungslose Entsetzen im Blick.

»Doch«, sagte sie. »Der Test war positiv, und –«

»Ich –« Mit dumpfem Aufschlag kippte der Stuhl auf den Boden, als Espen aufstand und in den Flur flüchtete.

Was passierte hier? Sveas Fingernägel bohrten sich in ihre Handflächen. Was sollte das? Wer, bitte schön, reagierte so auf die Nachricht, Vater zu werden? Ganz offensichtlich hatte sie nicht umsonst gezögert, mit ihm zu sprechen. Und ebenso offensichtlich hatte sie sich in ihm geirrt. Frustrierte Wut ballte sich in ihrem Magen zusammen. »Espen?«

Wasserrauschen aus dem Bad antwortete ihr, und unterdrücktes Würgen.

Verdammt, was sollte das? War sie auf einmal in einen anderen Film gefallen? Eben noch Musik, Kerzen und Romantik, jetzt auf einmal die totale Katastrophe?

War die Vorstellung, mit ihr zusammen ein Kind großzuziehen, für ihn derart unerträglich? In Sveas Augen begann es zu brennen. Wütend blinzelte sie die Tränen beiseite. Svea Iversen heulte nicht, nur weil sie sich ungeliebt fühlte. Sich ungeliebt zu fühlen war schließlich ihre Standardeinstellung. Stattdessen bollerte sie an die Tür. »Kannst du mal bitte mit mir reden?«

Endlich wurde die Badezimmertür geöffnet. Espen war immer noch kalkbleich, nur das Weiß in seinen Augen war rot durchzogen. Espen Solberg hatte wirklich und wahrhaftig gekotzt, weil er mit ihr ein Kind bekam. »Ist es von mir?«, fragte er mit brüchiger Beherrschung.

»Nein«, fauchte Svea. »Vom Weihnachtsmann.«

»Ich meine nur, weil …«

Sie versuchte ein Lachen, aber es kam als verächtliches Schnauben heraus.

Er stand da, mit geballten Fäusten und diesem Geistergesicht, und sah aus, als müsse er sich gleich wieder übergeben.

»Ich bin auch nicht freudig in die Luft gesprungen.« Mist, gleich würde sie doch heulen vor Wut. »Es war bestimmt nicht geplant, das glaub mal. Aber es ist nun mal passiert.« Verflixte, elende Tränen! Zornig wischte sie sich mit dem Ärmel über die Augen. Sie stapfte ins Wohnzimmer, um ihre Tasche zu holen. Bloß weg hier. Sollte er doch erst mal klarkommen.

Espen war leise hinter ihr hergekommen. Er schien kaum noch Luft zu bekommen. »Wie weit bist du?«, fragte er tonlos. »Kann man es noch –«

Sie schenkte ihm Svea Iversens vernichtendsten Blick. »Ist die Vorstellung so schrecklich, mit mir ein Kind zu haben, dass du deswegen kotzen musst?« Tasche, Jacke, Schuhe. Auf einmal war sie sich so sicher, wie man sich nur sein konnte. »Pech gehabt, Espen. Ich bekomme das Kind, mit oder ohne dich.«

Sie sorgte dafür, dass die Tür möglichst laut hinter ihr ins Schloss fiel.

Espen ertrank. Die schwarze Wolke quoll von allen Seiten in sein Blickfeld, verdichtete sich und wurde zum Tsunami, der ihn mit sich riss. Sveas Worte hatte er nur noch wie durch Wasser gehört. Jetzt kämpfte er gegen den Druck an, der seine Lunge zusammendrückte und die Welt immer mehr verschwimmen ließ, während er tiefer sank und das Wasser um ihn brodelte. Er hatte sie aufhalten wollen, Svea, die Hand nach ihr ausstrecken, aber sein Körper gehorchte ihm nicht mehr, er bekam keine … keine Luft, und seine Beine trugen ihn nicht. Seine Hand fand etwas Festes in dem tobenden Chaos, er hielt sich daran fest, während er nach unten rutschte und vermutlich liegen blieb. Die Welt kippte, drehte sich, rotierte, und Espens Herz jagte. Er brauchte Luft.

Irgendwo, in dem letzten Fetzen Bewusstsein, auf den er Zugriff hatte, registrierte er fasziniert, dass sich so dann wohl eine Panikattacke anfühlte. Und Panikattacken gingen vorbei, wenn man nur lange genug wartete. Falls er nicht vorher erstickte oder in wabernder, kochender Schwärze verloren ging. Die Wellen schlugen über ihm zusammen und spülten das letzte bisschen Verstand mit sich davon.

Als er wieder Luft bekam und seine Umgebung allmählich Konturen annahm, lag er auf dem Teppich neben dem Tisch. Ein Stuhl war umgefallen, es roch nach Rotwein. Espen befühlte seine nassen Haare. Immerhin hatte er nicht auf den Teppich gespuckt, dafür lag er hier zusammengerollt wie ein Baby. Wie ein …

Sein Herzschlag beschleunigte sich wieder.

Svea war schwanger. Mit seinem Baby.

Das Einzige, was nie hätte passieren dürfen.

Er rollte sich auf den Rücken und betrachtete stumpf die Staubteilchen, die im Licht der Kerzen tanzten.

Ein Baby. Sein Baby. Das, was nie, nie, nie sein durfte. Die Umgebung verschwamm vor seinen Augen.

Und jetzt?

Hauptsache weg, nur Abstand zwischen dieses Arschloch und sich selbst bringen. Mit der Jacke über dem Arm und den Schuhen in der Hand rannte Svea die dunkle Straße entlang. Es war ihr gleich, dass es regnete und ihre Socken im Nu durchnässt waren, egal, dass ihr die Bluse eisig am Körper klebte. Svea war diese Straße oft genug gegangen, um den Weg auch im Dunkeln zu finden. Erst nach der Kurve, wo die Straßenlaternen begannen, wurde sie langsamer und gestattete sich zu fühlen und zu denken.

Sie schlotterte. Vor Kälte. Vor Kummer. Vor Einsamkeit.

Zitternd zog sie ihre Jacke über das durchweichte Oberteil. Ihre Socken waren schlammbedeckt. Wenn sie mit denen in die Stiefel stieg, konnte sie diese vergessen. Während sie weitermarschierte, weg von Espen, sah sie sich um. An einem kniehohen Felsen zog sie die Socken aus und die Stiefel an.

Wie war es möglich, jemanden so aus tiefster Tiefe zu verabscheuen, bei dessen Lächeln man eine halbe Stunde vorher noch Herzklopfen bekommen hatte? Mit dem man eine halbe Stunde vorher noch getanzt hatte, im Kerzenschein?

Svea stopfte die Hände in die Jackentaschen, aber sie machte sich nicht die Mühe, ihre Kapuze aufzusetzen. Der elende, ewige Regen hatte ohnehin alles durchweicht. Er klebte ihr die Haare an die Wangen, rann ihr in den Kragen, durchnässte ihr Oberteil trotz der Jacke weiter zwischen den Brüsten, den Schulterblättern, überall.

Normalerweise mochte sie den Regen. Aber sie hatte ja auch Espen mal gemocht, Vollidiotin, die sie war.

Immer wenn der Lichtkegel einer Straßenlaterne die Nacht durchbrach, hatte Svea den Eindruck, der Regen hätte noch zwei Stufen zugelegt. Ganze Sturzbäche kamen vom Himmel.

Ist es von mir? Gott, wie sie ihn hasste. Wer, bitte schön, musste sich übergeben, wenn er hörte, dass er Vater wurde? Der Typ war Arzt, er sollte ungefähr wissen, was passieren konnte, wenn er sein

Ding reinsteckte. *Kann man es …* abtreiben, wegmachen lassen. Ich mach dich gleich weg, du Arsch.

Inzwischen gab es keinen einzigen trockenen Fleck mehr an ihrem Körper. Nicht mal zwischen den Beinen. Da, wo Espen sie garantiert n-i-e-m-a-l-s wieder berühren würde, oder sie würde ihm … okay, vielleicht nicht gleich drastisch werden, aber … ach, Scheiße. Warum war der Regen eigentlich so warm auf ihren Wangen?

Obwohl sie selbst auch erschrocken gewesen war, Espens Reaktion verstand sie nicht. Weil daran – sie trat mit voller Wucht in eine Pfütze, sodass ein Schwall ihr Hosenbein bis zum Knie durchnässt hätte, wäre es das nicht schon gewesen – absolut nichts verständlich war. Sie waren *Freunde,* herrje. Freunde, denen etwas passiert war, mit dem niemand gerechnet hatte. Und das – noch eine Pfütze – verflucht noch mal – und noch eine – kein Grund war, auf diese Weise zu reagieren!

Svea zog die Nase hoch, aber es nützte genau gar nichts. Denn wie der scheiß Regen flossen die Tränen einfach immer weiter, angetrieben von der kochenden Wut in ihr.

»Svea, bist du das?«

»Lass mich …« … in Ruhe, du Arsch. Aber das Auto, das neben ihr angehalten hatte, gehörte nicht Espen. Es war Alvas froschgrüner Leaf, und Alva hatte die Scheibe einen Spaltbreit hinuntergelassen. »Hey, Alva«, sagte Svea müde.

»Steig ein.«

»Ich bin nass.« Und verheult und unglücklich und kochend vor Wut.

»Deswegen.«

Als Svea um das Auto herumgegangen war und die Tür öffnete, breitete Alva gerade notdürftig eine Decke über den Beifahrersitz. »Rein mit dir.«

Svea ließ sich in das Polster sinken. Sie konnte Alva nicht ansehen.

»Was ist los?«

»Ich bin nass geworden.«

»Warum?«

Ein irres Lachen stieg in Svea auf. »Weil es regnet.«

Alva schwieg, und Sveas Lachen wurde von dem Regen, der ihr immer noch über die Wangen lief, obwohl sie doch jetzt im Trockenen war, weggespült. Eine ganze Weile war nichts als das Prasseln auf dem Dach, das leise Quietschen der Scheibenwischer und das Sirren des Elektromotors zu hören. Vor ihrem eigenen Haus hielt Alva an. »Ich könnte dich nach Hause bringen, aber irgendetwas sagt mir, dass du eine heiße Tasse Kakao brauchst und dir die zu Hause nicht machen würdest.«

Svea lachte bitter. »Wohl nicht.« Erstens hatte eine blöde Tasse Kakao mit Sahne, wie Alva ihn machte, satte vierhundertfünfzig Kalorien, und zweitens … »Ich würde vermutlich eher schnell wirkende Gifte recherchieren.«

»Magst du erzählen, was passiert ist?«

Svea konnte nicht. Es ging einfach nicht. Sie starrte auf den Regen, der jetzt, da das Auto stand, an der Scheibe hinunterfloss, während diese langsam von innen beschlug.

»Nur, wenn es dir hilft«, sagte Alva sanft und stieg aus.

Mechanisch tat Svea es ihr nach und folgte Alva zu dem Haus, das Alva sich bis vor Kurzem noch mit Krister geteilt hatte. Bei jedem Schritt quatschten ihre Füße in den nassen Stiefeln. Die Straßenlaterne beschien Alvas Rückseite, als sie die Tür aufschloss. »Ich bin schwanger«, sagte Svea zu Alvas regenfeuchten Locken.

Alva versteifte sich kaum merklich, aber als sie sich umdrehte, lächelte sie. »Und du bist nicht besonders glücklich drüber, wie es aussieht.« Die Tür schwang auf, und Alva knipste das Licht an.

»Ich war mir bis vor ein paar Minuten nicht mal sicher, ob ich es behalten will, aber …« Vergeblich versuchte Svea, mit den nassen Kleidern nicht irgendwo anzustoßen. Ratlos und tropfend stand sie schließlich in Alvas Hausflur.

»Espen ist der Vater, nicht wahr?«, fragte Alva ruhig. Nur ein winziges Zusammenziehen ihrer Augenbrauen deutete darauf hin, dass sie mehr darüber dachte, als sie sagte. »Und so wütend, wie du bist, hat er die Nachricht nicht besonders gut aufgenommen.«

»Er hat gekotzt«, sagte Svea. »Also, ich meine, so richtig. Nicht im übertragenen Sinne.«

Alva stieß einen Laut aus, der irgendwo zwischen Seufzen und Stöhnen lag. »Es ist … Zieh dich erst mal aus. Willst du duschen, solange ich dir trockene Klamotten organisiere?«

»Das musst du nicht. Ich meine, du hattest doch sicherlich irgendwas vor.«

»Nein, ich war auf dem Weg nach Hause, alles gut.« Alva verschwand in das große Wohnzimmer, von dem Schlafzimmer und Bad abgingen. Gehorsam zog Svea ihre Schuhe aus und stellte sie, ratlos, was sie sonst mit den durchnässten Dingern tun sollte, neben die Wohnungstür auf die Fußmatte. Alva kehrte kurz darauf mit zwei flauschigen, quietschgrünen Handtüchern über dem Arm zurück. »Ich schlage vor, du gehst in die Dusche, ich suche Klamotten für dich. Soll ich deine in den Trockner werfen?«

»Hast du einen?«, fragte Svea lahm.

»Nein, aber Kris. Er hat sicherlich nichts dagegen. Ohnehin wohnt er inzwischen im Wesentlichen bei Annik.«

Svea nickte. »Dann gern.« Es gab keinen einzigen Knochen mehr in ihrem Körper, der nicht eingefroren war.

»Wirf mir deine Sachen einfach aus der Tür, ich kümmere mich darum.«

Während Svea sich zähneklappernd die nasse Kleidung vom Körper schälte, hörte sie, wie Alva im Wohnzimmer telefonierte. »… deinen Trockner, ja. Und hast du noch eine Jogginghose oder so was hier?« – »Nein, meine wären für Svea wohl eher Hochwasserhosen.« – »Das soll Espen dir erzählen.« Svea zog den Duschvorhang zurück.

Das heiße Wasser prasselte auf ihren Körper und spülte die äußere Kälte weg, bis die Haut krebsrot war. Aber was sich nicht wegduschen ließ, war die Eiseskälte in ihrem Inneren. Wie sollte das alles weitergehen? Sie hatte gemeint, was sie zu Espen gesagt hatte, das wusste sie auf einmal mit kristallener Klarheit: Sie würde dieses Kind bekommen. Aber wenn er sich nicht sehr rasant wieder einkriegte und auf Knien um Verzeihung bat, würde sie dafür ihren Job kündigen und dann vermutlich nach Oslo zurückkehren müssen.

Sie wickelte sich in das Flauschhandtuch und trat in den Flur. Alva kam soeben wieder durch die Haustür. »So, ich hab dir ein paar Klamotten aus Kristers Wohnung geholt. Deine Grundversorgung an Kleidung ist sichergestellt, bis deine Sachen wieder trocken sind.«

Svea konnte sich nicht erinnern, in ihren ersten sechsundzwanzig Lebensjahren derart oft durchnässt worden zu sein wie in den letzten Wochen. Zuerst war der Gedanke merkwürdig, Kristers Kleidung anzuziehen, aber Alva hatte recht – ihre Hose würde Svea vermutlich nur bis zu den Knöcheln reichen. In Kristers Jogginghose und Pullover und mit dicken Socken an den Füßen saß Svea kurz darauf mit einer Tasse heißer Schokolade in der Hand auf Alvas Sofa, während diese Holz im Kamin aufschichtete.

»Willst du erzählen?«

Svea pustete in ihre Tasse. »Ich hab mich auch zuerst erschreckt. Ich meine, wer will schon ein Kind von jemandem, mit dem man nur eine Fickbeziehung hat?«

Asche stob auf, als Alva lachte. Schweigend sah Svea zu, wie sie ein Feuerzeug an das kunstvoll aufgebaute Holz hielt. Kurz darauf flackerten ein paar schüchterne Flämmchen im Kamin, die rasch größer wurden.

»Am Anfang war es nur das«, sagte Svea. »Und vielleicht wäre es besser dabei geblieben. Ich …« Verfluchte, elende Tränen! »Wir haben vorhin Pizza gebacken und … und getanzt …« Sie konnte das Schluchzen nicht mehr aufhalten.

Alva setzte sich neben sie und legte den Arm um ihre Schultern. »Alles gut«, sagte sie beschwichtigend, während Svea weinte.

»Ich lieb ihn so, Alva. Ich hätte das nie gedacht, aber es stimmt. Und jetzt … jetzt kann ich ihn nicht mehr lieben.«

Alvas Hand strich Svea tröstend über die Haare, ihr Pullover lag tröstend an Sveas Gesicht, aber das Weinen hörte und hörte nicht auf.

»Ich meine, wie sehr muss er mich hassen, wenn er sich bei dem Gedanken übergeben muss, ein Kind mit mir zu haben?«

»Schschsch …«, machte Alva. »Ich glaube, er war nur überfordert.«

»Er hätte seine Überforderung«, bei dem Wort malte Svea mit den Fingern Gänsefüßchen in die Luft, »kaum deutlicher ausdrücken können.«

»Das hilft dir jetzt nicht, aber …«, begann Alva vorsichtig. Svea wollte kein Aber. Nichts machte Espens Reaktion irgendwie erträglicher. »… Espen könnte tatsächlich … na ja … so was wie einen Grund haben, sich zu erschrecken.«

Svea lachte bitter auf. Ihre Trauer schlug wieder in Wut um. »Klar hat er einen Grund. Er ist ein Arschloch, der Arme.«

»So meine ich das nicht.« Alva kämpfte sichtlich mit sich. »Ich meine …« Sie brach ab. »Tut mir leid, aber ich kann dir das nicht sagen, das muss Espen selbst tun.«

»Espen kann mir gestohlen bleiben.« Sie putzte sich die Nase. »Andere Frauen schaffen es auch, ihre Kinder ohne Erzeuger großzuziehen.«

»So weit wird es ja vielleicht nicht kommen. Gib ihm drei Tage, um sich wieder einzukriegen.«

Der Laut, den Svea ausstieß, war irgendwo zwischen Schluchzen und Schnauben.

»Du hattest immerhin schon ein bisschen länger Zeit, dich an den Gedanken zu gewöhnen.«

»Wie gesagt, ich wollte das Kind zuerst nicht mal. Trotzdem bin ich nicht kotzend ins Bad gerannt, als ich es gemerkt habe. Oder zumindest nicht vor Schreck.«

Zwölf

Am nächsten Morgen hielt Espen auf dem Weg in die Praxis vor Anniks Haus an. Er hatte richtig gerechnet: Krister war wach, und seine Freundin brachte den Kleinen in den Kindergarten. Drei Minuten allein mit seinem Bruder, dieser Tage ein seltenes Gut.

Krister trug locker sitzende Sportklamotten und hatte ein Handtuch um den Hals gelegt, als er Espen die Tür öffnete.

»Hast du schon den morgendlichen Lauf auf den Berg hinter dir?«

»Du bist so lustig. Ich bin beim Krafttraining, damit dieser Körper irgendwann mal wieder tut, was er soll.«

»Kann ich trotzdem eine Minute reinkommen?«

»Zwei.«

»Zwei reichen.« Espen folgte seinem Bruder ins Haus. »Warum hast du gestottert, als ich mir das Stemmeisen in die Hand gehackt habe?«

»Das weißt du«, sagte Krister, ohne sich umzudrehen.

Im Wohnzimmer ließ Espen sich auf das Sofa fallen.

»Mach's dir bequem«, sagte Krister. Er nahm auf dem Hocker gegenüber Platz und beugte sich nach vorn, Ellbogen auf den Knien. »Es hat mir Angst gemacht, genau wie dir. Aber logisch ist dir genauso klar wie mir, dass das Schwachsinn ist. Huntington fängt in der Regel nicht damit an, dass man sich verletzt, weil man unterzuckert ist.«

»Ich weiß. Rational weiß ich das. Aber … weißt du, ich hab mich so lange gegen tiefere Beziehungen gewehrt. Diese unverbindliche Sache mit Svea hat super funktioniert. Unsere wunderbare Praxisregel war immer mein Schutzschild.«

Krister betrachtete seine verschränkten Hände.

»Aber dann musstest du ja kommen und alle Regeln aufheben, mit derselben Selbstverständlichkeit, mit der du meine Diagnosen zur Seite fegst oder bestimmst, wofür das Praxisbudget ausgegeben wird. Und jetzt …« Scheiße, warum konnte sein Leben nicht einfacher sein? Espen rieb sich mit den Händen über das Gesicht. »Jetzt ist Svea schwanger.«

Krister sagte nichts.

»Hast du gehört? Svea ist schwanger.«

»Ich bin da nicht dran schuld, weißt du?«

»Mir ist nicht nach Witzen, Kris. Was mach ich denn?«

»D-du redest m-mit ihr?«

Klar. Das Einfachste der Welt, nachdem er die Sache gestern so gründlich verbockt hatte. Nur mühsam gab Espens übernächtigtes Hirn die verworrenen Gedankenfäden frei, die es verstopften. »Weißt du, dass ich neidisch auf dich bin wie die Hölle?«

»Ja«, sagte Krister schlicht. Espen rechnete es ihm hoch an, dass er nicht fragte, warum. »Das weiß ich.«

Vielleicht war es diese Ehrlichkeit, die Espen weitersprechen ließ. »Ich fürchte, ich habe nicht besonders gut reagiert, als Svea es mir gesagt hat. Sie ist ziemlich sauer auf mich.«

»Umso mehr Grund, mit ihr zu reden«, sagte Krister sanft. »Und dann machst du den Test.«

»Wozu? Mama hatte drei Kinder, das sind hundert Prozent. Alva und du, ihr beide zusammen seid schon sechsundsechzig Komma sechs Prozent. Wie viel Gesundheit bleibt dann wohl noch für mich übrig?«

»Espi, d-du weißt, dass Wahrscheinlichkeiten so nicht funktionieren.« Jetzt sah Krister ihn doch an.

»Klar.« Espen lachte auf, um die Galle nicht zu schmecken, die in ihm aufstieg. Espi. Erst das Stottern nach der Sache mit dem Stemmeisen und jetzt *Espi*. Krister hatte ihn fünfzehn Jahre lang nicht mehr so genannt, mindestens. »Das Ironische ist, dass ich ihr gestern Abend alles erzählen wollte. Und dann kam sie damit, dass sie wahrscheinlich schwanger ist.«

»W-was heißt ›w-wahrscheinlich‹?«

»Keine Ahnung. So weit sind wir nicht gekommen, weil ich eine Panikattacke hatte und sie wutschnaubend aus der Wohnung gerannt ist, während ich mit dem Kopf über dem Klo hing.«

Das viele Weinen hatte sie ausgelaugt, und ihre Lider brannten, als wären sie entzündet. Es würde im Lauf des Tages besser werden. Svea schaltete den Wecker aus und stand ungelenk auf. Sie hätte mit diesem ganzen sentimentalen Zeug gar nicht erst anfangen sollen. Ab sofort war Schluss mit Heulen. Sie hatte zwei Leute zu versorgen.

Als sie Zähne geputzt und Wasser getrunken hatte, lag sie immer noch gut in der Zeit. Na, bitte. Svea Iversen hatte ihr Leben im Griff. »Achtung, Baby, gleich wird es ein bisschen wackelig, aber das kennst du ja schon.« Gemächlich fing sie an, zunächst beim Laufen über das Seil zu springen, bevor sie zu den federnden Schlusssprüngen überging. Jetzt noch ein bisschen Bodyweight-Training, dann duschen.

Mit dem Make-up gab sie sich besondere Mühe. Espen sollte nicht glauben, dass sie seinetwegen am Boden kroch. Heulen konnte sie heute Nachmittag nach der Arbeit immer noch.

Fünf Minuten zu früh war sie in der Praxis. »Morgen, Tilda«, warf sie lächelnd über den Tresen.

»Guten Morgen. Du bist heute aber gut gelaunt. Gibt es was zu feiern?«

»Nun, bald ist Wochenende.« Ihre Mutter wäre stolz auf sie. Ihre Fassade bröckelte kein bisschen. »Ich werde nach Hause zu meinen Eltern fahren.«

»Richtig, die Charity-Gala für die Seerettung. Espen hat davon erzählt.«

Sveas Lächeln rastete auf Haifisch-Stellung ein. Wenn sich jemand garantiert nicht bei der Gala morgen den Bauch vollschlagen würde, dann war das Espen Arschloch Solberg.

Sie lächelte immer noch, als Märtha zur Arbeit erschien, die Haare zu dem französischen Zopf aus Sveas Video gebunden. Dem Video, bei dem Espen ihr geholfen hatte. Sveas Kiefer schmerzten. »Guten Morgen. Schöner Zopf.«

»Nicht wahr?« Märtha legte posierend den Kopf schief.

»Hast du es beim ersten Versuch so hinbekommen?«

»Beim zweiten. Aber deine Anleitung war echt gut.«

»Danke.« Vielleicht sollte sie heute endlich mal den Drehplan machen, um vor Weihnachten noch ein paar DIY-Videos zu produzieren. Endlich wieder ein Leben, in dem sie nicht nur um diesen Typen kreiste.

Wenigstens tat er ihr den Gefallen, dem Labor den Vormittag über fernzubleiben. Als Svea gerade einer Patientin Blut abnahm, hörte sie seine Stimme auf dem Flur, und ihr dummes Herz fing hysterisch an zu flattern, aber dann klappte eine Tür, und alles, was noch an Praxisgeräuschen zu ihnen drang, waren Tildas Telefonstimme, Tastaturgeklapper und ab und zu ein Husten aus dem Wartezimmer.

Mittags ging Svea mit Alva und Annik zu *Jamal's Place*, dem syrischen Imbiss an der Ecke, bevor Espen auf die Idee kommen konnte, ihr auf die Nerven zu gehen. Nicht dass sie annahm, er wolle das, aber besser, es nicht drauf ankommen zu lassen.

»Und, hast du einigermaßen gut geschlafen?«, fragte Alva.

Svea nickte, unschlüssig, inwieweit sie Annik auch noch in ihr Beziehungsdebakel einweihen wollte. Andererseits würden es ohnehin früher oder später alle mitbekommen. Außerdem war Annik mit Espens Bruder zusammen. Und eins hatte Svea inzwischen gelernt: In dieser Familie blieb nichts lange verborgen. Alva wusste, was los war, Espen logischerweise auch. Es würde nicht an Krister und Annik vorbeigehen.

»Du siehst gut aus«, sagte Alva freundlich.

Svea lächelte schief. »Ich habe mein Leben lang geübt, das Gesicht zu wahren. Hättest du mich nicht gestern zufällig aufgesammelt, du hättest es nicht mitbekommen.«

»Da wette ich drauf.« Erst jetzt merkte Svea, dass Alva anders aussah. Beinahe so, als hätte auch sie die Nacht durchgeheult, das aber nicht so gekonnt weggeschminkt wie Svea selbst. Doch warum sollte Alva weinen, weil Espen sein Kind nicht wollte?

»Entschuldige, dass ich deinen Abend ruiniert habe.«

Fragend sah Annik zwischen ihnen hin und her, während Jamal an ihren Tisch trat und nacheinander auf Annik und Alva zeigte: »Falafel, Fischpudding, wie immer?«

Sie nickten.

»Für mich auch Falafel, bitte«, sagte Svea. »Vegan.« Dann wandte sie sich an Annik. »Ich kann es dir ebenso gut erzählen. Alva hat mich gestern aus dem Regen gefischt, als ich auf dem Heimweg von deinem Vollidioten von Schwager war.«

Anniks Betroffenheit war offensichtlich. Zumindest bei Krister hatte Espen also bisher nicht gepetzt. Oder Krister nicht bei Annik. »Neulich wart ihr noch im siebten Himmel. Habt ihr euch gestritten?«

»Ja.«

»Schlimm?«

Es war besser, den Tatsachen ins Gesicht zu sehen. »Irreparabel, fürchte ich.«

»Das habe ich bei Krister auch gedacht. Jetzt bin ich froh, dass ich ihm noch eine Chance gegeben habe.«

»Krister hat auch keinen Kotzanfall bekommen, als du ihm gesagt hast, dass du schwanger bist, oder?«

»Nein, ich bin ja nicht … oh.« Anniks Augen wurden groß. »Du bist schwanger?« Sie sah sich in dem kleinen Kiosk um, aber bis auf zwei Backpacker, die sich in dieser ungastlichen Jahreszeit zufällig hierher verirrt hatten, waren keine anderen Gäste da. Dennoch senkte Annik die Stimme. »Von Espen?«

Svea schnitt ihr eine unglückliche Grimasse. »Nicht vom Postboten.«

»Und Espen hat …« Annik brach ab; hinter ihren Augen setzte sich ein Puzzle zusammen, das Svea verborgen blieb. Doch den betroffenen Blick, den Annik und Alva wechselten, konnte sie nicht übersehen.

»Was ist es, das ihr mir nicht sagt?«, fragte sie. »Hat Espen schon fünf Kinder mit seiner Hauptfrau?«

»Nein.« Alva lachte bemüht. »Aber er muss dir das wirklich, wirklich selbst sagen. Vielleicht bist du dann nicht mehr ganz so wütend.«

Als Einzige unwissend zu sein, war ein so unangenehmes Gefühl. Svea knipste ihr Lächeln an. »Okay.«

»Entschuldige, ich weiß, dass das blöd ist, aber …«

»Es ist okay«, wiederholte Svea und lächelte, dass ihr der Kiefer wehtat. »Wirklich. Erzählt mir doch lieber, was ihr am Wochenende so vorhabt.« Wenn Alva nach diesem mehr als deutlichen Themenwechsel immer noch mitleidig schaute, würde sie doch losheulen.

Doch Annik reagierte schnell. »Theo und ich sind mit Luis und seiner Familie auf der Eisbahn verabredet. Es wird bestimmt anstrengend, weil Theo noch nie Schlittschuh gefahren ist, aber irgendwann muss man anfangen. Wenn du magst, kannst du gern mitkommen.«

Svea schüttelte den Kopf. »Ich fahre nach Oslo zu meinen Eltern.« Allein.

»Schade, ich hätte dich gern als Verstärkung dabeigehabt, wenn ich Theo übers Eis schleife.«

»Ich glaube, er wird das hinbekommen«, meinte Alva.

»Was hast du vor?«, fragte Annik. »Willst du uns nicht begleiten?«

»Nein. Ich bin wohl fast das ganze Wochenende bei den Robben. Wir haben jetzt im Winter kaum andere Freiwillige, aber die Tiere müssen ja versorgt werden.«

»Sag mal«, Annik deutete auf Svea, »in deinem YouTube-Kanal geht es doch auch um Sehenswürdigkeiten und so, oder? Wäre die Robbenstation nicht auch mal was, worüber du berichten könntest?«

Svea wusste den Versuch zu schätzen, sie abzulenken, auch wenn er ziemlich durchschaubar war. »Ganz richtig passt es nicht rein. Aber vielleicht denke ich mir dazu mal etwas aus, gute Idee.«

Sosehr sich alle bemühten, das heiße Thema zu umschiffen, in Sveas Hinterkopf arbeitete es weiter. Sie dachte daran, wie sicher sie gewesen war, dass Espen ihr eigentlich etwas anderes hatte gestehen wollen als seine angebliche Aufregung vor dem Wochenende. Dann waren da dieser Blickwechsel zwischen Annik und Alva gewesen und Alvas Aussage, Espen müsse ihr »das selbst sagen«. Doch was es auch war, das er sich nicht zu sagen getraut hatte, es würde bis nach dem Wochenende warten müssen. Im Moment war ihre Wunde zu tief. Selbst wenn sie am Nachmittag Gelegenheit gehabt hätte, mit Espen zu sprechen, hätte sie es nicht ertragen, ohne entweder in Tränen zu zerfließen oder Espen mit sehr spitzen Fingernägeln die Augen auszukratzen. Doch glücklicherweise reihten sich die Patienten bis zum Feierabend nahtlos aneinander.

Nach der Arbeit schloss Svea extra gründlich sämtliche Vorgänge ab und fuhr den Computer herunter. Dann räumte sie noch Verbandmaterial und Spritzen neu ein und sortierte die Büroschublade. Erst als keine Geräusche mehr aus dem Rest der Praxis zu hören waren und sie ganz sicher war, allein zu sein, holte sie ihre Jacke von der Garderobe neben dem Büro.

»Können wir reden?«

Ihr Herz machte einen Salto und hämmerte dann so los, dass es in ihren Ohren rauschte. Sie hatte sich gewünscht, dass er mit ihr sprach, dass er erklärte, was eigentlich los war. Aber jetzt gerade ging es über ihre Kräfte. Langsam drehte sie sich um. Contenance. »Ich habe Feierabend. Lass uns bitte nächste Woche sprechen.«

Er sah entsetzlich aus. Blass, unrasiert, fiebrig. Auf seiner Wange leuchtete ein roter Punkt.

Sie wollte nicht gemein sein, aber die Worte sprudelten einfach aus ihr heraus, schmerzhaft und ätzend und so, dass sie sich vor sich selbst erschrak, vor dem Teil in ihr, der da die Kontrolle an sich gerissen hatte. »Weißt du, wenn du die Verantwortung zum Kotzen findest, such dir einfach ein neues Betthäschen und lass mein Kind und mich in Ruhe.« Sie marschierte an ihm vorbei zur Tür.

Doch bevor sie sie öffnen konnte, war er bei ihr und fasste sie am Handgelenk. »Zwei Sätze.«

Gefährlich nah unter ihrer Wut lauerten die Tränen. »Bitte, ich kann das jetzt nicht. Lass. Meine. Hand. Los.« Was immer er ihr zu sagen hatte, musste bis nächste Woche warten. Vielleicht konnte sie ihm dann zuhören, ohne ihn erdolchen zu wollen. »Und mach dir am Wochenende keine Mühe, ich habe dein Ticket storniert.«

Ihr Handgelenk war kalt, wo seine Finger gewesen waren. Mit äußerster Anstrengung hielt sie sich aufrecht und ging.

»Svea!«

»Lass mich, Espen.« Außer ihnen beiden war die Straße verlassen, aber sie war sich sicher, dass er keine Szene riskieren würde, indem er versuchte, ihr zu folgen. Tatsächlich blieb er vor der Praxis stehen. Als Svea sich an der Straßenecke noch einmal umdrehte, blickte er ihr immer noch nach.

Sie lief am *Frontstage* und an der Robbenstation vorbei zum Strand. Niemand außer ihr war um diese Zeit, in Dunkelheit und Kälte, hier. Die Arme um den Oberkörper geschlungen, ging Svea bis zur Wasserkante. Die Luft war kalt, aber windstill. Auch die Wellen waren müde heute Abend. Träge schwappte das Meer auf den Sand, entfaltete sich und griff nach Sveas Stiefelspitzen, bevor es sich leise schmatzend wieder zurückzog. Immer wieder und wieder und wieder, vollkommen unangefochten vom Herzschmerz des menschlichen Wesens, das da an seiner Grenze stand.

An wie vielen Küsten standen wohl gerade in dieser Sekunde andere Menschen und schickten ihren Kummer oder ihre Freude hinaus ins Dunkel? Svea fühlte eine seltsame Verbundenheit mit diesen Unbekannten. Sie hockte sich hin und ließ ihre Hand von der nächsten Welle überspülen. Der Dreiviertelmond malte eine zerrissene Straße auf das Wasser. Svea schickte einen stummen Gruß an die anderen Mädchen an anderen Küsten die fahle Glitzerstraße entlang.

Espen schloss in Zeitlupe die Praxistür und lehnte sich von innen dagegen. Langsam atmen, ein und wieder aus. Er würde jetzt nicht schreien, obwohl ihm weiß Gott danach war. Ein und wieder aus. Ganz ruhig.

Es war alles schiefgelaufen. Alles, was nur irgendwie schieflaufen konnte. *Lass mein Kind und mich in Ruhe.*

Aber genau das konnte er nicht. Er wusste nicht mal, in welcher Woche sie war. Wie groß mochte der Fötus sein? Die Magensäure drückte ihm schon wieder im Hals.

Hatte das Kind schon Arme, Beine, Augen?

Ein Gesicht?

Er griff nach dem Visitenkartenständer auf dem Rezeptionstresen und schleuderte ihn mit aller Kraft gegen die Wand. Als das nicht reichte, flog der Aufsteller für die Vorsorgeempfehlungen hinterher. Klatschend landeten die Prospekte am Boden. Und dann schrie Espen doch. »Fuck! Fuck, fuck, fuck!« Er konnte sich gerade noch bremsen, das Milchglas des Rezeptionstresens zu zertreten.

Persönlichkeitsveränderungen, flüsterte eine hässliche Stimme in seinem Inneren. *Mangelnde Impulskontrolle. Damit fängt es an, nicht mit Stolpern.*

»Halt die Fresse«, knurrte er.

Stimmungsschwankungen. Depressionen, höhnte die Stimme.

»Du bist nicht real.« Er stellte die Ständer wieder auf und sammelte auch die Visitenkarten und Faltblätter wieder ein. Der Anblick seiner Hände verschwamm mit einer Erinnerung: ausgezehrte, verkrampfte Hände, die unkoordiniert wieder und wieder einen Keks ansteuerten, der auf den Boden gefallen war.

»Ich kann das aufheben, Mama.«

Ihre Bewegungen waren wie die eines großen, mageren Vogels. »Lass mich, ich kann das.« Die Sprache so verschliffen, dass es kaum mehr verständlich war. Wieder steuerte sie ungeschickt den Keks an.

Espen hielt es nicht mehr aus, er bückte sich, hob das Gebäck auf und drückte es seiner Mutter in die bebenden Hände, die ihr nicht mehr gehorchen wollten. »Du bist mein Sonnenschein«, sagte sie lallend. »Du bist immer mein Sonnenschein.« Er lief aus der Küche und versteckte sich auf dem Dachboden, wo er sich zwar gruselte vor dem ausgestopften Fuchs, aber wenigstens nicht vor seiner eigenen Mutter.

Am nächsten Tag hatte sein Vater sie in die Klinik gebracht.

Behutsam, einen nach dem anderen, sortierte Espen die Flyer dorthin, wo sie hingehörten. Sollte er jetzt, da er sich erst mal abreagiert hatte, versuchen, Svea zu Hause abzupassen? Aber ihre Aussage, dass sie ihn nicht sehen wollte, war ziemlich eindeutig gewesen. Und was er ihr sagen musste, würde sich bis morgen nicht ändern.

Er schloss die Praxis ab und machte sich auf den Heimweg. Normalerweise ignorierte er den Friedhof, der auf halber Strecke zwischen der Praxis und seinem Haus lag. In siebzehn Jahren war er vielleicht zehnmal hier gewesen. Er zog es vor, das Leben im Moment zu leben und nicht über die Vergangenheit zu jammern. Aber jetzt hatte sie ihn mit einer solchen Wucht eingeholt, dass er nicht wusste, wohin er sonst gehen sollte mit dem brodelnden Dunkel, das in ihm wühlte und gegen seine Kehle drückte. Vor dem Friedhof blieb er einen Augenblick im Auto sitzen, bevor er ausstieg.

Seine Schritte fühlten sich steif an und knirschten laut auf dem Kiesweg, während er an der kleinen Kirche und den wenigen Gräbern vorüberschritt. Das Grab seiner Mutter lag hinter einem Wildrosenbusch, der im Sommer berauschend duftete, sich jetzt aber schwarz und struppig gegen den beinahe dunklen Abendhimmel abhob. Espen umrundete das Gebüsch und zuckte zusammen. Noch jemand war hier, ein Schatten am Grab seiner Mutter.

Der Schatten richtete sich auf, als er näher trat, Alva sah ihn an – mit so rot geheulten Augen, dass er es sogar in dem kargen Licht erkennen konnte.

Espen fragte nicht, warum, das musste er nicht. Er legte ihr einfach nur die Arme um den Körper und ließ sie in seine Jacke weinen. Warum konnte das Leben eigentlich nicht einfach mal gerecht sein?

Svea hatte sein Ticket storniert. Sie hatte gesagt, sie wolle ihn nicht sehen. Espen holte ein Stück kalte Pizza aus dem Kühlschrank und aß es lustlos zum Frühstück, während er nachdachte. Diese Pizza hätte ein Genuss sein sollen. Der Abend hätte romantisch sein sollen. Und heute Vormittag hätte er mit Svea in den Zug nach Oslo steigen sollen. Die grüne Krawatte lag immer noch eingepackt im Regal im Flur.

Er hielt es nicht aus.

Das angebissene Pizzastück warf er in den Hühnereimer, dann kletterte er auf den Dachboden, um den Bordcase zu holen. Bis auf die Festkleidung brauchte er nicht viel. Zahnbürste, Wechselwäsche, das musste reichen. Schnell versorgte er die Hühner und streute Katzenfutter für die Streuner in den Napf auf der Südterrasse.

Nervös mit den Fingern gegen die Seiten seiner Oberschenkel trommelnd, stand er eine Stunde später auf dem Bahnsteig in Stavanger. Noch zehn Minuten bis zur Abfahrt, doch weit und breit keine Svea. Espen reckte den Kopf, um über die anderen Reisenden hinwegsehen zu können. Weit entfernt entdeckte er lange, silberblonde Haare, aber beim Näherkommen erkannte er, dass sie nicht zu Svea gehörten. Wo blieb sie nur?

Er schluckte seinen Stolz und wählte Sveas Nummer, während er den Bahnsteig entlanglief, hektisch Leuten auswich und weiterhetzte.

»Hallo, hier ist Svea. Wie es aussieht, mag ich gerade nicht ans Telefon gehen. Hinterlasst mir eine Nachricht, wenn ihr wollt.«

»Ich bin's«, sagte Espen überflüssigerweise. »Ich bin am Bahnhof. Wo bist du?« Verflucht, sie musste irgendwo sein! Sein Ticket mochte sie storniert haben, aber Svea würde nicht die Gala wegen ihres Streits ausfallen lassen, nicht nach allem, was er über das merkwürdige Verhältnis zwischen ihr und ihren Eltern wusste. Warum also war sie nicht hier? Denn das war sie nicht, sosehr er sich auch hinter jedem blonden Haar wünschte, sie zu finden.

Der Zug fuhr ein.

Auch Espens nächster, nun schon ziemlich hektischer Anruf erreichte nur Sveas Voicemail. Allmählich musste er ein Ticket kaufen und einsteigen, aber Svea war beim besten Willen nicht zu entdecken. Hatte er sie doch übersehen? Mit fliegenden Fingern öffnete er die App der Bahn. Stavanger – Oslo, jetzt. Eine Person. Eine zunehmend unruhige Person. *Bitte überprüfen Sie Ihre Eingaben.* Espens Zeigefingerspitze schwebte über dem »Jetzt kaufen«-Button, als eine Textnachricht von Svea einging.

Ich bin nicht am Bahnhof.

Vor Espen schloss sich die Zugtür mit einem hydraulischen Zischen; sein Aktionismus wehte müde hinter der abfahrenden Bahn her. Espen starrte blicklos dem kleiner werdenden Gefährt hinterher und schrieb dann zurück.

Wo bist du dann?

Keine Antwort. Nichts zeigte an, dass Svea seine Nachricht las. Und er hatte so was von keine Lust mehr auf dieses Spiel. Aber sie hatte ihr Telefon offensichtlich wieder ausgeschaltet, denn er erreichte erneut nur ihre Mailbox, als er sie anrief.

Langsam ging Espen zurück zum Parkplatz.

Es war nicht so, dass er nicht verstand, warum Svea sich so verhielt. Natürlich war sie verletzt. Sie hatte ihm gestanden, sie fühle sich – wie auch immer sie darauf kam – nicht gut genug für ihn. Dennoch hatte sie sich auf diesen Versuch eingelassen, für sie beide eine neue Basis zu finden. Und kurz danach drehte er bei der Nachricht ihrer Schwangerschaft vollkommen durch. Für Sveas seltsamen Minderwertigkeitskomplex musste das ein gefundenes Fressen gewesen sein. Schließlich konnte sie nicht wissen, was wirklich dahinterstand. Und genau deswegen musste er ihr das erklären. Nur wie, wenn sie seine Kontaktversuche abblockte?

Frustriert stieg er ins Auto und fuhr los.

Hatte er wirklich gedacht, sie zu Hause zu finden? Die Tür war verschlossen, und Sveas Nachbarin sagte, sie hätte Svea mit einem Koffer an der Bushaltestelle stehen gesehen. Espen trat gegen seinen Hinterreifen, dass ihm die Zehen schmerzten. Verflucht, Svea!

Dreizehn

Der Flughafen Gardermoen lag fünfzig Kilometer außerhalb von Oslo, trotzdem hatte ihr Bruder ohne zu zögern zugesagt, Svea abzuholen. Doch erst, als sie ihn in der Wartehalle stehen sah, merkte sie, wie sehr sie Len vermisste hatte – und wie zutiefst unangenehm ihr die Vorstellung letztlich doch war, ohne Espens Unterstützung bei der Gala aufzutauchen.

»Schwesterchen.« Er schloss sie in die Arme, und sie legte die Wange an seine Schulter. Trotz der Daunenjacke roch und spürte sie ihn, warm und vertraut. Seine blonden Haare – nicht ganz so hell wie ihre, dafür lockiger – waren fast kinnlang und gaben ihm eine Art lässigen Surferlook.

»Was sagt Vater zu deiner Frisur?«, fragte Svea nach der Umarmung, während sie sich bei ihrem Bruder unterhakte und zu dessen Auto ging.

Len lachte. »Keine Ahnung, ich habe ihn nicht gefragt. Da ich mir auch keine Meinung zu seinem Haarschnitt anmaße, würde ich annehmen, es geht ihn nichts an.«

»Du weißt, wie er ist.«

»Klar.« Sie waren bei Lens Wagen angekommen, und er hielt ihr die Beifahrertür auf. »Er tut immer locker, und zwei Stunden später merkt man, dass seine Bemerkungen unter der Gürtellinie waren.« Während er gesprochen hatte, war er um das Auto herumgegangen und öffnete nun die Fahrertür. »Glaub mir, niemand weiß das besser als ich.«

Vermutlich stimmte das. Svea stieg ein. »Kommt Jonas nachher mit?«

»Sicher.« Er ließ das Auto an.

»Wie machst du das eigentlich, dass dich diese dauernde unterschwellige Ablehnung deines … Lebensmodells nicht stört?«

Len warf ihr einen schnellen Blick zu. »Es stört mich. Natürlich stört es mich. Aber dadurch ändert sich ja nichts. Ich liebe Jonas, Jonas liebt mich – hoffe ich jedenfalls. Da ist kein Platz für Rücksicht auf einen alten Griesgram.«

»Wohl nicht.« Während vor dem Fenster die von Schneegriesel bedeckte Provinz Akershus vorbeizog, kehrten Sveas Gedanken zu Espen zurück. Espen war der erste Mann, den sie weder aus Trotz gegen die Meinung ihrer Eltern noch aus Rücksicht auf diese gewählt hatte. Und ausgerechnet Espen wäre ironischerweise auch der Erste gewesen, an dem selbst ihr Vater vermutlich nicht viel auszusetzen gehabt hätte.

»Wie kommt es eigentlich, dass du jetzt doch allein hier bist?«

Svea verfolgte eine Schneeflocke, die an der Frontscheibe zerstob und in kleinen Bahnen zur Seite floss. »Wir haben uns gestritten.«

»Der Halbgott, der dich geschwängert hat, nachdem du mit ihm zwei Jahre lang nicht und dann endlich doch zusammen warst? Kurzes Vergnügen mit euch.«

Svea drückte ihre Fingernägel in die Handfläche der rechten Hand, die Len nicht sehen konnte.

»Sorry«, sagte Len, als Svea sich mit der Antwort Zeit ließ. »Eigentlich hätte ich mir was denken können, als du auf einmal sagtest, du kämest allein und mit dem Flugzeug statt gemütlich mit dem Zug. Weiß er, dass ihr zerstritten seid?«

Svea starrte ihn derart verblüfft an, dass Len das sogar aus dem Augenwinkel mitbekommen musste. »Davon würde ich mal ausgehen. Er verputzt vermutlich in diesem Augenblick die Wand neben dem Türrahmen, wo ich die Tür zugeknallt habe.«

Len lachte in sich hinein. »Meine kleine, zornige Schwester. Ich habe bloß gefragt, weil Vater ja manchmal früher nicht wusste, wenn ihr euch gestritten hattet.«

»Da war ich fünfzehn.«

»Und sechzehn.«

Jetzt musste Svea doch auch schmunzeln. »Ich gebe es zu, die Phase dauerte ein wenig.«

»Also, was war mit dem Halbgott?« Er setzte den Blinker und zog auf die Überholspur. »Wenn du erzählen magst.«

»Da ist nicht viel zu erzählen. Er will das Kind nicht, und ich habe ihn daraufhin vor die Tür gesetzt. Beziehungsweise seine Tür hinter mir zugeworfen.«

Len schwieg.

Es war einer der wenigen Momente, in denen Svea bedauerte, dass er ihr Bruder war und keine beste Freundin, die sich angemessen empört hätte. Es war lange her, dass sie eine wirkliche beste Freundin gehabt hatte. Und jetzt war ihr auch noch ihr bester Freund abhandengekommen. Sie lächelte ihr verwaschenes Spiegelbild im Autofenster an. In der Reflexion sah das Lächeln fast echt aus, man konnte nicht mal die Tränen in den Augenwinkeln erkennen. »Du könntest solidarisch ein bisschen auf ihn schimpfen«, sagte sie, »nur, damit es mir besser geht.«

Um Lens Mundwinkel zuckte es. »Pfui, was für ein abscheulicher Kretin!«

»Nicht überzeugend.« Vor allem vertrieb es die Traurigkeit nicht.

»Was für eine erbärmliche, stinkende Kanalratte!«

»Was für ein … ein …« Kümmerlicher Versuch.

»Jämmerlicher Pimmelotter?«, schlug Len vor.

Ein hysterisches, unfrohes Kichern brach aus Svea heraus.

»Besser?«

»Nicht wirklich. Trotzdem danke.«

»Warum will er das Kind nicht?«

»Ich weiß es nicht«, antwortete sie, nun wieder ernst. »Ich habe ihm gesagt, dass ich vermutlich schwanger bin, und das Nächste, was ich gesehen habe, war die Staubwolke, die er hinterlassen hat, als er ins Bad geschossen ist, um sich auszukotzen.«

»Das ist … ich meine, kann es sein, dass er einfach überrascht war?«

»Genau. Wer erbricht sich nicht vor lauter Überraschung. Passiert Espen sonst ja auch ständig.« Svea schüttelte bitter den Kopf. »Als er zurückkam, hat er direkt gefragt, ob ich das Kind noch abtreiben könnte. Und dann war ich sauer und bin gegangen.«

Len war den Rest der Fahrt über nachdenklich. Erst als sie in der Wohnung in Grønerlokka angekommen waren, die er sich mit seinem Freund teilte, nahm er das Thema wieder auf. »Vielleicht solltet ihr reden, der Halbgott und du.«

»Nicht nur vielleicht sollten wir das, sondern ganz bestimmt. Und nenn ihn nicht so.«

Lens Telefon brummte. Er warf einen schnellen Blick darauf, nickte Svea entschuldigend zu und zog sich ins Schlafzimmer zurück. Von dem Telefonat bekam Svea lediglich Gemurmel mit. Besser so – sie musste in ihrem derzeitigen emotional angeknacksten Zustand nicht unbedingt Zeugin werden, wie ihr Bruder und sein Liebster sich Unanständigkeiten zusäuselten. Um auf andere Gedanken zu kommen, sah sie sich in der großzügigen Altbauwohnung um. Jonas hatte ein Faible für Architektur und duldete keinerlei Kitsch in der Wohnung. Dennoch schafften es die beiden, dass die Räume eine klare, ruhige Behaglichkeit ausstrahlten. Svea war erst einmal hier gewesen, da hatten noch nicht so viele Bilder von Lens und Jonas' gemeinsamen Urlauben an den Wänden gehangen. Sie betrachtete Len mit einem Papagei auf dem Arm, Jonas, der ein Lama streichelte, Len und Jonas an einem tropischen Strand … Das Glück der beiden schrie ihr auf jedem Bild entgegen.

Ihr Bruder reiste an die entlegensten Orte, und sie selbst hatte es nicht einmal geschafft, Espen nach Oslo mitzubringen, Versagerin, die sie war. Wahrscheinlich hatte ihr Vater am Ende doch recht, und sie taugte einfach zu nichts. Im Flurspiegel überprüfte Svea ihr Aussehen – den einen Aspekt ihres Lebens, den sie unter Kontrolle hatte. Die Schwangerschaft stand ihr tatsächlich gut. Sie wirkte trotz ihres Kummers stark und gesund, mit glänzenden Haaren und gerade angenehm gerundeten Brüsten. Espen war selbst schuld, wenn er sich das entgehen ließ, jawohl.

»Jonas wird gleich hier sein«, sagte Len, als er zurückkam. »Ganz ehrlich habe ich wenig Lust auf diesen Nachmittagsempfang. Wir würden uns ohnehin einen Rüffel einfangen, weil wir zu spät kommen. Sollen wir einfach ein bisschen rumhängen und dann in Ruhe ins Hotel zur Gala fahren?«

Dankbar nickte Svea. Den kritischen Fragen ihrer Eltern auszuweichen, würde in ein paar Stunden schon schwierig genug sein, aber wenigstens würde abends niemand wirklich Zeit oder Aufmerksamkeit dafür übrig haben. Die Vorstellung, wie sie beim Nachmittagskaffee mit geradem Rücken im elterlichen Salon auf der Chaiselongue saß und erklärte, dass Espen leider, leider von einem plötzlichen Fieber niedergestreckt worden war, erschreckte sie ungleich mehr. Sie würde seine Abwesenheit am Abend noch früh genug rechtfertigen müssen. Lungenentzündung. Syphilis. Oder nein, das lieber nicht.

Sie folgte Len ins Wohnzimmer.

Jonas begrüßte sie kurz darauf mit Küsschen auf beide Wangen und ließ sich neben ihr in die Sofalandschaft sinken. »Was für ein Tag! Meint ihr, ich werde es jemals lernen, an einem Samstag nicht in die Innenstadt zu fahren?«

»Unwahrscheinlich«, sagte Len, während Svea ihren Blutdruck unter Kontrolle brachte, weil Jonas' Aftershave fast genauso roch wie Espens.

Die nächsten beiden Stunden verbrachten sie damit, über die Reisen zu sprechen, auf denen die Bilder im Flur entstanden waren, Anekdoten ihrer jeweiligen Arbeitsplätze auszutauschen (Svea gelang es tatsächlich, Espen nicht zu erwähnen) und sich schließlich für den Empfang bereit zu machen. Mit Lens Hilfe formte Svea ihre Haare zu einer kunstvoll-üppigen Mähne aus glänzenden Locken, und ihr Make-up wäre einer guten Visagistin würdig gewesen.

Sie drängte den Gedanken an Espen und ihren Nachmittag in Stavanger zurück, während sie das grüne Kleid anzog. Ja, es wäre schön gewesen, diesen Abend mit ihm zu verbringen. Aber wie es aussah, würde sie nun eben zwei extrem attraktive Tischherren haben.

Kein. Grund. Zum. Heulen.

Len und Jonas trugen identische Smokings mit zartrosa Hemden und violetten Krawatten und Einstecktüchern. Svea lächelte. Lens kleine Rebellion. Er folgte dem Dresscode bis aufs i-Tüpfelchen, drehte ihn dann ins Ironische und sah dabei noch umwerfend aus. Jonas im Übrigen auch, selbst wenn sein ordentlich gestutzter Bart nicht unbedingt Sveas Geschmack traf. »Wie macht ihr das?«

»Was?«

»Wie kann jemand so schön sein wie ihr beide?«

Jonas hauchte ihr einen Kuss auf die Wange, ohne Make-up oder Frisur zu zerstören. »Das fragt die Richtige. Allein diese traumhaften Haare …«

»Die ändern nichts daran, dass ich vor der blöden Gala heute total unsicher bin.«

»Wieso das?« Len kniete auf dem Boden und band sich die Schuhe zu. »Es ist doch nicht deine erste Veranstaltung dieser Art.«

»Es ist die erste, zu der ich entgegen allen Ankündigungen allein auftauche.«

»Dann ist der Halbgott krank geworden, so what?« Er wechselte den Fuß. »Hätte ich von dem Drama gewusst, hätte ich natürlich …« Er brach ab und starrte einen Moment versonnen in die Ferne, bevor ein durchtriebenes Grinsen auf seinem Gesicht erschien.

»Was?«, fragten Svea und Jonas gleichzeitig.

»Es ist Blödsinn.«

»Was?«

Len sah Jonas an. »Findest du auch, dass Anders Sveas Loverboy ähnlich sieht?«

»Siljes Freund Anders?«

Len nickte langsam.

Jetzt grinste Jonas auch. »Ich ruf ihn an.«

Wider Willen amüsiert sah Svea von einem zum anderen. »Ihr wollt jetzt nicht allen Ernstes irgendeinen Typen engagieren, der der ganzen Gesellschaft vorspielt, er sei Espen?«

»Warum nicht?« Jonas hatte sein Telefon bereits gezückt. »Anders ist Schauspieler, der kriegt das hin, keine Sorge.«

Die Absurdität der Situation half Svea, ihre Gedanken an Espen im Zaum zu halten. Angestachelt von Len und Jonas musste sie sogar ein bisschen über die Vorstellung lachen, gleich mit einem wildfremden Mann verliebtes Paar zu spielen.

»Was will er für den Abend haben, hat er das gesagt?«, fragte sie, während sie zwischen ihrem Bruder und dessen Freund vor dem Hotel auf diesen Anders wartete, der ihr hoffentlich so sympathisch war, dass sie überzeugend mit ihm flirten konnte.

»Hat er nicht, aber ich denke, wenn du ihm tausend Kronen überweist, geht das klar«, sagte Len. Er wirkte abgelenkt. »Ich frage mich nur, wo er bleibt.«

Der offizielle Teil der Gala sollte in einer Viertelstunde beginnen, und Len wusste ebenso gut wie Svea, was das für das Nervenkostüm ihrer Mutter bedeutete. Und entsprechend für ihre Laune.

»Wollt ihr beiden sonst schon reingehen?«, fragte Len.

Svea nickte. Trotz ihres Protests ließ Jonas es sich nicht nehmen, ihre Reisetasche zu tragen. Svea bat den Rezeptionisten darum, sie auf ihr Zimmer zu bringen.

Als sie an der Garderobe ihre Mäntel abgegeben hatten und den Ballsaal durch die große Flügeltür betraten, bot Jonas ihr galant den Arm, und Svea hängte sich bei ihm ein. Ihre Eltern schüttelten in der Nähe Hände und plauderten angeregt mit ein paar Gästen. Svea erkannte die Bürgermeisterin von Oslo und Thorbjørns Vater. Ein Stück weiter unterhielt sich der Kronprinz mit dem Bildungsminister. Sie waren also alle gekommen, ganz, wie ihre Mutter es sich gewünscht hatte.

Zusammen mit Jonas trat Svea zu ihren Eltern.

Pointiert sah ihr Vater auf die Uhr, reichte Jonas aber dennoch kollegial die Hand, während ihre Mutter Svea umarmte. Es war eine dieser steifen, höflichen Umarmungen. Küsschen rechts, Küsschen links. »Svea, gut siehst du aus.«

»Danke, du auch.«

»Machst du dein Sportprogramm noch regelmäßig? Mir scheint, ein bisschen Bauchmuskeltraining –«

Svea lächelte breit in Richtung der Pressefotografen.

Das glockenhelle Lachen ihrer Mutter würde die einzige Entschuldigung für diese Unhöflichkeit bleiben, aber das störte Svea nicht weiter, solange sie den Abend einigermaßen friedlich hinter sich brachten. »Wo ist denn …« Suchend sah sie sich um.

»Lennart wird in einer Minute hier sein«, sagte Jonas freundlich. »Sveas Freund wurde aufgehalten, Lennart wartet draußen auf ihn. Vielen herzlichen Dank für die Einladung, Hilde.«

»Sehr gern, wir freuen uns, dass ihr es einrichten konntet, nicht wahr, Arne?« Der motivierende Ellbogenknuff, den Sveas Vater erntete, war so gut getarnt, dass Svea sicher war, niemand außer ihr hatte ihn bemerkt.

»Selbstverständlich freuen wir uns.«

»Es ist mir ein großes Vergnügen, hier zu sein.« Svea konnte das ironische Strammstehen am Ende des Satzes förmlich hören. Jonas schien das Theater mit diesem Anders tatsächlich enormes

Vergnügen zu bereiten, denn er grinste Svea immer wieder verschwörerisch an.

»Mir natürlich auch«, sagte Svea. Wo blieb Len mit ihrem angeblichen Freund?

»Ach, da kommt Lenny ja.« Sveas Mutter zwinkerte Jonas gespielt tadelnd zu. »War der Partnerlook deine Idee, Jonas? Oh, und Svea, dein Begleiter ist ja tatsächlich ein Bild von einem Mann!«

Wenn ihre Mutter das sagte ... Svea versuchte, sich nicht zu neugierig umzudrehen. Schließlich hatte sie keine Ahnung, wie der Typ aussah, mit dem sie den Abend verbringen würde. Und solange es sich um einen Kumpel von Len und Jonas und nicht um Thorbjørn oder Vinnan-aus-der-Hölle handelte, konnte es ihr nur recht sein.

Doch an der Seite ihres Bruders steuerte keinesfalls ein Fremder auf sie zu.

Sveas Mund wurde trocken. Unwillkürlich umklammerte sie Jonas' Arm.

Sorgfältig rasiert und frisiert, das Schwiegermutterlächeln unerschütterlich an seinem Platz, trat Espen neben sie. Einzig das leise Flackern in seinen Augen verriet Unsicherheit. »Hallo, Liebling.« Unaufgefordert wurden Sveas Knie weich. Wahrscheinlich vom Hunger. Oder von der Überraschung. Oder ... vor Wut? Wie überaus schlau von ihm, hier aufzutauchen, wo sie gezwungen war, die Fassung zu wahren. Aber selbst wenn die Situation es erlaubt hätte: Ihr Herz schlug ohnehin zu laut, ihre Hände waren zu klamm, und sie war zu perplex, um irgendetwas zu tun oder zu sagen.

Als Espen ihre Eltern begrüßte, sah Svea Lens selbstzufriedenes Grinsen und schaffte es immerhin, ihm einen grimmigen Blick zuzuwerfen. ›Was hast du dir dabei gedacht?‹, formte sie mit den Lippen, während Espens Hand wie selbstverständlich in ihre schlüpfte.

Sie drückte ihm den spitzen Nagel des kleinen Fingers ins Fleisch. Er zuckte nicht mal.

Erst nachdem sich die offizielle Begrüßungsrunde aufgelöst hatte und alle auf ihre Plätze an den festlich gedeckten Tischen zusteuerten, knurrte sie: »Du bist extrem schwer abzuschütteln, Doktor Solberg.«

»Ich hatte dir versprochen, mitzukommen und so zu tun, als seien wir zusammen und schwerst verliebt.«

»Ha! Glaub nicht, dass ich dich den Abend über verliebt anplinkern werde, das ist vorbei.« Stattdessen lächelte sie für die zahlreichen Kameras und zog Espen äußerlich gut gelaunt weiter.

»Darf ich dir das bitte erklären?«

Ihre Kiefer schmerzten langsam vom Dauergrinsen. »Nicht, nachdem du mich auf diese Weise zwingst, nein.«

Espen lachte laut und falsch auf, und Svea fing einen Blick ihrer Mutter auf, die einmal im Leben tatsächlich nichts auszusetzen zu haben schien. Na großartig. »Ich hatte das Gefühl, ich müsste dir ein bisschen dramatischer zeigen, was ich für dich empfinde, und dich offiziell um Verzeihung bitten«, flüsterte er ihr ins Ohr.

»Genau«, zischte sie. »Wie all die Vollidioten, die ihren Frauen irgendwo vor laufenden Kameras Heiratsanträge machen. Wie soll man die ablehnen?«

Er warf den Kopf zurück und lachte herzlich.

Svea verdrehte die Augen. »Bleib lieber in deiner Praxis. Als Schauspieler taugst du nicht viel. Mein Bruder kennt Profis, die weit überzeugender meinen Lover hätten geben können.«

Espen blieb stehen, sehr ernst auf einmal. »Ich muss es nicht spielen«, sagte er ruhig.

Aber Svea konnte jetzt kein tiefes In-die-Augen-Sehen gebrauchen. Nicht in dieser Umgebung, nicht mit ihren immer noch verflochtenen Händen. Ihre Fassung reichte gerade so für ein weiteres scheinheiliges Lächeln. »Wenn ich ein bisschen sicherer auf diesen Absätzen wäre, hättest du einen davon jetzt unauffällig im Knie stecken, weil du mich so überrumpelt hast.«

»Ich kann dich stabilisieren.« Sein Mund war jetzt dummerweise sehr nah neben ihrem Ohr. »Du siehst umwerfend aus, übrigens.«

»Lass das. Du brauchst keine Heiße-Liebe-Show abzuziehen, es sieht niemand her.« Was nicht ganz stimmte. Sie war sich der Kameras im Raum nur allzu bewusst.

»Ich brauche keine Zuschauer, um dir zu sagen, dass du die wunderbarste Frau der Welt bist.«

»Nicht wunderbar genug, um eine Zukunft mit dir zu haben.« Auf einmal war sie das alles so leid. »Danke, du hast das sehr klargemacht.«

Als sie zu ihm hinüberschielte, sah sie eben noch, wie sein Aufreißerlächeln erlosch. »Ich würde dir das von neulich wirklich gern erklären. Gib mir eine Chance.« Er wirkte seltsam nackt ohne das Strahlen. Dieses Eindringliche jetzt spielte er nicht. Das hier war genauso echt wie der Moment, als er ins Bad gestürzt war. Der Mann vor ihr war nur einfach ihr Freund Espen. Den sie eigentlich sehr mochte und dessen Blick unsicher flackerte, während der Mundwinkel sich nur zögernd ein Stück hob. »Bitte, Svea.«

Nicht *Iversen*, nicht *Sweeny*. Svea.

Er wirkte so hilflos.

Mit einem Mal war das Gehen in den High Heels noch schwieriger. »Okay«, sagte Svea heiser. »Okay.«

»Danke.«

»Nach der Feier, in Ordnung?« Jetzt brauchte sie alles, was sie an Selbstbeherrschung hatte, um präsentabel zu bleiben.

Espens Lächeln wurde einen Hauch deutlicher. »Du freust dich, dass ich gekommen bin, gib es zu.«

Sie merkte, was er vorhatte. Er zog die Maske wieder über, für sie beide, und reichte ihr einen Rettungsring: Solberg und Iversen, Profis darin, alles Tiefere zu überspielen. Und Svea nahm ihn.

»Kann man dir nicht einmal einen halben Satz zugestehen, ohne dass du gleich wieder Oberwasser kriegst?« Sie wand sich aus

Espens Arm, sodass sie ihm gegenüberstand und in die Augen sehen konnte. »Erstaunlicherweise freue ich mich tatsächlich, dass du hier bist. Ein bisschen zumindest. Trotzdem bin ich verflucht sauer und … traurig. Und wenn du mir«, sie sah sich um, ob jemand mithören konnte, »nicht eine richtig, richtig gute Erklärung lieferst, bin ich absolut bereit, unser Kind allein aufzuziehen. Oder gemeinsam mit meinem Bruder und Jonas.«

»Darüber müssen wir reden.«

»Darüber gibt's nichts zu reden«, zischte sie. »Weißt du, ich war mir bis zu dem Abend nicht mal sicher, dass ich das überhaupt will. Aber jetzt bin ich es.«

»Du bist ziemlich scharf, wenn du so sauer bist.«

»Gott, Solberg! Ich bin sicher, du findest hier irgendwo eine Frau, die sich über deine Komplimente freut.«

»Ich will aber keine andere.«

»Dann wirst du dich wohl damit anfreunden müssen, Vater zu werden.« Ihre Stimme war nicht ganz fest.

Was war das in seinem Blick? Wehmut? Sie hatte Espens Frage nach dem Alter ihres ungeborenen Babys noch nicht vergessen – und ebenso wenig das, was er damit eigentlich gemeint hatte. Aber das würde sie nicht hier mit ihm diskutieren. »Lass uns hinsetzen«, sagte er.

Sie hatte ihn nicht rausgeworfen, das war schon mal gut. Und sie hatte sich ein bisschen gefreut. Der Rest würde sich hoffentlich finden. Auf jeden Fall konnte er jetzt nicht mehr ausweichen, sondern musste Svea das ganze Drama erzählen.

Ringsum wurden Stühle gerückt und Vorstellungsfloskeln gewechselt. Sveas Eltern standen zentral an der Breitseite eines langen Tisches. Neben ihnen hatten diverse Mitglieder der Osloer High

Society ihre Plätze schon eingenommen. Am Ende der Tafel, gegenüber von Sveas Bruder und dessen Freund, entdeckte Espen noch zwei freie Stühle. Svea steuerte bereits darauf zu.

Sie lächelte routiniert in die Runde und setzte sich, wobei sie unauffällig ihr langes Kleid ordnete. Auf diesen Stelzen sicher laufen und dann noch elegant dabei aussehen, Stoff um sich herum zu sortieren – wie machte sie das?

Wenige Momente nachdem sie sich gesetzt hatten, ließ Sveas Vater den Löffel an sein Glas klingen. »Liebe Freunde, herzlich willkommen.«

Die Rede war nur kurz, und nachdem er allen viel Vergnügen gewünscht und gebeten hatte, großzügig für die Seerettung zu spenden, setzte Arne Iversen sich wieder. Espen betrachtete alles, als wäre er kein Gast, sondern Zuschauer.

Svea lächelte zu Gesprächen, lachte über Witze, flirtete, flirrte. Ganz selbstverständlich passte sie auch ihre Sprache an die Umgebung an und wechselte vom *nynorsk,* das in Lillehamn gesprochen wurde, ins Osloer *bokmål.* Es hörte sich fremd an. Svea mochte ihre Eltern und deren Bedürfnis, bei den oberen Fünfhundert mitzumischen, anstrengend finden, aber sie war hier aufgewachsen.

Nicht einmal, als die Vorspeise serviert wurde, zeigte sie irgendeine Rührung, außer einem vollkommen aufrichtig wirkenden Lächeln in Richtung der Kellnerin. »Ist es möglich, dass ich die Suppe ohne den Fisch bekomme?«

Niemandem, der Svea nicht sehr gut kannte, wäre an der freundlichen Frage die Verletzung aufgefallen, die dahinter lag. Jahre an Missverständnissen, Spott, Nicht-ernst-genommen-Werden, die sich in diesem Moment darin äußerten, dass ihre Mutter es nicht einmal für nötig gehalten hatte, das Hotel über Sveas Vorlieben zu unterrichten.

»Selbstverständlich. Nur ohne den Fisch, oder auch mit Gemüse- statt Hühnerbrühe?«

»Vegan. Danke.«

»Überhaupt kein Problem. Es dauert fünf Minuten.« Die junge Frau stellte den Teller mit der Spinatsuppe auf Espens Platz. »Für Sie ist das in Ordnung so?«

»Ja.«

»Ich gebe an die Küche weiter, dass der Rest des Menüs entsprechend angepasst wird«, sagte die Kellnerin zu Svea.

»Danke«, wiederholte Svea und sah kurz, ganz kurz nur, zu ihrer Mutter hinüber. Man musste kein Psychologe sein, um zu erkennen, dass hier etwas schwelte.

»Nicht ärgern«, sagte Lennart.

Sveas Fingerknöchel traten weiß hervor, während sie die Serviette knüllte und schnell in ihrem Schoß verschwinden ließ, aber sonst blieb ihre Fassade tadellos. »Tu ich nicht.«

So gern hätte Espen ihre Hand genommen und gedrückt. *Ich bin für dich da.* Schrei mir deinen Ärger ins Gesicht, heul dich bei mir aus. Und meinetwegen hass mich für das, was ich dir antun muss … Mussten seine Gedanken sich eigentlich jedes Mal selbstständig machen? Jetzt war nicht der richtige Zeitpunkt für selbstmitleidiges Gejammer.

Er knuffte Svea leicht mit dem Ellbogen. »Alles klar, Iversen?«

»Sicher.« Sie zögerte. »Du bist hier. Wie könnte es nicht gut sein?« Es hörte sich an, als meinte sie das tatsächlich ernst. Ernst genug jedenfalls, dass er nun doch unter dem Tisch nach ihrer Hand griff. Sie zog sie nicht weg, sondern verflocht ihre Finger mit seinen.

Erst jetzt merkte er, dass er die Luft angehalten hatte. Langsam ließ er sie entweichen. »Mir war klar, dass ich dir wenig Spielraum lasse, wenn ich herkomme«, gab er zu. »Ich wusste auch, dass das eigentlich ziemlich unfair war, aber ich war mit meinem Latein am Ende. Ich musste es zumindest versuchen.«

»Ich finde es gut«, sagte Svea und drückte seine Hand.

Nach dem Essen wurde getrunken, und nach dem Trinken wurde getanzt. Espen trank Sveas Champagner mit, und trotz des fürstlichen Menüs vorher stieg ihm der Alkohol beunruhigend zu Kopf. Vielleicht verstärkte auch die Anspannung das Gefühl, in einem Film gelandet zu sein. Svea, die mit wehenden Haaren durch die Gegend wirbelte, die sich von ihm löste, eindrehte, zurückkehrte in seine Umarmung, genau im richtigen Takt; die Musik, die Lichter, all die Menschen … Svea wirkte jetzt wieder fast glücklich, fast frei. Und er würde das zerstören.

Espen verdrängte den Gedanken. Wenn er irgendetwas aus der Vergangenheit gelernt hatte, dann, dass schlimme Momente nicht besser davon wurden, dass man sich die schönen mit Grübeleien zerstörte. Dieselbe eiserne Disziplin, die Krister seinem Körper aufzwang, verlangte Espen von seinem Gehirn. Er konnte sich entscheiden, die dunklen Wolken nicht zuzulassen. Er konnte das hier einfach genießen, sich Sveas Takt hingeben, Sveas geschmeidigen Körper an seinem spüren.

»Endlich«, sagte sie, als ihr Mund das nächste Mal an seinem Ohr vorbeischwebte.

»Was?«

Sie flog davon, kam zurück, fasste seine Hände. Blieb bei ihm. »Du warst mit deinen Gedanken weit weg. Jetzt bist du hier.«

»Ich war überhaupt nicht weg.«

»Nein, kein bisschen.« Svea lachte, hell und unbeschwert. Und er war so verflucht verknallt in sie.

Als die Musik leiser wurde und sich mit den langsamen ersten Takten des neuen Songs verwob, blieb Svea stehen und nahm sein Gesicht zwischen beide Hände. »Lüg mich nicht an, Espen Solberg. Ich merke das.«

Alles könnte so schön sein. Alles *war* so schön.

Er legte die Arme um Sveas Taille, sie schlang ihre um seinen Hals. Eric Clapton sang: *You look wonderful tonight.* Sie wiegten sich im Takt, und Espen konnte nicht anders, als Svea zu küssen. Ganz leicht nur, am Ohrläppchen.

»Keine Küsse, bevor du mir nicht Verschiedenes erklärt hast.« Sveas Atem strich an seinem Hals entlang.

»Das war kein Kuss.«

»Lügner.«

Doch ihr vom Tanzen erhitzter Körper reagierte auf seinen – wie immer schon. Er merkte es daran, wie ihre Bewegungen noch weicher wurden, ihr Becken noch näher kam, dieses raue Timbre in ihre Stimme einzog. Vielleicht hatte ihre physische Anziehung vom ersten Tag an etwas gezeigt, was Espen sich nicht erlaubt hatte zu fühlen.

»Ich würde dich aber gern küssen«, flüsterte er.

»Später. Vielleicht.«

Er versenkte die Nase in ihren Haaren, wo es warm und nach Svea roch. Eine feuchte Strähne klebte ihr an der Schläfe. »Muss ich nachher bei deinem Bruder auf dem Sofa schlafen, oder darf ich mit in dein Hotelzimmer?« Vielleicht war es missverständlich, seine Hand ausgerechnet bei dieser Frage an ihrem Rücken abwärtsgleiten zu lassen, bis sie auf ihrem Hintern lag.

»Weiß ich noch nicht.«

»Wovon hängt das ab?«

»Nimm deine Zunge von meinem Ohr.«

Er wollte Svea so sehr, dass es wehtat. Körperlich. Vielleicht … Nach dem Tanzen schloss er nicht mehr aus, dass sie darauf einsteigen würde, wenn er begann, sie zu verführen. Es wäre eine leichte Flucht gewesen, eine, die sie beide beherrschten wie nichts anderes. Die immer funktioniert hatte – und die das verfluchte Problem nicht löste. Sie mussten reden, ziemlich lange vermutlich. Und danach … nicht dran denken. Das Sofa in Lennarts Wohnung stand ihm auf jeden Fall offen. »Sind deine Strumpfhosen warm genug, dass wir ein bisschen spazieren gehen können?«

Svea hauchte ihm einen Kuss auf die Wange. »Es sind keine Strumpfhosen, sondern halterlose Nylons.« Auch sie suchte also nach sicherem Boden.

»Wollte ich diese Information haben?«

»Und dazu ein String.«

»Ich hasse dich.« Die Vorstellung, dass unter den seidigen Stofffalten nichts war als Sveas glatte Haut, ließ ihn vermutlich ziemlich glasig gucken.

»Ist nur fair.« Zum Glück ging der langsame Song zu Ende, und schnellere Rhythmen übernahmen. »Gehen wir spazieren?«, fragte Svea.

Mit nichts weiter unter dem Kleid als … »Ja«, sagte Espen. Und dabei würden sie reden.

Vierzehn

Dankenswerterweise regnete es nicht; es schneite auch nicht; nur der Wind war ein wenig kühl, als sie kurz darauf durch die Nacht gingen.

Espen mochte die High Heels ja heiß finden, aber unter keinen Umständen wäre Svea darin durch das nächtliche Oslo gestakst. Bevor sie losgegangen waren, hatte sie Espen gebeten, im Foyer des Hotels zu warten, und sich ihre wattierte Jacke und die Winterboots aus dem Hotelzimmer geholt. Das Kleid, das ihr schmeichelnd um die Beine wehte, gab ihr dennoch das Gefühl, dass dies ein besonderer Abend war.

Schweigend liefen sie nebeneinanderher. Ohne weiter darüber nachzudenken, hatte Svea den Weg zum Wasser eingeschlagen. Die ungesagten Worte zwischen ihnen wurden mit jedem Schritt dichter, aber sie hätte um nichts in der Welt gewusst, wo sie anfangen sollte. Espen schien es ebenso zu gehen. Einmal berührte seine Hand kurz ihre, und zweimal erwischte sie ihn dabei, wie er zu ihr herüberschielte. Doch erst als das Opernhaus näher kam, sprach er.

»Lass uns da hochgehen.« Selbst der kurze Satz klang heiser.

»Okay.«

Mit seinen schrägen Marmorebenen wirkte das Gebäude wie ein gigantischer, von innen leuchtender Eisberg, der am Rand des Oslofjords gestrandet war. Obgleich es November und mitten in der Nacht war, tummelten sich noch einige Touristen auf dem beeindruckenden Bau. Sowohl Espen als auch Svea hatten die Hände in den Jackentaschen vergraben, während sie im Gleichschritt aufwärtsstapften. Der Wind biss in Sveas Wangen, allmählich waren auch die letzten Reste der Hitze vom Tanzen verschwunden.

Immer noch ohne zu sprechen, traten sie an den Rand des Dachs und blickten auf den Oslofjord hinunter. Die Stadt schmiegte sich wie eine glitzernde Perlenkette darum. Draußen im Fjord zeigten vereinzelte Lichtpunkte Boote oder Ferienhäuser auf Inseln an. Espens Gesicht war im blassen Mondlicht kaum zu erkennen. Der Wind zerzauste ihm die Haare. »Schön hier.«

»Finde ich auch.«

Sein Blick glitt über den Fjord. »An deiner Mutter kann man sich die Zähne ausbeißen, oder?«

»Heute war sie noch gut gelaunt.«

»Wie konnte aus dir ein so guter Mensch werden?«

Das bin ich nicht, dachte Svea. Ich bin so oft hilflos und wütend und beiße blind um mich. »Weißt du, wovor ich Angst habe? Ich will nicht so werden wie sie.«

»Das würdest du nicht.« Er seufzte. »Es nützt nichts. Ich muss das noch mal fragen. In welcher Woche bist du?«

Auf einmal war der Wind viel kälter. Svea legte schützend die Arme um ihren Oberkörper. Das flatternde Kleid zerrte an ihren Beinen. »Das weiß ich nicht. Ich bin ja nicht dazu gekommen, dir alles zu erklären.«

»Ich habe nicht geplant, zusammenzuklappen.«

Dieses Mal würde sie nicht beißen. »Ich weiß. Ich habe eventuell ein wenig überreagiert.«

»Erzählst du mir, warum, wenn ich dir im Gegenzug beichte, was ich zu sagen habe?«

»Drittes Date, hm?« Sie versuchte zu lächeln. »Wo soll ich anfangen?«

»Am Anfang.«

Das dürfte dann wohl so ungefähr bei ihrer Zeugung gewesen sein. Oder an dem Tag, an dem ihre Eltern herausfanden, dass sie eine Lese-Rechtschreib-Schwäche hatte? Sie rieb sich die Arme. »Du hast es ja mitbekommen. Ich war nie gut genug. Vielleicht, weil meine Mutter selbst das von sich denkt. Jedenfalls musste ich immer irgendwelchen unerreichbaren Maßstäben genügen, und dabei habe ich zugesehen, wie grässlich die Ehe meiner Eltern hinter der hübschen Fassade ist. Dann traf ich Vinnan.«

Espen atmete hörbar ein. Sie hatte ihm irgendwann im Nebensatz von Vi erzählt, aber er kannte keine Details. »Und ich dachte: Wow, da ist einer, der liebt mich wirklich, so, wie ich bin. Bis er die Nudes, die ich ihm geschickt hatte, seinen Kumpels gezeigt hat.«

»Nicht wirklich!«

Svea legte sich Espens Empörung um wie eine tröstende Decke. »Doch.«

»Ich hasse ihn.«

»Da sind wir schon zwei.«

»Deswegen hast du so reagiert, als ich den Witz über die meistbietend zu verkaufenden Fotos gemacht habe.«

Sie nickte und ließ zu, dass er von hinten die Arme um sie legte. »Das war irgendwie der letzte Baustein, glaube ich. Ich musste von diesen ganzen verlogenen Leuten weg. Blöderweise konnte ich mir selbst ja nicht davonlaufen. Als du panisch rausgerannt bist, war das für mich einfach nur die Bestätigung, dass ich … dass ich …«

»Hey«, brummte Espen in ihr Ohr. »Ich bin da, okay?«

»Ja.« Sie umfasste seine Hände vor ihrer Brust. »Um auf die Frage zurückzukommen, ich weiß nicht, in welcher Woche ich bin.« Sie berichtete, wie ihr an jenem Abend die Erkenntnis gekommen war und sie sich nachts in die Praxis geschlichen hatte. »Ich war noch nicht bei der Ärztin. Ich habe bloß bei uns im Labor den Test gemacht, und der schien positiv zu sein.«

»Schien?«

Die vorsichtige Hoffnung, die in dem Wort mitschwang, stach genau in Sveas Minderwertigkeitskomplex. Ungeduldig wischte sie sich die Haare aus dem Gesicht, die trotz der Mütze immer wieder nach vorn wehten. »Der Streifen war nur blass.«

»Dann sollten wir einen Bluttest machen.«

Sie wand sich aus seiner Umarmung und drehte sich um. »Danke für die Idee, Doktor Solberg.«

»Sorry, war blöd.« Immer noch konnte sie in seinem Gesicht nichts lesen, nur seine Augen schienen zu glimmen. »Und wegen neulich: Das tut mir wirklich, wirklich leid.«

»Du meinst, dass du gekotzt hast bei der Vorstellung, ein Kind mit mir zu bekommen?«

»Ich bin dran mit Erklären. Auch ohne deine Geschichte hatte ich eine ungefähre Vorstellung, was meine Reaktion bei dir ausgelöst hat. Aber es hatte nichts damit zu tun, ein Kind *mit dir* zu bekommen.« Sein sprödes Lächeln hörte sie mehr, als dass sie es sah. »Es hatte etwas damit zu tun, dass du ein Kind *mit mir* erwartest. Kleiner, aber feiner Unterschied.«

»Erklär ihn mir.«

»Lass uns dazu aus dem Wind rausgehen. Du siehst aus, als würdest du erbärmlich frieren.«

»Ich friere nicht«, erwiderte Svea unwirsch, weil Widerstand vertrautes Terrain war.

Ohne ein weiteres Wort wandte Espen sich ab und ging auf die ein Stück hinter ihnen aufragende Marmorwand zu. Svea folgte ihm stumm. Zu behaupten, an der Wand sei es warm, wäre übertrieben gewesen, aber der Wind wurde tatsächlich ein wenig gebrochen und pfiff nicht ganz so stark.

Espen lehnte sich mit verschränkten Armen gegen die Mauer und stellte ein Bein dagegen. Wieder ging sein Blick an Svea vorbei. Gerade als sie auf ihn zutreten wollte, um ihm irgendwie zu helfen, wie er ihr geholfen hatte, öffnete er den Mund. »Ich hab Angst, weißt du das?«

Er hatte sogar Angst, sie anzusehen. Sie hätte gern die Hand nach ihm ausgestreckt, aber jetzt war er es, dessen Körpersprache das verbot. »Brauchst du nicht«, sagte sie. »Es kann kaum hässlicher sein als das, was ich dir gerade erzählt habe.«

»Glaub mir, kann es.« Er gab sich sichtlich einen Ruck. »Habt ihr in der Ausbildung die Huntington-Krankheit durchgenommen?«

»Ja.« Svea strich sich einen einsamen Regentropfen von der Nasenspitze. »Aber wir haben so viele –«

»Das ist keine Prüfung«, sagte er mit müdem Lächeln. »Ich werd dich nicht feuern, wenn du es nicht im Detail weißt.«

»Es ist ziemlich grässlich, das weiß ich noch. So was wie Alzheimer und Parkinson zusammengenommen?«

»Pack noch die Psychose mit rein. Man stirbt über viele Jahre, während das Gehirn sich quasi selbst vergiftet. Meistens fängt es mit Stimmungsschwankungen an, irgendwann werden die Bewegungen unkoordiniert, man wird depressiv und vergesslich und …« Er rieb sich übers Gesicht. »Es wird einfach … immer … schlimmer.« Die letzten Worte hatte er hervorgepresst, als bereiteten sie ihm körperliche Schmerzen.

Svea hatte noch nicht verstanden, worauf das Ganze hinauslief, aber sie wollte nicht, dass Espen weitersprach. Sie wollte das, was ihn so verflucht verloren aussehen ließ, nicht hören. Es war, als hätte ihr Unterbewusstes bereits begriffen, was ihr Bewusstsein sich erst mit Mühe erschloss. Espens Mutter war gestorben, als er ein Junge war, und obwohl Svea nie nachgefragt hatte, wusste sie in diesem Moment, woran.

Espen hatte den Kopf nach hinten gelegt, gegen den kalten Stein, und die Augen geschlossen. Eine makellose Marmorstatue mit zum Strich gewordenen Lippen. »Es ist erblich«, fuhr er tonlos fort. »Es gibt keine Heilung, immer noch nicht. Wenn man das mutierte Gen hat, dann krepiert man früher oder später elendig daran, ob man will oder nicht.«

Langsam, ganz langsam, drang der Schrecken aus Sveas Unterbewusstsein nach oben. Nicht weitersprechen. Bitte. Bitte nicht weitersprechen.

»Und«, Espens Stimme wurde jetzt fast vom Wind davongeweht, »ich weiß nicht, ob ich es habe.«

Es half nicht mehr, die Hände unter die Achseln zu stopfen. Und sie konnte ihn da nicht so verloren an dieser Wand stehen lassen. Sveas Zähne schlugen aufeinander, so kalt war ihr. Sie machte einen Schritt nach vorn. »Sieh mich an.«

Es schien ihn anzustrengen, zurückzukehren, von wo auch immer er gewesen war. Die grünen Augen waren blass in der Nacht. Svea streckte die Hand nach Espen aus, der sich endlich von der Wand abstieß und zögernd die Arme um sie legte. Sie schob ihre kalten Finger unter seinen Mantel.

»Deine Mutter ist daran gestorben.«

»Ja.«

Sie barg das Gesicht an seinem Hals.

»Huntington wurde bei ihr diagnostiziert, als ich zwei war. Ich habe keine Erinnerungen daran, wie sie ohne Symptome war.«

Der letzte, mickrige Rest von Sveas verletztem Stolz zerfloss. Übrig blieb nur verzweifeltes Mitgefühl für den kleinen Jungen, der Espen gewesen war. Wenn sie ihn und seine Geschwister miteinander erlebte, wie sie von ihren Kindheitserlebnissen erzählten, war Svea manchmal neidisch gewesen. Eifersüchtig auf den Zusammenhalt und die Liebe in dieser Familie. Dass die Geborgenheit jahrelang überschattet gewesen war vom Verblassen einer sterbenden Mutter, hatte sie nicht geahnt.

Espen zog sie mit einem Seufzen an sich. »Das wirklich Ironische an der Sache ist: Ich wollte dir das an dem Abend mit der Pizza erzählen, bevor es ernst wird mit uns. Damit du weißt, worauf du dich einlässt.«

»Ziemlich schlechtes Timing.«

»Ja.«

»Deswegen hast du gekotzt.«

»Es war nicht absichtlich. Ich hatte eine gepflegte Panikattacke. Tut mir leid.«

Eins der Dinge, die Espen gesagt hatte, fand erst jetzt seinen Weg in Sveas Bewusstsein. In ihrem Kopf begann es zu rauschen. Erkenntnisfetzen, Wortfetzen, Zukunftsfetzen. »Mir auch«, hörte sie sich mechanisch sagen. *Erblich,* hallte es durch ihre Gedanken. *Ich weiß nicht, ob ich es habe. Erblich. Man krepiert früher oder später daran.*

»Ich wollte keine Kinder«, sagte Espen aus kilometerweiter Entfernung neben ihrem Ohr. Er klang traurig, das drang zu ihr durch.

Erblich.

Sie musste atmen. Ein und aus. Sie musste … *Erblich.* Es ging nicht nur um Espen, was allein schon schrecklich genug war. Es ging auch um ihr Kind.

»Bist du okay?«

»Nein.« Sie hielt sich an Espens Duft fest, an Espens Wärme, an seinem stetigen, gesunden Herzschlag. »Ich bin … ziemlich überfordert.« Vor ihrer inneren Leinwand tauchte Espen auf, der seltsam gesichtslos in einem Krankenbett lag, während das blonde Mädchen aus ihrem Traum um ihn herumsprang. Dann Svea selbst, gealtert, die ihrem Kind die Augen schloss … Nein. Was auch immer das alles wirklich bedeutete, sie würde sich nicht einmal in ihren schlimmsten Albträumen gestatten, diese Bilder weiterzuspinnen. Ihr Kind sollte stark und glücklich sein, *genau wie sein Vater.* Svea schob das Gesicht unter Espens Mantelkragen und sog seinen Duft ein, der kein bisschen weniger männlich und kein bisschen weniger attraktiv war als *vorher.* Und auch kein bisschen weniger gesund.

»Ich bin mein Leben lang schon damit überfordert.« Auch seine Stimme brummte nicht weniger vertraut in seinem Brustkorb.

Allmählich kehrte Sveas Verstand zurück. Letztlich war Gedankendisziplin nichts anderes als körperliches Training. Sie konnte in diesem Irrsinn die Ruhe bewahren, sie konnte das. »Du hast gesagt, du weißt nicht, ob du es hast. Das bedeutet, es ist genauso gut möglich, dass das Baby vollkommen gesund ist.«

»Mit einer Wahrscheinlichkeit von fünfundsiebzig Prozent, ja.«

»Keine ganz schlechten Chancen.«

»Fünfundzwanzig Prozent zu viel Risiko«, sagte Espen.

Sie löste sich aus seiner Umarmung, auch wenn das bedeutete, dem kalten Wind wieder ausgesetzt zu sein. »Man kann einen Gentest machen, oder?«

»Ja.« Espen bot ihr zögernd die Hand an. »Du siehst aus, als wenn du gleich umfällst. Gehen wir zurück?«

»Ich falle nicht um. Ich erstarre höchstens zur Eisstatue.«

Ein vorsichtiges Lächeln huschte über sein Gesicht.

»Was?«

»Ich finde, du bist eine wunderschöne Eisstatue, aber warm und beweglich mag ich dich lieber.«

Endlich nahm Svea die dargebotene Hand. Espens Finger schlossen sich um ihre. »Das ist ein ziemlicher Brocken, den du mir da eben hingeworfen hast.«

»Tut mir leid.« Er lachte wieder dieses neue, hilflose Lachen. »Das sage ich heute ziemlich oft, scheint mir. Aber der Brocken ist nun mal die beschissene Wahrheit. Und so unfair es sein mag – mir geht es besser als vorher, weil sie endlich ausgesprochen ist und du Bescheid weißt.«

»Stimmt.« Svea versuchte, ihn mit ihren ineinander verschränkten Händen in die Seite zu boxen, um irgendetwas *Normales* zu tun. Beinahe gelang es. »Es ist ziemlich unfair, denn mir geht es jetzt schlechter als vorher.«

»Ich hätte es so gern vermieden.«

»Das weiß ich.« Svea dachte daran, wie sorgfältig Espen immer darauf geachtet hatte, dass sie verhüteten. So viele Kleinigkeiten fanden auf einmal ihren Platz. Auf verquere Weise konnte sie seine Erleichterung nachvollziehen. Und noch etwas wurde ihr klar. »Du hast mich angelogen.«

»Du frierst. Darf ich dich bitte wärmen?«

»Lenk nicht ab.« Aber sie ließ zu, dass er ihr den Arm um die Schultern legte. Arm in Arm mit Espen zu laufen war so selbstverständlich, so richtig. Automatisch passten sich ihre Bewegungen einander an, als hätten sie nie etwas anderes getan, als eng umschlungen die Rampen des Osloer Opernhauses hinunterzugehen. Eine Gruppe feiernder Jugendlicher stolperte an ihnen vorbei nach oben.

»Warum glaubst du, ich hätte dich angelogen?«

»Du hast behauptet, du hättest Bindungsangst, weil dir jemand wegsterben könnte. Aber in Wirklichkeit ist es andersrum, oder? Du lässt niemanden an dich ran, weil du …«

Espen wurde langsamer. Eine Bewegung an Sveas Schulter ließ sie spüren, dass er sie ansah.

Sie blickte zu ihm auf.

»Ich würde dich sehr gern an mich heranlassen, Svea Iversen. Aber – ja. Ich habe auch Angst davor, weil ich den Gedanken nicht besonders gut ertragen kann, vor deinen Augen immer mehr zum Krüppel zu werden.«

Auf einmal war Svea ganz ruhig, trotz der eisigen Kälte. »Hast du mal darüber nachgedacht, woher der Spruch ›In guten wie in schlechten Zeiten‹ kommt?«

Espen zog einen Mundwinkel hoch. »Ja. Aus kitschigen Filmen.«

»Blödmann.«

»Ich bin nur ehrlich.«

Svea konzentrierte sich auf das kleine Fünkchen der flirrenden Leichtigkeit, die ihre Beziehung bis vor wenigen Wochen ausgemacht hatte. Es war noch da. Es konnte wiederkommen. Wann wäre Espens Kartenhaus zusammengebrochen, hätte ihr Baby sich nicht eingeschlichen? Ohne seine stetige Wärme an ihrer Seite wäre dies hier absolut unaushaltbar gewesen. Was absurd war, da er ihr die Situation überhaupt erst eingebrockt hatte.

Nach dem Spaziergang umfing das warme Licht der Hotellobby Svea mit tröstlicher Vertrautheit, ein bisschen so, als wäre der Albtraum draußen in der Dunkelheit geblieben. Musik und Stimmengewirr vom Fest drangen bis hierher. Svea betrachtete den Saum ihres Kleids, und jegliche Überlegung, zum Fest zurückzukehren, erledigte sich. Das leuchtende Grün war auf Höhe der Oberschenkel nur regengesprenkelt, doch weiter unten hatten sich immer mehr Schlammspritzer von den nassen Straßen dazugesellt. Außerdem fühlte sich Svea mittlerweile wirklich wie ein Eiszapfen. Sie wollte nur noch in die heiße Dusche – oder gab es hier vielleicht sogar eine Sauna? – und dann ins Bett.

»Sagen Sie«, wandte Espen sich an den Rezeptionisten, »die Sauna ist im obersten Stock, nicht wahr?« Hatte er ihre Gedanken gelesen, oder schlotterte sie so?

Der Hotelangestellte wiegte bedauernd den Kopf. »Die Sauna ist leider um diese Uhrzeit geschlossen.«

Wie hatte sie trotz der dicken Jacke so unterkühlen können, ohne es zu merken?

»Mein Koffer steht dort hinten im Gepäckraum«, sagte Espen. In seinem Blick lag eine eigentümliche Intensität. »Ich könnte ihn holen. Wenn es für dich okay ist.«

»Ist es.« Glaube ich. »Wenn du nicht schnarchst.«

»Wer sagt, dass ich schlafen will?« Er klammerte sich genauso an das Gewohnte wie sie.

»Nach deiner krassen Eröffnung eben kannst du an Sex denken?«

Espen sah sie mit großen Augen an. »Ich hab nicht an Sex gedacht. Aber du offensichtlich.«

»Das Sofa von meinem Bruder soll sehr gemütlich sein.« Gott, ihr war so erbärmlich kalt. Es war vollkommen egal, wer noch alles in ihrem Zimmer schlief, solange sie nur bald aus diesen eisigen Klamotten heraus und unter eine heiße Dusche kam.

»Zimmernummer?«, fragte Espen vor der Fahrstuhltür.

Sie sagte sie ihm, und er hatte den entsprechenden Knopf gedrückt, bevor sie ihre eingefrorenen Finger auch nur dazu überredet hatte, sich aus den Ärmeln zu wagen.

Im Aufzug vermied Svea den Blick in den Spiegel, nachdem sie aus dem Augenwinkel wirre Haare, glasige Augen und eine knallrote Nase gesehen hatte. Herrje, ihr wurde immer kälter. Dabei sollte sie allmählich auftauen.

»Wo hast du die Schlüsselkarte?«

»Rechte Jackentasche.«

Womit sie ihm unbedacht die Gelegenheit geboten hatte, mit dem Arm um sie herumzuangeln und dabei mit seinem Mund nah – sehr nah – an ihrem Gesicht vorbeizukommen. Es sollte ihr vollkommen gleichgültig sein, schockgefrostet, wie sie war. Und ganz bestimmt sollte sie nach allem, was er ihr vorher gestanden hatte, nicht seine Lippen betrachten.

Im Raum stellte Espen seinen Koffer ab und hängte den Mantel auf. »Was ist mit dir?«

»Ich bin eingefroren.« Sie trug immer noch die Jacke, die Stiefel und das schmutzige Kleid. Ihre Locken hingen vermutlich in Strähnen hinunter, und das Make-up war mit Sicherheit verschmiert. Espen dagegen wirkte einfach nur leicht durchgeweht. Der Anzug saß tadellos, die zerzausten Haare und die gelockerte Krawatte spendeten die entsprechende Lässigkeit. Auf seiner Oberlippe und an den Wangen zeigte sich der Schimmer eines Barts, mit Sicherheit noch nicht rau genug, um zu kratzen.

Espens Blick ruhte auf ihrem Gesicht. Sehr ruhig und konzentriert öffnete er den Reißverschluss ihrer Jacke und streifte sie ihr ab, wobei er über ihre bloßen Arme strich. »Weißt du, wie schön du bist?«

»Bestimmt sehe ich aus wie ein Panda.« Ein bewegungsunfähiger, eiskalter Panda.

»Was genau hat das eine mit dem anderen zu tun?« Seine Hände erreichten ihre, glitten daran entlang auf ihre Hüften. Die Jacke fiel auf den Boden. Espen war jetzt sehr nah. »Weißt du, dass ich den ganzen Abend daran gedacht habe, was du unter dem Kleid anhast?«

»Den ganzen Abend wohl kaum.« Sie spürte die Hitze seiner Hände durch den Stoff. So tröstlich vertraut. Aber trotzdem: Wie konnte er jetzt nach all dem, was er ihr erzählt hatte … *dazu* übergehen? Andererseits oszillierte er wohl schon sein Leben lang zwischen diesen beiden Polen. Sie hatte es nur nicht gewusst. Und warum sollte sie sich jetzt nicht darauf einlassen? Körperliche Nähe würde sie beide entspannen.

Immer noch mit diesem hoch konzentrierten Blick ging Espen in die Knie und ließ dabei die Hände an Sveas Beinen hinunterwandern bis zu den Stiefeln. Er hob das Kleid, um an die Schnürsenkel zu gelangen, doch der feine Stoff rutschte sofort wieder nach unten. »Halt mal fest. Oder nein, warte.« Er grinste zu ihr hoch, ganz wie sonst, und tauchte unter das Kleid.

Und sie stand da – und tat gar nichts. Spürte nur. Ganz egal, was irgendein Teil ihres Verstands dachte, ihr Körper reagierte sofort auf Espens vertraute Nähe. Ihren Körper interessierte es wenig, dass Svea eben noch durcheinander und durchgefroren gewesen war. Ganz im Gegenteil. Das hier waren vertraute Gefilde, und Svea konnte und wollte nichts dagegen tun, dass ihre Nervenbahnen anfingen, vorfreudig zu vibrieren.

Espens Haare kitzelten ihre Oberschenkel durch die Nylons, als er sich an den Schnürbändern der Stiefel zu schaffen machte. »Du hast eine Laufmasche.« Etwas Warmes berührte die Innenseite ihres linken Knies. Ein Finger? Nein, da war Atem, Feuchtigkeit. Seine Zungenspitze.

»Das macht nichts«, sagte Svea.

»Stimmt. Ich mag es.« Seine Zunge spielte an ihrer Haut, dann begann er, sich mit den Lippen vom Knie aufwärts zu knabbern. Trotz der hauchfeinen Nylons spürte sie jede Berührung überdeutlich. Alle Konzentration zog sich dort zusammen, wo Espens Lippen sie berührten. Und zwischen ihren Beinen. Und in ihren Brustwarzen.

Espen liebkoste ihre Oberschenkel, jetzt mit den Fingern, wenn ihre Empfindung richtig war. Unwillkürlich spreizte sie die Beine und hörte ihn daraufhin ein glückliches, kleines Lachen ausstoßen, bevor er unter ihrem Kleid hervorkam und sich aufrichtete. »Du bist dir sicher, dass du heute Nacht schlafen willst?«

»Aber so was von.« Nicht.

»Verstanden.« Er kam näher, sprach jetzt direkt an ihren Lippen, und sie würde einen Teufel tun, sich auch nur einen Millimeter zurückzubewegen. »Wenn du dir sicher bist …«

»Bin ich«, sagte sie heiser. »Ich muss allerdings erst duschen.«

Seine Zungenspitze kitzelte den Zwischenraum zwischen ihren Lippen. Das Ziehen in ihrem Unterleib wurde dringlicher. »Soll ich dir«, sein Atem schwebte über ihrer Haut, »vielleicht trotzdem helfen, die Strümpfe auszuziehen?«

»Ja.« Es war nur ein Wispern. Ein verräterisch sehnsüchtiges Wispern, als hätte ihr Körper mit aller Macht beschlossen, sich daran zu erinnern, was zwischen Espen und ihr immer schon gut gewesen war.

Er hockte vor ihr, ein Bein aufgestellt, und fixierte ihr Gesicht, während seine Hände erneut unter den Falten ihres Kleides verschwanden. Mit einem Lächeln strich er ihre Beine entlang, gerade so fest, dass es sie nicht kitzelte, sondern erregte. All ihre Empfindungen waren auf das gerichtet, was sie unter dem Kleid nicht sehen konnte. Espen fand auf beiden Seiten den Spitzenbund der Nylons und ließ die Finger daran entlanggleiten, von außen nach innen, nach hinten, nach … oben. Er verlagerte das Gewicht. »Hier ist dir nicht kalt.«

»Nein.«

»Warum zitterst du dann?« Eine seiner Fingerspitzen hatte den Rand des Strings erreicht. Seine Augenlider senkten sich, das Lächeln wurde breiter, und sein Finger fand den Spalt zwischen Stoff und Haut. »Kein bisschen kalt.«

»Du solltest damit aufhören«, murmelte sie.

»Sollte ich?«

»Nein.« Gar nicht. Überhaupt gar nicht. Ganz im Gegenteil. Sie bewegte sich seiner Hand entgegen, und seine Augen blitzten auf. Aber sie konnte die Sache auch noch ein wenig hinauszögern. Sie zog sich zurück, minimal nur, und er verstand. Natürlich verstand er. Sie waren aufeinander eingestimmt wie zwei perfekt harmonierende Instrumente. Und dieses hier war das Konzert.

Espen strich kurz an ihrer Leiste entlang, und ganz kurz weiter nach innen. Gerade so schaffte sie es, weiterzuatmen. »Du kannst es nicht lassen, oder?«

»Nein.« Nur langsam richtete er sich auf, den Blick auf ihr Gesicht gerichtet.

»Magst du mir den Reißverschluss öffnen?«

In einer einzigen, fließenden Bewegung drehte sie sich um, und er trat gleichzeitig hinter sie, ein Tanz zu dieser Musik, die nur aus Flüstern, verhaltenen Atemzügen und unterdrücktem Stöhnen bestand. Espen hauchte Küsse auf ihren Nacken, während seine Hände das Kleid öffneten. Svea tastete nach ihm. Ihre Finger fanden Anzugstoff … Espens Oberschenkel … und da … Sein Atem neben ihrem Ohr wurde unregelmäßig.

Hatte sie je gedacht, sie wolle allein duschen? Sie wolle nachdenken? Reden? Im Augenblick konnte sie nur daran denken, dass sie ihn berühren wollte. Das Kleid fiel zu Boden, Espens Lippen verschwanden, dafür waren seine Hände kurz darauf an ihren Hüften. Der dünne Stoff der Nylons riss, es war egal. Sie trat die Stiefel von den Füßen, Espen zog ihr die Strümpfe aus. Als er sich aufrichtete, ließ er die Zungenspitze von ihrem String über ihren Bauchnabel bis zu der Kuhle zwischen den Brüsten gleiten.

Wie sollte sie es aushalten, ihn ebenso genüsslich auszuziehen, wie er es getan hatte, wenn sie ihn so dringend wollte? Einen Augenblick lang gestattete Svea sich die Fantasie, wie sie ihn aufs Bett stieß, bekleidet, wie er war, nur rasch seine Hose öffnete und sich dann auf ihn setzte. Seine Hände lagen um ihre Brüste, der Spitzen-BH war auf einmal zu hart und zu eng.

Mit fliegenden Fingern löste Svea die Krawatte, warf sie neben das Bett und begann, sein Hemd aufzuknöpfen. Jackett und Hemd landeten gleichzeitig neben ihrem Kleid. Espen umfasste ihren Oberkörper und öffnete hinter ihrem Rücken den BH, während sie sich an seinem Hosenknopf zu schaffen machte. Sein unterdrücktes Stöhnen mischte sich mit ihrem schneller werdenden Atem. Dann war ihre Brust frei, bloße, empfindsame Haut. Seine Hose glitt an seinen Beinen hinab, sein Becken drängte hart gegen ihres. »Wolltest du nicht duschen?«

Vor allem wollte sie ihn. Ziemlich egal, wo. »Später.« Das Wort schaffte es kaum nach draußen.

Espen trug noch die Boxershorts, und als sie ihm in den Schritt fasste, spürte sie ihn durch den Stoff zucken. Die kleine Bewegung lief als Kribbeln von ihrer Handfläche durch den ganzen Körper. Automatisch zog sich ihre Scham zusammen. Zu viel Stoff, viel zu viel Stoff. Sie schob die Hand in den Bund der Boxershorts und konnte nicht anders, als mit Espen zusammen kurz aufzukeuchen, als ihre Finger ihr Ziel fanden. Sie fasste ihn so gern an, diese zarte, gespannte, heiße Haut, um die sie jetzt ihre Hand legte.

Für einen Moment nahm Espen ihren Rhythmus auf, spannte sich im Takt ihrer Bewegungen gegen sie, während er sie unter halb geschlossenen Lidern fixierte. »Warte. Ich kann …« Sie wartete nicht. Sie konnte nicht warten. »Svea.« Er zuckte, und wieder rieselte ihr die Lust durch den ganzen Körper.

Nur widerwillig öffnete sie den Griff. Espen streifte die Boxershorts bis auf die Oberschenkel, doch seine Füße waren noch in der Hose gefangen. Er trat ein Hosenbein herunter und ließ sich dann rückwärts aufs Bett fallen. Sie brauchten es nicht einmal abzusprechen. Er wollte, was sie wollte. Und sie wollte es gerade schnell. Ohne weiteres Vorspiel setzte sie sich auf ihn und ließ ihn ein, zweimal in sie gleiten, bevor sie das Becken senkte und ihn in sich aufnahm. Er massierte ihre Brustwarzen und bei jedem seiner Stöße ihr Schambein, und dann presste er sich gegen sie und schloss die Augen, im selben Moment, in dem sie so heftig kam wie lange nicht.

Nach der Entladung – denn etwas anderes war es wohl kaum gewesen – lagen sie unter einer Decke, ineinander verschlungen, Haut an Haut. Sveas Nasenspitze berührte seine, ihr Blick schien ihn zu streicheln. Sie sprach nicht, sie wartete. Normalerweise schlief sie nach dem Sex ein, und durch die Schwangerschaft musste sie hundemüde sein, dennoch hielt sie sich wach, und er wusste, dass er vor der ganzen hässlichen Wahrheit nicht länger davonlaufen konnte.

»Ich werde den Test machen«, sagte er leise. »Und vielleicht geht es irgendwie, dass wir das Baby gleichzeitig testen lassen. Wenn es die Mutation hat –«

Ihre Finger verschlossen sanft seinen Mund.

Er strich ihr über die weichen, nun wieder trockenen Haare. Es war erstaunlich, wie gut er sie kannte. In dem Moment, in dem er widersprach, würde sie sich festbeißen. Also ließ er das Thema ruhen. Er hatte noch zwei Wochen Zeit, Svea irgendwie begreiflich zu machen, was eine Huntington-Diagnose bedeutete.

»Wie hoch ist die Wahrscheinlichkeit für die Genveränderung?«

»Fifty-fifty.« Die Feinheiten würde er ihr später erklären, falls das Internet ihm nicht zuvorkam. »Normalerweise bekommt man vor einem Test noch monatelang psychologische Beratung und all so was, um dafür zu sorgen, dass man das Wissen um das eigene Schicksal verkraftet. Aber die habe ich vor Jahren schon mal bekommen, als ich mich gegen den Test entschieden habe.« Ungefragt reiste seine Erinnerung an den schwülen, drückenden Sommertag zurück, an dem Krister sein Ergebnis erhalten hatte.

Sie hatten gemeinsam in diesem Klinikraum gewartet, Kris, Alva, ihr Vater, Mariana und er selbst. Und gemeinsam hatten sie ertragen, dass das Fallbeil über ihnen schwebte und immer weniger Luft zum Atmen vorhanden zu sein schien.

Krister saß nach vorn gebeugt auf dem unbequemen Holzstuhl, das Gesicht in den Händen. Das Ticken der alten Wanduhr über der Tür und Papas gelegentliches Räuspern waren lange Zeit die einzigen Geräusche. Was blieb ihnen auch zu sagen? Espen und Alva wussten, dass ihnen vielleicht auch eines Tages dieser Augenblick bevorstand. Ihr Vater hatte die Hände so fest miteinander verschränkt, dass die Knöchel hervortraten. Da die Uhr tickte, musste Zeit vergehen, aber sie tat es unendlich langsam.

Endlich wurde die Tür geöffnet. Sogar Krister sah auf, als Doktor Terje Berg mit einem blauen Papierordner in der Hand hereinkam, und setzte sich aufrecht hin. Ohne es vorher abgesprochen zu haben, standen Espen und Alva gleichzeitig auf und traten hinter ihren Bruder.

Der Arzt sah in die Runde. »Es macht keinen Sinn, lange um den heißen Brei herumzureden. Krister«, Espen drückte Kristers Schulter, »deine Ergebnisse sind da. Du wirst die Huntington-Krankheit nicht bekommen.«

Es war das zweite Mal in seinem Leben gewesen, dass Espen Krister hatte heulen sehen.

Sie alle hatten geheult, und dann hatten sie gelacht und gar nicht mehr damit aufhören wollen.

»Woran denkst du?« Sveas Stimme holte ihn in die Gegenwart zurück. Sie lagen im Bett, die Decke über ihr kleines Nest gezogen. Sveas Beine waren mit seinen verschränkt, ihre Hand lag auf seiner Schulter, ihr Atem auf seinen Lippen. Es gab keinen Grund, Angst zu haben. Nicht heute.

»Daran, dass ich vermutlich kein besonders guter Mensch bin.« Das Zweifeln in ihrem Blick brachte ihn dazu, sich auf den Rücken zu drehen, damit er sie nicht ansehen musste, während er ihr sein schmutzigstes Geheimnis gestand. Sie legte den Kopf auf seinen Brustkorb, und er zog die Bettdecke wieder über ihre Schulter. »Ich habe das noch nie jemandem erzählt. Das ist wirklich das allerallerhässlichste Skelett in meinem ganzen finsteren Keller.«

Ihre gespreizten Finger fuhren gleichmäßig durch seine Haare.

»Als Kris negativ getestet wurde«, sagte Espen zur Zimmerdecke, »da habe ich mich natürlich gefreut. Aber ein kleiner Teil von mir dachte: *Wenn er negativ ist, steigt die Wahrscheinlichkeit, dass ich den Scheiß habe*. Was im Übrigen völliger Quatsch ist, aber sag das meinem Teenie-Hirn. Kris und ich, wir haben immer mal wieder so ein Konkurrenzding laufen, keine Ahnung, warum. Wenn ich das mutierte Gen jetzt wirklich habe, und … und er hat es nicht, dann … Ich werde neidisch sein. Und ich werde mich dafür verabscheuen.«

Sveas Finger streichelten weiter, aber sie schwieg. Dabei brauchte er so dringend wie nur irgendetwas ihre Absolution. Als er einatmete, um weiterzusprechen, verschloss sie seinen Mund mit einem sehr sanften und gleichzeitig sehr entschiedenen Kuss. »Das macht dich nicht verabscheuenswert«, sagte sie. »Es macht dich menschlich.«

»Meinst du, ja?«

»Ich bin mir sehr sicher. Danke, dass du mir das anvertraut hast.«

»Ich werde am Montag ein wenig herumtelefonieren. Wir brauchen Termine beim Huntington-Zentrum.«

»Du meinst nicht«, sie zögerte sichtlich, »ich meine, wenn das Baby getestet wird, sollte ich dann nicht vielleicht auch vorher psychologische Beratung bekommen?«

Jetzt war es an ihm, ihren Rücken zu streicheln. »Natürlich solltest du das. Blöderweise haben wir keine Zeit dafür.« Er versuchte, das möglichst wenig brutal zu sagen, und überließ es Svea, aus seinen Worten die richtigen Schlüsse zu ziehen.

Fünfzehn

Warum hatte er sich nie vorher gegönnt, eine ganze Nacht und nicht nur ein paar ungehemmte Stunden mit Svea – oder sonst einer Frau – zu verbringen? Miteinander flüsternd, aneinandergeschmiegt, sich mit dem kleinen Finger im Halbschlaf versichernd, dass die oder der andere noch da war – ziemlich dämlich, dass er das vorher nie gewagt hatte. Espen rollte sich auf den Rücken und tastete mit geschlossenen Augen nach Svea. Eingehüllt in ihren Duft und mit diesem Stein von der Seele, hatte er so gut geschlafen wie lange nicht.

Sein Geheimnis war ausgesprochen.

Svea war immer noch bei ihm.

Seine Finger trafen Stoff … mehr Stoff … Was war das für ein leises Rauschen? Da auch nur Stoff … Seine Hand fand unter der Decke lediglich das Laken, keine Svea. Espen öffnete die Augen. Ihr Bett war zugedeckt und eindeutig leer. Wahrscheinlich hatte Svea schon ihren Morgenmarathon hinter sich. Aus dem Badezimmer klang das Plätschern der Dusche. Umgehend erinnerte sich Espens Körper mit morgendlichem Enthusiasmus an den Vorabend. Sich Svea in der Dusche vorzustellen, war beinahe zu viel für ihn. Götter, Solberg, wie alt bist du? Wenn Svea ohnehin schwanger war, könnten sie wie gestern sogar ohne … Schluss jetzt. Das Plätschern hörte auf. Vor seinem geistigen Auge sah Espen, wie Svea nass und erhitzt aus der Dusche kam. Auf ihrer Haut schillerten Wassertropfen, die Haare hingen lang und dunkel über ihren Rücken, und die vom Duschen feuchten Lippen waren genüsslich geöffnet, während Svea sich abtrocknete … Okay, entweder holte er sich jetzt Eiswürfel aus der Minibar, oder er ging zu Svea ins Bad, und zwar schnell.

Doch letztlich tat er nichts von beidem. Er lag einfach im Bett und hielt die Spannung aus, ohne etwas dagegen zu unternehmen. Die Erleichterung würde kommen, sobald Svea bei ihm war. Vor vierundzwanzig Stunden war er vergeblich zum Bahnhof geeilt. Vor vierundzwanzig Stunden hatte sein Leben hoffnungslos und finster ausgesehen. Jetzt war er hier in Oslo und Svea nur wenige Meter von ihm entfernt. Wovor hatte er all die Jahre Angst gehabt? Zwischen den Vorhängen blinzelte sogar die Sonne hindurch und traf sein Gesicht.

Die Tür zum Badezimmer ging auf, Svea landete mit einem Satz rittlings auf seiner Bettdecke – wesentlich zu angezogen mit weißem Tanktop und lockeren, grauen Pyjamahosen. »Guten Morgen.« Sie beugte sich nach vorn und küsste ihn auf den Mund, ihre nassen Haare benetzten seinen Hals. »Gut geschlafen?«

»Sehr. Aber du sitzt gefährlich da.«

Grinsend richtete sie sich wieder auf. »Tu ich das?«

»Sadistin.«

»Lass mal. Ich mag dich ganz gern unangekettet.« Er hätte geschworen, sie rutschte extra dort herum. Es war ... ziemlich ... gut. »Mein Bruder hat gefragt, ob wir Lust haben auf eine Bootstour auf dem Fjord, nachdem wir den Besuch bei meinen Eltern hinter uns gebracht haben.«

Espen schaffte ein Lachen, auch wenn es wohl reichlich erstickt klang. »Wenn du so weitermachst, bringen wir erst mal was ganz anderes hinter uns.«

Svea leckte sich in gespielter Herausforderung die Unterlippe. »Wovon sprichst du?« Ohne sich wirklich bewusst dafür zu entscheiden, spannte er die Muskeln an und drängte gegen sie. Er liebte es, wenn sie dieses kleine, verzückte Lachen von sich gab. »Das fühlt sich in der Tat verheißungsvoll an, Doktor Espen, aber ich fürchte ...«

Mit einer schnellen Bewegung griff Espen Svea am Oberarm und zog sie zu sich heran, bevor er sie beide mit Schwung herumwälzte, sodass er über Svea zu liegen kam. »Was fürchtest du?«

Die Decke war zwischen ihnen, seine Boxershorts, Sveas Pyjamahose, aber Espen hatte das Gefühl, trotzdem die Hitze zu spüren, die von ihr ausging. Und als er begann, sich zwischen ihren Beinen zu bewegen, schloss sie genüsslich die Augen.

Es klopfte an der Tür.

Espen stöhnte auf, aber Svea lachte. »Ich wollte sagen, ich fürchte, gleich kommt mein Bruder, um uns abzuholen.«

»Warum triffst du solche Verabredungen?«

»Weil ich dir die Stadt bei Sonnenschein zeigen will, bevor wir nach Hause fahren.«

Len mit seinen feinen Antennen hatte sofort gemerkt, dass etwas zwischen Espen und ihr anders war, doch Svea war noch nicht bereit, darüber zu sprechen. Weder darüber, dass Espen vielleicht tödlich krank war, noch darüber, dass ihr Baby diese Krankheit vielleicht auch hatte. Sie hatte auf Lens Frage nur den Kopf geschüttelt, und er hatte ihre schweigende Bitte akzeptiert, nicht weiter nachzuhaken.

Nun lag der Oslofjord spiegelglatt vor ihnen, und Lens Boot tuckerte gemütlich an der Stadtsilhouette vorbei. Espen, ihr starker, gesunder Freund Espen, stand hinter ihr und hatte die Arme um sie gelegt. Sein Brustkorb und Bauch waren warm und fest in ihrem Rücken, und sein Atem in ihren Haaren mischte sich mit dem leisen Wind. Wie miteinander verschmolzen glichen sie die Auf-und-ab-Bewegung des Boots aus. Svea hatte die Finger um Espens vor ihrem Bauch verschränkte Hände gelegt. Mit dem Daumen fuhr sie die Adern auf seinem Handrücken nach. Espen hatte schöne Hände. Sie schmunzelte, als sie sich bei der Feststellung ertappte. Natürlich hatte er schöne Hände, die schönsten der Welt. *Das nennt man Verliebtheit, Iversen.* Und seine Arme, deren Muskelspiel sie beim Tennis so oft hatte beobachten können, waren selbstverständlich die schönsten Arme der Welt, von seinem ebenmäßigen Gesicht ganz zu schweigen. Na gut, vielleicht war sie ein winziges bisschen voreingenommen.

Aber selbst Len hatte verkündet, dass er Espen für ein »wirkliches Schnuckelchen« hielt, was ihm einen blauen Fleck am Rippenbogen eingebracht hatte. Sveas Blick ging zu Jonas, der sie wissend angrinste und sich den Ellbogen rieb. »Weißt du, was Lens erster Eindruck von dir war?«, fragte er Espen.

»Na?«

»Gerade voraus ist die Akershus-Festung«, unterbrach Len grinsend. »Hast du die schon mal aus der Nähe gesehen, Espen?«

»Ich will auch wissen, was Lennys erster Eindruck war«, sagte Svea.

»Er hat gesagt –«

»Ich schubse dich gleich vom Boot«, sagte Len. »Wenn, dann erzähle ich es selbst.«

»Du wirst beschönigen.«

»Quatsch, ich beschönige nie.«

Svea kuschelte sich an Espen und reckte das Gesicht nach hinten. Sein raues Kinn kratzte an ihrer Schläfe, ein verrutschter Kuss traf ihren Mundwinkel. Nichts konnte sich besser anfühlen. Der Gedanke, dass dieser schöne, starke Mann – *ihr* Mann – irgendwie krank sein könnte, war einfach nur absurd. Alles, was er ihr am Abend zuvor erzählt hatte, schien weit weg. Ein böser Traum nur, der hier, im hellen Spätherbstsonnenschein, verblasste. »Sag schon, Len. Ich bin neugierig.«

»Okay.« Len warf Espen einen entschuldigenden Blick zu. »Wie du da ankamst mit diesem Maßanzug und dem Mantel und der ordentlichen Frisur, da dachte ich, du seist auch wieder nur einer von den tumben Schönlingen, die mein Schwesterchen sonst so abschleppt.«

»Das ist ja die Frechheit!« Svea keuchte empört auf, aber Espens Brustkorb hinter ihr bebte vor unterdrücktem Lachen. »Erzähl mir mehr. Das ist höchst interessant.«

»Du hast Thorbjørn Haugen gestern gesehen«, sagte Len ungerührt über das Tuckern des Motors hinweg. »Das ist Sveas normale Liga.«

Sie machte sich aus Espens Arm los, um ihrem Bruder einen Stoß zu verpassen, doch der fing sie lachend mit einem Arm ein.

»Ich hab dich lieb, Schwesterchen. Und ich freue mich extrem, dass dieses Exemplar dort nicht nur hübsch ist, sondern dich auch noch wirklich zu lieben scheint.«

Espen wich nicht aus, sondern grinste vor sich hin wie eine von Alvas Robben, wenn sie in der Sonne badete. Es machte Svea unsagbar froh. »Nur um das klarzustellen«, sie drückte ihm einen Kuss auf den Mund. »Ich hatte nie im Leben was mit Thorbjørn.«

»Mit ihm nicht, nein.« Len feixte. »Aber denk mal an –«

»Lass uns noch um die Landzunge rumfahren«, unterbrach Espen freundlich.

Len betrachtete ihn einen Moment nachdenklich, dann erschien etwas wie eine neue, ernsthaftere Art von Achtung auf seinen Zügen. »Fahren wir um die Landzunge.«

Svea lehnte sich wieder an Espen, der so warm und sicher und gut hinter ihr war und der ihr niemals in den Rücken fallen würde, und nahm seine Hand. Sie schwiegen, während die Landschaft vorbeizog, aber als die Oper hinter der Landzunge in Sicht kam, merkte Svea, wie sich die Muskeln in Espens Brustkorb anspannten. Sie drückte seine Hand.

»Tut mir leid«, murmelte er ihr ins Ohr, und sie musste nicht fragen, was er meinte.

»Hast du dir das ausgesucht?«

»Nein.«

»Siehst du? Außerdem glaube ich an die guten fünfzig Prozent.«

»Du bist ja auch Svea, die Tapfere, die trotz allem, was sie erlebt hat, immer wieder an das Gute glaubt.«

Das dachte er von ihr? Dass sie tapfer und vertrauensvoll war? Es war ein schöner Gedanke. Sie drehte den Kopf, um besser mit ihm sprechen zu können. »Das tust du doch genauso.«

»Wenn, dann täuscht das.«

»Glaube ich nicht. Und ich meine jetzt nicht flirty Espen, der die Leute zum Lächeln bringt. Ich kenne dich hinter deiner Maske, und da sehe ich dich als durchaus positiv.«

Zu ihrer Überraschung lachte er auf.

»Was?«

»*Positiv* ist im Zusammenhang mit einem anstehenden Gentest vielleicht nicht ganz die richtige Wortwahl.«

Autsch. »Du weißt, wie ich das meine.«

»Ich weiß, wie du das meinst.«

Eine ganze Weile standen sie einfach nur da und ließen den kühlen Fahrtwind vorüberstreichen. Espens Arme lagen um Sveas Oberkörper, sein Atem streichelte ihren Kopf. »Ein beschissenes, kaputtes Gen«, murmelte er. »Das Blöde ist, ich weiß so ziemlich alles über diese Mutation, was man als Normalsterblicher wissen kann. Und seit Neuestem bilde ich mir ständig ein, Symptome an mir zu bemerken.«

Sie umfasste seine Hand. »Das tut jeder Medizinstudent im ersten Semester, oder? Ich weiß, dass ich in der Ausbildung alles von Leukämie bis zum Hirntumor hatte.«

»Ich hab mich immer nur gefragt, warum die anderen sich so anstellen. Wahrscheinlich hole ich gerade rasant auf, was das angeht.«

Svea schluckte die Angst hinunter. »Ich glaube, es wird dir guttun, Bescheid zu wissen.« Und mir auch.

Irgendwo hinter ihnen klingelte ein Telefon. Das Geräusch war über dem Tuckern des Motors kaum zu hören. Kurz darauf sagte

Len: »Das war Hilde. Bestimmt wollte sie wissen, ob ihr heute zum Kaffee kommt.«

»Keine Chance«, sagte Svea so spontan, dass es sie selbst erstaunte.

»Sie waren gestern beide nicht besonders amüsiert darüber, dass ihr so früh und ohne Abschied verschwunden seid.«

Svea verstand, was ihr Bruder meinte. Normalerweise hätte sie die Chance genutzt, ihre Eltern noch mal zu treffen, um gut Wetter zu machen. Aber nicht heute. Heute kehrte sie mit Espen nach Hause zurück, nach Lillehamn.

Als sie sich später am Flughafen verabschiedeten, fragte Len noch einmal mit verhaltener Stimme: »Was war denn gestern eigentlich, dass ihr so plötzlich verschwunden seid?«

»Kann ich dir nicht sagen, nicht zwischen Tür und Angel.«

»Aber ihr konntet es klären?«

»So weit das möglich ist, ja«, sagte Svea.

Er umarmte sie zum Abschied. »Sag Bescheid, wenn du Hilfe brauchst. Ich komme zum Windelnwechseln vorbei.«

»Damit rechne ich, Onkel Lennart.«

Sechzehn

Das Leben in Lillehamn zeigte sich vollkommen unbeeindruckt davon, dass Sveas Welt übers Wochenende in seinen Grundfesten erschüttert worden war. Wie jeden Montag war das Wartezimmer zum Bersten voll, noch bevor die Praxis offiziell öffnete. Der einzige Unterschied bestand darin, dass Espen ins Labor kam und Svea ungeachtet der neugierigen Blicke, die ihn von Marius trafen, in die Arme schloss.

»Ist es so weit?«, fragte Marius.

Espen lächelte süffisant. »Denk dran, dass die Ausbildungsplätze für Laboranten rar sind.«

»Könnte ich keine Minute vergessen.« Grinsend salutierte Marius.

»Hol dir was zu trinken und lass mich meine Freundin begrüßen.« Wie konnte das einfache Wort *Freundin* so viel Zärtlichkeit beinhalten?

»Hast du schon in der Klinik angerufen?«, fragte Svea, als Marius in Richtung Teeküche verschwunden war.

Espen schüttelte den Kopf. »Die machen erst in zehn Minuten auf.«

»Ich kann da auch anrufen.«

»Mein kaputtes Gen, meine Verantwortung.«

»Meine Gebärmutter, meine Verantwortung?«

»Mein –«

»Sag's nicht, okay?«

Sie einigten sich darauf, dass, wer die Zeit fand, im Huntington-Zentrum Termine absprechen sollte. Doch den Vormittag über wusste Svea vor Arbeit kaum, wo sie anfangen sollte, sodass sie nicht zum Telefonieren kam. Ein klein wenig hatte es vielleicht auch mit der Hoffnung zu tun, Espens mögliche Erbkrankheit durch konsequentes Ignorieren zum Verschwinden zu bringen.

Hanne holte sie zur Mittagspause ab, und Svea war seltsam dankbar dafür, dass oberflächlich alles weiterging wie sonst. Sie holte ihre Jacke vom Haken in der Garderobe und wollte mit Hanne zur Tür hinaus, als Espen auftauchte.

»Und?«, fragte sie.

Espens Blick glitt zu Hanne. Er schüttelte den Kopf.

»Deadline ist heute Abend. Bis dahin hat das einer von uns erledigt«, sagte Svea.

»Oder eine.«

»Oder das. Und wer gewinnt, bekommt eine selbst gemachte Pizza, um diese Sache endlich mal zu Ende zu bringen.«

»Aye, Käpt'n. Klingt gut.«

Sie schickte ihm einen Kuss durch die Luft und wandte sich Hanne zu, die den Wortwechsel interessiert verfolgt hatte. »Gehen wir.«

»Seid ihr jetzt also tatsächlich zusammen?«, fragte Hanne, während sie auf die Straße traten.

»Marius hat Märtha höchst begeistert erzählt, ihr hättet im Labor rumgemacht.«

»Rumgemacht ist ja wohl leicht übertrieben«, sagte Svea indigniert. »Es war ein unschuldiger Gutenmorgenkuss.«

»Ich wusste nicht, dass Espen unschuldig küssen kann.«

»Sag nicht, du hast es ausprobiert.«

»Um Himmels willen, nein.« Hanne lachte auf. »Ich war mit achtzehn ein paar Wochen in ihn verknallt, habe aber schnell festgestellt, dass aus uns nichts werden wird. Espen ist damals mit jeder Frau ins Bett gehüpft, die sich ihm an den Hals geworfen hat. Was im Übrigen erstaunlich viele waren, weil er halt echt hübsch ist. Aber mal ehrlich, was ist unerotischer als ein Typ, den frau erst mühsam davon überzeugen muss, sich auf sie wirklich einzulassen?«

»Jetzt fühl ich mich häschenmäßig. Immerhin bin ich Espen fast zwei Jahre lang hinterhergelaufen.«

Inzwischen waren sie bei *Jamal's* angekommen. Hanne hielt Svea die Tür auf. »Von außen wirkte es eher, als sei er dir hinterhergelaufen, falls dich das tröstet. Also, seid ihr jetzt endlich zusammen?«

»Sieht so aus, ja.«

»Seit wann?«

»Keine Ahnung. Seit Samstag, denke ich.«

»Denkst du.«

»Es gibt nicht ohne Grund den Social-Media-Status ›Es ist kompliziert‹.«

»Wenn ich mir ansehe, wie gelöst Espen ist, scheint es mir nicht sehr kompliziert zu sein.«

»Glaub mir«, sagte Svea, »das ist es.«

Deadline ist heute Abend. Hübsches Wortspiel. Espen warf das letzte Handtuch des Tages in den Kochwäschebehälter. Theatralisch wieder, Solberg.

Er war so ein verfluchter Feigling.

Am Ende wurde nichts besser, wenn er davor davonlief.

Er müsste die Nummer des Huntington-Zentrums nicht einmal heraussuchen, er hatte sie seit Jahren gespeichert, nur für den Fall. Wer wusste schon, wann die verfluchte Zeitbombe hochging, auf der er lebte. Oder ob sie überhaupt scharf war. Er griff zum Telefon.

Als sein Finger gerade über der Nummer schwebte, klopfte es. Mit beschämender Erleichterung ließ er das Telefon sinken. »Komm rein.«

Svea hatte die weiße Praxisjeans bereits gegen eine enge schwarze getauscht und einen weiten hellen Strickpullover übergezogen.

Automatisch lächelte er, als er sie sah. Es ging einfach nicht anders. Doch Svea grinste ihn zerknirscht an. »Ich hab mich nicht getraut.«

»Ich auch nicht.«

»Wie, du auch nicht?« Sie kam zu ihm. »Wir hatten eine Deadline.«

»Ich weiß.« Er küsste sie auf den Mund, bevor sie protestieren konnte. »Ich war gerade dabei, anzurufen, als du hereingekommen bist.«

»Das sagen sie alle.«

»Ich weiß. Ständig.«

»Es ist ein echtes Problem mit den Leuten.«

Espen merkte selbst, dass sein Blick vermutlich verklärt war. »Rufen wir zusammen an?«

Letztlich waren es bloß zwei kurze Terminabsprachen gewesen. Das eigentlich Beängstigende kam ja erst noch. Aber mit ein bisschen – oder auch ein bisschen mehr – Glück war der ganze Spuk in zwei Wochen vorbei. Endlich. Vielleicht konnte er sich dann sogar auf das Baby freuen, das keiner von ihnen gewollt hatte.

Espen befand sich immer noch in einem seltsamen Schwebezustand, als er sich mit Annik und seinen Geschwistern für die Montagabendbesprechung traf. Der alte Oddgeir hatte sich für heute entschuldigen lassen, und Espen war nicht traurig darüber. Es war kein Geheimnis in Lillehamn, woran ihre Mutter gestorben war, und Oddgeir war ein Freund der Familie. Dennoch fühlte Espen sich einfach wohler dabei, das, was ihn beschäftigte, mit niemandem außerhalb seines engsten Kreises zu besprechen.

Krister war schon da. Zu Espens Erstaunen saß er nicht, sondern stand ans Fensterbrett gelehnt und schrieb auf seinem Telefon. Als Espen eintrat, blickte er auf. »Du siehst aus wie bekifft. War die Party bei Sveas Eltern so hart?«

Espen lächelte besonders sanft. »Wenn du wüsstest.«

»Ernsthaft: Wie war's? Und du siehst übrigens wirklich aus, als seist du irgendwie high.«

Mit einem Seufzer ließ Espen sich in einen der schwingenden Besprechungsstühle fallen. »Es war gut. Wir haben geredet.«

»Also weiß sie es jetzt?«

»Ja.«

»Was weiß sie?« Alva kam herein, gefolgt von Annik.

Manchmal nahm es den Dingen die Macht, wenn man sie aussprach. »Dass ich ein Huntington-Risiko habe«, sagte Espen fest. Okay, manchmal auch nicht.

Alva umarmte ihn von hinten. »Herzlichen Glückwunsch.«

Annik lächelte ihn nur ermutigend an und ging zu Krister hinüber. Kuss auf die Wange, kurze Umarmung. Und dann dieses selbstverständliche Verschränken der Finger, als sie gemeinsam zum Besprechungstisch kamen. Vielleicht würden Svea und er das auch eines Tages haben: dieses unaufdringliche Zusammengehören, das nicht viel Getöse brauchte, weil es einfach die ganze Zeit um einen herum schimmerte. Nie war ihm so klar geworden wie in Oslo an jenem Morgen im Hotel, wie viel er sich bisher versagt hatte. Und er wollte es nicht mehr hergeben. Er wollte diese Geborgenheit, die er bei Kris und Annik sah, mit Svea erleben. Was ihn gedanklich beinahe in die Knie zwang.

Natürlich hatte Svea unter dem Ansturm all der Emotionen und der neuen Ehrlichkeit zwischen ihnen und seinem plötzlichen Auftauchen und der gemeinsamen Nacht keine Zeit gehabt, über ein Problem nachzudenken, das nichts mit dem Baby zu tun hatte: Was war mit ihrem Leben, wenn er positiv testete? Svea mit dem perfekten Körper neben ihm, der immer schwächer wurde und sich immer mehr selbst verlor?

»Und wie geht es weiter?«, fragte Alva, bevor sie neben ihm Platz nahm.

Espen hob die Schultern. »Ich schreib heute mein Testament, und morgen fahren wir in die Klinik für den Test.«

»Testament?«, fragte Annik, während sich auf Kristers Gesicht ein stolzes Lächeln ausbreitete. »Mein mutiger Lillebror.«

Alva beantwortete Anniks Frage. »Bevor man sich auf Huntington testen lässt, macht man ein Testament. Im Vollbesitz seiner geistigen Kräfte und so. Du solltest Kris fragen, was in seinem steht.«

»Ich w---ar neunzehn, okay?«

Alva lachte. Und Espen, Espen lachte auch. Es war nicht besonders witzig, eigentlich überhaupt nicht, aber die ganze groteske Situation ließ sich nur ertragen, indem er über sie lachte.

»Was wirst du reinschreiben?«, fragte Alva.

»Dass ich im Vollbesitz meiner geistigen Kräfte bin, mein Auto veräußert und der Erlös deiner Robbenstation gespendet werden soll. Das Geld aus dem Verkauf des Hofs könnt ihr in die Praxis stecken. Theo kriegt die Hühner.«

»Ich will keine Hühner«, sagte Annik.

»Die bekommt ja auch Theo«, sagte Krister gleichzeitig mit ihm.

Espen grinste. »Annik bekommt meine Bierdeckelsammlung.«

»Im Vollbesitz seiner geistigen Kräfte«, murmelte Krister, bevor er sich gerade aufsetzte und auf den Tisch klopfte. »Okay, Leute, was gibt's sonst noch zu besprechen? Mein kaputter Rücken und ich sitzen nicht so gern lange.«

»Du könntest bergsteigen gehen«, sagte Espen. Irgendetwas in ihm war derartig aufgedreht, dass er die ganze Zeit hätte lachen können. Um nicht panisch zu schreien, vermutlich.

Krister schüttelte seine Stichelei mit einem Schulterzucken ab. »Wenn keiner was Dringendes hat, fange ich an. Ich habe mit Oddgeir besprochen, dass ich ab Januar stundenweise wieder übernehme. Da ich die Buchhaltung vermutlich wieder mal allein machen werde, sollte niemanden das dadurch entstehende Wirrwarr interessieren.«

»Hättest du dir das beleidigte ›wieder mal‹ gespart, hätte ich dir vielleicht geholfen«, sagte Alva. »Ich hatte nichts Spannendes bis auf einen merkwürdigen Hustenfall, den ich gern mit euch besprechen würde.«

Espens Gedanken schweiften ab. Das mit den Hühnern war ein Witz gewesen, natürlich. Auch bei einem positiven Testergebnis würde er schließlich nicht von heute auf morgen tot umfallen. Blöderweise fühlte es sich trotzdem so an. Er setzte ›Psychologische Beratung organisieren‹ auf seine gedankliche To-do-Liste. Wie hatten Alva und Kris das damals ausgehalten? Wie sollte er die nächsten zwei Wochen überhaupt irgendwie funktionieren, während das Fallbeil über seinem Kopf hing? *Was würdest du tun, wenn du wüsstest, du hast nur noch drei Monate?* Irgendwie unfair, dass die meisten Leute, die sich mit Ideen zu dieser Frage die Zeit vertrieben, nie in die Verlegenheit kommen würden, sie wirklich beantworten zu müssen. Was, wenn sein Testergebnis eben keine heulende Erleichterung bringen würde wie bei Krister? *Tut mir leid, Espen, aber bei dem Mutationsgrad ist es ein Wunder, dass du überhaupt noch lebst.* Er sollte sich nicht so hineinsteigern. *Stimmungsschwankungen.* Oh, fuck.

»Espen?«, fragte Alva. »Noch irgendwelche Ideen, Vorschläge, Sonstiges?«

»Nein, ich … entschuldige, ich war gerade abgelenkt.«

»Klar, sorry. Willst du drüber sprechen?«

Angeblich machte Reden es ja leichter. Er hob die Schultern. »Keine Ahnung. Ändert ja nichts an den Tatsachen, ob ich den Raum mit Weltuntergangsstimmung verpeste oder nicht.«

Alva griff nach seiner Hand und drückte sie. »Du musst nicht, es war nur ein Angebot.«

»Ich würde lieber so tun, als wäre alles normal.«

»Kein Problem.« Sie lächelte. »Wie sind Sveas Eltern eigentlich?«

»Du bist so subtil.«

»Es interessiert mich.«

»Sicher.« Die Dunkelheit wich zurück, als er das Lächeln zurückgab. »Ich habe nur zwei Sätze mit ihnen gesprochen. Die meiste Zeit war ich damit beschäftigt, mir zu überlegen, wie ich Svea das ganze Unheil erklären kann. Und wir haben getanzt. Götter, kann die Frau tanzen. Oh, und die Bürgermeisterin von Oslo war da. Und der Kronprinz.«

»Gibt's Bilder?«, fragte Annik.

»Du kannst dir den Prinzen auch in den Zeitschriften im Wartezimmer ansehen«, sagte Krister.

Annik verdrehte die Augen, und die grauen Wolken lichteten sich noch ein wenig weiter. Normalität.

»Es waren Fotografen da«, beantwortete Espen die Frage. »Ich werde Svea um Bilder bitten.«

Sie hangelten sich von einem Alltagssatz zum nächsten. Möglicherweise erschien es ihm auch nur so. Möglicherweise hangelte nur er. Für die anderen war schließlich keine über Jahre gepflegte Lebenslüge an ihre Grenze gestoßen.

Auf einmal hatte er das dringende Gefühl, seine Zeit zu vergeuden. Wieso saß er hier herum? Wie konnte er Svea allein lassen, nachdem er ihr am Wochenende die elende Wahrheit über sich gestanden hatte? Svea war tough und bei allem bewundernswert optimistisch – aber wie konnte sie jetzt keine Angst haben? Er trieb sie ja geradezu von sich weg, indem er nicht bei ihr war. Mit einem unschönen Kratzgeräusch schob er den Stuhl zurück.

Krister hielt mitten im Satz inne.

»Tut mir leid«, sagte Espen. »Es geht gerade nicht mehr.«

»S---oll ich m---orgen mitk---ommen?«

Kannst du nicht verflucht noch mal wenigstens so tun, als ginge dir das sonst wo vorbei? Espen zwang sich zum Grinsen. »Du kannst nicht Auto fahren.«

»Nein, aber ich k---ann da sein.«

»Tu mir den Gefallen und benimm dich nicht, als sei mein Todesurteil schon ausgesprochen. Das ist es nicht.«

»Behauptet auch niemand.« Alva sah zu ihm hoch. »Sag einfach Bescheid, wenn du was brauchst.«

Espen nickte, lächelte in die Runde und ging.

»Kompliziert. Problematisch. Verwickelt, tricky, mühsam, verzwickt. Willkommen zurück, meine Lieben, bei *Svea's World of Niceties and Nature*. Wenn ihr wissen wollt, warum ich diese Begriffe gesammelt habe, bleibt dran.«

Nein, das war doof. Svea pausierte die Aufnahme. Sie würde nichts von ihrem verworrenen Liebesleben auf ihrem Kanal kundtun, insofern konnte sie sich die *komplizierte* Einleitung sparen. Also, noch mal.

»Willkommen zurück, meine Lieben, bei *Svea's World of Niceties and Nature*. Ist euer Leben schon einmal von einem Augenblick auf den anderen vollkommen auf den Kopf gestellt worden? Mir ist das in der letzten Woche gleich mehrfach passiert, im positiven wie im negativen Sinne – deswegen habe ich auch kein Video für euch hochgeladen. Wenn ihr wissen wollt, wie ich damit umgegangen bin, bleibt dran.«

Das war schon besser. Und jetzt? Normalerweise überlegte sie sich ungefähr, was sie sagen wollte, und danach lief es einfach. Heute … stockte sie. Wann war das Reden vor der Kamera so schwierig geworden? Das wenigste von dem, was sie beschäftigte, war für die Öffentlichkeit bestimmt.

»Ich kann euch nicht sagen, was los ist, aber glaubt mir, es ist eine ganze Menge. Der volle emotionale Schleudergang, von ›himmelhoch jauchzend‹ über ›zu Tode betrübt‹ hin zu ›Sehen wir mal, was kommt‹.«

Blödsinn. Sie würde das rausschneiden müssen. Oder noch mal ganz von vorn beginnen.

»Hier ist Svea. Willkommen auf meinem Kanal *Svea's World of Niceties and Nature*. Das hier ist erst mal mein letzter Montags-Vlog. Ihr kennt mich als durchweg optimistische Person – hoffe ich jedenfalls. In den letzten Tagen sind allerdings ein paar Dinge passiert, die mich ziemlich an meine Grenzen gebracht haben, deswegen muss ich mich neu sortieren und brauche eine kurze Pause von YouTube. Bleibt mir treu, klickt immer fleißig den Gefällt-mir-Button, und … wir sehen uns. Svea, over and out.«

Das kürzeste Video, das sie je gefilmt hatte. Es würde auch das unbearbeitetste sein, das sie je hochgeladen hatte – gar nicht, nämlich. Ohne es auch nur auf rote Flecken auf der Nase oder schlechten Lichteinfall um die Augen zu kontrollieren, klickte Svea auf *Upload*.

Sie hatte Kopfschmerzen.

Und sie hatte keine Ahnung, wie sie diesen Abend herumbringen sollte. In der Wohnung gab es beim besten Willen nichts aufzuräumen, nachdem ihr Koffer vom Wochenende ausgepackt und die Wäsche in der Maschine war. Das Kleid würde sie in den nächsten Tagen zur Reinigung bringen. Nicht einmal zum Lesen hatte sie Lust.

Schließlich setzte sie sich auf das Fensterbrett und sah hinaus. Unter der Überdachung der Bushaltestelle auf der gegenüberliegenden Straßenseite hockten ein paar Jugendliche und rauchten. Das fahle Licht der Straßenlaterne ließ sie blass erscheinen. Es schien Svea ein ganzes Leben her zu sein, dass sie selbst so jung gewesen war – dabei lagen wahrscheinlich gerade mal zehn Jahre zwischen den Kindern dort und ihr.

Normalerweise mochte sie diese Abende, an denen sie nur für sich und ihre eigene kleine Welt verantwortlich war. Aber normalerweise hatte sie auch nicht an der Neuigkeit zu knapsen, dass ihr ungeborenes Kind vielleicht schwer krank sein würde.

Die Glasscheibe kühlte Sveas Stirn, ihre Augen spiegelten sich so nah, dass sie sie nur verschwommen erkennen konnte. Ich will das nicht, dachte sie. Ich will dieses ganze beschissene Drama nicht. Wieso konnte Espen sich nicht einfach über das Kind freuen, sie machten Pläne und stritten sich über Babynamen und darüber, wer wie viele Stunden arbeiten würde? Warum war sie überhaupt schwanger geworden?

Nur ganz allmählich gestattete sie sich, dem einen Namen zu geben, was sie unter der Einsamkeit fühlte: Wut. Wunderbare, selbstgerechte Wut. Auf das Schicksal. Auf sich selbst. Und vor allem auf Espen. Er mochte nichts dafürkönnen, dass seine Mutter diesen Gendefekt gehabt hatte, aber er konnte eine ganze Menge dafür, dass sie jetzt mit ihren schätzungsweise zehn Millionen Gedanken allein war. Außerdem war er ein Feigling. Wie hatte er ihr all das nicht von vornherein erzählen können?

Svea sprang mit einem Satz vom Fensterbrett und bedauerte, dass sie aufgeräumt hatte. Sehr gern hätte sie jetzt Schmutzwäsche durch die Gegend gekickt oder verkrustete Teller scheppernd in die Spülmaschine geknallt. Sie versuchte es damit, die Tür zum kleinen Zimmer zuzuwerfen, aber Türenknallen war müßig, wenn es niemanden gab, dem man sie vor der Nase zuschlug. Musik. Sie brauchte Musik. Und zwar laute Musik, ohne Kopfhörer.

Isak von gegenüber war selbst nicht der Leiseste. Die alte Dame, die über ihr wohnte, war ohnehin fast taub, und die Anders von unten würden damit leben müssen. Sie ertrug schließlich auch den Geruch nach fettigem Braten, der regelmäßig durchs Treppenhaus wehte.

Musik, Trainingsklamotten, Laufband an. Los. Trotz ihres Bedürfnisses, sich abzureagieren, lief sie erst langsam an und erhöhte nach und nach die Geschwindigkeit. Zwischendurch öffnete sie das Fenster, dann stellte sie die Steigung auf fünf Prozent und lief weiter, den Gedanken davon. Die Musik hämmerte, ihr Puls hämmerte … die Nachbarn von unten hämmerten.

Svea lief weiter. Sollten sie klopfen. Von wegen, Svea war nett, Svea war angepasst. Svea war eine knallharte, zornige Rebellin! Sie steigerte das Tempo ein letztes Mal und lief dann gemütlich aus. Langsamer Trott, leise Klänge.

Klopfen an der Tür.

Sie schnappte sich das bereitliegende Handtuch von der Sofalehne und wischte sich den Schweiß ab, während sie ging, um die nachbarliche Beschwerde möglichst gelassen entgegenzunehmen.

Einen Augenblick lang dachte sie, sie hätte sich geirrt. Auf Kopfhöhe war niemand. Dafür saß jemand mit angezogenen Knien an der Wand neben der Wohnungstür und stemmte sich jetzt hoch. »Ich dachte schon, ich müsste hier übernachten«, sagte Espen.

»Ich hab Sport gemacht.«

»Wäre ich so nicht drauf gekommen.«

»Jetzt weißt du es.«

»Ja. Darf ich reinkommen?«

Svea trat zur Seite.

»Wie geht's dir?«

»Mordlüstern, bis vor einer halben Stunde«, sagte sie wahrheitsgemäß. »Jetzt … ganz okay, glaube ich. Dir?«

Er zuckte die Schultern, während er sich die Schuhe von den Füßen trat. »Ich muss mein Testament schreiben.«

»Männer, echt. Ich hab ja nicht gefragt, was du tun musst, sondern wie es dir geht.«

Sie sah gerade noch sein Grinsen, als er sich nach unten beugte, um die Schuhe unter den Schrank zu stellen. »Ganz ehrlich? Keine Ahnung.« Erst nachdem er sich wieder aufgerichtet hatte, sprach er weiter. »Immer noch erleichtert, dass es jetzt raus ist und du Bescheid weißt. Ratlos, weil ich echt nicht weiß, was ich schreiben soll. Und … na ja, ich schätze, ich hab ziemlich Angst. Nicht nur vor dem Ergebnis.« Es waren nur millimeterkleine Veränderungen in seinem Gesicht, die das Grinsen zerbrachen.

Svea legte beide Hände um seinen Nacken, verschwitzt, wie sie war, und küsste ihn auf den Mund. »Ich mache mich frisch, und dann können wir zusammen Angst haben.«

Siebzehn

Tief dunkelblau hingen die Wolken über dem Hügel, als Espen am Morgen nach Hause kam, um die Hühner aus dem Stall zu lassen. Hinter der Wolke schickte die Sonne gleißendes Licht über den Himmel und tauchte sein Haus, die Straße, die Umgebung in satte Farben. Das blöde Testament in seiner Tasche wog immer noch mindestens drei Zentner, aber immerhin war die Welt um ihn herum heute bunt statt grau.

Svea würde in einer Stunde auf ihn warten. Dann würden sie sich auf den Weg in die Klinik machen und danach in die Praxis fahren und so tun, als wäre es ein Tag wie jeder andere. Wenigstens für die Hühner war es das. Wie jeden Morgen kam eines der großen Hühner zuerst aus dem Stall, und die anderen gluckten hinterher. Espen sah ihnen zu, wie sie die Leiter hinunterspazierten. Selbst das vorsichtige Aufsetzen der Krallen auf dem Holz schien ihm überdeutlich, als wäre die Welt über Nacht kontrastreicher geworden. Wahrscheinlich machte das der erste Sonnenschein, der eine seit Tagen sattgetrunkene Welt traf. Oder vielleicht auch die Aufregung.

Der surreale Eindruck verging nicht, als Svea einstieg, nicht, als sie die Musik lauter drehte, damit niemand reden musste, und nicht, als er eine halbe Stunde später das Auto abstellte. Er sah zu Svea hinüber. »Na, dann.«

Sie nickte und schenkte ihm dieses Lächeln, bei dem er immer heulen wollte.

In einer spiegelbildlichen Bewegung stiegen sie aus. Ihre schmale Hand war eisig in seiner – und das wollte etwas heißen. Vor dem Aufzug, der Svea in die Gynäkologie bringen würde, blieben sie stehen.

»Schaffst du das allein?«

»Ich denke schon. Neulich habe ich sogar allein die Hauptstraße in Lillehamn überquert.«

Espen lachte. »Denk dran, dass du hinterher ohne meine Hilfe den Aufzug bedienen musst, um wieder nach unten zu kommen.«

Sie umarmte ihn. Ihr Duft hüllte ihn ein. Ihr Mund war warm an seinem. »Ich vertraue darauf, dass mein Held mich im Notfall retten kommt«, hauchte sie gegen seine Lippen.

»Falls er nicht gerade selbst hektisch in eine Tüte atmet, meinst du?«

Kurz und ruppig zog sie ihn an sich, ihre Lippen strichen noch einmal über seine, dann ließ sie ihn los. »Wir treffen uns später, Held meiner Träume.«

Er sah ihr nicht hinterher, wie sie den Aufzug betrat, sondern ging geradewegs in die Neurologie. Das mit der Tüte war kein Witz gewesen.

Als er wenig später ins Sprechzimmer gerufen wurde, wischte er sich schnell unauffällig die Hände an der Hose ab. Doktor Laetitia Eklund war bei Alvas Test noch Assistenzärztin gewesen. Jetzt leitete sie die Untersuchung. Sie sah noch fast genauso aus wie vor acht Jahren, lediglich ihre Haare waren von ersten grauen Strähnen durchzogen.

In der Hoffnung, dass sich seine Hand nicht nach nasskaltem Fisch anfühlen würde, reichte er sie ihr. »Hallo, Laetitia.«

»Espen.« Ihre Stimme war warm und freundlich. »Setz dich.«

Gehorsam nahm er vor ihrem Schreibtisch Platz.

Sie setzte sich ebenfalls, warf einen Blick auf ihren Monitor und wandte sich dann wieder ihm zu. »Ich war überrascht, deinen Namen in der Terminliste zu sehen. Hast du es dir überlegt?«

Er bemühte sich zu lächeln. »Sagen wir, die Entscheidung wurde mir abgenommen. Meine Freundin ist schwanger.«

»Herzlichen Glückwunsch. Trotz allem.«

»Danke.« Wozu um alles in der Welt gratulierte sie ihm?

»Möchtest du die Beratung dennoch ein zweites Mal in Anspruch nehmen?«

»Ich könnte die Beratung anbieten«, sagte Espen gröber als nötig. »Damit müssen wir keine Zeit verschwenden.«

»Oh, ich meine nicht die medizinische Beratung, sondern die psychologische.«

»Wahrscheinlich sollte ich, oder? Es ändert nichts daran, dass ich mich jetzt testen lassen muss.«

»Das ist auf jeden Fall richtig. Und deine Freundin sollte dieser Tage für die Chorionbiopsie vorbeikommen.« Sie sagte das mit dieser freundlichen Sachlichkeit, die ihm normalerweise gutgetan hätte.

»Svea ist schon oben in der Gynäkologie.«

Laetitia sah ihn ruhig an. »Ich weiß, dass ich dir damit nichts Neues sage, aber ihr solltet euch Gedanken darüber machen, was die verschiedenen Testergebnisse für euch bedeuten.«

Espen nickte. *Tut mir leid, dir das sagen zu müssen, Espen, aber das Sterben hat schon angefangen. Viel Spaß noch bis zum fünften Geburtstag deines Kindes.*

Scheiße, er drehte durch.

»Natürlich besteht auch hier die Möglichkeit, dass ihr dazu psychologische Betreuung in Anspruch nehmt.«

Schwarzer Nebel am Rande seines Gesichtsfelds. »Ich bespreche das mit Svea.«

»Gut. Wir sind jederzeit ansprechbar.«

»Ich weiß.« Da fehlte noch etwas. »Danke«, sagte Espen.

»Wie geht es deinen Geschwistern?«

Falls es ihr darum ging, ihn abzulenken, misslang der Versuch. »Sie zumindest haben ein langes, gesundes Leben vor sich. Mein Bruder hat inzwischen eine Familie.«

»Das freut mich zu hören. Grüß die beiden bitte recht herzlich, und deinen Vater auch.«

Er schaffte ein Nicken.

Laetitia musterte ihn. Dann beugte sie sich vor und nahm seine kaltfischigen Hände in ihre warmen. »Du bist nicht der Erste, der hier sitzt und am liebsten weglaufen möchte. Mein Vorschlag wäre, dass wir jetzt den technischen Teil hinter uns bringen, und wenn du möchtest, schließen wir das neurologische Gutachten gleich an. Danach steht dir unser Psychologe zur Verfügung, wenn ich ihm jetzt Bescheid gebe.«

Espen schüttelte den Kopf. »Nicht nötig.«

»Sicher?«

»Ja.« Er würde sich hier nicht in irgendwas reinsteigern. Außerdem kam ihm – mit einiger Verspätung zwar, aber immerhin – noch eine andere Idee.

»Dann legen wir los, nicht wahr? Ich rufe eben meine Helferin zum Blutabnehmen.«

»Svea kann das später machen«, sagte Espen. »Sie hat das Labor in unserer Praxis unter sich. Ich … Ich finde es richtig, wenn sie das erledigt. Ich weiß, dass das nicht den Regularien entspricht, aber wäre es ausnahmsweise in Ordnung?«

Die neurologischen Tests lenkten ihn von dem Schuldgefühl ab, Svea allein bei ihrer Untersuchung zu wissen. »Was willst du da?«, hatte sie gefragt. Manchmal vergaß er, dass es in ihrer Familie nicht üblich war, sich umeinander zu kümmern.

»Dabei sein?«

Sie hatte nur den Kopf geschüttelt. »Das schaffe ich schon.«

Doch als sie eine gefühlte Ewigkeit später zu ihm stieß, wünschte Espen, er hätte darauf bestanden, mitzukommen. Sie wirkte so zittrig; wie konnte er ihr jetzt auch noch zumuten, ihm Blut abzunehmen?

Er drückte ihre Hand, als sie neben ihm Platz nahm, nachdem sie Laetitia begrüßt hatte. »War's schlimm?«

»Geht. Die Unsicherheit ist schlimmer. Und bei dir?«

»Ich habe Laetitia zu der eher blöden Idee überredet, dass du mir Blut abnimmst, und habe jetzt ein schlechtes Gewissen deswegen«, sagte er wahrheitsgemäß.

Die Ärztin hatte sie allein gelassen, und auf seltsame Weise hatte der Moment etwas unglaublich Intimes. Svea legte den Venenstauer an und tupfte Espens warme Haut mit Alkohol ab. Ganz zart ließ sie die Fingerspitzen über die Innenseite seines Unterarms gleiten, fuhr die hervortretenden Adern entlang, strich über die feinen Härchen. Espen sah zu ihr auf, sein Blick verriet wieder einmal nichts davon, was in ihm vorging.

»Bereit?«

Er nickte.

Svea suchte konzentriert die Vene, und gemeinsam beobachteten sie, wie Espens Blut in das Teströhrchen floss. Espens gesundes Blut. Espen schien etwas Ähnliches zu denken, denn seine Hand schloss sich kurz um ihre mit dem Röhrchen.

Optimistisch bleiben. In dem Moment, als Espens warme Hand um ihre lag, schickte Svea all ihre Wünsche nach Gesundheit und einer glücklichen Zukunft in die Blutprobe. Valeria von *Outdoorbeauty* schwor auf gute »Schwingungen«, wie sie es nannte. Schaden konnte es auf keinen Fall.

Noch bevor sie ordnungsgemäß ein Pflaster auf die Wunde kleben konnte, stand Espen auf und zog sich mit einer ruppigen Bewegung den Hoodie wieder zurecht. »Das war's.«

»Fühlt sich eigenartig an.«

»Ich weiß.« Sichtlich unschlüssig stand er im Raum, gefangen zwischen Gedanken und Gefühlen, die er nicht mit Svea teilte.

»Wie war es sonst?«

»Wir habe ein bisschen geredet, sie hat die ganzen neurologischen Tests gemacht – die im Übrigen alle unauffällig waren, trotz der halben Flasche Wein von gestern Abend –, und dann bin ich gegangen. Nächste Woche treffe ich mich mit dem Psychologen, und dann noch mal direkt, bevor ich das Ergebnis bekomme.« Sie ließ zu, dass er ihre Hand nahm. »Ich würde vorschlagen, wir tun bis dahin so, als sei alles normal.«

»Super Idee, das wird ganz einfach gehen.«

»Ich habe nicht gesagt, dass es einfach wird. Aber ich kenne keine andere Möglichkeit, das hier zu überleben. Wo sind wir eigentlich mit unserem Drehbuch?«

»Espen, ich kann jetzt nicht mit dir rummachen, als wäre nichts.«

In seinem Blick schwang so viel mit, dass es ihr schwerfiel, ihm standzuhalten. »Würdest du wenigstens versuchen, mit mir Alltag zu spielen?«

»Ich weiß wirklich nicht, ob das funktioniert.«

»Gib alles, Iversen. Ich dreh sonst durch.«

»Und was ich empfinde, ist egal?«

»Nein. Aber wenn ich einigermaßen stabil bin, kann ich auch besser für dich da sein.«

»Du magst so schnell umschwingen können, aber ich kann das nicht.« Sie rang sich ein Lächeln ab. »Geht schon damit los, dass ich nicht wüsste, ob wir gerade bei ›heißem Rummachen‹ oder ›mehr heißem Rummachen‹ wären.«

»Die Sache in Oslo war außerhalb der Zeit.«

Wie sich all das hier gerade auch ziemlich außerhalb der Zeit anfühlte. Vielleicht würde sie ja einfach demnächst aufwachen und feststellen, dass es doch alles nur ein unglaublich realistischer Albtraum gewesen war?

Die Rückfahrt verbrachten sie schweigend, jeder in seinen eigenen, unsortierten Gedanken. Bevor sie in die Praxis gingen, nickten sie sich in stillem Einvernehmen zu. Automatisch schaltete

Sveas Kopf auf Video. Das hier wäre eine coole Filmsequenz gewesen. Aussteigen, Türen schließen, ansehen, nicken. Gefilmt von schräg unten, damit man wusste, dass die Helden gleich tapfer in den Kampf zogen.

Nur zeitgleich die Praxis betreten konnten sie nicht. Svea ließ Espen vorgehen. Eine Zehntelsekunde länger, die sie für sich hatte.

»Sagt nicht, dass ihr hier alle zufällig rumlungert«, sagte Espen. Eine Welle von Stolz auf ihn überflutete sie. Er klang so gelassen, so ehrlich amüsiert.

»Ich weiß nicht, was mit den anderen ist, aber ich wollte nur kurz mit Oddgeir was besprechen«, hörte sie Kristers Stimme. Sicher. Das nahm ihm vermutlich nicht einmal Oddgeir selbst ab.

»Ich auch«, sagte Alva, während Svea die Tür hinter sich schloss.

»Klar.«

»Weiß Oddgeir davon?«, fragte Svea.

Espens Geschwister, Annik und Tilda – sie alle waren im Flur versammelt.

»Woher wusstet ihr, wann wir kommen?«, fragte Espen.

»Wussten wir nicht.« Sogar Annik spielte mit. »Wir standen hier nur zufällig, weil …«

»Weil Krister etwas mit Oddgeir besprechen wollte«, beendete Tilda Anniks Satz – und fing sich diverse irritierte Blicke ein. »Unter anderem.«

Alva lachte. »Dem armen Odd klingeln bestimmt schon die Ohren. Wie war's für euch heute Morgen?«

Sveas Blick traf Espens. Synchron hoben sie die Schultern. »Schräg«, sagte Espen dann. »Zu wissen, dass da zwei Proben in diesem Moment auf dem Weg ins Genlabor sind, das ist ziemlich seltsam. Also seid ein bisschen gnädig, wenn's geht.«

»Nichts da.« Krister schüttelte den Kopf. »Weißt du noch? Wir haben uns was versprochen, für den Fall der Fälle. Die Praxis bleibt mitleidfreie Zone.«

Das war wohl der Vorteil, wenn man mit einer Familiengeschichte wie dieser lebte: Man hatte Notfallpläne.

»Was nicht heißt, dass ich nicht mit dir fühle. Wir mit euch fühlen«, sagte Alva, vor allem zu Svea. »Wenn du reden willst oder sonst was, weißt du, wo ich bin.«

»Danke.«

»Darf ich auch reden?«, fragte Espen.

»Kommt drauf an, worüber«, sagte Alva.

»Ich ahnte es.«

Tilda räusperte sich. »Meine Lieben, ich unterbreche das nur ungern, aber …« Sie wies mit dem Kopf Richtung Wartezimmer.

Annik griff bereits nach einem Notizzettel, der auf dem Rezeptionstresen lag, und auch Alva wandte sich zum Gehen, hielt dann aber noch einmal inne. »Lasst uns heute Abend irgendwas Nettes machen. Kochen vielleicht.«

»Wir könnten Weihnachtskekse backen«, sagte Espen. »Damit wenigstens irgendwas ist wie immer.«

»Ich dachte, das machen wir am Wochenende auf Selerøy?«, fragte Alva. »So … wie *immer?*«

»Geh arbeiten.« Espen grinste. »Ausnahmsweise könnte ich morgen auch mit Restalkohol im Blut arbeiten. Mildernde Umstände und so.«

»Von wegen. Hier ist mitleidfreie Zone, kleiner Bruder.«

Svea sah zwischen den Zwillingen hin und her. Sie hatte nur eine vage Vorstellung davon, was ›Weihnachtskekse backen‹ in dieser Familie bedeutete. In ihrem ersten Jahr in Lillehamn hatte sie Espen und die anderen noch nicht gut genug gekannt, um dabei zu sein, und im darauffolgenden Dezember hatten sie sich genau an dem Wochenende getroffen, als Svea in Oslo war. Aber das Ereignis hatte anscheinend mit einer Menge Alkohol zu tun – was an einem Abend wie diesem vielleicht gar nicht blöd war.

Alva war schon an der Tür. »Ich kaufe für Kålruller ein. Um sechs bei mir. Ihr seid herzlich eingeladen.«

»Kålruller sind keine Kekse«, sagte Espen.

»Richtig, da war was.«

Als Svea am Abend zu Alva kam, hatte sich die Welt einigermaßen stabilisiert. Der Boden war wieder fest, und nichts waberte vor ihren Augen. Sie wurde von Stimmengewirr, Gitarrenmusik und dem würzigen Duft von frisch geschmorten Zwiebeln und Knoblauch empfangen. Prompt vermeldete ihr Magen, wesentlich zu lange nicht versorgt worden zu sein. Die Geräuschkulisse war die einer kleinen Party, und tatsächlich war es in Alvas kleiner Küche mit Hanne und ihrem Mann, Annik, Krister und Espen ziemlich voll. Tom saß auf einem der hohen Barhocker und klimperte auf seiner Gitarre. »Svea!« Annik hielt die Hände gespreizt und reichte Svea den Ellbogen. Ein bisschen ungeschickt berührte Svea ihn zum Gruß, als Espen sie von hinten umarmte und auf die Schläfe küsste. Sie bog den Kopf nach hinten. »Hallo, Schöner. Geht es dir gut?«

»Du bist hier. Wie sollte es mir da nicht gut gehen?«

»Schleimer.«

»Nichts als die Wahrheit.«

»Du bist betrunken.«

»Nicht sehr. Nur ein bisschen aufgekratzt. Es ist ein seltsamer Tag.«

»Wo du recht hast …«

Auf den ersten Blick war Espen tatsächlich nicht anzumerken, dass er mittags noch mit geballten Fäusten in diesem Klinikzimmer gesessen hatte. Er lächelte, er flirtete mit Annik, balgte sich mit seinem Bruder herum – ganz wie der unbeschwerte Typ, den Svea kennengelernt hatte, als sie in der Praxis anfing. Erst im Lauf des Abends entdeckte Svea die kleinen Anzeichen für das, was unter der Oberfläche brannte. Ein harter Griff von Krister an Espens Schulter, ein ernster Blickwechsel mit Alva, eine zu lange Umarmung von Hanne. Tausend kleine Geheimcodes, die Svea auffielen, nachdem sie den ersten entdeckt hatte – und an denen sie nicht teilhatte, sondern nur die Menschen, die Espens Mutter gekannt hatten. Die sie sterben gesehen hatten. Die wirklich wussten, was diese Krankheit bedeutete.

Svea ertappte sich dabei, Espens Hände mit Blicken zu verfolgen, als er die Kålruller in die Auflaufform schichtete. Sie wollte nur die langgliedrigen Hände mit den fein gezeichneten Adern auf den Handrücken betrachten und sich vorstellen, wie diese Finger auf ihrer Haut entlangstrichen. Sie wollte nicht lauern. Würde das ab jetzt immer so sein – dieses Warten auf eine unkoordinierte Bewegung, ein Zucken, das da nicht hingehörte, ein Zittern zu viel? Konnte sie so leben?

»Hey.« Annik war neben sie getreten. »Ich hole mir was zu trinken. Möchtest du auch eine Maracujaschorle haben?«

»Gern ein alkoholfreies Bier.«

»Gute Idee, das nehme ich auch.«

Während Annik Getränke holte, sah Svea zum Tresen hinüber, wo die Männer sich ums Essen kümmerten. Espen und Krister, die sich so ähnlich sahen und doch so anders waren. Es fiel ihr immer nur dann auf, wenn sie wie jetzt nebeneinanderstanden, diese beiden ziemlich hübschen Typen, der eine schmal und dunkel, der andere die leicht hellere und irgendwie präsentere Version. Krister hatte immer etwas Flüchtiges, als sei er nur Beobachter in seinem eigenen Leben. Espen dagegen war normalerweise ganz hier. Auf seltsame Weise schienen sich ihre Rollen auf einmal umgekehrt zu haben.

Es dauerte nicht lange, da war Annik mit den Getränken zurück. Svea nahm die Bierflasche entgegen. »Auf …« Was? Darauf, dass Espen gesund war, und das Baby auch? Sie wollte das so tapfer gut gelaunte Zusammensein nicht vermiesen. »Auf den schönen Abend.«

»Auf eure glückliche Zukunft«, sagte Annik freundlich. »Wir wissen alle, dass das im Moment das Wichtigste für euch ist.«

»Trotzdem muss es nicht den Abend dominieren.« Es genügte schließlich, wenn es ihr Leben übernommen hatte.

»Wie geht's dir? Bist du einigermaßen okay?«

»Ja«, sagte Svea, während ihre innere Stimme sie für die automatische Lüge verhöhnte.

»Sag Bescheid, wenn ich dir irgendwas Gutes tun kann.«

Die Worte drückten Svea im Hals, versuchten, gegen lebenslange Gewohnheit anzukommen. Espen diskutierte inzwischen mit Alva über die richtige Ofentemperatur, Krister und Hanne deckten den Tisch, Tom klimperte auf seiner Gitarre – niemand außer Annik würde Sveas Worte hören. »Es fällt mir schwer, das zuzugeben, aber nein. Mir geht es nicht besonders gut. Espen will Normalität spielen, aber ich kann das nicht.«

»Ginge mir wohl genauso. Ich wüsste an deiner Stelle nicht mal, wovor ich am meisten Angst hätte.«

Svea dachte nach. »Ich auch nicht, ehrlich gesagt. Aber noch hoffe ich einfach, so gut ich kann, dass wir demnächst alle zusammen Weihnachten feiern und über das Ganze lachen können.«

»Ich würde es euch wünschen. Uns allen.«

Eine Weile standen sie schweigend nebeneinander und nahmen nur zwischendurch ein paar Schlucke. Tom spielte inzwischen *What shall we do with a drunken sailor*, und Espen und Hanne sangen begeistert mit. Krister knuffte seinem Bruder im Vorbeigehen in die Seite, während er das Besteck verteilte.

»Ich glaube, am meisten Angst habe ich, dass das Baby krank ist. Wir hätten besser aufpassen müssen.«

»Krister und ich, wir haben uns mal lange unterhalten«, sagte Annik langsam. »Darüber, wie das Leben unter anderen Umständen gewesen wäre. Stell dir vor, du wärest nicht schwanger geworden. Vielleicht wäre Espen dann nie mit der Wahrheit rausgerückt, und ihr wärt ewig weiter umeinander herumgetanzt. So hart das jetzt gerade ist, aber euch beide hat es miteinander weitergebracht.«

Svea schüttelte den Kopf. »Das ist ein netter Gedanke, aber so ist es nicht. Angeblich wollte er mir sogar genau an dem Abend die ganze Huntington-Geschichte erzählen, an dem ich ihm verkündet habe, schwanger zu sein, woraufhin alles auseinanderflog.«

»Wenigstens habt ihr den ersten Streit schon hinter euch.« Annik hob die Flasche. »Auf euch beide. Und auf hoffentlich viele gesunde Jahre und Kinder, wenn ihr sie haben wollt.«

Mit einem satten Klacken ließen sie die Bierflaschen aneinanderstoßen. Wäre es doch so einfach … »Erst mal müssen wir die nächsten zwei Wochen irgendwie überleben«, sagte Svea. »Und dann wird es entweder das entsetzlichste oder das beste Weihnachten, das ich je gefeiert habe.«

»Alles wird gut, du wirst sehen.«

»Und wenn nicht?«

Annik schwieg. Wohl, weil es auf diese Frage keine Antwort gab.

»Ich fange an zu verstehen, warum er nicht wollte, dass ich von all dem weiß.« Svea senkte die Stimme, obwohl es unnötig war. Espen hielt inzwischen eine Flasche von Tildas legendärem Selbstgebrannten in der Hand und füllte kleine Gläser damit. »Ich suche nach Symptomen. Ich beobachte ihn die ganze Zeit und suche nach Anzeichen für Huntington. Und ich … ich will das nicht.«

»Es ist für dich alles noch so frisch«, erwiderte Annik ruhig. »Wie lange weißt du jetzt davon? Ein paar Tage? In denen ist dein Leben vollkommen auf den Kopf gestellt worden. Letzte Woche hattest du dich gerade an die Schwangerschaft gewöhnt, und jetzt das! Kein Wunder, dass du emotional nicht hinterherkommst.«

»Es hat was von einem sehr, sehr merkwürdigen Traum, ja.«

»Siehst du. Espen, Alva und Kris leben seit Jahren mit diesem Wissen. Und Hanne kennt Alva seit der Grundschule. Die haben ihre Rituale entwickelt, damit umzugehen.«

»Ich weiß nicht mal, ob ich Espen wirklich zur Seite stehen kann bei dem, was er da gerade durchmacht.«

»Du machst selbst genug durch.«

Kein Selbstmitleid jetzt. Gespräch umlenken. »Spielt die Krankheit zwischen Krister und dir eine Rolle?«

»Nur in Erzählungen. Krister ist ja negativ.«

Espen auch, dachte Svea. Espen auch. Bitte, wer auch immer, lass Espen diese elende Mutation nicht haben.

Er sah genauso aus wie sonst. Das Lächeln möglicherweise ein wenig zu breit, die Bewegungen einen Hauch zu locker, aber er war derselbe Mann, in den sie sich verliebt hatte und der jetzt neben sie trat und einen Arm um ihre Schultern legte. Wie er es an jedem anderen Tag auch getan hätte. Nur dass eben nicht jeder andere Tag war. Seine Bartstoppeln kratzten ihre Schläfe, als sie sich an ihn lehnte.

»Du riechst nach Tildas Gebranntem.«

»Ich werde vielleicht noch mehr davon trinken müssen«, murmelte er.

»Bilde dir nicht ein, ich würde dich nach Hause tragen.«

»Kein Problem, zur Not kann ich krabbeln.« Seine Stimme brummte sanft neben ihrem Ohr. »Habe ich das eben richtig verstanden, dass du vorhast, mit zu mir zu kommen?«

»Ihr könntet auch schlittern«, sagte Alva vom Fenster aus. »Es hat angefangen zu schneien.«

Achtzehn

Im Lauf des Abends wurde das Schneetreiben dichter und die allgemeine Stimmung heiterer. Beinahe vergaß Svea, warum sie ursprünglich zusammengekommen waren. Nachdem die Kålruller bis auf den letzten Rest verzehrt und die Flasche mit Tildas Moltebeerenschnaps zur Neige gegangen war, stimmte Tom ein Trinklied an, das Svea nur aus alten Filmen kannte. Sie saß mit angezogenen Beinen neben Espen auf dem Sofa und summte den Refrain mit, bevor Espen im Duett mit Alva die nächste Strophe anfing. Vielleicht sollte er sich öfter betrinken, wenn sie dadurch in den Genuss seiner wirklich schönen Singstimme kam. War dieser Abend ein Vorgeschmack auf das, was vor ihnen lag – oder etwas, das sie bald nicht mehr haben würden?

Nicht dran denken. Einfach jetzt nicht dran denken. Sie drückte Espen einen Kuss auf die vom Bartschatten raue Wange, und er zog sie näher an sich. »Lass uns zu dir gehen«, sagte sie in den Abschlussakkord des Lieds hinein.

»Und dann?«

»Keine Ahnung.« Sie schob sich auf seinen Schoß und fuhr mit den Händen durch seine ohnehin verstrubbelten Haare. »Dann reden wir?«

»Kann ich heute nicht mehr.«

»Schlafen wir?«

Statt einer Antwort küsste er sie so, dass wenig Zweifel daran bestand, welche Art von Schlafen er bevorzugen würde.

Als sie wenig später vor die Tür traten, lag der Schnee beinahe kniehoch, und immer noch schneite es.

»Wow.« Espen blieb stehen. Svea drehte sich um und sah gerade noch, wie er die Augen zusammenkniff. »Böser, böser Flaschengeist.«

»Garstig?«

Ein verschwommener Laut der Zustimmung, dann lachte Espen auf. »Krabbeln wird schwierig bei dem Wetter.«

»Du kannst noch klar sprechen, so schlimm wird es nicht sein.«

»Das täuscht, ich bin ziemlich hinüber. Ich werde mich an dir festhalten müssen.« Schwer legte sich sein Arm auf ihre Schultern, und Svea schlang ihren um Espens Taille. Er wirkte nicht hinüber, und in seinem Duft aus Espresso und Aftershave lag kaum etwas von dem Moltebeerenschnaps, aber dafür sehr viel von ihm selbst. Sein Schal kratzte an ihrer Wange.

Arm in Arm, als wären sie nie irgendwie anders gegangen, stapften sie hinaus in den Schnee. Im Licht der Straßenlaterne vor Alvas Haus wirkten die wirbelnden Flocken wie ein Sturm glitzernder Glühwürmchen.

»Willst du überhaupt, dass ich mit zu dir komme?«, fragte Svea. »Oder möchtest du lieber allein sein?«

»Damit ich Zeit habe, darüber nachzudenken, warum ich mich heute betrunken habe? Und dich allein lassen? Keine Chance.« Espen wischte sich mit der freien Hand den Schnee von der Stirn – ein absolut hoffnungsloses Unterfangen. Bereits nach der kurzen Zeit waren seine Schultern und seine dunklen Haare mit einem weißen Hauch betupft. »Am liebsten möchte ich, dass du jetzt mit mir nach Hause kommst und dann immer bei mir bleibst.«

»Du bist tatsächlich betrunken.«

»Außerdem«, fuhr er unbeirrt fort, »bin ich dafür, dass wir die nächsten zwei Wochen nicht zur Arbeit gehen und stattdessen einfach im Bett bleiben und an gar nichts denken außer an Sex.«

»Sehr betrunken.« Und so entzückend dabei.

»Zwischendurch lassen wir uns Pizza liefern.«

Sie zwickte ihn in die Seite, und er knuffte sie lachend zurück. Svea beugte sich nach vorn und versuchte, einen Kuss auf seinem Hals zu platzieren, traf aber nur das Ohr.

»Keine Knutschflecke aufs Ohr, sonst wirst du sehen, was du davon hast.«

Kichernd, küssend, balgend stolperten sie die Straße bergan und landeten direkt vor Espens Grundstück in einer Schneewehe. Svea prustete und versuchte, sich aufzurichten, aber Espen zog sie wieder zu sich hinunter. Nicht nur ihr Kragen war voller Schnee, auch Espens Haare und Kleidung waren bedeckt. Ein dünnes, kaltes Rinnsal lief an Sveas Wange von einer nassen Haarsträhne in Richtung Nase, aber Espens Lippen auf ihren waren warm.

»Weißt du, dass ich noch nie jemanden in einer Schneewehe geküsst habe?« Das Brennen in seinen Augen sah sie sogar im mageren Lampenlicht.

»Ich mache das ständig.« Sie war nass, sie war kalt, und sie konnte sich nichts Besseres vorstellen, als Espens Lippen auf ihrer Haut und seinen festen, gesunden Körper unter ihrem zu spüren.

»Tatsächlich? Erzähl mir davon.«

»Nichts da.«

Sie stützte sich auf seinem Brustkorb ab und rappelte sich hoch, dann reichte sie ihm die Hand. Er ergriff sie und sprang auf die Füße. »Auf jeden Fall bin ich jetzt gründlich ausgenüchtert.«

»Schade. Du bist sehr süß offenherzig, wenn du einen im Tee hast.«

»Ich bin nicht süß.« Angewidert verzog Espen das Gesicht.

»Kein bisschen«, bestätigte Svea.

Der schneeselige Übermut verblasste, sobald Espen die Haustür aufgeschlossen und das Licht in der Diele angeknipst hatte. Als hätte er mit der Lampe auch die Realität wieder eingeschaltet, die jetzt unbehaglich zwischen ihnen hing. Eine Realität, die morgen einziehen durfte, oder in drei Tagen. Aber noch nicht heute.

Espens Grinsen war seltsam unsicher. »Ich … ähm …«

Diesen Mundwinkel, den er millimeterdünn hochgezogen hatte, den wollte sie küssen und die Beklommenheit zum Verschwinden bringen. Die Augenlider mit den nass glänzenden Wimpern wollte sie küssen. Die Bartstoppeln an ihrer Wange fühlen und Espens Körper auf ihrem. »Mach es wieder dunkel«, sagte Svea rau.

»Warum?« Aber er tastete bereits neben sich nach dem Schalter.

»Weil es ohne Licht einfacher ist, Sachen auszusprechen.« Und weil sie im Dunkeln sein Sandpapierkinn deutlicher unter den Fingerspitzen spürte. Weil es erotischer war, ihm, ohne wirklich etwas zu sehen, die Jacke von den Schultern zu streifen. Das leise Rascheln von Stoff, als er kurz darauf ihre Chiffonbluse aufknöpfte, war ohne Licht umso deutlicher, und sie vernahm selbst die kleinste Unregelmäßigkeit in seinem Atem.

Sie ließ die Finger an beiden Seiten seines Gesichts abwärtsgleiten. Waren die Stränge seiner Halsmuskeln wirklich härter als sonst? Sanft begann sie, sie zu kneten.

»Warte.« Espen fasste mit überkreuzten Armen nach dem Saum und zog den Sweater über den Kopf.

Auf dem Weg zum Schlafzimmer hinterließen sie eine Spur aus Oberteilen, Jeans, Socken. Automatisch streckte Espen die Hand nach dem Lichtschalter aus, und ebenso automatisch fing Svea sie ein. Das karge Mondlicht von draußen genügte.

»Ich will sehen, was du anhast.«

»Den dunkelblauen String und den passenden BH.«

Sogar sein Schlucken hörte sie.

Alle ihre Sinne schienen übersensibel. Sein Körper vor ihrem strahlte Wärme ab, sein Duft hüllte sie ein. »Zum Bett«, flüsterte sie. »Leg dich auf den Bauch.«

»Und dann?« Sie liebte es, wenn seine Stimme so erstickt kratzte.

»Dann massiere ich dir den Rücken.«

Zu Espens neunundzwanzigstem Geburtstag vor einem Dreivierteljahr hatte sie Massageöl gekauft. Sie hatte es vor Kurzem noch in seinem Nachtschrank gesehen. Eine Hand auf Espens Hintern, neigte sie sich über ihn. Ihre Brüste streiften seine Schulter.

Sie fand das Öl und schüttete sich großzügig einige Tropfen in die Handfläche, als sie mit gespreizten Beinen über Espens Oberschenkeln hockte. Der warme Sandelholzduft breitete sich verlockend aus, und kurz darauf ließ sie die Hände über Espens harte Schultern gleiten.

»Was wolltest du eigentlich im Dunkeln aussprechen?«, murmelte er.

Ich wollte fragen, wie groß deine Angst wirklich ist. Ich wollte, dass du mir von deiner Mutter erzählst. Ich wollte … »Ist jetzt egal«, sagte Svea und schloss die Augen, während sie sich seine Wirbelsäule hinuntertastete. Das hier war das, was jetzt zählte. Dieser Moment – nicht irgendwelche Probleme, die vielleicht irgendwann kommen würden, vielleicht aber auch nicht. Sie verteilte neues Öl auf ihren Handflächen und rieb es warm, bevor sie es auf den Ansätzen von Espens Gesäß verstrich. Die Boxershorts musste sie dafür ein Stück hinunterziehen. Espen stieß ein kleines Lachen aus. »Magst du?«, fragte Svea und spürte dem Vibrieren seiner Muskeln nach.

»Mag ich.«

»Gut.« Sie ließ die Kreise größer werden, glitt an den Seiten seines Rückens nach oben – diese wunderbare empfindliche Haut entlang, auf der ihre Finger Streifen aufgerichteter Härchen hinterließen – und in der Mitte wieder nach unten, Wirbel für Wirbel. Je weiter sie sich dem Bund seiner Shorts näherte, desto langsamer wurde sie und spreizte die Finger, um jede Kleinigkeit auszukosten. Diese Grübchen über dem Po, die kleine Narbe an der linken Seite, wo die Haut glatter war. Espen ließ hörbar die Luft entweichen.

Die zunehmende Anspannung seiner Muskeln zwischen ihren Beinen verlockte zu sehr, um nicht darauf einzugehen. Svea verstärkte den Druck ihrer Finger an seinem Hintern, die sanften

Kreise wurden zu fordernden Griffen, auf die er reagierte, indem er nach ihren Oberschenkeln tastete. Unwillkürlich kam Svea ihm entgegen, bis seine Hand den Stoff ihres Strings fand. Wenn sie das Becken noch ein wenig senkte … sie lachte zitternd. Noch nicht. Noch ein wenig würde sie ihn hinhalten – und sich selbst auch.

Sie verlagerte ihr Gewicht so, dass sie neben ihm hockte und nun ihrerseits seine Beine streicheln konnte. Ihre Brüste spannten, und wo eben noch Espens Finger gewesen waren, pochte es. Jeden seiner Atemzüge hörte sie, die abgehackter wurden, je weiter sie zwischen seinen Oberschenkeln aufwärtsstrich. Durch die Boxershorts hindurch merkte sie, wie bereit er für ihre Berührung war.

Espen stöhnte auf.

»Magst du?«

»Mag ich.« Seine Worte kamen gepresst.

Sie legte von unten die Hand um seinen Schritt. »Das auch?« Als würde sie das nicht ganz genau an dem festen Druck gegen ihre Fingerkuppen merken. Das schnelle Atmen war ihr eigenes. »Dreh dich um.«

Espens und ihre Unterwäsche landeten irgendwo, dann lag er auf dem Rücken und sie auf ihm. Ihre Augen hatten sich an die Dunkelheit gewöhnt. Sie mochte es, wie er sie unter halb geschlossenen Lidern fixierte, während sie sich sanft auf und ab bewegte. Nicht zu viel, gerade so, dass er sie berührte, sich ihr entgegenreckte und heiser lachte, als sie ihn nicht einließ. Piratengrinsen, geliebtes. Gleich darauf lagen seine Hände um ihre Brüste, und er strich gleichmäßig mit den Daumen über die aufgerichteten Brustwarzen. Sie spürte es im ganzen Körper und vor allem zwischen den Beinen.

»Ich kann nicht mehr«, flüsterte er erstickt, und ein glückliches kleines Lachen stieg in ihr auf. Sie rieb sich an ihm, bis sie es selbst kaum mehr ertragen konnte. Einmal noch senkte sie sich, ein Stück nur … Sein Atem wurde immer angestrengter, aber jetzt war er es, der mit ihr spielte. Immer wieder stieß er vor, lockte, verweilte, als würde sie nicht vor Lust fast weinen, und zog sich zurück.

Und dann konnte keiner von ihnen mehr. Zeitgleich riss ihre Beherrschung. Espen hob das Becken, drang in sie ein, und Svea nahm ihn endlich in sich auf. Sie beugte sich nach vorn, um ihn zu küssen, während er das Feuerwerk in ihrem Unterleib immer weiter entzündete. Seine Lippen saugten an ihren, seine Hände lagen auf ihren Brüsten. Sie merkte kaum, dass sie ihm die Schultern zerkratzte. Er schien sie an allen empfindlichsten Stellen gleichzeitig zu berühren, auszufüllen, in ihr zu pulsieren. Goldene Funken zischten durch ihr Bewusstsein, während sie sich um ihn zusammenzog, wieder und wieder und wieder, ihn tiefer in sich aufnahm und schließlich unter der seligen Wucht auflachte, als sie spürte, wie er kam, und fast im selben Moment die Blitze über ihr zusammenschlugen.

Erschöpft ließ sie sich auf seinen Oberkörper sinken, schwer und warm und glücklich.

An einem normalen Mittwoch ließ Espen morgens die Hühner aus dem Stall und fütterte sie. Dann lief er eine halbe Stunde und kippte einen zu späten Kaffee hinunter, bevor er sich auf den Weg zur Praxis machte. Erstaunlich, dass er über Sveas Routine kaum etwas wusste.

»Sweeny?«

Die Dusche plätscherte unvermindert weiter.

Espen öffnete die Badezimmertür. »Svea?« Er sollte jetzt nicht zu genau darauf achten, wie sie die Seife auf ihren Beinen verteilte.

»Was?«

Sollte er nicht. »Wie verbringst du den Morgen eines gewöhnlichen Wochentags?«

»Ich gehe zur Arbeit. Irgendwie hatte ich angenommen, das wüsstest du.«

»Ich meine, vorher. Was tust du vorher?«

Sie klappte die Duschkabine auf und steckte den Kopf durch den Spalt. »Ich mache Sport, checke meine Nachrichten und esse vielleicht ein Müsli. Wieso?«

»Weil ich diesen Morgen für uns beide möglichst normal gestalten möchte.« Herrje, hörte sich das hölzern an.

Prompt grinste sie. »Und ich dachte, du beantragst auf besonders charmante Art einen Frühstücksquickie.«

»Statt Sport, meinst du?« Es gab schlechtere Arten, seine Zeit zu verbringen. Und die Götter wussten, dass er am liebsten jeden Tag seines restlichen Lebens – wie lange das auch immer dauern würde – mit Svea schlafen wollte, ganz egal, ob schnell oder langsam, in der Dusche, im Bett oder irgendwo ganz anders. Er konnte nicht verhindern, dass sein Blick an ihrem Körper hinabwanderte. »Jeden Tag«, sagte er heiser. »Jeden Tag will ich das.«

»Komm rein.«

Die Vorstellung war so verführerisch. »Geht nicht.« Nicht, weil er nicht gewollt hätte, aber er musste nicht unbedingt gerade heute zu spät zur Arbeit kommen. Er war nicht versehrt, er wollte keine Sonderbehandlung. Vielleicht sollte er dennoch mit Alva und Kris sprechen und die übernächste Woche freinehmen, sicherheitshalber.

Svea war kein bisschen beleidigt. »Okay.« Sie schloss die Kabine. Schade eigentlich.

»Kaffee?«, fragte er ihren Rücken, über den sich die nassen Haare ergossen, während sie bereits wieder das Gesicht in den Wasserstrahl hielt.

»Gern.«

Angenommen, nur mal angenommen, sein Test fiel negativ aus und alles Drama löste sich in reines Wohlgefallen auf – ob Svea dann bereit wäre, bei ihm einzuziehen? Er würde Urlaub nicht nur für sich, sondern für sie beide erbitten, und dann würden sie tagelang hier einfach rumhängen und reden und herausfinden, wer sie füreinander waren und wie ihr gemeinsames Leben aussehen sollte. Und im nächsten Jahr vielleicht eine Weltreise machen? Mit dem Rucksack durch Australien, solange das Kind noch klein genug war, dass man es tragen konnte?

Er setzte Kaffeewasser auf.

Es gab so viele Möglichkeiten. Zum ersten Mal im Leben würde er nicht mehr auf das Fallbeil warten. Zum ersten Mal im Leben würde er frei sein – frei, mit Svea jeden Ort dieser Welt zu besuchen, jedes Abenteuer zu erleben, das sie lockte. Gemeinsam. Ohne Angst. Espen wagte nicht, sich wirklich in diese Fantasie hineinsinken zu lassen, aber die kribbelige Erwartung ließ sich nicht ganz abschütteln. Fühlten sich Menschen so, die nicht seit Jahren unter einem drohenden Vielleicht lebten? War es das, was sein Bruder empfand, wenn er in die Zukunft sah? Diese tausend Möglichkeiten mit der Chance, sie tatsächlich zu erleben?

Svea kam angezogen und geföhnt in die Küche, die Haare zum ordentlichen Zopf gebunden. Svea Iversen, Laborantin. Svea Iversen, die er … gern in seiner Nähe hatte. Sehr gern. Falls sein Test negativ war, würde er sich vielleicht sogar zugestehen können, diesem Gefühl noch einen anderen Namen zu geben.

»Es riecht gut hier.«

Er schob ihr eine Kaffeetasse über den Tresen. »Nur ein gewöhnlicher Morgen im Hause Solberg.«

»Fast überzeugend.«

»Es war nicht schlecht.«

»Sag ich ja.« Sie spitzte die Lippen und nahm einen vorsichtigen Schluck. »Hast du Angst?«

Espen spürte in sich hinein. »Nein«, sagte er dann wahrheitsgemäß. »Im Moment gerade nicht. Vielleicht ist das in zehn Minuten wieder anders, aber aktuell plane ich höchst optimistisch unsere zukünftigen Abenteuer.«

»Manisch oder ehrlich zuversichtlich?«

»Du bist so nett.«

Svea lachte.

Erstaunlich genug, hielt das Hoch noch an, als sie gemeinsam vor die Tür traten. Es hatte aufgehört zu schneien, der Himmel strahlte in gut gelauntem Eisblau, und die zerwühlte Schneewehe vor dem Haus glitzerte im Sonnenschein. Der erste Teil des Wegs war kaum befahren. Svea und er mussten hintereinander gehen, um nicht wieder durch knietiefen Schnee zu laufen und klitschnass in der Praxis anzukommen. Doch kurz vor Anniks Häuschen wurde die Bebauung dichter und die Straße breiter. Die Reifen mehrerer Autos hatten den Schnee zu einer harten, glatten Fläche zusammengepresst. Espen nahm Anlauf und schlitterte los. Hinter sich hörte er Svea juchzen. Als sich Espen im Rutschen umdrehte, verlor er fast das Gleichgewicht. Svea sauste mit ausgebreiteten Armen hinter ihm über die gefrorene Fläche. Rudernd fand er die Balance wieder, als sie ihn einholte. Ihre Lippen und Wangen waren rot von der Kälte, und ihre Augen leuchteten. »Ich mag den Verlauf deines ganz normalen Morgens.«

»Ich auch«, sagte Espen.

Genau so, beschloss er, würden sie die nächsten zwei Wochen verbringen: in grimmig entschlossener Fröhlichkeit.

Unter Sveas Abschiedsvideo häuften sich inzwischen die besorgten Kommentare, und auch immer mehr Privatnachrichten trudelten ein. Valeria von *Outdoorbeauty* hatte besorgt gefragt, was los war, und Janne hatte sogar vorgeschlagen, dass sie sich in Stavanger auf einen Kaffee treffen könnten, um in Ruhe zu quatschen.

Svea schrieb beiden, dass sie sich melden würde. So verbunden sie sich ihnen oft fühlte, hatte sie dennoch nicht das Bedürfnis, das ganze Dilemma auszubreiten. Wie sollten Valeria oder Janne es nachvollziehen können, wenn nicht einmal Svea selbst das wirklich konnte, sondern im Augenblick einfach nur erleichtert war, dass Espen und sie oberflächlich entspannt mit der Sache umgingen?

Den Vormittag über schlich sich immer wieder die Frage in ihr Bewusstsein, ob sie sich nicht gründlicher mit Chorea Huntington beschäftigen sollte. Jedes Mal schob Svea sie reflexartig beiseite. Im Falle eines Falls war dafür immer noch Zeit. Jetzt und hier war sie in ihrer Beziehung endlich an dem Punkt angelangt, den sie sich gewünscht hatte. Espen und sie waren zusammen, richtig zusammen. Sie küssten sich im Schnee, und sie wachten gemeinsam auf. Na gut, sie waren heute zumindest gemeinsam aufgewacht. Nichts deutete darauf hin, dass Espens Fluchtinstinkt ihn von nun an für immer und ewig verlassen hatte. Außer vielleicht … Dieses Leichte, Charmante hatte Espen immer schon an sich gehabt, aber bis vor Kurzem war es davon überlagert gewesen, dass er sich nie wirklich einließ. Seit Oslo hatte Svea das Gefühl, er sei erstmals bereit, sich dem zu stellen, was auch immer auf ihn – auf sie beide – zukam. War sie es auch?

Mittags, als sie zu dritt an einem der Stehtische bei *Jamal's* standen, sprach sie Alva direkt darauf an. Annik war an den Tresen gegangen, um eine weitere Runde Getränke zu holen.

Alva wirkte nicht überrascht. Sie schnitt eines ihrer Fischbällchen durch und tunkte es in die Dillsoße, während sie antwortete. »Ich kann dir in drei Sätzen die medizinischen Zusammenhänge erklären, aber das ist nicht das, was du wissen willst, oder?«

»Ich weiß eigentlich nicht, was ich wissen will. Ich glaube, ich will nur darüber sprechen. Und Espen …«

»Espen nicht«, sagte Alva ruhig.

»Nein, ziemlich entschieden nicht. Er meinte, er möchte die nächsten zwei Wochen so tun, als sei alles normal. Und irgendwie sah es heute Morgen sogar so aus, als würde ihm das gelingen.«

»Ich freue mich übrigens, dass ihr nach dem ganzen Drama endlich so weit seid, dass du entspannt von ›heute Morgen‹ sprechen kannst. Aber das nur nebenbei. Espen hat Übung darin, Ängste zu verdrängen – du wohl eher nicht so.«

»Sie gehen ja davon nicht weg.«

»Kluge Svea.« Alva lächelte. »Wo soll ich anfangen?«

Svea dachte daran, wie sie gestern in diesem Anfall von Furcht Espens Hände beobachtet hatte. »Am Anfang?«

»Okay. Am Anfang … war ein mutiertes Gen. Niemand wusste, dass wir es in der Familie hatten. Überhaupt wusste man bis vor einiger Zeit nicht besonders viel darüber. Als unsere Mutter die ersten Symptome zeigte, war sie nicht älter als Espen und ich jetzt.« Nach einem Blick in Sveas Gesicht fügte sie hinzu: »Sorry.«

»Kannst du ja nichts dafür.«

Annik kam mit drei Gläsern Maracujaschorle zurück und verteilte sie auf dem Tisch.

»Wir vermuten, sie hatte das Gen von ihrem Vater«, fuhr Alva fort. »Es gibt Geschichten darüber, dass er zu Depressionen neigte und sich manchmal unkontrolliert bewegt hat. Wir haben ihn allerdings nie kennengelernt. Ich weiß nicht, ob du von der *Alexander-L.-Kielland-Katastrophe* weißt?«

Irgendetwas klickte sehr dunkel in Sveas Gedächtnis. Vielleicht hätte sie in der Schule besser aufpassen sollen.

Zu ihrer Überraschung war es Annik, die sprach. »Das war die Ölbohrplattform, die im Sturm gekentert ist. Eine Menge Leute sind dabei gestorben.«

Alva nickte. »Genau. Jedenfalls dauerte es eine Weile, bis bei Mama Huntington diagnostiziert wurde – aus heutiger Sicht glaube ich, dass die Krankheit da schon fortgeschrittener war. Espen und ich waren anfangs noch zu klein, aber Krister hat im Prinzip seine Kindheit damit verbracht, sie zu pflegen. Irgendwann habe ich dann auch geholfen. Ihr Essen gebracht, im Bad aufgepasst, dass sie das alles richtig hinbekommt ...« Alvas Blick glitt in die Ferne. »Sie hatte Phasen, in denen sie wacher war als in anderen, in denen sie sogar über das beschissene Schicksal lachen konnte. Aber irgendwann wurden die Depressionen und der Verfall zu stark. Es war ... nicht immer leicht, sie zu mögen.«

All das, was Alva mit diesem kurzen Satz nicht sagte, schnitt Svea ins Herz. Ihre Mutter zu mögen, war auch nicht immer leicht. Aber zumindest war sie gesund.

»Keiner von uns hatte viele Freunde. Espen noch am ehesten, du kennst ihn. Er hat damals schon gern geflirtet. Nur ist das Gehirn einfach damit überfordert, in der Schule aufzupassen und dieses ganze soziale Zeug mit Freunden und Cliquengehacke zu regeln, wenn du nachmittags nach Hause gehst, wo deine Mutter vor sich hin stirbt.«

Und sie selbst war sauer gewesen, wenn sie einen Sweater nicht bekommen hatte, den sie unbedingt brauchte. »Mir war nicht klar ... Ihr drei strahlt so viel Zusammengehörigkeitsgefühl und Liebe aus. Ich dachte immer, ihr hättet eine superbehütete, glückliche Kindheit gehabt.«

»Wir hatten Tilda. Nachbarn. Unser Vater hat sich gekümmert, so gut er konnte. Es ist beileibe nicht so, dass wir keinen Spaß gehabt hätten.«

»Hast du dich eigentlich testen lassen?«, fragte Annik.

Alva schob den halb vollen Teller beiseite. »Ja.«

Svea und Annik sahen sich an. Dass Alva zögerte, bevor sie weitersprach, ließ Svea dankbar sein, die Frage nicht selbst gestellt zu haben.

»Ich bin positiv.«

»Scheiße«, sagte Annik, und Svea hasste sich selbst für den kurzen Gedanken, dass das Schicksal dann vielleicht wenigstens Espen aussparen würde. Alva hatte jahrelanges Siechtum nicht verdient. Niemand hatte das.

»Ob man Huntington entwickelt oder nicht, hat damit zu tun, wie oft sich eine bestimmte Gensequenz wiederholt«, sagte Alva ruhig. »Ab fünfunddreißig oder sechsunddreißig Wiederholungen wird man es höchstwahrscheinlich irgendwann im Leben bekommen. Ich habe bloß siebenundzwanzig. Es beeinträchtigt mich also nicht weiter. Ich kann halt nur keine Kinder bekommen – jedenfalls nicht auf natürlichem Weg –, ohne vor demselben Problem zu stehen wie ihr jetzt.«

»Weil du es vererben könntest?«, fragte Svea.

»Ja.«

Sie dachte an den Morgen, an dem Alva ausgesehen hatte, als hätte sie geweint.

»Hättest du gern Kinder?«

»Dazu bräuchte ich ja erst mal den entsprechenden Mann.«

»Angenommen, der würde auftauchen?«

»Ich bin mir nicht sicher«, sagte Alva langsam. »Aber ich weiß, dass ich gern die Wahl hätte.«

Neunzehn

Solange er in Bewegung blieb, Patienten behandelte, sich um Linda kümmerte, Freunde traf, Svea küsste – Svea immer wieder küsste –, war es vergleichsweise einfach, nicht daran zu denken, dass irgendwo in einem Genlabor vielleicht just in diesem Augenblick ein Wissenschaftler etwas entdeckte, das in gesundem Erbgut nicht vorkommen sollte. Er durfte lediglich nicht lange genug zur Ruhe kommen.

Die ersten Tage gingen erstaunlich schnell vorüber. Sie holten den verunglückten Pizzaabend nach, Svea schleppte ihn zum Tennis, sie gingen ins Kino und am Freitagabend ins *Frontstage*. Erst als er Svea am Samstag nach einem Ausflug ins Fjell mit trägem, ausgiebigem Sex in ihrem Wohnzimmer nach Hause gebracht hatte und auf dem Heimweg war, gestand er sich ein paar Minuten zu, um herauszufinden, ob er Angst hatte. Vielleicht machten es die Endorphine, die noch durch seinen Körper schwappten, aber im Augenblick lautete die Antwort tatsächlich ›Nein‹. Die Sonne schien, der Himmel war klarblau, und bei jedem seiner Schritte knirschte der Schnee. Was auch immer in zwei Wochen sein würde: Jetzt gerade war die Welt in Ordnung.

Er hatte Svea eine Kiste mit Erinnerungsstücken gegeben, Fotos und Briefen hauptsächlich, wie seine Geschwister und er je eine hatten. Er wollte, dass Svea verstand – am besten, ohne dass er selbst viel darüber sprechen musste. Zehn Tage noch, dann war es vorbei.

Zum ersten Mal seit der Fotosession mit Svea wagte er sich wieder in die Werkstatt – und zum ersten Mal seit der Sache mit dem Stemmeisen hatte er wieder Lust, etwas zu bauen. Ein paar Stücke

Treibholz aus dem Sommer hatte er noch, und irgendwo mussten auch noch die Reste von dem Epoxidharz sein, das Krister zum Reparieren der *Anne Bonny* benutzt hatte. Falls es noch taugte, konnte er vielleicht endlich das Weihnachtsgeschenk für seinen Vater angehen, wie er es in jedem normalen Jahr getan hätte.

Dieses Mal ließ er nicht Schumann laufen, sondern schaltete die Playlist an, zu der er mit Svea tanzen geübt hatte. Der letzte Abend seines Lebens, an dem er geglaubt hatte, einfach so weitermachen zu können, bis ihn die elende Krankheit erwischte, oder eben nicht. Er ertappte sich dabei, mit den Fingern über die buckelige Haut der halb verheilten Stemmeisenwunde zu fahren. Ironischerweise war ihm seither nichts Derartiges mehr passiert. Sämtliche neurologischen Tests hatten perfekte Koordination und Balance gezeigt, sein Muskeltonus war unauffällig, seine kognitiven Fähigkeiten gut.

Und doch war innerhalb von wenigen Tagen alles anders geworden. Er hatte vorgegeben, es nicht mitzubekommen, aber es war ihm nicht entgangen, dass Svea ihn auf eine neue Art ansah – und damit meinte er nicht, dass sie jetzt zusammen waren. Wenn sie glaubte, er merke es nicht, huschte ihr besorgter Blick zu seinen Händen – hatten die nicht eben gezittert? –, seinen Bewegungen, seiner Mimik. Sie wartete, dass seine Sprache Unregelmäßigkeiten verriet, seine Stimmung kippte, seine Entscheidungen zweifelhaft waren. Dabei würde all das erst schleichend über Jahre eintreten – wenn überhaupt jemals. Konnte sie das jahrelang ertragen? Konnte er es? Wollte er, dass sie es konnte? Oder war das berühmte Ende mit Schrecken nicht vielleicht gnädiger für alle Beteiligten? Espen hob eines der größeren Holzstücke aus dem Regal. Es war in der Mitte gesplittert, vielleicht konnte er es auseinanderziehen und die Öffnung mit Epoxidharz füllen. Etwas Neues, Schönes, aus den beiden Bruchstücken machen. Welche Tiefensymbolik.

Er hatte gerade die passenden Bretter und Leisten für die Gussform zusammengesucht, als sein Vater anrief. Espen unterdrückte ein Seufzen. In anderen Familien mochte es üblich sein, Anrufe auch ab und an zu ignorieren – nicht in seiner. In seiner Familie passierten Katastrophen, da ging man ans Telefon. »Hey, Pa.« Espen stellte die Musik leiser. »Bist du nicht in Florida? Wie spät ist es bei euch? Neun Uhr morgens?«

»Wie geht's dir, Junior?« Dieses Mal waren keine Geräusche im Hintergrund.

»Gut. Ich denke just in diesem Augenblick über dein Weihnachtsgeschenk nach.«

»Wir schenken uns doch nichts.«

»Ich weiß. Wie jedes Jahr.«

»Nur dass wir uns dieses Jahr daran halten.«

Mariana würde sich im Zweifelsfall auch über die Lampe freuen. Ohnehin war sie meist diejenige, die sich um die Einrichtung kümmerte.

»Wie geht es dir?«

»Meine Freundin beobachtet mich seit Tagen total unauffällig. Glaub nicht, dass ich deine Frage nicht als das erkenne, was sie ist.«

Trockenes Lachen am anderen Ende. »Ich habe lediglich –«

»Du hast mit Alva gesprochen.«

»Mit Krister. Er meinte, du hättest ungeahnte Freude an Überstunden entwickelt.«

»Kann ja nicht jeder durch die Gegend humpeln und sich schonen.« Wem machte er hier eigentlich etwas vor? Der Mann, der ihn von der anderen Seite der Welt aus anrief, war sein Vater. Der Mensch, der am allerbesten wusste, warum es Zeiten gab, in denen man besser nicht zur Ruhe kam.

»Krister sagte, du würdest dein Ergebnis am Montag in einer Woche bekommen. Wir haben einen Flug am Freitag. Ich wäre«, wackelte die Stimme seines Vaters?, »ich wäre geehrt, wenn du mich mitnehmen würdest in die Klinik.«

Unvermittelt verwandelten Espens Knie sich in etwas, das er nicht mehr ansteuern konnte. Halt suchend griff er nach der Werkbank. Bis zu diesem Augenblick hatte er sich tatsächlich seine eigene Gelassenheit abgenommen. Jetzt kam das alles zurück. Alva und er hatten nebeneinander bei Laetitias Vorgänger gesessen, Krister wie ein Wächter hinter ihnen, sein Vater und Mariana auf Stühlen am Fenster. Espen wusste noch, dass er gegen das Licht ihre Mienen nicht hatte erkennen können, als der Arzt mit seinem Team hereinkam. Und er erinnerte sich an seine auf einmal eisigen Hände und den hämmernden Herzschlag, als wäre es gestern gewesen.

»Espen?«

»Wer möchte zuerst?« Doktor Berg hielt zwei verschlossene Umschläge mit ihren Namen in beiden Händen vor sich wie eine Hostie beim Abendmahl. Espen drückte die Fingernägel in die Handflächen.

Alva sah ihn an. Ihre Unterlippe war seitlich der Mitte eingerissen, und sie war entsetzlich blass. Er starrte auf diesen winzigen Riss, dann fand er ihren Blick wieder. »Zusammen«, flüsterte sie. Das war es, was sie sich immer wieder gesagt hatten. Wir sitzen im selben Boot. Wir stehen das zusammen durch. Was immer in diesen Umschlägen lauerte, es betraf sie alle. »Ich hoffe, dass wir es, wenn, dann beide haben«, hatte Alva am Vorabend gesagt. »Oder keiner. Ich bin für keiner.«

Jetzt sah er Alva an, die von ihm erwartete, dass er gleichzeitig mit ihr die Hand ausstreckte, gleichzeitig mit ihr den Umschlag in Empfang nahm, in dem sein Schicksal geschrieben war. Und er konnte es nicht. Er konnte den Arm nicht einen Millimeter bewegen.

Irgendwie schaffte er es, den Kopf zu schütteln, und ein komisches, krächzendes »Nein« brachte er auch zustande, bevor er mit eckigen Bewegungen den Stuhl gegen Kristers Knie schob und den Raum verließ.

»Es wäre schön, wenn ihr dabei wärt«, sagte er.

»Und am Wochenende vorher backen wir auf Selerøy Pfefferkuchen, wie immer.«

Sicher. Wie immer. »Als Alva ihr Ergebnis bekommen hat, haben wir das nicht getan.«

»Wie mir scheint, will Mariana mich nicht ganz ohne Grund zu diesem Kommunikationskurs schleifen. Entschuldige bitte. Natürlich meinte ich, wie an jedem zweiten Wochenende im Dezember.«

»Ich weiß«, sagte Espen. Er riss sich zusammen. »Kommunikationskurs? Wirklich?«

»Sie ist der Meinung, ich würde mich unpräzise ausdrücken.«

»Hast du immer schon. Wieso stört sie das auf einmal?« Würde Svea mit sechzig auch plötzlich einfallen, dass er sein Leben lang irgendetwas falsch gemacht hatte? Falls er überhaupt so lange lebte, natürlich. Und falls sie mit ihm zusammenblieb. Viele Eventualitäten hier.

Nachdem er das Gespräch mit seinem Vater wenige Minuten später beendet hatte, schrieb Espen Svea eine Nachricht.

Willst du einen Kommunikationskurs mit mir machen?

Wieso sollte ich das wollen?

Keine Ahnung. Die Frau von meinem Vater wünscht sich das, und ich dachte, falls du auch ganz heiß darauf bist, solltest du keine dreißig Jahre darauf warten müssen.

Wenn ich auf etwas heiß bin, ist das kein Kommunikationskurs mit dir.

Beruhigend.

BERUHIGEND sollte das eigentlich nicht sein.

Espen lachte, weil Lachen alles andere angenehm übertönte. Er fragte Svea nicht, ob sie seine Erinnerungskiste schon angesehen hatte.

Es klackte leise, als Svea das Telefon auf die Resopalplatte des Küchentischs legte. Espen war so unfassbar gut darin, ihr vorzuspielen, dass es ihm gut ging. Und sie glaubte es nur zu gern. Während sie Teewasser in den Kocher laufen ließ, wanderte ihr Blick aus Versehen zu dem roten Schuhkarton mit den angestoßenen Ecken hinüber, der den ganzen Tag schon vorwurfsvoll auf dem Fußboden neben dem Sofa gestanden hatte, während sie die Wohnung putzte. »Guck mich nicht so an«, murmelte sie.

Jedes Mal, wenn sie das Ding ansah, schien es ein Stück größer geworden zu sein. Was natürlich vollkommener Unfug war. Pappkartons wuchsen in der Regel nicht davon, dass man sich davor fürchtete, sie zu öffnen.

Als das Wasser sprudelte, schüttete Svea die letzten Reste von dem Sanddorntee, den Len ihr im Herbst aus Oslo geschickt hatte, in das Teesieb. »Ich starre einfach zurück. Wirst schon sehen, was du davon hast.«

Ob Espen sie danach fragen würde? Letztlich war es ja nicht so, dass sie irgendeine Verpflichtung hatte, seine Familiengeschichte zu erforschen.

Er hatte so gleichgültig getan, als er ihr die Kiste gegeben hatte. »Hier, falls es dich interessiert, da sind ein paar Sachen aus meiner Kindheit drin.« Lässiges Schulterzucken. »Kannst du dir ansehen.«

»Könnten wir uns zusammen ansehen«, hatte sie vorgeschlagen. »Und du erzählst mir etwas dazu.«

»Da ist nicht viel zu erzählen. Nimm sie einfach mit, wenn du willst.« Sein zu entspanntes Lächeln war es gewesen, das den Karton dazu gebracht hatte, immer größer und schwerer zu werden, je länger er ungeöffnet neben Sveas Sofa stand. Ein paar Sachen aus Espens Kindheit. Was mochte das sein? Dem Geräusch beim Schütteln nach zu urteilen, größtenteils Papier. Fotos vielleicht.

Mit ihrem Tee ging Svea ins Wohnzimmer. Kerze, Musik, dampfende Teetasse auf dem Tisch. Zu ihren Füßen stand die Kiste. Erstaunlicherweise ließ sie sich sehr leicht anheben. Svea setzte sich in den Schneidersitz und öffnete den Deckel.

Es waren tatsächlich Fotos darin, Fotos und beschriebene Zettel und Briefumschläge. Nun doch fasziniert, nahm Svea das erste Bild in die Hand. Ein vielleicht dreijähriger Junge hielt mit stolzem Grinsen ein Baby im Arm, daneben hielt eine junge Frau ein weiteres Baby. Svea drehte das Bild um. *Espen und Alva, einen Monat alt. Bester großer Bruder Krister*. Beim besten Willen konnte Svea nicht erkennen, welcher der Säuglinge Espen war, aber das Lächeln der Frau glich seinem. Sie war hübsch, Espens Mutter. Schmal und dunkel wie Krister, aber mit diesem Schalk in den Augen, den Svea an Espen so liebte. Nichts an ihr deutete darauf hin, dass sie wenige Jahre später erkranken würde.

Die Bilder und Briefe schienen nur in einer groben Reihenfolge sortiert zu sein. Auf dem nächsten hockte ein Kleinkind mit schulterlangen Locken vor einer Katze. *Espen und Omas Katze – ein tolles Team*. Svea suchte im Gesicht des Jungen nach Ähnlichkeiten mit dem Espen von heute. Inzwischen waren seine Haare fast glatt und längst nicht mehr blond.

Und noch ein Foto. So hatte das Wartezimmer mal ausgesehen? Die Zwillinge, vielleicht fünf oder sechs, mit Zahnlücken, rechts und links von dem entsprechend älteren Krister, der ein Bilderbuch auf dem Schoß hielt. Sie saßen auf dunkelblauen Kunstlederstühlen und betrachteten mit kindlicher Ernsthaftigkeit das Buch.

Svea beugte sich nach vorn und angelte nach der Teetasse, bevor sie den ersten Brief auseinanderfaltete.

Mein lieber, geliebter kleiner Espen,
mein Sonnenscheinkind,
wenn du diesen Brief liest, bist du nicht mehr vier Jahre alt. Du wirst ein Mann sein oder zumindest wesentlich älter als jetzt. Ich wünschte, ich dürfte das erleben.
Ich sitze auf der Terrasse unseres Ferienhauses auf Selerøy und versuche zu begreifen, was ich letzte Woche erfahren habe: Ich habe die Huntington-Krankheit. Ich werde sterben. Was das wirklich bedeutet, werden wir wohl alle erst nach und nach verstehen. Es will nicht in meinen Kopf. Alles ist so normal, so friedlich. Es ist ein Sommertag. Die Sonne scheint.
Alva versucht, eine Möwe zu zähmen. Papa zeigt Krister, wie man einen Fisch ausnimmt, und du siehst dabei zu. Ich glaube, du würdest gern helfen, aber du bekommst es noch nicht hin. Alles ist so schmerzhaft normal.
Papa hilft dir, einen Wurm auf den Haken deiner selbst gemachten Angel zu stecken. Ihr lacht zusammen. Papa lacht viel mit euch. Er weint nur nachts, damit ihr es nicht mitbekommt. Und ich verstecke meine Augen hinter der dunklen Sonnenbrille und winke zu euch hinüber, während mir die Tränen laufen und laufen und laufen. Ich würde so gern erleben, wie du erwachsen wirst. Ich liebe dich so, so sehr.

Behutsam faltete Svea den Brief wieder zusammen. Auf einmal erschien es ihr falsch, diese Nachrichten zu lesen und die Bilder anzuschauen, voyeuristisch. Trotzdem musste sie weitermachen. Und Espen wollte, dass sie das hier ansah. Der nächste Brief steckte in einem Umschlag, zusammen mit einem Foto. Espens Mutter war darauf, sie schien abgenommen zu haben, aber sie war immer noch schön. Lachend balgte sie neben einem geschmückten Weihnachtsbaum mit zwei Kindern auf ihrem Schoß, während ein größerer Junge sie unscharf aus dem Hintergrund beobachtete.

Lieber Espen,
es ist Weihnachten, und du hast heute deinen ersten Wackelzahn verloren. Es ist unser erstes Weihnachten, nachdem dein Papa und ich erfahren haben, was auf uns alle zukommen wird. Wir weinen fast nicht mehr, aber heute bin ich sentimental. Wie viele Weihnachtsfeste werden wir noch zusammen feiern können? Wie oft werde ich dich noch im Arm halten und mit dir auf die Bescherung warten können?
Weißt du, wovor ich mich am meisten fürchte? Es ist nicht das Sterben selbst, es ist die Zeit davor. Ich fürchte mich, dass ihr eines Tages Angst vor mir haben werdet, wenn die Zuckungen zu schlimm werden und ich nicht mehr sprechen, sondern nur noch lallen kann. Ich will das nicht. Ich wünsche mir so sehr, dass diese Krankheit einfach verschwindet, aber sie holt sich jeden Tag ein Stück mehr von mir.
»Mama, warum weinst du?«, hast du mich gerade gefragt. Ich weine, weil ich so gern bei dir bliebe, mein Liebling.

An einigen Stellen war die Schrift unsauber mit Ausreißern nach oben oder nach unten. Etwas tropfte auf das Papier. Erst jetzt merkte Svea, dass ihr Tränen die Wangen hinunterliefen. Mit kalten Händen stellte sie den Schuhkarton neben sich auf das Sofa und stand steifbeinig auf, um sich Taschentücher aus der Küchenschublade zu holen. Wie musste es für Espens Mutter gewesen sein, dieses Wissen, dass sie sterben würde?

Die Schrift in dem nächsten Brief war größer als die in den vorherigen, und die Ausreißer waren deutlicher.

Heute habe ich dich geschlagen. Ich wollte es nicht. Ich wollte auch nicht herumschreien. Du bist fünf, du konntest nichts dafür. Mir entgleitet die Kontrolle. Ich habe so schreckliche Angst davor, euch fremd zu werden. Vielleicht bin ich es schon. Bitte vergib mir.

Noch ein Bild, noch ein Brief, ein Zettel mehr. Espens Mutter – wie war eigentlich ihr Name gewesen? – wirkte ausgezehrt. Sie lag in einem breiten Sessel, Espen, jetzt mit kurzen Haaren und ohne obere Schneidezähne, und Alva mit Zöpfen lümmelten neben ihr auf den Armlehnen.

Euer siebter Geburtstag. Wie viele noch?

Der Tee war längst kalt geworden. Svea legte sich eine Decke um die Schultern, aber die Kälte kam nicht von außen. Der Boden neben dem Sofa war inzwischen bedeckt mit zerknüllten Taschentüchern, während sie sich durch Brief um Brief las, Foto um Foto Espens Kindheit entdeckte.

Ich wusste nicht, dass ich es habe. Verzeiht mir.

Dünne Haare, dünne Gelenke, unter der Nase ein Sauerstoffschlauch. Das Lächeln wirkte anders als auf den Bildern vorher, leerer irgendwie. Neben dem Sessel, in dem Espens Mutter … hing, stand ein Rollstuhl.

Der letzte Brief, ganz unten in der Kiste, war kaum noch lesbar. Ungelenke, krakelige Großbuchstaben bedeckten das Papier.

ICH LIEBE DICH. IMMER.

Zwanzig

Wie hieß deine Mutter eigentlich?

Es dauerte, bis Espen antwortete. Ein Wort nur.

Marit.

Svea betrachtete das Foto, auf dem Marit noch gesund gewesen war. Als könnte sie den Menschen auf dem Bild durch eine unachtsame Bewegung wehtun, legte sie es zurück und schloss den Deckel. »Es tut mir leid, dass du das erleben musstest, Marit.« Und es tut mir leid, dass du das erleben musstest, Espen. Und Alva und Krister. Und euer Vater.

Wenn unser Kind ein Mädchen ist, fände ich es schön, wenn wir sie Marit nennen.

Ich auch. Danke.

Sie legte das Telefon weg und streckte sich der Länge nach aus. Warum hatte sie zugestimmt, dass sie diesen Abend getrennt voneinander verbrachten? Als Espen es vorgeschlagen hatte, war es ihr wie eine gute Idee vorgekommen. Zeit, sich zu sortieren, Zeit, zu verstehen, Zeit, nachzudenken. Aber jetzt lag ihr Innerstes wund und offen, und sie wollte so furchtbar dringend über alles sprechen. Es würde nichts ändern. Nicht, dass sie noch über eine Woche auf die Testergebnisse warten mussten, und nicht, dass diese Woche hundert Jahre lang war. Aber vielleicht würde sie sich nicht ganz so verloren fühlen.

Sie hatte nicht gewusst, was sie erwartete, wenn sie diese Kiste öffnete. Espen aber war es klar gewesen. Er kannte jeden Brief, jedes Foto. Es war sein Leben gewesen. Wie konnte er sie damit allein lassen? War das irgendeine verquere Art von Edelmut oder simple Feigheit?

Weder das eine noch das andere, begriff sie, als ein neuer Gedanke Form annahm. Er hatte ihre Entscheidung nicht beeinflussen wollen, ob sie bei ihm blieb, nachdem sie gesehen hatte, was vielleicht kommen würde.

In der Nacht träumte sie wieder von Espen und ihrem Kind, aber dieses Mal spielte das kleine Mädchen nicht, sondern es sah Svea nur mit ernsten, großen Augen an. Svea streckte die Hand aus, um ihre Traumtochter zu streicheln, aber sie konnte sie nicht erreichen. Stattdessen stand sie auf einmal Hand in Hand mit Espen unter einem Baum, ein winziges, blondes Feenkind, und lächelte.

Mit im Gesicht klebenden Haaren und einem schwitzigen Nachthemd wachte Svea auf. Sie konnte sich nicht erinnern, wann sie das letzte Mal morgens so zerschlagen gewesen war. Bauchschmerzen hatte sie auch.

Dann bemerkte sie das Blut.

Blut an ihren Beinen, an ihrem Nachthemd, in ihrem Bett.

Mit zurückgeschlagener Bettdecke blieb sie sitzen und starrte fassungslos auf den Fleck auf ihrem Nachthemd und versuchte zu begreifen. Sie hatte von Zwischenblutungen und von Schmerzen in der Schwangerschaft gehört, aber irgendetwas sagte ihr mit absoluter Sicherheit, dass es das nicht war.

Ihr Baby war gegangen.

Das Kind, das sie nie geplant und lange nicht gewollt hatte, gab es nicht mehr.

Seltsam taub betrachtete sie die blutige Wäsche.

Ihr Baby war nicht mehr da.

Mit steifen Gliedern stand sie auf und zog mechanisch das Bett ab. Sie stopfte Nachthemd und Bettzeug in die Waschmaschine. Komisch, ihr war vorher nie aufgefallen, dass man von der Dusche aus das Drehen der Trommel beobachten konnte. Immer wieder zog das Nachthemd an dem runden Bullauge vorbei, während Svea das heiße Wasser über ihren Bauch laufen ließ, um die Schmerzen loszuwerden. Danach hängte sie den Duschkopf auf, lehnte sich an die Wand und versuchte, sich einfach im Wasser aufzulösen. Erst da kamen die Tränen. Am Anfang nur langsam, aber als Svea einmal angefangen hatte zu weinen, hörte es überhaupt nicht mehr auf. Sie weinte um ihr Baby, das sie nun nie im Arm halten würde, und um den kleinen Espen mit der kranken Mutter. Sie weinte um ihre eigene unterkühlte Kindheit und um die verlorene Chance, es besser zu machen.

Irgendwann rutschte sie an der gefliesten Wand hinunter und hockte in der Dusche, während das Wasser auf ihren Nacken prasselte und das Schluchzen sie schüttelte.

Soll ich Rosinenbrot mitbringen? Wir könnten frühstücken, bevor wir wandern fahren.

Sweeny? Bist du kaputt? Sonst sitzt du doch auf deinem Smartphone.

Hallo? Erde an Svea?

Danach hatte er versucht, sie anzurufen. Die Waschmaschine war schon halb durchgelaufen, sie musste lange geduscht haben. Eigentlich ging Schreiben fast über ihre Kraft, aber an einer Sprachnachricht würde er sofort erkennen, dass etwas nicht in Ordnung war.

Rosinenbrot wäre super.

Dabei würde sie garantiert keinen Bissen runterkriegen.

Und wie sollte sie so aufgelöst mit Espen den Ausflug machen, zu dem sie ihn überredet hatte, um sie beide beschäftigt zu halten? Während sie ihre Arme frottierte, richtete sie sich innerlich auf. Natürlich konnte sie das. Svea Iversen konnte ihre Fassade wahren, um ihren Freund zu schützen, der nun wirklich gerade genug eigene Sorgen ... sie ließ das Handtuch sinken.

Sie musste überhaupt gar kein künstliches Bild mehr aufrechterhalten. Nicht vor Espen. Und schon gar nicht, wenn es auch um sein Kind ging, das ... nicht mehr da war.

Warum musste sie jetzt schon wieder heulen? Sie hatte das Baby doch überhaupt gar nicht haben wollen, eigentlich. Aber uneigentlich eben dann doch. Das Blut, das sie abgewaschen hatte, war mehr als ein Fötus, der nicht heranwachsen würde. Er war vielleicht auch das Ende einer Möglichkeit. Falls Espen positiv testete, würde er sich garantiert nicht noch einmal auf eine Schwangerschaft einlassen, oder? Und sie auch nicht. Allmählich reichte es. Entschlossen rubbelte sie ihr Gesicht ab.

Sie redete sich erfolgreich ein, dass sie sich nicht der Maske wegen schminkte, sondern, weil es sie entspannte. Es genügte, dass ihr Bauch immer noch wehtat und ihr Herz auf diese unerklärliche Weise schmerzte. Sie musste nicht noch übel aussehen.

»Willst du im Fjell filmen?«, fragte Espen, als er wenig später mit frischem Rosinenbrot vor der Tür stand.

»Wieso?«

»Du trägst dein Video-Make-up.«

»Nein, ich ... Komm erst mal rein.« Wer hätte gedacht, dass das Ende einer Schwangerschaft beinahe genauso schwierig auszusprechen sein würde wie der Anfang?

»Es riecht nach Kaffee«, sagte Espen. »Verführerisch.«

Svea stellte zwei Teller auf den Esstisch. Espen reichte ihr Tassen und Messer an. Während er das Rosinenbrot auspackte und in dicke Scheiben schnitt, holte Svea Margarine aus dem Kühlschrank und blieb dann stehen.

»Du tust es schon wieder.« Mit dem leicht missglückten Versuch eines Grinsens sah er auf.

»Was?«

»Du beobachtest meine Hände.«

»Nein.«

»Brauchst du auch nicht, weißt du? Die Tests haben klar gezeigt, dass ich absolut in der Lage bin, ein Brotmesser zu nutzen.«

»Ich habe nicht …«

Espen legte das Messer weg und trat einen Schritt auf sie zu. »Was ist los, Sweeny? Ist es wegen der Briefe in dem Karton?«

»Auch.« Sie ließ zu, dass er sanft ihr Kinn umfasste und mit dem Daumen eine Träne von ihrer Wange wischte. »Ich hatte eine Fehlgeburt. Glaube ich.«

Über Espens Miene flackerte Erleichterung, aber sie verschwand blitzschnell wieder. Dann legte er die Arme um sie, und sie konnte sein Gesicht nicht mehr sehen, sondern nur noch seinen festen, stetigen Herzschlag unter seinem Brustkorb hören. »Ich hätte es gern kennengelernt«, sagte er leise. »Trotz allem.«

»Ich auch.«

»Soll ich dich zum Arzt fahren?«

Svea schüttelte den Kopf. »Es hat schon beinahe aufgehört zu bluten. Ich muss ja heute nicht unbedingt Marathon laufen.«

»Auf jeden Fall sollten wir wohl eher auf dem Sofa sitzen und reden, als in den Schnee zu fahren, nehme ich an.«

Wieder schüttelte sie den Kopf. »Ich habe schon viel zu viel Zeit auf diesem Sofa verbracht. Dann versinke ich in dunklen Gedanken.«

»Das würde ich nicht zulassen. Genauso wenig, wie du es mir erlaubst.«

Die Erkenntnis brachte Svea tatsächlich zum Lachen. »Erstaunlich, oder? Wie auf einmal aus einem unverbindlichen Aufriss eine Art Überlebensgemeinschaft geworden ist?«

Seine Muskeln wurden hart. »Ist es das, was du in … *uns* siehst?«

Tat sie das? Und war es etwas Schlechtes? »Es war doof ausgedrückt«, sagte sie schließlich. »Sei ein bisschen gnädig mit mir. Ich habe gerade mein Baby verloren.«

»Ich auch«, sagte er schlicht. »Vielleicht das Einzige, das ich je haben werde.«

Während des Frühstücks hing eine seltsame Behutsamkeit über ihnen. Obwohl das Brot frisch und duftend war, zwang Svea nur eine halbe Scheibe hinunter. Espen schien es ebenso den Appetit verschlagen zu haben. Mehrmals erwischte Svea ihn dabei, sie forschend anzusehen, aber er sagte nichts weiter über ihr Kind. Stattdessen hielten sie sich mit Plänen für ihren Ausflug über Wasser – eine Art unausgesprochener Pause von ihren Problemen.

Als sie vor die Tür traten, roch die Luft nach frischem Schnee und immer noch nach frühem Morgen. Ihre Schritte knirschten. Kälte legte sich auf Sveas Augenlider und wischte den letzten Rest des Tränenbrennens fort. Sie lächelte Espen zu, und er erwiderte es. Die Sonne ließ seine Augen leuchten.

»Hast du jetzt eigentlich deine Kamera mitgenommen?«, fragte er, während er ihr die Beifahrertür öffnete.

»Nein.«

»Warum nicht?«, fragte er, während er um das Auto herumging. »Heute wäre ein guter Tag zum Filmen.«

»Ich will den Tag mit dir haben und nicht daran denken müssen, was ich aufnehmen könnte oder wie ich nach einer durchheulten Nacht aussehe, sondern …« Präsent sein. Im Moment sein. Wie sollte sie das ausdrücken, ohne dass es nach buddhistischem Selbsthilfebuch klang?

»Einfach das Gesicht in die Sonne halten?«

»Genau das. Oder in den Schnee tauchen. Außerdem brauchen wir Zeit zum Reden. Und vielleicht muss ich ein bisschen heulen.«

Espen lächelte. »Es heult sich nirgends besser als auf einem Motorschlitten. Ich weiß das.«

»Apropos. Du hast nie erwähnt, dass du heimlich so was in der Garage hast.«

»Ist auch nicht so. Er gehört Leon – hat Leon gehört. Seine Eltern haben mir den Schlüssel zur Garage gegeben.«

»Sorry.«

»Wofür jetzt genau?«

»Dafür, dass ich …« Ja, was? Aus Versehen das Gespräch auf deinen Freund gebracht habe, der letztes Jahr gestorben ist? Dass ich den Elefanten namens Tod wach gekitzelt habe, der auf dem Rücksitz gepennt hat und den wir beide so gekonnt ignorieren?

Espen startete das Auto, doch er fuhr nicht los. »Du kannst ja nun wirklich nichts für Leons Unfall. Und meines Wissens trägst du auch keine Schuld an meinen möglicherweise verkorksten Genen. Also hör auf, okay? Lass uns den Tag genießen, so gut wir können, aber keine Themen mehr künstlich vermeiden, wenn es geht.« Mit einem traurigen Lächeln sah er sie an. »Normalität spielen ist vorbei, fürchte ich.«

»Bist du traurig oder erleichtert wegen des Babys?«

Er starrte vor sich hin, und Svea dachte schon, er würde nicht antworten, als er dann doch sprach. »Das weiß ich nicht.« Mit einer geschmeidigen Bewegung setzte er den Blinker und zog den Wagen auf die Straße.

Svea betrachtete die vorbeiziehende Landschaft wie einen Film und versuchte dabei, ihr Leben zu begreifen. Sie wurde keine Mutter. Nicht jetzt – und vielleicht nie, wenn sie mit Espen zusammenblieb. So viele Gedanken kreisten orientierungs- und haltlos durch ihren Kopf, dass es unmöglich wurde, einen davon auszusprechen.

Als sie das Gefühl hatte, das Schweigen wurde zu ungemütlich, schaltete Espen seine Playlist ein. Svea lächelte, und Espen warf ihr einen schnellen Seitenblick zu. »Was ist?«

»Ich habe nur wieder mal festgestellt, wie gut wir aufeinander eingespielt sind. Du hast genau in dem Moment die Musik angemacht, in dem ich dachte, dass es zu still ist.«

»Wir sind eben Mitglieder derselben Überlebensgemeinschaft.«

»Nimmst du mir den Begriff übel?«, fragte Svea.

»Nein.« Espens Zungenspitze spielte kurz an seiner Unterlippe, während er grinste. »Viel schlimmer war die Erkenntnis, für dich nur ein Aufriss gewesen zu sein.«

Das brachte sie tatsächlich zum Lachen.

Danach war die Stimmung zwar nicht wirklich heiter, aber doch weniger gedrückt als zuvor. Espen konzentrierte sich sehr auf die Straße, die zwar geräumt war, aber doch recht eindeutig bergan führte.

»Wir sind da.« Er bog in einen schmalen Feldweg ein, der ebenfalls wenige Meter weit von Schnee befreit war. Aber eben nur wenige Meter.

In der eisigen Luft bildeten sich Wölkchen beim Ausatmen, während sie gleich darauf in die Schneehosen schlüpften und Schals und Handschuhe anzogen. Es war leicht, so zu tun, als wäre da nicht diese Traurigkeit in ihr. Es war sogar leicht, sie für den Moment zu vergessen.

Der Himmel war bilderbuchblau, die Sonne brach zwischen den Wipfeln hindurch und warf glitzernde Flecken auf den unberührten Schnee. Schon nach den ersten beiden Schritten, die Svea in das knietiefe Weiß hineinwatete, wusste sie, dass sie mehr Übung darin brauchte, sich schneefest anzuziehen. Eine gefühlte Schaufelladung Kälte glitschte an ihrer Wade entlang. »Yikes!«

»Was ist?«

»Ich hab Schnee im Hosenbein.«

»Macht nichts, der läuft da auch wieder raus.«

»Danke, Solberg. So hilfreich.«

»Stets gern, Iversen.«

»Weißt du«, sie hob eine Handvoll Schnee auf, »woran es dir mangelt?«

»An Schnee im Hosenbein?«

»Nein, im Kragen.« Sie machte zwei Schritte auf ihn zu, aber er duckte sich weg, schubste sie viel zu behutsam und floh. Während sie sich lachend aufzurappeln versuchte, sah sie ihn in einer Schneewolke den Weg zu der Hütte vor sich zu pflügen.

»Ich hasse dich übrigens!«, rief sie ihm hinterher.

Er drehte sich um, das unverschämteste Grinsen der Welt im Gesicht. »Dann finde ich dich immer besonders scharf.«

Blitzschnell presste sie einen Schneeball zusammen und schleuderte ihn nach Espen, doch dort, wo er war, schien der Schnee weniger tief zu sein. Er stand nur noch bis zu den Knöcheln darin, was es ihm leicht machte, vor ihr davonzulaufen.

In ihrem Bauch zwickte es nur noch ganz wenig, während sie zu ihm stapfte. Als sie ihn eingeholt hatte, war er bereits an der Hütte angekommen. Im Vergleich zu dem Ferienhaus von Sveas Eltern war dieses hier winzig, aber dafür lag ein Schuppen dahinter, den sie zuvor nicht gesehen hatte.

Espen deutete darauf. »Die Garage.«

Gemeinsam schoben sie den Schnee vor der Flügeltür zur Seite und zogen sie auf. Es war ein prächtiger Motorschlitten, ein hochglanzpolierter Zweisitzer. Espen griff nach einem der Helme, die an der Wand hingen, und reichte ihn Svea. »Soll ich fahren, oder willst du?«

»Ich fahre.« Denn wenn sie sich darauf konzentrieren musste, lief sie nicht Gefahr, zu denken.

»So mag ich das.«

Er konnte nicht wissen, dass es bei Sveas letztem Ausflug mit dem Schneemobil eine derartige Frage niemals gegeben hätte –

und dass sie ihn umso mehr dafür liebte. Vinnan wäre im Traum nicht eingefallen, jemand anderem als sich selbst das Vergnügen zu gönnen. Svea legte die Hände um die Griffe und genoss das Gefühl von Kraft unter sich, während der Schlitten auf die Ebene hinausjagte.

Sie hatte Espen hinter sich, warm und sicher. Er kannte sich aus, also wies er die Richtung, und Svea steuerte. Anfangs fühlte sie sich unsicher, der Schlitten war zu schnell, das alles zu wenig vertraut. Doch nach ein paar Minuten fing sie an, sich zu entspannen und die Bewegungen des Schlittens mit ihrem Körper auszugleichen. Es war wie ein Tanz, ein dröhnender, glitzernder Tanz. Espen wies nach links, wo ein Pfad auf der verschneiten Ebene zu erkennen war. Jemand war hier vor ihnen gefahren. Vielleicht schon vor einigen Tagen, aber immerhin hatte Svea nun etwas, an dem sie sich orientieren konnte. Schnee stob auf, als sie den Schlitten in eine Kurve zog, um dem Pfad bergan zu folgen.

Auf dem Gipfel eines der ausgedehnten Bergrücken hielten sie an und stiegen ab. Svea schob die Schneebrille hoch, sie wollte dieses gleißende, unendliche, geschwungene Weiß, das sich vor ihr ausbreitete, mit ihren eigenen Augen sehen und die Klarheit der Luft in ihre Lungen strömen lassen, ohne dass ihre Nase von einer Skibrille zusammengedrückt wurde. Neben ihr setzte Espen den Helm ab und schüttelte die Haare aus. »Gehen wir eine Runde?«

»Auf den Hügel da drüben.«

»Das ist bestimmt ein Kilometer.«

»Eher zwei«, sagte Svea.

»Durch den Schnee. Du solltest dich heute nicht überanstrengen.«

»Hör zu, du willst nicht, dass ich dich ansehe wie einen Schwerverletzten, also erspar mir das bitte auch. Ich passe auf mich auf, versprochen.«

»Macht mir gerade nicht den Eindruck.«

»Es ist bloß ein Spaziergang, Solberg. Sieh es praktisch, du sparst dir heute das Fitnessstudio.«

Espen stöhnte. »Du solltest dich mit meinem Bruder zusammentun statt mit mir. Der ist genauso irre.«

»Du bist hübscher.«

»Gut zu wissen, dass deine Prioritäten klar sind.«

Nebeneinander arbeiteten sie sich aufwärts. Die Atemwolken wurden dichter, die Schritte anstrengender, aber sie stapften weiter, bis sich das gesamte Tal unter ihnen öffnete, groß und weit und weiß.

Espen legte den Arm um ihre Schulter, und sie schmiegte sich in seine Wärme und seinen Duft nach Anstrengung und Schnee. »Sweeny?«

Sie hob das Gesicht. Die Kälte hatte seine Wangen rot gefärbt. Winzige Schneekristalle hingen in seinen Haaren und verloschen auf seiner Haut.

»Ja?«

»Ich …« Der Augenblick, in dem sich der Satz in seinem Kopf veränderte, war sogar von außen zu sehen. »Wir … wollen wir vielleicht …«

»Wenn du jetzt wieder vor dem ausweichst, was du eigentlich sagen willst, schubse ich dich auf dem Rückweg in die nächste Schneewehe.«

Sein Lachen war kratzig, das Grün seiner Augen überdeutlich im Licht der allmählich sinkenden Sonne. »Dann sollte ich das wohl besser nicht mehr tun.« Er holte tief Luft. »Du hast mich vorhin gefragt, wie es mir mit deiner Fehlgeburt geht. Aber du hast nichts über dich selbst gesagt.«

»Ich hatte genug geweint.«

Sein Griff wurde fester. »Ich möchte nicht, dass du meinetwegen weinen musst.«

»Aber vielleicht gehört das dazu.« Erstaunt stellte Svea fest, dass sie die Ruhe wirklich empfand, die sie äußerlich zeigte.

»Vielleicht sollte es das aber nicht. Ich habe in den letzten Tagen viel nachgedacht. Wie geht es dir mit all dem wirklich?«

»Wechselnd«, sagte sie ehrlich. »Manchmal hoffnungsvoll, dann wieder ängstlich. Alles Mögliche. Aber du hast die Frage noch nicht beantwortet. Bist du eher traurig oder eher erleichtert?«

»Eher … beides. Vor allem hat mir das Ganze eine Sache noch mal vor Augen geführt. Wenn ich positiv teste, dann …«

Dann werden wir gemeinsam diese Krankheit besiegen. Ich bleibe bei dir, wir werden kämpfen. Wir stehen das zusammen durch, wir … Ihre Gedankenlawine zerstob daran, dass es im schlimmsten Fall kein Durchstehen geben würde. Nicht für Espen.

»Wenn mein Ergebnis positiv ist, weiß ich nicht, ob ich weiter mit dir zusammen sein kann.«

Sein warmer Brustkorb hinter ihr hob und senkte sich gleichmäßig weiter, lediglich ihr eigener Atem stockte. Mühsam schluckte sie.

»Ich habe gesehen, wie sehr dir dieses Baby in kurzer Zeit ans Herz gewachsen ist«, sagte er ruhig. »Aber das würdest du mit mir in dem Fall nie haben können. Und ich wünsche mir nichts mehr, als dass du glücklich bist. Du verdienst es, mit jemandem zusammenzuleben, der dir gesunde Kinder schenken kann.«

Svea drehte sich um. »Ich habe die Briefe von deiner Mutter gelesen und die Fotos angesehen. Ich habe verstanden, warum du darauf bestanden hättest, das Baby gegebenenfalls abzutreiben.« Sie zog einen Handschuh aus und fuhr mit dem Zeigefinger Espens Augenbrauen nach. »Aber es gibt kein Baby. Es gibt nur mich. Und ich weiß genau, worauf ich mich mit dir einlasse.«

»Das sagst du.«

»Das sage ich.«

Er lächelte schwach. »Und ich glaube es nicht.«

In stiller Übereinkunft machten sie sich an den Abstieg. Es war nicht unbedingt einfacher, den schneebedeckten Weg im Schnee hinunterzuschlittern. Espen ging vor ihr, um sie stützen zu können, all ihrem Widerstand gegen seine Besorgnis zum Trotz, und irgendwie fand sie das sogar schön.

Als der Weg ebener wurde, fanden sie wieder nebeneinander Platz. Espen bot ihr seine behandschuhte Hand an. »Du hast dich heute Morgen ziemlich gut geschminkt.«

»Ähm. Danke.« War ihr Mascara verschmiert?

»Weil du mich nicht sehen lassen wolltest, wie es dir wirklich geht. Nach all dem, was wir schon durchhaben.«

»Was? Nein! Nur, weil … weil …«

Er zog eine Augenbraue hoch.

»Weil ich es mag, nicht scheiße auszusehen.«

»Weil dir das wichtig ist. Und ich würde lügen, würde ich behaupten, ich fände es nicht attraktiv, wie du auf dich achtest. Dein Körper macht mich genauso an wie dein Humor und deine Hingabe und alles andere.«

»Das ist …« Worauf wollte er hinaus? »Danke für das Kompliment. Ich finde dich auch ziemlich scharf.«

Er nickte. »Du magst Schönheit«, sagte er langsam. »Du magst es, wenn Dinge und Menschen ästhetisch sind. Aber ich werde das vielleicht nicht bleiben, weißt du?«

Sie öffnete den Mund, aber er sprach schon weiter. »Die Bilder, die Briefe, all das kann dir nicht ansatzweise zeigen, wie es wirklich sein wird.«

»Wieso gehst du so fest davon aus, dass du es hast?«

»Ich denke nur Eventualitäten durch.«

»Unterschätz mich dabei nicht, bitte.« Aber ein kleiner Teil von ihr dachte genau das, was Espen gesagt hatte. Ein kleiner Teil von ihr hatte verfluchte Angst davor, mit einem Mann zusammen zu sein, der vor ihren Augen verfiel, ganz egal, wie sehr sie ihn liebte.

Ihre Beziehung war von Anfang an so unglaublich körperlich gewesen.

Bis zum Auto ging sie vor ihm her, schneller als nötig, und kickte ab und zu Schneewehen hoch. Sie war nicht ihre Mutter. Ihr kam es nicht nur auf äußeren Schein an.

Espen entriegelte den Wagen, und Svea öffnete die Beifahrertür, doch keiner von ihnen stieg ein. Über das Autodach hinweg sahen sie sich an.

»Ich mache keine Witze, Svea. Und ich unterschätze dich auch nicht. Aber wenn ich die Mutation wirklich stark habe und absehbar ist, dass ich es nicht mal die nächsten paar Jahre machen werde, wünsche ich mir, dass du mich verlässt und jemanden findest, mit dem du glücklich sein kannst. Weit weg von hier.«

Inzwischen hatte sie Hunger und Bauchschmerzen, und ihr war kalt, und sie hatte keine Geduld mehr mit seinen Befindlichkeiten. »Was wäre das Leben langweilig, wenn alle Wünsche in Erfüllung gingen. Wenn du mich loswerden willst, brauchst du bessere Argumente als ›Ich will das‹.«

»Ich wünsche es mir, habe ich gesagt. Und ich will dich nicht loswerden, das ist doch Unsinn.«

»Dann tu nicht so.« Sie merkte selbst, wie ihr angestrengtes Lächeln zerfloss. »Du hast meine Eltern kennengelernt. Glaubst du allen Ernstes, ausgerechnet ich wüsste nicht, wie abgrundtief hässlich und verzweifelt es hinter hübschen Fassaden aussehen kann?«

»Das –«

»Lass mich ausreden.» Es war ihr völlig egal, wenn alle Krähen im Wald hörten, was sie zu sagen hatte. »Natürlich denke ich darüber nach, was diese Krankheit für uns bedeuten könnte, ich bin keine Idiotin. Und ja, ich habe Angst davor. Aber wir haben gerade erst angefangen herauszufinden, was unsere Beziehung noch alles werden kann. Glaubst du, ich werfe das einfach weg?« Sie warf sich ins Auto und knallte die Tür hinter sich zu. Vollidiot, der, ehrlich.

Einundzwanzig

Espen hatte im Nachhinein keine Ahnung, wie er die nächste Woche hinter sich brachte. Er schaffte es zu funktionieren, Schnupfen, Bauchschmerzen, Herzjagen zu behandeln, er besuchte sogar Linda im Krankenhaus. Nach der Arbeit lenkten Svea und er sich mit Tennis, Kino und Essengehen ab und schafften es so irgendwie bis zum Freitag. Am Wochenende sollte das traditionelle vorweihnachtliche Lebkuchenbacken seiner Familie stattfinden. Nur dass es dieses Jahr ein wenig anders laufen würde als sonst.

Vielleicht hatte er gerade deswegen angeboten, gemeinsam mit Svea den Einkauf zu übernehmen.

»Wie viel Glühwein wolltest du trinken?« Sie betrachtete mit höchst dekorativ hochgezogenen Augenbrauen die Flaschen, die er in den Wagen legte.

»Wir sind neun Erwachsene.«

»Stimmt.« Er mochte dieses ironische Grinsen. »Besonders ich neige ja dazu, mich richtig volllaufen zu lassen.«

»Okay. Achteinhalb Erwachsene.«

»Präzision im Ausdruck ist heute nicht gerade deine Stärke, wie es scheint.«

»Sei gnädig mit mir, es ist mein letztes Wochenende segensreichen Nichtwissens.«

»Oder segensreichen Wissens.« Ein schneller Kuss auf seine Wange, dann drehte sie sich weg. Nicht schnell genug, um den Schatten, der über ihr Gesicht flog, vor ihm zu verbergen. »Was brauchen wir noch?«

Sie kauften Mehl und Zucker, frischen Ingwer, Zimt, Nelken, Orangen, Wein. »Pfeffer habe ich.«

»Backpulver auch?«

Statt einer Antwort stellte Espen eine Dose Backpulver in den Wagen. »Das müsste alles sein. Jetzt nur noch *Kvik Lunj.*«

»Seit wann stehst du auf Schokoriegel?«

Unschuldig hob er die Schultern. »Hab ich Theo versprochen.«

»Annik wird begeistert sein.«

Svea dachte wohl an den Zucker- und Fettgehalt der Riegel, aber Espen wusste, was es Annik tatsächlich bedeuten würde, wenn er an ihr Kind dachte. Das letzte Jahr war nicht leicht gewesen für die beiden. »Wir müssen das ja selbst nicht essen«, sagte er. »Lass uns noch Gemüse und so was mitnehmen, falls wir vor Weihnachten noch mal richtig kochen wollen.«

»Du meinst, du wirst meine Anwesenheit nächste Woche eventuell auch abends wieder ertragen?« Nur Svea schaffte es, eine derartige Frage ohne schnippischen Unterton zu formulieren.

Trotzdem hatte er das Bedürfnis, ihr die Sache zu erklären, hier, vor dem Backzutatenregal im *KiWi.* »Tut mir leid, dass ich in den letzten Tagen keine besonders vergnügliche Gesellschaft war. Mehr ging im Moment nicht.«

»Ich weiß.«

Er öffnete die Arme, und Svea nahm seine Einladung an. Er schob die Hände unter ihre Jacke und die Nase in ihre Haare. Eine ganze Weile atmete er ihren Duft ein, bevor er weitersprach. »Nächste Woche …« Er brach ab. Nächste Woche war vielleicht nicht alles besser. Genauso gut konnte alles rettungslos verloren sein. Sein Todesurteil ausgesprochen, Svea davongerannt, er selbst irgendwo zwischen schwarzen Panikwolken ertrunken. »Ich glaube, ich kann da gerade doch nicht drüber reden.«

Nur weil seine Hände auf ihrem Rücken lagen, spürte er die winzige Unregelmäßigkeit in ihrem Atem. »Ich werde hier sein und warten, bis du es kannst. Oder einfach abhauen nach Oslo.« Bei den letzten Worten hatte sich ein Lächeln in ihre Stimme geschlichen.

»Ich fände das ja immer noch gut«, murmelte er.

»Espen.« Sie löste sich aus seiner Umarmung und sah ihn mit brennenden Augen an. »Ganz echt. Hör auf damit. Es gibt keine Garantien im Leben. Andere Leute sterben an Krebs oder haben Autounfälle. Annik ist das beste Beispiel dafür, dass man Glück nicht planen kann.«

»Wir reden nicht von einem Schnupfen.«

Sie küsste ihn auf den Mund. »Wir brauchen gar nicht mehr drüber zu reden.«

Auf dem ansonsten leer gefegten Parkplatz der Selerøy Marina spielte Anniks Sohn mit Alva Fangen, Annik selbst wippte mit um den Körper gelegten Armen auf und ab und sah zu. Ihr Atem kondensierte in der Luft. Alles wirkte wie mit einem mattblauen Eisschleier überzogen. *Winterbild am Wasser,* dachte Svea. Friedliches Winterbild am Wasser. Krister stand in einem Grüppchen mit – ganz kurz zuckte sie zusammen – Linnea, einem indisch aussehenden jungen Mann und zwei Leuten, von denen Svea annahm, dass es Espens Vater und Stiefmutter waren. Schon von schräg hinten war die Ähnlichkeit des hochgewachsenen Mannes mit seinem jüngeren Sohn zu erkennen. Dieselben breiten Schultern, dieselben hohen Jochbögen, derselbe Haaransatz, nur dass seine immer noch vollen Haare nicht braun wie Espens waren, sondern grau meliert.

Neben Kristers Auto brachte Espen den i-Pace zum Stehen. »Bereit?«

Svea sah zu dem verstreuten Menschengrüppchen hinüber. Espens Familie. Und ein kleines bisschen auch ihre. »Irgendwie hätte ich deinen Vater lieber unter normaleren Umständen kennengelernt.«

Espen grinste bemüht. Er hielt sich verdammt gut. »Pa hat schon andere Sachen miterlebt. Und im Gegensatz zu deinen Eltern sind meine ziemlich in Ordnung.«

»Wer ist der Typ bei Linnea?«

»Ihr Bruder, mein kleiner Cousin Tobias. Er wohnt in Bergen, aber das hier wollte er sich nicht entgehen lassen.«

Endlich verstand Svea etwas, worüber sie bisher höchstens im Vorbeigehen nachgedacht hatte. »Die beiden sind adoptiert, oder?«

»Ja.«

»Ist ihre Mutter auch …«

»Ihr Vater. Der Bruder meiner Mutter. Er ist im Pflegeheim.«

Svea betrachtete die ungleichen Geschwister, sah Linnea lachen und Tobias grinsend den Kopf über etwas schütteln, das Espens Vater gesagt hatte. Irgendwann war ihre Mutter in derselben Situation gewesen, in der Svea jetzt steckte. Sie hatte sich wissend für ihren Mann entschieden.

Espen drückte ihre Hand. Dann nahm er wie selbstverständlich seinen Rucksack auf den Rücken und schlang sich ihre Tasche über die Schulter, und obwohl Svea ein ›Seit wann bin ich ein Prinzesschen?‹ auf der Zunge lag, protestierte sie nicht. Es war eine freundliche Geste, und vielleicht musste Espen in diesem Augenblick noch mehr als sie selbst beweisen, dass er im Vollbesitz seiner Kräfte war. Die freie Hand reichte er Svea, und zusammen traten sie neben seinen Vater. »Hey, Pa«, sagte Espen und ließ das Gepäck zu Boden rutschen.

»Hallo, Junior.« Es war nicht nur die Umarmung der beiden, die etwas tief in Svea anrührte. Es waren auch die kaum zurückgehaltenen Gefühle in der Stimme von Espens Vater. Svea brauchte einen Moment, bis sie die Eifersucht als solche erkannte. So schnell sie konnte, schubste sie das Gefühl in die finstere Gehirnspalte zurück, aus der es gekrochen war. Eifersüchtig auf Espen, der zwei

Tage vor dem Arztbesuch seines Lebens stand, weil sein Vater ihn aufrichtig liebte? Ernsthaft?

»Mariana, das ist Svea«, sagte Krister. »Svea – Mariana.«

Dankbar ergriff Svea die dargebotene Hand. »Freut mich, dich kennenzulernen.«

Espens Stiefmutter hatte ein freundliches Grübchen auf der Wange, wenn sie lächelte. »Ganz meinerseits. Ich war sehr gespannt auf die Frau, die es geschafft hat, dass Espi den Begriff ›meine Freundin‹ ausspricht.«

Svea schielte zu ihm hinüber, wo die Vater-Sohn-Umarmung gerade vorüber war.

Der ältere Mann reichte ihr die Hand. »Ich bin Knut. Willkommen in der Familie.« Espens Lächeln, Kristers blaue Augen. Verschwörerisch raunte er ihr zu: »Du hättest den Stolz in seiner Stimme hören sollen.«

»Pa!«, sagte Espen, bevor er Mariana auf beide Wangen küsste. »Ihr müsst nicht alles ausplaudern.«

Hinter ihm unterdrückte Krister sichtlich ein Lachen, was erst Annik ansteckte und dann Svea. »Macht euch nur alle lustig«, grummelte Espen.

»Machen wir überhaupt nicht«, sagte Krister.

»Svea, Linnea, ihr kennt euch, oder?«

»Ja.« Linnea reichte Svea die Hand, und sie nahm sie.

»Schön, dich wiederzusehen.« Sie meinte es.

»Ebenfalls. Ich bin noch nicht dazu gekommen, dir das zu sagen, aber ich bin ein Fan deiner Videos.«

»Wirklich?«

Linnea nickte. »Wirklich. Auch wenn der Zopf aus dem letzten bei meinen Haaren partout nicht halten wollte. Meinen Bruder hast du noch nicht getroffen, oder?«

Svea begrüßte auch Tobias.

Anniks Sohn Theo kam über den Parkplatz gehüpft. »Onkel Espen!«

»Hey, Kleiner. Hilfst du mir beim Tragen der Einkäufe aus dem Kofferraum?«

»Klar. Hast du *Kvik Lunj* gekauft?«

»Würde ich jemals einen Laden ohne *Kvik Lunj* verlassen, wenn ich weiß, dass ich Theo Lerch treffe?«

Der Kleine grinste zahnlos. »Nee.«

»Siehst du. Los, komm.«

Svea sah den beiden einen Moment hinterher, bevor sie ihnen folgte. Alle gemeinsam hatten sie die Einkäufe schnell ausgeladen.

Bevor sie die Jacht gesehen hatte, hatte Svea sich gefragt, wie sie wohl die vielen Leute und das Gepäck in Kristers kleiner *Anne Bonny* unterbringen wollten. Alvas Boot war noch kleiner. Aber keines von beiden lag am Steg vertäut. Wo auch immer Espen und seine Geschwister die *Flying Dutchman* hergezaubert hatten, das Boot war bestimmt zehn Meter lang und hatte zu Sveas Erleichterung eine geschlossene Kabine. Gemeinsam verluden sie das Gepäck, dann lenkte Alva die Jacht auf den zerzausten Fjord hinaus.

Svea war bisher nur wenige Male im Sommer im Ferienhaus von Espens Familie gewesen, aber als die Bucht der kleinen Insel vor ihnen auftauchte, hatte sie das Gefühl, nach Hause zu kommen. Selbst hier im Fjord leckten die blaugrauen Wellen hungrig an den Felsen, aber in der Landungsbucht war es ruhiger. Sogar Theo gelang es, auf den Steg zu steigen. Sein Rucksack leuchtete in der winterkargen Landschaft, als der Kleine begeistert über die Felsen kletterte und auf das Ferienhaus zulief. Annik plauderte scheinbar entspannt mit Alva, aber Svea entging nicht, dass sie zu jedem Zeitpunkt genau wusste, wo ihr Sohn sich aufhielt. Dauernde Verantwortung – und Nerven aus Stahl. Ob es überhaupt möglich war, so viel zu geben, wenn man selbst Eltern wie … nun, ihre Eltern eben gehabt hatte? Wahrscheinlich war es wirklich ganz gut, dass das mit dem Baby nicht geklappt hatte. Espen und sie konnten in ein paar Jahren immer noch darüber nachdenken – immer vorausgesetzt, dass das Leben ihnen keine Bombe ins Gesicht warf.

An einer mageren Kiefer balancierte Svea sich aus und nahm die letzte größere Felsstufe.

So voll war die Hütte vermutlich bei Alvas und seinem achtzehnten Geburtstag gewesen. Theo hatte mit Begeisterung Mariana als Großmutter adoptiert und packte mit ihr die mitgebrachten Lebensmittel aus, der einzige Ruhepol im Raum. Alva, Papa, Annik – alle redeten sie durcheinander wie ein Schwarm von … von was auch immer. Aufgebrachten Wellensittichen. Jedenfalls kam es Espen so vor. Sie waren viel zu laut und viel zu froh, alles eine Spur zu schnell, eine halbe Tonlage zu hoch. Und Svea unerreichbar inmitten dieser Fröhlichkeitsblase.

Krister hockte ungelenk auf einem Knie vor dem Kamin und schichtete ein Feuer auf, das immer noch nicht verheilte Bein in einem seltsamen Winkel aufgestellt. Espen betrachtete ihn einen Moment, diesen scheinbaren Punkt der Stille inmitten des Vibrierens. Krister war derjenige von ihnen, der ihre Mutter noch gesund gekannt hatte. Und er war derjenige, der die Krankheit mit hundertprozentiger Sicherheit nie bekommen würde.

Espen ging zu ihm. »Kommst du klar?«

Krister sah ihn nur an.

»Ich meine, wegen des Beins. Geht das mit dem Feuer?«

Nur ein knappes Nicken antwortete ihm.

Es war also wieder so weit. Sein großer Bruder, ewiges Vorbild und ewiger Konkurrent, konnte nicht sprechen. »Dir ist schon bewusst, dass es mein Leben ist und nicht deins, das vielleicht den Bach runtergeht?«

Statt einer Antwort verdrehte Krister die Augen und wandte sich wieder dem Kamin zu.

»Wenn ich es habe …« Krister entzündete ein Streichholz. »Wenn ich es habe«, setzte Espen erneut an, »versprichst du mir dann was?«

Die wenigen Sekunden, die Krister wartete, bis die Späne Feuer fingen, dauerten so lange, dass Espen schreien wollte. Doch schließlich richtete sein Bruder sich auf. »K---ommt d---rauf an, was.«

Espen holte tief Luft. »Geh mit mir Fallschirmspringen, sobald es schlimm wird.«

Er hatte das Gefühl, unter dem ruhigen Blick von Kristers Eisaugen immer jünger zu werden. »D---das kann ich nicht.«

»Bitte.«

Kristers Lächeln war sehr dünn. »S---ollte ich je mit d---ir springen gehen, würde ich so was v---on sichergehen, dass dein Gurt fest geschlossen ist.« Er machte einen Schritt nach vorn und schloss Espen in die Arme. Der raue Strick seines Troyers kratzte Espens Wangen, Kristers tröstender Geruch stieg ihm in die Nase. »W-warte erst mal das Ergebnis ab.«

Diese ersten Minuten in der Hütte schienen den Ton für den Rest des Wochenendes angegeben zu haben. Seine Familie baute einen Schutzraum aus guter Laune für ihn, und nur in einem Händedruck hier und einem kurzen Einzelgespräch dort zeigten sie ihm, dass sie alle wussten, was er durchmachte.

Als das Feuer brannte, alle Taschen auf die Zimmer und Lebensmittel in die Schränke und Glühweintassen in die Hände verteilt waren, fragte Alva: »Wer backt mit mir Pfefferkuchen?«

Es war ihr jährliches Ritual. Solange ihre Mutter noch dazu in der Lage gewesen war – und verstanden hatte, worum es überhaupt ging –, hatte sie diese Frage gestellt.

»Nicht, bevor wir nicht gesungen haben«, sagte Pa jedes Mal daraufhin, und er verpasste seinen Einsatz auch jetzt nicht.

»Ich hätte lieber g-gleich Pfefferkuchen.«

Espen grinste. »Was singen wir?«

Alva hob den Zeigefinger und gab das Startsignal, woraufhin alle, die die Tradition kannten, riefen: *»En stjerne skinner i natt!«*

»Gute Idee«, sagte Alva, und Linnea sagte: »Wie gut, dass ich zufällig meine Gitarre dabeihabe.«

Einzig Svea, Annik und ihr Sohn sahen sich etwas befremdet an. »Die machen das öfter, oder?«, fragte Annik.

»Glaub schon«, sagte Svea.

»Willkommen bei unserer heiligen Familientradition.« Sein Vater prostete den beiden zu. »Ich freue mich sehr, dass sie heute neue Freunde findet. Auf meine schönen Schwiegertöchter.«

Svea sah etwas unbehaglich aus, und Annik lächelte unsicher und beugte sich dann zu Theo. Espen verkniff sich eine blöde Bemerkung über betuliche alte Männer. Aller guten Laune zum Trotz: Auch für seinen Vater war das hier nicht irgendein Pfefferkuchenbacken. Wahrscheinlich war Pa wegen des Tests fast so aufgeregt wie Espen selbst. Wer will schon sein Kind begraben? Bald würden sie Klarheit haben – in der einen oder anderen Richtung.

Doch sein Vater war noch nicht fertig. »Und natürlich auf meine drei wunderbaren, klugen Kinder. Wer hätte gedacht, dass aus euch drei Rotzlöffeln mal so beeindruckende Erwachsene werden würden. Ich bin unfassbar stolz auf euch, Kinder. Ihr könnt euch nicht vorstellen, wie stolz. Tut mir einen Gefallen und ergreift das Leben weiterhin mit vollen Händen, ganz egal, was kommt.«

Espen musste wegsehen, als er in den Augen seines Vaters Tränen schimmern sah.

»Es gibt keine Garantien im Leben. Das … das wollte ich nur sagen.« Er räusperte sich. »Singen wir?«

Linnea schlug die ersten Takte an, und alle bis auf Annik und Theo, die das Lied nicht kannten, stimmten mit Begeisterung ein. Es klang nicht besonders schön, klang es anfangs nie, doch allmählich passten sie sich einander an. Bei *verden var aldri helt forlatt* – die Welt ist nicht ganz verlassen – lehnte Svea sich mit dem Rücken an ihn, und bei *en stjerne skinner i natt* – ein Stern scheint in der Nacht – legte er die Arme um ihre Taille. Er hatte sie noch nie singen gehört, aber er wollte hineinfallen in diese Töne, wollte, dass sie ihm vom Frieden und von der Hoffnung sang. Sie sollte ihm sagen, dass alles gut werden würde, dass er leben und vielleicht sogar irgendwann ein Kind haben würde. *Für dieses Kind sind Himmel und Erde erfüllt mit Gesang.* Die letzten Takte klangen so feierlich, dass Espen schnell einen Schluck Glühwein nahm.

Sein Blick begegnete Alvas. Sie nickte ihm unmerklich zu und durchbrach die Stimmung, bevor er kaputtging, indem sie anfing zu klatschen. »Vielen Dank, meine Lieben. Ich würde sagen – das Pfefferkuchenbacken ist eröffnet. Wer möchte das Mehl abwiegen?«

Theo hüpfte begeistert zu ihr, Tobi hob nur die Hand wie in der Schule, und kurz darauf wurde wieder gelacht und geredet, während sich alle durcheinander daranmachten, den Teig vorzubereiten. Linnea klimperte Weihnachtslieder auf der Gitarre. Kristers Lippen streiften Anniks, als er die Arme um sie legte, und sie grinste zu ihm hoch. Unbeschwert. Ohne all das Gewicht, das Espen immer wieder niederdrücken wollte. Diese Menschen waren seine Familie.

Zusammen mit Svea, tröstlich warm und echt neben ihm, stand er kaum einen Meter von Kris und Annik entfernt.

Welten weit weg.

Nach dem Ankommen im Ferienhaus hatte er noch diese Überfröhlichkeit bemerkt, doch nach und nach schwang sich alles auf ein normales Maß ein. Ein ganz gewöhnliches Pfefferkuchenbacken auf der Insel der glückseligen Verleugnung.

Vielleicht war seine eigene Anspannung gewichen, und Svea spürte das, vielleicht war es auch Zufall, dass sie ihm in dem Moment den

Kopf zuwandte, als er sich in die Behaglichkeit hineinfallen ließ. »Bist du okay?«

»Ja.« Verblüffend genug. »Gerade bin ich mir total sicher, dass der Test negativ sein wird. Es wäre doch völlig absurd, wenn ich es hätte.«

Sie drehte sich noch ein Stück weiter um, ihre großen blauen Augen sahen ihn forschend an.

Ein blödes, unsicheres Lachen drängte sich aus seiner Kehle. »Vielleicht verdränge ich auch gerade nur, aber … Das hier, das ist mein Leben, das sind meine Leute. Wir feiern Weihnachten, wie jedes Jahr. Die Vorstellung will absolut nicht in mein Hirn, dass das irgendwann anders sein könnte.«

»Ich möchte, dass du recht hast«, sagte Svea ruhig. »Du kannst dir nicht vorstellen, wie sehr ich mir das wünsche.«

»Kann ich durchaus.«

Sie lächelte. »Okay, möglicherweise kannst du es.« Ein Kuss landete irgendwo auf seinem Kieferknochen. »Ich muss dich gleich allein lassen und Plätzchen ausstechen.« Etwas schwang in ihrer Stimme mit, das er nicht sofort greifen konnte. Es hielt ihn davon ab, den jämmerlichen Versuch eines Witzes auszusprechen, der ihm auf der Zunge lag. »Es sieht aus, als würde es Spaß machen.«

Was zur Hölle … »Was meinst du? Sag nicht, du hast noch nie Pfefferkuchen gebacken.«

Svea löste sich aus seiner Umarmung und hauchte ihm einen weiteren Kuss neben das Ohr. »Ich habe noch nie Pfefferkuchen gebacken. Nicht so.«

»Das ist …«

»Ungewöhnlich?«, schlug sie vor.

»Ja, mindestens.«

»Einmal in der Grundschule haben wir gebacken, glaube ich. Ich weiß es nur noch sehr dunkel.«

»Und ich dachte, ich hätte eine überschattete Kindheit gehabt.«

»Siehst du mal.«

»Keine Kekse. Hattest du nie Bauchschmerzen vom Teignaschen?«

»Nein.«

»Keinen Zuckerguss in den Haaren?«

Sie schüttelte den Kopf.

»Arme Svea.« Und das meinte er ganz ernst.

Als die Pfefferkuchen im Ofen waren, ging Svea vor die Tür. Schneidender Wind empfing sie und ließ sie bedauern, nicht wenigstens eine Fleecejacke mit nach draußen genommen zu haben. Dieser unerträgliche Schwebezustand vor Espens Testergebnis zerrte an ihren Nerven. Aber was sie aus der Wärme hierhergetrieben hatte, war etwas anderes. Das gemeine, nagende Gefühl von Eifersucht, das sie nicht spüren wollte, nicht spüren durfte, hatte wieder seine hässliche Fratze gereckt. Wie albern war das bitte? Sie hatte erst angefangen zu ahnen, wie Espens Kindheit verlaufen war, und das war mit Sicherheit nicht nur rosa flockig gewesen. Trotzdem hatte sie angesichts dieser Liebe und dieses Zusammenhalts auf einmal eine unerträgliche Sehnsucht danach, das auch mit ihrer Familie zu erleben.

Sie wählte Lens Nummer.

»Hi, hier ist Lennart. Vielleicht rufe ich zurück.«

»Hi.« Svea schlang die Arme um den Oberkörper und ging in die windgeschützte Ecke neben dem Schuppen. »Ich wollte nur mal Hallo sagen. Macht euch schöne Tage.«

So. Tief durchatmen. Und dann ihre Eltern anrufen.

Es klingelte kaum drei Mal, als ihre Mutter abnahm. »Svea, was ist los?«

»Ich wollte nur …« Was? Hören, wie lieb sie sich alle hatten?

»Ist etwas passiert? Warum rufst du an?«

Auf einmal kam es ihr selbst albern vor. »Wir … es ist bald Weihnachten, und ich wollte«, sie schob die Schultern zurück, »euch nur schöne Feiertage wünschen, falls wir uns nicht mehr hören.«

»Daraus schließe ich, dass wir dich nicht sehen werden.«

»Nein.« Warum auch? Um dekorativ neben ihnen in der Kirche zu sitzen und sich danach anhören zu müssen, dass sie ja einmal im Jahr eine Ausnahme machen und Fleisch essen könnte, schließlich sei Weihnachten? »Ich feiere mit Espens Familie.« In welcher Form auch immer.

»Scheint ein netter junger Mann zu sein, dein Espen. Vielleicht könnt ihr euch nächstes Mal dann vernünftig verabschieden.«

»Sage ich ihm. Beides.« Nicht.

»Schön, Svea, wenn weiter nichts ist … ich muss los. Wir haben noch ein Treffen von den Handelsfrauen.«

Svea ließ das Telefon sinken. Was hatte sie sich erhofft? Der Wind pfiff noch kälter als vorher.

»Alles okay?« Über ihrem Zähneklappern hatte sie Espen nicht näher kommen hören. Er hielt ihre Jacke in den Händen und reichte sie ihr jetzt.

»Ja. Ich habe meinen Eltern nur schöne Weihnachten gewünscht.« Sie hüllte sich in die Wärme der Jacke. »Sagen wir, es war eher desillusionierend.«

»Sie sind nicht eben die Könige der Herzenswärme.«

»Nein«, sagte Svea. »Das sind sie nicht.«

Er legte die Arme um sie, und sie legte ihr Gesicht an seine Wange. »Wie konnte aus dir dennoch eine so liebevolle Frau werden?«

»Bin ich das?« Momentan fühlte sie sich eher wie eine kleingeistige, missgünstige Kakerlake. »Ich empfinde das gerade nicht so. Ganz ehrlich, ich tu mir hier leid, weil meine Eltern scheiße sind, und du … du …«

»Du meinst, weil ich vielleicht das Gen des Todes habe, darfst du dir nicht wünschen, dass deine Eltern ein bisschen netter wären?«, murmelte er in ihr Haar.

»So in der Art.«

»Klingt ein bisschen verdreht, wenn du mich fragst. Das Leben ist kein Wettbewerb, wen das Schicksal härter erwischt. Und man darf nicht nur dann heulen, wenn man ihn gewinnt.«

»Ich denke, es ist kein Wettbewerb?«

Er küsste sie auf die Nase. Wie konnte aus *dir* ein so liebevoller Mensch werden, Espen? »Gehen wir wieder rein?«

Der Duft von frischen Pfefferkuchen stieg Svea in die Nase, und was die Weihnachtslieder anging, waren die anderen inzwischen von *Rudolph the Red-Nosed Reindeer* zu *Deilig er jorden* übergegangen. Sie lachte auf.

»Was ist?«

»Mein Bruder hat mich vor einiger Zeit gefragt, mit wem ich Weihnachten feiern würde. Da waren wir noch nicht zusammen, und ich fand die Vorstellung sehr absurd, mit dir Sekt zu trinken und *Deilig er jorden* zu singen.«

»So können sich die Dinge ändern.«

»Ja.« Svea schlüpfte wieder aus der Jacke. »So können sich die Dinge ändern.«

Bevor sie jedoch ganz hineingehen und sich von der Behaglichkeit davontreiben lassen konnte, legte sich Espens Hand auf ihre Schulter. »Bereust du es?« Er lächelte, aber seine Kiefer waren dabei hart. Das unstete Licht des Kaminfeuers spiegelte sich in seinen Augen. Er verdiente eine ehrliche Antwort.

»Nein«, sagte Svea zögernd. »Ich bedaure keine Sekunde, mich auf uns eingelassen zu haben.«

Er strich ihr mit dem Zeigefinger über die Stelle zwischen den Augenbrauen. Wahrscheinlich hatte sie die Stirn grimmig zusammengezogen.

»Aber es wäre einfacher, wenn … na ja …«

»Na ja halt.«

»Genau.«

Espens Zunge huschte über seine Lippen. Nicht herausfordernd, sondern vielleicht merkte er es nicht einmal. Trotzdem ließ sie einen sehr küssbaren Glanz zurück. Sein Blick war irgendwo auf ihren Schal gerichtet. »Wenn du das vorher gewusst hättest …, hätte es was geändert zwischen uns?«

»Keine Ahnung.« Jetzt war sie es, die ihm sanft mit der Fingerspitze über den Nasenrücken strich. Und über die Oberlippe. »Am Anfang vielleicht.« Sie zog seine Unterlippe hinunter, ganz zart. »Aber das spielt keine Rolle. Weil ich mich auf dich eingelassen habe. Mit allen Konsequenzen.«

Vielleicht hätte sie lügen sollen, dachte sie später, als Espen immer weiter in Gedanken verschwand, die sie nicht teilen konnte. Theo schlief, Linnea tanzte mit Espens Vater, Alva redete angeregt mit ihrer Stiefmutter, ihrem Cousin und Annik. Und Espen, der normalerweise das Herz jeder Party war, saß auf der Sofakante, hatte den Arm hinter Svea auf die Lehne gelegt und wurde, während ringsum die Lautstärke zunahm, so still, wie normalerweise nur sein Bruder war. Irgendwann kam offensichtlich selbst Espen Solbergs Fähigkeit, Unbeschwertheit zu spielen, an ihre Grenzen.

»Noch einen Glühwein irgendwer?« Krister hielt von der Küchenzeile aus die Schöpfkelle in die Luft.

»Immer her damit.« – »Sehr gern.« – »Ich bitte auch.« – »Mit Schuss.«

Espen drückte sich hoch. »Ich geh ins Bett.«

»Ich komme mit«, sagte Svea automatisch.

Sein Rücken spannte sich an.

»Also, außer … Wenn du allein sein willst, ist das okay.«

Er wandte den Kopf. »Das ist schon in Ordnung.« Wahrscheinlich hatte er noch nie vorher derart schlecht gelogen. Svea fühlte sich, als würde sie wie lästiger Zuckerguss an ihm kleben.

»Ich bleibe noch ein bisschen hier.«

Mit einem schiefen Lächeln drehte er sich ganz zu ihr und reichte ihr die Hand. »Aber erwarte heute keine Heldentaten von mir.«

Als wäre nicht sein ganzes Leben eine einzige verfluchte Heldentat. Sie lächelte in die Runde. »Gute Nacht. Danke für den schönen Abend.«

»Gute Nacht, schlaft schön.«

»Schlaft n-nicht zu laut.«

Espen zeigte seinem Bruder grinsend den Mittelfinger. Blödes Jungsgetue, echt.

»Wie alt seid ihr?«, fragte Svea kopfschüttelnd, als Espen die Zimmertür hinter ihnen schloss.

»Das war bloß ein Versuch, mich aufzubauen. Sie tun alle ihr Bestes.« Er lehnte sich gegen die Wand. »Und ich fühle mich scheiße, weil es nicht gelingt.«

»Warte mal.« Svea stellte sich sehr dicht vor ihn und küsste ihn auf die Nase. »*Deswegen* fühlst du dich schlecht?«

Er zuckte entschuldigend mit den Schultern.

»Abgesehen davon, dass das hier kein Wettbewerb ist, wen das Schicksal härter erwischt hat, wie mir ein kluger Mann sagte, hast du als Allererster das Recht, zumindest ein bisschen neben der Rolle zu sein.«

»Findest du?«

»Wer ist hier bitte verkorkst, du oder ich?«

Ganz leicht hob er einen Mundwinkel. »Wir beide?« Er hatte gesagt, sie solle nichts erwarten heute, trotzdem lag eine Herausforderung in diesem Blick. Oder war es sein Atem, der über ihre Lippen strich, wodurch sie so kribbelig wurde? Espen beugte sich vor. Seine Lippen berührten ihre, sehr behutsam. »Gehen wir ins Bett.«

Und dann? Das hatten sie noch nie gehabt. Svea, rollig wie eine Wildkatze im Frühling, und Espen – derselbe Espen wohlbemerkt, der vor nicht allzu langer Zeit jede Frau in Lillehamn abgeschleppt hatte – *wollte nicht*. Definitiv eine Premiere. Obwohl Svea wusste, was los war, flüsterte die Stimme ihrer Mutter in ihrem Kopf.

»Stör mich jetzt nicht, Svea, du siehst doch, dass ich zu tun habe.«

»Entschuldige bitte, Mama.«

»Sei einfach nächstes Mal nicht so entsetzlich aufdringlich, dann sind keine Entschuldigungen nötig.«

Espen hatte den Kopf abwartend ein wenig schief gelegt. Schnell trat Svea einen Schritt zurück, und Espen löste sich von der Wand. »Entschuldige.« *Aufdringlich*.

»Wofür?«

»Dafür, dass … ich dir … im Weg rumgestanden habe?«

Jetzt war sein Grinsen aufrichtig. »Ich genieße es jederzeit sehr, wenn du mir im Weg herumstehst.« Trotzdem machte er keinerlei Anstalten, ihr wieder näher zu kommen. Auf seiner Seite des Betts – hatte sie das wirklich gedacht? Wie eingefahren waren sie? Hundert Jahre alt? –, auf *seiner Seite des Betts* jedenfalls zog er Sweater und T-Shirt gleichzeitig über den Kopf. Das schummrige Licht der Nachttischlampe ließ seine Haut golden erscheinen und warf harte Schatten auf die Kanten seiner Rückenmuskeln. Svea wandte sich ihrer eigenen Kleidung zu.

Aus dem Augenwinkel sah sie, wie Espen Jeans und Socken abstreifte. Nur in Boxershorts ging er zum Waschbecken. Svea zog die Jeans aus und setzte sich aufs Bett. So weit war es also. Sie hockte hier auf der Matratzenkante und betrachtete den Hintern dieses superheißen Typen, während der sich die Zähne putzte. *Halt die Klappe, dämliches, verletztes, kleingeistiges Ego. Geh zurück in den Abgrund, aus dem du gekrochen gekommen bist. Hier ist weder die richtige Zeit noch der richtige Ort für Mimimi.*

Trotzdem wartete sie, bis er sich mit dem Frottiertuch in der Hand umdrehte, bevor sie ihr eigenes Oberteil über den Kopf zog. Sie fing ihren Blick gerade noch rechtzeitig ein, bevor sie anfangen konnte, Espen herausfordernd zu fixieren. Aber nicht schnell genug, als dass ihr seine erweiterten Pupillen nicht aufgefallen wären. Ihr Ego führte einen Stepptanz auf. »Tust du mir einen Gefallen?«

»Was?« Er hängte das Handtuch auf den Haken.

»Der Verschluss von meiner Kette ist ein bisschen fummelig, und …«

Er zog eine Augenbraue hoch.

»Vielleicht könntest du …?«

Er lachte verhalten. »Klar.«

Sie drehte ihm den Rücken zu und hob mit beiden Armen die Haare über den Kopf, um ihren Nacken freizugeben. Espen trat hinter sie. Behutsam strich er von ihren Oberarmen nach innen – eine seiner magischen Berührungen, die ihren ganzen Körper unter Strom setzten. Nachdem Espen die Kette gelöst hatte, beugte er sich vor, um sie in eine Hand zu nehmen. Sein Atem strich an ihrem Hals entlang. Svea schluckte. Nein, sie erwartete heute nichts von Espen, wirklich nicht, aber niemand konnte ihr verbieten, das hier zu genießen. Er platzierte die Kette mit einer Hand auf dem Nachttisch. Doch statt Svea danach loszulassen, legte er ihr erneut die Hände auf die Schultern, seine Daumen massierten ihren Nacken. Svea schloss die Augen. Wieder lachte er.

»Was ist?«

»Du schnurrst.«

»Ich schnurre nicht«, sagte sie träge.

Schneller, als sie denken konnte, hatte er ihre Arme umfasst und sie an sich gezogen. Sein Oberkörper war so warm an ihrem Rücken, sein Atem so tief neben ihrem Ohr, seine Hände so Sehnsucht erweckend unter ihren Brüsten. »Und wie du das tust.« Es war mehr ein Knurren als ein Flüstern. Und seine Boxershorts so rau an ihrem Hintern.

»Ich könnte dich ablenken«, sagte sie leise.

»Glaub ich kaum, dass das was wird. Ich wäre nicht wirklich bei der Sache.«

Es hatte nichts mit ihr zu tun, nicht das Geringste. Warum begriff ein Teil von ihr das nicht? »Schade.« Was hatte heiter klingen sollen, kam ein bisschen verkrampft heraus. Sie ließ den Kopf nach hinten gegen seine Brust sinken und hob das Gesicht zu ihm, um sich wenigstens einen Kuss zu angeln. »Gehen wir schlafen.«

Spitze Lippen auf ihren, schnell und hart, eine unausgesprochene Bitte um Vergebung. Svea fühlte sich jämmerlich.

»Demnächst wieder, ja?«

Sie drehte sich um und barg die Wange an seiner Schulter, als sie die Arme um ihn legte. »Hey, das ist kein Leistungssport. Ist halt jetzt gerade nicht dran.« Genau, Zicken-Ego, haben wir das verstanden? »Du hast Wichtigeres zu denken.«

Espen schob Svea nach hinten. Sie fiel rückwärts aufs Bett, und gleich darauf landete er schwer auf ihr. Mit seinem köstlichen Gewicht auf ihr, mit seinem Knie, das ihre Beine auseinanderschob, machte er die Sache nicht gerade leichter.

»Geh runter von mir, du Riesenelch.«

Mit einem schmerzhaft falsch wirkenden Grinsen zog er eine Augenbraue hoch. »Ich dachte, du magst das?«

Svea drückte mit beiden Händen gegen seinen Brustkorb. »Du wolltest schlafen, hau ab.«

»Bist du sauer?«

»Nein, bin ich nicht. Mein Ego zickt ein bisschen, das ist alles. Soll ich dich in den Arm nehmen?«

»Das wäre schön.«

Zweiundzwanzig

Am nächsten Morgen lag sein Arm schwer über ihrem Oberkörper. Vorsichtig schlängelte Svea sich darunter hervor und stand auf. Espen gab einen unwilligen Laut von sich, obwohl sie die Decke schnell wieder schloss.

»Komme gleich wieder«, flüsterte sie, aber er schlief schon wieder. Barfuß schlich sie aus dem Raum. Niemand außer ihr schien schon wach zu sein. Aus dem Zimmer, in dem Knut und Mariana schliefen, drang engagiertes Schnarchen, das aus Tobias' Richtung war ein wenig leiser. Einzig, als sie an Anniks und Kristers Tür vorbeitapste, hörte Svea Flüstern und unterdrücktes Kichern. Gut, das war definitiv mehr, als sie wissen wollte. Sie würde nicht zuhören, bis das Kichern zum Stöhnen wurde. Stattdessen schlüpfte sie in ihre Winterschuhe und zog Espens Jacke über ihren Pyjama, bevor sie aus dem Haus trat.

Es hatte in der Nacht geschneit. Beinahe vollkommene Stille lag über dem blassblauen Fjord. Nur leises Knistern von Eis, das in der über den Felshängen aufgehenden Sonne schmolz, vereinzelte Tropfen, die auf Stein trafen, durchbrachen die Lautlosigkeit. Svea streckte die Arme seitlich über den Kopf und ließ die Luft tief in ihre Lunge strömen. Es war, als würde die kühle Klarheit durch ihren ganzen Körper fließen und sie aufwecken nach dieser unruhigen Nacht, in der Espen immer wieder aufgewacht war und sich herumgewälzt hatte.

Vierundzwanzig Stunden noch, und sie würden wissen, was los war. Hoffentlich hatte der ganze Albtraum morgen ein Ende.

Svea hob eine Handvoll des frischen Schnees auf und sah zu, wie er nach und nach schmolz und ihr durch die Finger rann. Unaufhaltsam, nicht rückholbar. Wie die Zeit, bevor sie wusste, dass Espen vielleicht bald sehr krank werden würde.

Es war ein sonniger Morgen, der Fjord lag still, es hatte so weiß geschneit, wie es das während ihrer Kindheit in Oslo nie getan hatte. Sie konnte sich verflixt noch mal morgen immer noch Sorgen machen. *Wie du positiv bleibst, wenn das Leben alles andere als einfach scheint.*

Es ging ja nicht nur ums Sterben. Es ging darum, wie sie damit umgehen würde, sollte er wirklich über Jahre unheilbar immer kränker werden. Konnte sie mit dem Wissen darum wirklich umgehen?

Schmelzwasser tropfte vor ihre Füße.

Hinter ihr wurde die Tür geöffnet. Noch jemand war also wach. Svea drehte sich um und war überrascht, Linnea heraustreten zu sehen. Unter ihrer Daunenjacke lugte ein Stück ihres Nachthemds hervor, die Beine waren nackt, aber die Füße steckten in dicken Fellstiefeln. »Guten Morgen.«

»Guten Morgen«, antwortete Svea. »Ich hoffe, ich habe dich nicht geweckt.«

»Nein. Ich konnte nicht schlafen.«

»Da sind wir schon zwei.«

Linnea hatte die Arme um den Oberkörper geschlungen. »Ist gerade schlimm für dich, oder? In die ganze Thematik so reingeworfen zu werden, ohne dass dich jemand gefragt hat.«

»Espen hat ja auch keiner gefragt.« Sie dachte daran, was er über Linneas Vater gesagt hatte. »Oder dich.«

In der Ferne erklang das Brummen eines Motorboots. »Ich hatte gehofft, allein mit dir sprechen zu können«, sagte Linnea.

Das war überraschend.

»Ich weiß nicht, was Espen dir erzählt hat, aber ich denke, es ist recht offensichtlich, dass Tobi und ich nicht die leiblichen Kinder unserer Eltern sind. Deswegen kann ich dir etwas bieten, was niemand von den Leuten da im Haus kann: die Perspektive eines Kindes von einer Huntington-positiven Person, das nicht befürchten muss, die Krankheit geerbt zu haben. Falls du sie hören willst.«

»Ähm.« Ganz wusste Svea nicht, worauf sie hinauswollte. »Ja.«

»Mich haben schon öfter mal Freunde gefragt, ob ich nicht lieber von jemand anders adoptiert worden wäre, wo doch immer klar war, dass mein Vater krank werden könnte. Ob es nicht unfair von meinen Eltern sei, uns sozusagen gleich doppelte Traumata zuzumuten.«

Nebeneinander gingen sie langsam den Pfad entlang, der zum Wasser führte. »Was antwortest du darauf?«, fragte Svea.

Linnea sah in die Ferne. »Ich war zwei, als ich adoptiert wurde. Tobi kam kurz danach als Baby zu uns. Mein Vater hat sich nicht testen lassen, wir wussten also nur, dass Tante Marit sehr krank war. Ich wollte meine Verwandten immer nicht besuchen, weil mir Marits komische Bewegungen unheimlich waren, das weiß ich noch. Und dass meine Mutter traurig wurde, als ich ihr das gestanden habe. Alva, Espen und Kris schien das irgendwie gar nicht aufzufallen. Als Marit starb, war ich neun oder zehn. Mein Vater wusste die ganze Zeit nur, dass er ein Risiko hatte, aber trotzdem muss es so um die Zeit rum gewesen sein, dass meine Eltern angefangen haben, mit uns zu reisen und tausend Sachen zu unternehmen. Er war, solange er das konnte, der hingebungsvollste, großartigste Vater, den man sich vorstellen kann. Er hat sich voll reingeworfen, sein und unser Leben richtig gefeiert. Und das ist die Antwort: Nein, ich wünsche mir keine einzige Sekunde, in einer anderen Familie gelandet zu sein. Schließlich kann es jeden von uns sowieso in jedem Moment erwischen. Wenn ich diesbezüglich das Sagen hätte, würde ich mir vielleicht das eine oder andere rassistische Arschloch wegwünschen, aber nie andere Eltern oder ein anderes Land.«

»Du meinst, auch wenn Espen positiv sein sollte, können wir dennoch ein schönes Leben haben.«

Linnea lächelte. »Keine Ahnung, was ich meine. Ich hatte nur das Gefühl, dir das erzählen zu wollen.«

Erst jetzt wurde Svea bewusst, dass das Motorengeräusch, das über das Wasser getragen wurde, seit Minuten stetig näher kam. Nur wenige Menschen waren um die Jahreszeit und dann auch noch so früh am Morgen unterwegs. Sie kniff die Augen zusammen und sah dem Boot entgegen. Drei Personen waren darin, zwei größere und eine kleine.

»Hast du Pizza bestellt?«, fragte Linnea.

»Was?« Die Frage war so absurd, dass Svea lachen musste. »Nein. Kommst du mit, nachschauen, wer das ist?«

Statt einer Antwort wies Linnea auf ihre von Gänsehaut überzogenen Beine.

Hanne, Tom und ihre Tochter Ella waren es, die ein paar Minuten später neben der *Flying Dutchman* anlegten. »Wir haben nicht mit einem Willkommenskomitee gerechnet«, sagte Hanne, als Svea ihr die Hand entgegenstreckte, um ihr ans Ufer zu helfen.

»Ich war zufällig draußen. Kann sein, dass Espen erwähnt hat, dass ihr kommen würdet, aber ich hatte es vergessen.«

Hannes Mann Tom half der kleinen Ella an Land und begrüßte dann Svea. »Wir gehören ja beinahe zur Familie.«

Ella hüpfte aufs Haus zu, so trittsicher auf den verschneiten Felsen, wie man nur sein konnte, wenn man keine Angst hatte zu fallen. Hanne sah ihr kurz nach und wandte sich dann an Svea. »Alva meinte, vielleicht wäre es auch gut, einen Babysitter für Theo zu haben, wenn es gleich ernst wird. Das hier ist Espens Event. Im Zweifelsfall gehen Tom oder ich mit den Kindern raus, aber wir wollen da möglichst wenig Störungen dabeihaben.«

Espen hatte Svea nur grob gesagt, was heute Vormittag stattfinden würde. Hoffentlich musste sie nicht heulen.

Es war so unwirklich. Dieser schöne Morgen, der Geruch nach Kaffee und frischen Waffeln – Alva hatte allen Ernstes Waffelteig gemacht –, der Schnee draußen. Alle seine liebsten Menschen um ihn herum versammelt, die noch fröhlicher plauderten als am Abend zuvor. Und die ganze Zeit lauerten am Rand seines Gesichtsfelds die dunklen Wolken. Espen schaffte es immer mal wieder einige Sätze lang, wirklich an Gesprächen teilzunehmen, Theos Fragen zu beantworten oder auf Kristers klägliche Versuche, ihn aufzumuntern, mit einem ausgestreckten Mittelfinger zu reagieren. Aber dann kam irgendein geistiger Windstoß, und er konnte an nichts anderes mehr denken als an morgen, an diesen Moment, der sein Schicksal unumkehrbar machen würde. Was natürlich Unsinn war, das wusste er. Dem Gendefekt war es herzlich egal, ob Espen von ihm wusste oder nicht. Er würde ohnehin zuschlagen. Oder – Espen ließ vorsichtig die Luft entweichen – oder eben nicht. Möglicherweise nicht.

Als das Frühstück zu Ende war, verpackten Annik und Tom ihre Kinder in Schneeanzüge und verfrachteten sie vor die Tür. Die Erwachsenen saßen wieder um den runden Tisch. Mit Annik und Svea waren sie mehr Leute als die letzten beiden Male. Espen ließ das Messer gegen sein leer getrunkenes Saftglas klingen und stand auf. Er konnte das hier. Er war stärker als die Nebelschwaden vor seinen Augen.

»Okay. Ich versuche es mal.« Er schaffte es sogar, in die Runde zu lächeln. »Ich freue mich, dass ihr alle hier seid, um mit mir dieses … letzte Abendmahl sozusagen zu feiern.« Nicht einmal Krister sagte etwas davon, dass es mitten am Vormittag war. Sie sahen ihn nur alle aufmerksam an. Aufmerksam und mit so viel Mitgefühl, dass er die nächsten Worte lieber zu dem Löffel in seiner Hand sagte, als irgendjemanden anzusehen, ganz besonders nicht Svea oder seinen Pa. »Ich habe keine Ahnung, in welcher Verfassung ich morgen Abend sein werde, deswegen möchte ich euch jetzt und hier danken dafür, dass ihr da seid, und … hoffentlich«, die Nebelschwaden wurden dichter, »auch weiterhin da sein werdet.« Svea nahm seine Hand, und er lächelte noch mal in die Runde, bevor er sich setzte.

Sein Vater blieb sitzen, während er antwortete. »Als wir die Diagnose für eure Mutter bekamen, ist meine Welt zusammengebrochen – oder es fühlte sich an, als wäre sie das. Aber nach und nach entdeckten wir zusammen etwas, mit dem niemand gerechnet hatte: Mit dem Wissen, dass wir nur noch eine kurze Zeit zusammen haben würden, wurde das Leben auf einmal viel intensiver, viel leuchtender. Sie hatte diese unglaubliche Lebenskraft, die du auch in dir trägst, Espen. Diesen Optimismus, aus allem das Beste herauszuholen und überall das Gute zu sehen. Ich wünsche mir, dass wir uns alle darauf besinnen. Und dass wir das beibehalten, ganz gleich, was passiert.«

Espen hielt sich an Sveas Hand fest und schluckte den Kloß im Hals weg. »Danke, Pa.«

»Ich weiß, dass ich morgen lieber so ungefähr an jedem anderen Ort der Welt sein würde als in dem Raum in der Klinik«, sagte Alva. »Aber ich weiß auch, dass mich keine hundert Seelöwen davon abhalten könnten, an deiner Seite zu sein.« Sie biss sich auf die Lippen und holte zitternd Luft. »Es hat keinen Tag in meinem Leben gegeben, an dem du nicht da warst, Zwilling. Fang also besser nicht damit an.«

Tu ich nicht, wollte Espen sagen. So gern wollte er das sagen. Aber sie alle wussten, dass die Zeit für Selbstbeschiss vorbei war. »Danke, Zwilling«, brachte er hervor.

Sie lächelte schief – genau dasselbe tapfere Lächeln, das er auf alten Fotos ihrer Mutter gesehen hatte – und sah dann Krister auffordernd an. Doch der brauchte keine Erinnerung daran, dass er an der Reihe war. Er verzog das Gesicht zu dieser selbstironischen Grimasse, die Espen so lange nicht an ihm gesehen hatte, und deutete auf seine Kehle. Espen fiel auf, dass Annik ihm genauso die Hand drückte, wie Svea das bei ihm tat. Krister nahm einen Schluck Wasser und sah auf. »W---ir sind jetzt hier. Z---usammen. Und ganz egal, was m-m-orgen ist: Wir w-werden noch da sein. Alle.«

Beinahe ertrug Espen das Brennen in den Augen seines Bruders nicht. Falls er diese elendige Genmutation tatsächlich hatte, würde Krister der Einzige von ihnen sein, den es nicht erwischt hatte. Er schleppte eh schon so viel mit sich herum. Ganz abgesehen von seinem eigenen Glück, wünschte Espen Krister nicht, dass er auch noch die Schuld des Überlebenden schultern musste.

Der Reihe nach gaben sie ihm ihre guten Wünsche und Gedanken mit. Svea war als Letzte an der Reihe. Schon während Marianas kleiner Rede hatte sie ihre Hände unauffällig an der Hose abgewischt. Jetzt drehte sie sich zu ihm um. Ihr Svea-Iversen-Lächeln wackelte, aber ihre Stimme war klar. »In guten wie in schlechten Zeiten, Solberg. Du bist mein bester Freund gewesen, bevor ich wusste, dass wir so viel mehr sein konnten. Ich werde meinen besten Freund genauso wenig aufgeben wie den Mann, den«, jetzt kippte ihre Stimme doch, »den Mann, den ich … liebe.« Das letzte Wort hatte sie nur noch herausgepresst. Alva schob ihr die Taschentuchpackung zu, die in der Mitte des Tisches stand.

Espen holte tief Luft, um zumindest diese wenigen Worte zu schaffen. »Ich liebe dich auch, Svea Iversen. Mehr, als du dir vorstellen kannst.«

»Awwww«, machte Alva. Und irgendwie klatschten sie dann alle, während sie gleichzeitig heulten oder die Nase schnaubten. Nur er, der eigentlich am meisten hätte heulen müssen, saß einfach nur da, und in ihm tobten so viele Emotionen, dass er keine einzige davon festhalten konnte. Es war schlicht zu viel von allem. Wie würde er sich morgen um die Zeit fühlen? Und vor allem: Wie würde es Svea gehen?

Den kühlen Luftzug bekam er erst mit, als Ellas helle Stimme erklang. »Warum weint ihr alle?«

Hanne stand auf und ging zu ihrer Tochter und Anniks Sohn hinüber, die wie kleine Schneezwerge in der Tür standen und das Parkett volltropften. »Weil wir uns etwas Trauriges erzählt haben.«

Als hätten die beiden Kinder ein Signal gesetzt, löste sich die Runde auf. Espen riss sich zusammen. Er hatte einen Körper, der funktionierte. Hände, mit denen er ein Tuch nehmen und sich den kalten Schweiß vom Nacken reiben konnte. Beine, die ihn trugen. Er sammelte die Gläser ein, um sich beschäftigt zu halten. Zusammen mit seinem Bruder spülte er das Geschirr vom Frühstück ab. »Ich m-meinte d-das vorhin ernst.« Krister zog die Hand aus dem dampfenden Wasserstrahl zurück und drehte kälter. »Es g-gibt Leute, die bei Schwierigkeiten v-verschwinden. Uns wirst du nicht los. Wir b---leiben.«

Espen nahm einen abgespülten Teller entgegen und trocknete ihn ab, ohne ihn fallen zu lassen. »Ihr seid meine Geschwister.«

»D-das wäre umso mehr G-grund, dich loswerden zu w-wollen.«

»Schön, dich wieder zu alter Form auflaufen zu sehen«, Espen stellte zu seiner eigenen Verblüffung fest, dass es stimmte. »Ich hab dich auch lieb.«

»Und ich d-dich, Lillebror. Bis zum b---itteren Ende.«

»Oder vielleicht doch nicht.« Aber das war nicht wahr. Er liebte sie alle mit fast beschämender Rührseligkeit. Fuck. Er wollte ihnen nicht antun, dass er dieses Gen hatte.

Das Licht fiel so, dass sie sich in der Tür der Klinik spiegelten, als sie im Gleichschritt darauf zugingen. Wie in einem Heldenfilm, dachte Svea, wo die Überlebenden im Gegenlicht auf die letzte Schlacht zuschreiten. Es fehlten nur noch die Zeitlupe und die cineastische Musik. Espen hatte sie an der Hand gefasst, flankiert wurden sie von Alva auf der einen und Krister auf der anderen Seite. Die Rückendeckung bildeten Knut und Mariana.

Schon von der Aufteilung her war Espen der Protagonist – und Protagonisten starben nicht. Sie schielte zu ihm hoch, und er lächelte. Äußerlich wirkte er zutiefst entspannt, nur sein fester Griff um ihre Hand verriet ihn.

Niemand sprach, während sie an der Rezeption warteten, aber das Neonlicht ließ alle blass erscheinen. Espen besonders. Wahrscheinlich dauerte es objektiv höchstens ein paar Minuten, bis sie von einer jungen Frau abgeholt wurden, aber Svea kam es vor, als hätte die Zeit sich vorgenommen, ganz besonders langsam zu vergehen.

Sie folgten der Frau durch einen Gang in ein geräumiges Sprechzimmer. »Sucht euch einen Platz irgendwo. Doktor Eklund wird gleich hier sein.«

»Na, dann«, sagte Espen mit einem trockenen Lachen und ließ sich auf einen der Armlehnstühle fallen. »Willkommen bei meiner Hinrichtung. Macht es euch gemütlich.«

»Melodramatisch heute?«, fragte Alva. Doch es klang nicht zickig, und sie setzte sich auch nicht, sondern blieb seitlich hinter Espen stehen. Krister stellte sich neben sie, der Adjutant hinter dem Befehlshaber.

Svea kam es vor wie eine lange einstudierte Choreografie, ein Ritual, an dem sie keinen Anteil hatte, weil sie nicht dabei gewesen war, als es einstudiert wurde. Sie setzte sich neben Espen, sein Vater und seine Stiefmutter nahmen auf zwei Stühlen neben der Behandlungsliege Platz.

»Bist du okay?«, fragte Svea.

Espen nickte. »Es ist total unwirklich. Es geht um mein Leben, und ich habe das Gefühl, ich würde mir nur eine Schulnote abholen.«

Etwas an der Art, wie er das sagte, ließ Svea denken, dass er auch diesen Satz einstudiert hatte.

Knut setzte an, etwas zu sagen, als die Tür geöffnet wurde. Die Ärztin hatte dunkle Haare mit grauen Strähnen, die zu einem Zopf gebunden waren. In der Hand hielt sie einen großen Umschlag. Sie lächelte in die Runde und richtete ihre braunen Augen dann auf Espen. »Du hast Verstärkung mitgebracht, schön.«

»Werde ich sie brauchen?«

Das war der Augenblick, in dem Svea es sah. Ein winziges Flackern im freundlichen Gesicht der Ärztin. Sie setzte sich Espen gegenüber und deutete auf den Umschlag. »Du weißt, dass wir das Prozedere gegenüber dem letzten Mal inzwischen geändert haben. Ich bin die einzige Person außerhalb dieses Raums, die weiß, was auf den Papieren in diesem Umschlag steht.«

Espen nickte mit zusammengepressten Lippen.

»Hier drin ist der einzige Ausdruck deiner Testergebnisse. Sie sind in keinem System, nirgendwo hinterlegt. Das heißt, es steht dir absolut frei, was du mit ihnen tust und wem du sie mitteilst.«

»Nur pro forma: Ist es für dich in Ordnung, wenn wir vor all den hier anwesenden Personen darüber sprechen?«

Espen nickte. Inzwischen war er blass wie die Wand hinter ihm. Svea drückte seine Hand, aber er schien es nicht einmal wahrzunehmen.

»Das Ergebnis zeigt die Mutation.«

Bevor jemand schreien, weinen oder protestieren konnte, sprach die Ärztin ruhig weiter. »Ich habe dir noch ein paar Quellen zusammengestellt, die du möglicherweise hilfreich findest.«

Wieder nickte er, mechanisch und eckig jetzt, mit ganz flachem Atem.

»Im Durchschnitt setzen die ersten Symptome bei jemandem mit deiner Wiederholungsrate irgendwann zwischen Ende vierzig und Anfang fünfzig ein.«

»Im Durchschnitt«, sagte Espen ohne jede Betonung.

»Ja, im Durchschnitt. Das bedeutet, du kannst gut und gern noch zwanzig völlig symptomfreie Jahre haben.«

Oder fünf, dachte Svea. Oder zehn. Aus dem Augenwinkel sah sie, wie die Knöchel von Kristers Hand auf Espens Schulter weiß hervortraten. Alva gab ein unterdrücktes Schluchzen von sich, Mariana putzte sich die Nase, und Knut liefen offen die Tränen über das faltige Gesicht.

»Fröhliche Weihnachten«, sagte Espen. Er beugte sich nach vorne und barg das Gesicht in den Händen.

Minutenlang saß er reglos da, Kristers Hand auf der einen Schulter, Alvas auf der anderen. Nur sein angespannter Rücken hob und senkte sich mit jedem mühsamen Atemzug. Svea wollte ihn in den Arm nehmen, ihm sagen, dass sie da war, dass alles gut werden würde. Nur dass das nicht stimmte. Nichts würde wieder gut werden.

Nie mehr.

Und sie konnte ihm an den finsteren Ort, an dem er gerade mit seinen Dämonen rang, nicht folgen.

Nach einer Ewigkeit stieß Espen ein schmerzhaft tonloses Geräusch aus, das irgendwo zwischen Lachen und Schluchzen lag, bevor er die Hände seiner Geschwister abschüttelte und ohne jemanden anzusehen den Raum verließ.

Er schaffte es bis nach draußen, irgendwie, über den schwankenden Boden, durch diesen wabernden schwarzen Nebel, der ihm die Brust zusammenpresste und das Atmen unmöglich machte. Luft, er brauchte Luft, er brauchte … Schatten vor ihm, er schob sie zur Seite, stolperte weiter. Luft, verflucht, warum konnte er nicht atmen? Vor seinen Augen explodierte ein Feuerwerk, in seiner Kehle drückte der verfluchte schwarze Nebel. Seine Finger trafen auf etwas Kaltes, Raues. Wand, Mauerwerk. Er krallte sich daran fest, es gab … es gab nach, und … »*Wir müssen deine Mama jetzt ins Krankenhaus bringen, damit sie gesund werden kann.*« Er fiel, ohne Halt, ohne Orientierung, er trudelte durch die Schatten in den bodenlosen Abgrund, bis nichts mehr da war außer dem panischen Hämmern seines Herzschlags in den Ohren und immer neuen, dichter werdenden Schwaden.

Es dauerte ewig. Er trieb durch eine schwarze, wabernde Hölle, in der er keine Luft bekam. Immer weiter, immer … Irgendwo in unendlicher Ferne erklangen Geräusche. Er wusste nicht, was es war, aber es hatte eine Bedeutung.

Er versuchte, sich darauf zuzubewegen, die Hand auszustrecken, sich festzuhalten an irgendetwas, aber bevor er etwas tun konnte, war er schon weitergetrudelt.

Wieder Geräusche. Stimmen, Worte, verwaschen und weit weg. Bedeutungslos für ihn, der sie nicht verstand, übertönt von seinem Puls. In seinen Ohren rauschte es, und er fiel, fiel, fiel.

»Espen! Espen, sieh mich an.«

Etwas Goldenes am Rande seines Gesichtsfelds wie ein Rettungsgriff in der unermesslichen Hölle.

»Espen, bitte.«

Noch ein Griff. Er kannte diese Stimme, die durch die Schatten zu ihm drang. Er wusste, dass sie Sicherheit bedeutete, Frieden. Die Schatten kämpften jetzt um ihn, umklammerten ihn, während die goldene Stimme immer wieder seinen Namen rief.

Svea.

Die Stimme gehörte zu Svea.

Er konnte atmen. Mühsam, stockend. Es fühlte sich an, als stünde seine Lunge in Flammen. Trotzdem nahm er einen weiteren Zug, und die Wolken wichen zurück. Noch einer. Mehr Luft. Kalte Winterluft. Schneeluft. Schnee … unter seinen Fingern? Wieso war

Schnee unter seinen Fingern? Wieso hockte er überhaupt auf allen vieren neben seinem Auto?

»Bist du wieder da?«

Nur widerwillig gab die Nacht ihn frei. »Ja«, krächzte er.

Nicht nur Svea hockte neben ihm und sah ihn besorgt und mit Tränen in den Augen an, auch der ganze Rest seiner Familie hatte sich versammelt. Die Erinnerung kam zurück und saugte ihn fast wieder zurück ins Dunkle.

»Bleib bei mir«, sagte Svea ruhig, und er nickte. Er hatte es gewusst. Ein Teil von ihm hatte die ganzen Jahre über gewusst, dass er dieses Gen trug. »Kannst du aufstehen?«

Espen nickte wieder und blieb genauso hocken, wie er war, weil seine Kraft nämlich genau zum Nicken reichte. Nun, wenigstens hatte er ihnen eine gute Vorstellung geboten.

Mit einem Gesichtsausdruck, der vielleicht irgendwann einmal ein ermutigendes Lächeln hatte werden sollen, streckte Kris ihm eine Hand hin. Sein Bruder, der leben würde. Espen spannte die Muskeln an, die zwar protestierend zitterten, aber ihren Dienst taten, und drückte sich hoch. Sie sahen alle betroffen und verheult aus, sogar sein Vater. Espen nahm die Schultern zurück. »Die Show ist vorbei. Fahren wir nach Hause.« Es kam ruppiger heraus als nötig. Wesentlich ruppiger.

»Espi …«, begann Alva.

»Fahren wir nach Hause«, sagte er. War das so schwer zu verstehen? Dabei sollte sein Gehirn sich doch auflösen und nicht ihrs. Er hatte keine Kraft für Höflichkeiten, er hatte keine Kraft für irgendwas. Als er zum Auto marschierte, trat er fester auf als sonst, damit niemand das Zittern seiner Beine bemerkte. Er war kein Krüppel, verdammt noch mal. Noch nicht.

Er hatte die Fahrertür nicht mal geöffnet, als Alva vor ihn trat. »Ich fahre.«

»Denkst du, ich kriege das nicht hin?« Seine eigene Stimme klang fremd in seinen Ohren.

Alva sah ihn stumm an.

»Ich hab noch fünfzehn Jahre, bis ich verrückt werde«, sagte er, und das hörte sich schon beinahe wieder normal an. »Vielleicht sogar zwanzig.«

»Oder dreißig.« Alva streckte die offene Handfläche aus. »Trotzdem fahre ich.«

»V-vielleicht hast du auch G-glück, und es passiert nie.« Espen hatte nicht einmal gemerkt, dass sein Bruder und seine Eltern hinzugekommen waren. »D-die Gentherapien machen große Fortschritte.«

»Warum weißt du das? Du bist Chirurg.« Und warum hatte er dieses furchtbar dringende Bedürfnis, sie alle wegzuschubsen, die ihm Trost bieten wollten?

Krister zuckte die Schultern, und wenn Espen ehrlich war, hätte er nicht mal fragen müssen. Denn wäre Krister an seiner Stelle gewesen, hätte er ebenso jeden Hoffnungsschimmer aufgesogen, den es bei dieser elenden Krankheit gab.

Eine Berührung an seiner Hand, warm, vertraut. Er verhakte den kleinen Finger mit Sveas, ohne sie anzusehen. Sie war unschuldig in dieses ganze Drama hineingeschlittert, nur weil sie den Fehler gemacht hatte, sich in ihn zu verlieben. Er konnte es nicht ertragen, sie anzusehen und in ihren Augen Mitleid zu finden.

Während der Fahrt lag Espens Hand neben ihrer auf dem Polster der Mittelkonsole, mit Sicherheitsabstand. Die andere Hand lag auf seinem Bein, darunter der Umschlag. Irgendetwas sagte Svea, dass sie jetzt nicht diejenige sein durfte, die diesen millimeterbreiten, unendlichen Abgrund überbrückte, den wenige Worte in einem Behandlungszimmer zwischen ihnen aufgerissen hatten.

Espen sprach nicht während der Fahrt, niemand sprach. Nach wenigen unbehaglichen Minuten schaltete Alva das Radio ein. Svea vermutete, sie tat es hauptsächlich deswegen, weil ihr Schniefen dann weniger zu hören war.

Svea hätte selbst auch gern ein Taschentuch gehabt. Doch sie hatte keine mitgenommen, und Alvas Packung lag auf der Mittelkonsole zwischen den Vordersitzen, außerhalb ihrer Reichweite. Wenn sie sich vorbeugte, würde sie die unsichtbare Grenze verletzen, die Espen errichtet hatte. Aber sie konnte nicht ewig durch den Mund atmen und die Tränen mit der Handfläche wegwischen.

Und vielleicht spielte es ohnehin keine Rolle, was sie tat oder nicht tat. Sie warf einen schnellen Blick zu Espen hinüber. Er hatte den Kopf an die Polster gelehnt und die Augen geschlossen – nicht auf eine Art, die darauf hindeutete, dass er am Geschehen teilnahm, sondern mehr so, als wäre er … nicht da. Verloren, wo auch immer er hinging, wenn er so war wie eben auf dem Parkplatz oder bei dieser ›gepflegten Panikattacke‹, nachdem sie ihm von dem Baby erzählt hatte.

»Kann ich ein Taschentuch haben, bitte?« War ihre Stimme immer schon so hart und laut gewesen, wie sie jetzt das Schweigen zerriss? Krister drehte sich halb um und reichte ihr die Packung. Er drückte ihr kurz die Hand und nickte ein *Wird schon wieder*. Aber wie sollte es das?

Alva stellte die Musik ein wenig lauter.

Sie erreichten Lillehamn, ohne dass ein weiteres Wort fiel. Auf Höhe von Alvas Haus sagte Espen: »Lass mich einfach da vorn raus.«

Svea schluckte. Sie setzte an, etwas zu sagen, was auch immer, aber da öffnete Espen die Augen und sah sie an. Hellgrünes Feuer brannte in seinem Blick, die Unterlider waren rot. »Ich muss erst mal allein sein.«

»Espen …«, sagte Alva vorsichtig.

»Ich muss allein sein«, wiederholte er durch zusammengebissene Zähne, jedes Wort betonend.

»Wenn du sicher bist …«

Er legte den Kopf wieder an die Lehne und schloss die Augen. Kurz darauf hielt Alva an. Espen drückte kurz und rau Sveas Hand und stieg aus, ohne jemanden anzusehen. Er warf die Autotür zu und wandte sich zum Gehen, den Umschlag in der Hand. Es fiel Svea schwer, den Blick abzuwenden. Sie sollte mit ihm gehen, mit ihm die Dämonen vertreiben. Sie sollte ihm sagen, dass sie das schaffen würden, dass die Krankheit keine Rolle spielte, dass sie ihn nicht allein ließ. Aber sie blieb sitzen, wo sie war, und schaute Espen nach, der immer mehr vor ihren Augen verschwamm.

»Scheiße.« Alva ließ den Kopf aufs Lenkrad sinken. »Ich hab mir so gewünscht, dass er es nicht hat.«

»W-wer nicht?«

»Was tun wir denn jetzt?«

»Ihm Zeit geben«, sagte Krister. »Wenn er nach einer Woche nicht wieder da ist, gehen wir klopfen.«

In einer Woche würde sie wahnsinnig sein. Wie sollte sie diese lange Zeit überstehen, ohne mit Espen darüber reden zu können, was das alles für sie beide bedeutete? Ob es überhaupt etwas bedeutete? »Ich halte das keine Woche aus.«

Alva drehte sich um. »Willst du heute mit zu mir kommen?«

Svea schaffte sogar ein schlappes Lächeln. »Du meinst, das hat Tradition, wenn Espen … na ja … freidreht?«

»Glücklicherweise tut er das ja normalerweise eher weniger«, sagte Alva ruhig, und Svea fühlte sich gemein. Freidrehen war das falsche Wort gewesen. Das alles hier war falsch. Sie sollte bei ihm sein.

»Ich meine nicht …«

»Ich weiß«, sagte Alva. »Ich weiß das.«

Dreiundzwanzig

Selbst wenn sie jetzt schneebesprenkelt war, sah die Straße genauso aus wie gestern, wie letzten Monat, wie letztes Jahr. Dieselben Häuser, dieselben Pflastersteine, dieselben Spielsachen vor der Tür von Rose und ihrer Familie. Derselbe lockere Feldstein an der Gartenmauer von Trond. Derselbe Baum am Eingang zum Friedhof, dasselbe quietschende Tor, derselbe glatt geharkte Weg.

Espen blieb unter einer der kahlen Linden stehen, in sicherem Abstand zum Grab seiner Mutter. Um ihn herum tropfte nasser Schnee von den Zweigen, auf seine Haare, in den Kragen. Er gab sich keine Mühe, etwas daran zu ändern. Er wusste nicht, wie lange er so stand und mit trockenen Augen die Buchstaben auf dem Grabstein anstarrte, bis sie keine Bedeutung mehr hatten. Ab und zu kamen Geräusche von der Straße herübergeweht, Kinderstimmen, Autos, ein Hund. Espen hatte den Umschlag in seine Jacke gestopft und die Arme vor der Brust verschränkt. Und dann war er eingefroren. Er fühlte nichts mehr. Er dachte nichts mehr. Er hatte nicht mal mehr Angst.

Das also war jetzt sein Leben. Das zu Ende sein würde, bevor er so alt war wie sein Vater jetzt. Das, in dem alle, die ihn liebten, zusehen mussten, wie er immer mehr von sich verlor, nicht nur die Kontrolle über seinen Körper, sondern auch über seinen Geist. Das, in dem er anderen Schmerzen zufügen würde, einfach dadurch, dass er existierte. Wasser lief ihm in den Kragen. Das Leben, in dem ihn das nicht mal mehr störte, weil es keine Rolle spielte. Er fühlte es kaum.

Irgendein Teil seines Hirns, der noch nicht erstarrt war, teilte ihm mit, dass er sich im Schockzustand befand. Kämpfen konnte er gegen die Krankheit nicht, weglaufen vor ihr auch nicht. Also war sein Bewusstsein den dritten Weg gegangen und einfach eingefroren. Was … okay war. Es war ruhig. Es tat nicht weh.

Also würde er sterben. Das taten andere auch. Seine Mutter war gestorben. Die Welt drehte sich weiter.

Svea saß in eine Decke eingehüllt auf Alvas Sofa und dachte an Espen. Sie sah Alva beim Aufsetzen des Teewassers zu und dachte an Espen.

»Grüner Tee?«

Svea nickte und dachte an Espen.

»Honig dazu?«

Ein Teelöffel Honig, dreißig Kalorien. Das war okay, heute. Wieder nickte sie. Ob Espen schon zu Hause war? Hatte er den Kamin angezündet, war er in der Werkstatt? Oder lag er im Dunkeln auf dem Bett, starrte an die Decke und kam allein nicht mehr aus der Finsternis heraus?

Leises Plätschern deutete an, dass Alva die Kanne füllte. »Wir wussten immer um die Möglichkeit, dass es mindestens einer von uns haben könnte. So etwas läuft ständig irgendwo im Hinterkopf mit, auch wenn es im Alltag keine Rolle spielt.«

Viel zu viele Gedankenfetzen und Fragen. Nur allmählich kehrte etwas, das entfernt an ihr eigentliches Selbstgefühl erinnerte, in ihren Körper zurück. Keine Rolle? Sie konnte sich vorstellen, dass der Gedanke an den Defekt nicht auf Dauer so scharf und zornig in ihrem Bewusstsein bohren würde, aber eine Rolle spielen würde er ab jetzt immer.

»Man lernt, damit zu leben.« Alva hatte zwei Tassen über die Finger der einen Hand gehängt, ein leeres Glas in der anderen und balancierte die volle Teekanne gefährlich irgendwo dazwischen.

»Scheiße ist es trotzdem. Und natürlich haben wir dennoch alle gehofft.«

Svea sprang auf und nahm ihr die Kanne ab.

»Danke.« Mit leisem Klacken stellte Alva die Tassen ab und setzte sich dann. »Das hilft dir jetzt nicht viel, aber auch an die Angst gewöhnt man sich.«

»Stimmt.« Ihre Erziehung wollte, dass sie die Traurigkeit weglächelte, aber der Versuch misslang. »Hilft mir nicht viel.«

»Ich mache dir einen Vorschlag.« Alva hatte beide Hände um ihre Tasse gelegt und pustete behutsam hinein. »Nimm dir eine Woche frei und flieg in Papas Ferienhaus in der Toskana oder fahr zumindest ein paar Tage nach Selerøy, allein, und überleg dir wirklich genau, was du dir vom Leben wünschst.«

»Da gibt es nichts zu überlegen.« Sie dachte an Espen.

»Und auch, wie viel du ertragen kannst.«

Das erste Mal, seit sie sich erinnern konnte, griff Svea nach der Hand einer Freundin und drückte sie. Es fühlte sich merkwürdig an, und schön. »Ich danke dir. Wirklich. Aber ich weiß, was ich tue.«

»Gut. Dann … wie wäre es, wenn heute Abend Denkpause ist und wir *Netflix* so lange leer gucken, bis kein einziger rosaroter Herzchenfilm mehr drin ist?«

»Können wir mit *Django Unchained* anfangen?«

Am Abend bot Alva an, sie nach Hause zu bringen, aber Svea lehnte ab. Sie brauchte frische Luft und Bewegung. Eine zarte Schneedecke bedeckte die Straße, und aus den Häusern strahlte gelber Lichtschein ins Dunkel. Lichterketten über Bäumen und Hecken in den Vorgärten, auf einem Giebel hockte ein dicker, leuchtender Plastikweihnachtsmann. Wenn das so weiterging, würde es das unfroheste Weihnachten ihres Lebens werden, schlimmer noch als das nach der Vinnan-Katastrophe, schlimmer als das, nachdem sie mit sechzehn zu Hause ausgezogen war. *Ich muss allein sein.*

Dabei betraf dieser Mist sie beide, begriff er das nicht? Wie konnte es sein, dass sie vorgestern noch auf Selerøy um den runden Tisch gesessen hatten, diese große, warmherzige Familie – ihre neue Familie –, und sich geschworen hatten zusammenzuhalten, was auch immer geschah, und jetzt waren sie versprengt und verwirrt, jeder für sich?

Espens Fußspuren von vorhin waren längst zugeschneit und überdeckt von denen anderer Menschen. Es kam Svea vor wie mitten in der Nacht, dabei war es gerade mal vier Uhr nachmittags. Der Tag war noch lang genug, um umzukehren und statt durch den Ort zu ihrer Wohnung den Hügel hoch zu Espens Haus zu laufen. Und wenn er sie nicht sehen wollte, konnte sie immer noch nach Hause gehen. Unschlüssig sah sie die Straße hinauf. Sie sollte zu ihm gehen. Andererseits hatte er sehr deutlich gemacht, dass er niemanden sehen wollte. Sie brauchte ihn, sie wollte das alles mit ihm zusammen verarbeiten. Aber wenn sie jetzt an seine Tür klopfte – würde er das dann nicht als Mitleid interpretieren, wogegen er so allergisch war wie sie gegen das falsche Lächeln ihrer Mutter? Widerwillig fiel sie in Trab. Statt heute Abend ihr Laufband zu malträtieren, konnte sie ebenso gut nach Hause joggen.

Die Strecke reichte gerade, um ihre Gedanken zur Ruhe zu bringen. Außer Atem und beinahe ein bisschen glücklich trat sie sich den Schnee von den Schuhen. Svea Iversen ließ sich nicht kleinkriegen von einem Gendefekt. Und sie gab nicht auf. Nie. Chorea Huntington würde noch bereuen, sich mit ihr angelegt zu haben. Okay … vermutlich eher nicht. Trotzdem tat es ihr gut, die Schultern wieder nach hinten zu nehmen und die Fäuste zu ballen. Verfickte Arschlochkrankheit. Nicht mit ihr.

Entschlossen stieg sie die Stufen zu ihrer Wohnung hoch. Sollte sich die Mutation doch jemand anderen holen. Ihr Glück mit Espen, das gerade erst so vorsichtig angefangen hatte, würde Svea jedenfalls nicht freiwillig wieder hergeben.

»Svea?« Isak linste aus seiner Tür, als Svea den Schlüssel ins Schloss steckte. »Hab ich doch richtig gehört.«

»Hi, Isak. Alles fit?«

»Immer, weißt du doch.«

Wusste sie nicht. Eigentlich wusste sie überhaupt nichts über ihn, außer dass er im *KiWi* das Gemüse sortierte. »Ich hab ein Paket für dich.«

Irritiert schloss Svea ihre Wohnung auf, während er es holte. Weder hatte sie etwas bestellt, noch hatte ihr jemand eine der seltenen Werbesendungen für ihren Kanal angeboten. Wer sollte ihr etwas schicken? Und was?

Isak war wieder da. Auf Strümpfen kam er in den Hausflur. »Hier.« Er streckte ihr ein schuhkartongroßes Paket entgegen, nicht ohne einen Blick darauf zu werfen – was er garantiert auch vorher schon getan hatte. »Janne und Valeria. Freundinnen von dir?«

»Dank dir, Isak.«

Er nahm den Fingerzeig an und drängte ihr keine weiteren Gespräche auf.

Svea schüttelte das Paket. Es war nicht besonders schwer. Nichts klapperte, nichts raschelte. Was es auch war – wie konnten ihre Freundinnen, die sie fast nur virtuell kannte, so genau wissen, dass sie ausgerechnet heute Aufmunterung gebrauchen konnte? Sie legte das Päckchen auf den Couchtisch. Das hier gehörte zelebriert.

Erst nachdem sie wirklich zu Hause angekommen war, die Schuhe weggestellt, die Jacke aufgehängt, die Hände gewaschen waren, schnitt sie das quietschrosa Klebeband auf. An der Seite entdeckte sie einen Pfeil, der auf das Tape deutete. *Prinzessinnenpink* war mit dickem schwarzem Filzstift daneben geschrieben. *Extra für dich.* Bestimmt hatte Janne es eingepackt. Auch die vier Geschenkpäckchen im Inneren des Kartons waren rosa, allerdings in unterschiedliche Papiere gewickelt. Auf einem stand in derselben Schrift *Mit Glitzer!*.

»Ihr seid so süß«, sagte Svea in ihr leeres Wohnzimmer hinein. »So, so süß.«

Vor Ewigkeiten hatten sie einen gemeinsamen Chat angefangen, der irgendwann versandet war. Jetzt suchte Svea ihn auf ihrem Telefon heraus.

Mein Tag war megaübel, ihr habt den gerade gerettet.

Janne war online. Kaum hatte Svea ihre Nachricht abgesendet, sah sie sie antworten.

Das freut mich! Magst du die Sachen?

Ich trau mich nicht, sie aufzumachen. Danach ist die Vorfreude ja vorbei.

Valeria schaltete sich dazu.

Los, mach auf! Wir sind so gespannt, was du sagst.

Svea legte das Telefon zur Seite. Was auch sonst in ihrem Leben gerade schieflief, sie hatte Freundinnen, die ihr ein Paket schickten. Sie nahm die Geschenke aus dem Karton. Eine Karte war darunter, auf der ein extrem dickes Zebra auf einem Surfbrett zu sehen war. *Reite die Wellen des Lebens!*, stand darauf. Tatsächlich musste Svea lachen. Sie drehte die Karte um. *Mach dir ein paar schöne Stunden. Hoffentlich gefällt dir, was wir dir ausgesucht haben.*

Testweise knautschte sie das Glitzerpäckchen, bevor sie es aufriss. Ein Päckchen Tee mit dem Namen *Träumerei* war darin, grüner Tee mit Vanille und getrockneten Himbeeren.

Sie waren wirklich so süß.

Nach und nach packte Svea flauschige Wollsocken, Badezusätze und eine große Packung Schokoladenlebkuchen aus. *Was auch immer bei dir gerade abgeht, das ist gut für die Nerven,* stand auf dem Post-it, das darauf klebte.

Ihr seid der Wahnsinn! Der absolute Wahnsinn.

Und dann öffnete sie die Lebkuchenpackung, ohne auf die Kalorienangabe zu achten und ganz und gar undiszipliniert.

Betreff: Sachen, die gesagt werden müssen
Von: espen@solberg-lillehamn.no
An: sveasnatureandniceties@gmail.com

14. Dezember, 2:35 h

Hey,
wie geht's dir?
Ich sitze im Bett und verwünsche mich dafür, dass ich euch vorhin davongelaufen bin, weil es mit dir hier viel weniger einsam wäre. Obwohl … vielleicht ist es ganz gut so, wie ich gleich erklären werde. Trotzdem war das vorhin eine Kurzschlussreaktion. Ich war überfordert von allem, und es tut mir leid.
Ist mein Vater okay? Meine Geschwister? Vor allem aber: Bist du okay? Ich fühle mich wie der rücksichtsloseste Dreckskerl, dass ich dich in diesen ganzen Mist reingezogen habe. Glaub mir bitte, wenn ich dir sage, dass das nie beabsichtigt war. Ich wollte nie, dass es ernst wird zwischen uns. Ich wollte dir das nie sagen müssen. Aber es ist nun mal passiert.

Übrigens habe ich mich im Lauf des Nachmittags durch eine halbe Flasche von Tildas Moltebeerenschnaps gearbeitet, in der Hoffnung, dass mich das zur Ruhe bringt. Hat nicht geholfen, außer dass ich ausgerutscht bin, als ich versucht habe, das dämliche Huhn in den Stall zu scheuchen, das immer den Eingang nicht findet. Ich habe jetzt eine Schramme an der Hand und tue mir leid. (Das Huhn ist empört gackernd reingegangen, als ich am Boden lag. Mistvieh.) Also, ich fühle mich enttäuschend wenig betrunken, aber vielleicht bin ich es, wollte ich nur sagen. Ich hoffe, das hier ist nicht zu unkoordiniert.
Jedenfalls liebe ich dich, das weißt du. Es vergeht keine Sekunde, in der ich nicht an dich denke. Nicht nur, weil du schön und klug und all das bist. Sondern weil du etwas fertiggebracht hast, was ich gehofft hatte zu vermeiden – und was doch irgendwie erstaunlich ist: Du bist mir wichtig geworden. Und vorhin warst du, das solltest du auch wissen, diejenige, die mich aus einem sehr, sehr finsteren Film geholt hat. Alles war schwarz und schrecklich, und ich war völlig orientierungslos. Und dann war da deine Stimme wie ein goldener Griff in der Finsternis, an dem ich mich festhalten konnte. Komisches Bild, oder? War aber so.
Ach, mir fällt wieder ein, warum ich diese Mail überhaupt schreibe (stell dir an dieser Stelle vor, wie ich einen ziemlich großen Schluck aus Tildas Zaubertrankflasche nehme): Weil ich dich liebe, will ich, dass es dir gut geht. Ich will, dass du ein unbeschwertes Leben hast, ohne Kummer und Geheule und regelmäßige Check-ups in der Neurologie. Ich will, dass du Kinder haben kannst, so viele du willst, und dass du irgendwann alt und grau und mit Sicherheit immer noch wunderschön mit dem Vater deiner Kinder vor deinem Sommerhaus sitzen und deinen Enkelkindern zusehen kannst.

Und das geht mit mir nicht. (Es fängt an, sich nett in meinem Kopf zu drehen, nur dass du Bescheid weißt. Ich zermatsche schon mal präventiv ein paar Hirnzellen.)
Deswegen treffe ich heute Nacht, hier und jetzt, eine einsame Entscheidung für uns beide, auch wenn sie mich innerlich zerreißt, und auch wenn du mich vielleicht dafür hassen wirst. Ich weiß, wir haben darüber geredet. Und natürlich glaube ich dir, dass du jetzt denkst, du willst mit mir zusammen sein. Weil du mich ja, so verwirrend das ist, auch liebst. Das ist übrigens das Krasseste an alldem: Wie jemand, der so unfassbar perfekt ist wie du, jemanden wie mich lieben kann.
Aber du weißt nicht, wie es sein wird – dann, wenn es wirklich losgeht. Du kannst dir das nicht im Ansatz vorstellen. Spätestens wenn du deinen Enkelkindern zusiehst, wirst du verstehen, warum ich das hier tun muss, für uns beide. Es ist vorbei, Svea. Ich mache Schluss. Geh zurück nach Oslo, oder nach Bergen, oder irgendwohin, wo dich nichts an mich erinnert.
Ach, verflucht. Ich wünschte, es könnte anders sein.
Ich werde jetzt den Rest dieses Teufelszeugs zurück in den Kühlschrank stellen und dann versuchen zu schlafen.
Ich habe mit den anderen abgesprochen, dass ich bis Weihnachten nicht komme, aber ich bring dir die Tage deine Sachen in die Praxis.

Espen

Betreff: Sachen, die nie getrunken werden sollten, war: Re: Sachen, die gesagt werden müssen
Von: sveasnatureandniceties@gmail.com
An: espen@solberg-lillehamn.no

14. Dezember, 5:49 h

Gibt nichts Besseres, als nach einem schauderhaften Tag und einer Nacht voller Albträume aufzuwachen zu einer Mail, die ein Bekloppter nachts um halb drei geschrieben hat. Du bist ein elender, jämmerlicher Feigling, Solberg! Wenn du mit mir Schluss machen willst, könntest du wenigstens den Arsch in der Hose haben, das nüchtern zu tun und mir ins Gesicht zu sagen. Bis dahin betrachte ich die Auflösung unserer Beziehung als nonexistent. Hältst du mich wirklich für derart oberflächlich, dass ich mir keine Gedanken um diese Krankheit gemacht hätte?

Erzürnt,
Svea

Chorea Huntington mochte sie derzeit nicht in die Knie zwingen, Espen Feigling Solberg war allerdings verdammt noch mal kurz davor. Aber immerhin hatte seine moltebeerenschnapsgetränkte Mail dafür gesorgt, dass sie heute Morgen einen neuen Rekord auf dem Laufband aufgestellt hatte. Auf dem Weg zur Praxis begrüßte sie jede Schneeflocke einzeln, die ihr ins immer noch erhitzte Gesicht wehte. Auf das Make-up hatte sie verzichtet, eventuell würde sie direkt vor der Arbeit noch ein bisschen auftragen.

»Es wäre nett, wenn du mich kurz vorwarnen würdest, falls du vorhast, irgendwann in der Praxis aufzutauchen, damit ich niemandem vor Schreck neben die Vene steche.« Und damit sie dann nicht aus Versehen losheulte, weil sie nicht wusste, welches Gefühl zuerst ausgedrückt werden wollte. Sie schickte die Sprachnachricht ab und stopfte das Telefon zurück in die Hosentasche. Bis sie angekommen war, hatte sie sich wieder so weit im Griff, dass man ihr die Wut und die Trauer und das ganze Durcheinander nicht sofort anmerken würde. Es gelang ihr sogar zu lächeln, als Marius sich erkundigte: »Hast du eine Ahnung, warum hier alle so komisch sind?«

»Frag mich nicht.« Sie hatte sich nicht ohne Grund eine angemessen aussagelose Antwort auf diese Frage überlegt. Das Leben in der Praxis ging weiter, Menschen kamen mit Husten, mit Fieber, mit Ausschlag oder Gelenkschmerzen. Infektanfälligkeit machte auch zehn Tage vor Weihnachten keinen Bogen um Lillehamn, nur weil das private Familiendrama der Praxisinhaber seinen Höhepunkt erreicht hatte. Sie wusch sich die Hände nach ihrem letzten Patienten. »Bring das hier bitte zu Alva und hol mir dann Lotta Eriksson zum Blutabnehmen.«

»Ich dachte, weil du gestern auch nicht da warst, wüsstest –« Marius verstummte beim Anblick von Sveas auffordernd hochgezogenen Augenbrauen. »Sorry, ich geh schon.«

Gut. Die ganze Sache war anstrengend genug, ohne auch noch irgendwelche wild herumflatternden Gerüchte wieder einfangen zu müssen. Sollten sie alle denken, was sie wollten. Natürlich flogen mit Sicherheit Gerüchte durch die Gegend, warum die Praxis gestern nur mit Notfallbesetzung operiert hatte. Aber Svea war nicht diejenige, die irgendjemandem eine Erklärung dazu anbieten würde.

Es gelang ihr tatsächlich, konzentriert und sogar zufrieden zu arbeiten. Sie baute ängstliche Patienten auf, hörte beim Blutabnehmen zu, wenn sie aus ihrem Leben erzählten, und machte ab und zu einen Scherz. All das war nicht einmal gespielt.

Espen meldete sich nicht, und mittags konnte sie sich auch nicht mehr einreden, er würde noch einen Rausch ausschlafen. Allen guten Vorsätzen zum Trotz hatte sie natürlich versucht, Espen anzurufen. Aber weder ging er ans Telefon, noch las er die Textnachricht, die sie ihm überflüssigerweise auch noch geschickt hatte. Er hatte sie auch nachmittags um drei noch nicht gelesen, nicht um drei Minuten nach drei, nicht um vier Minuten nach drei und nicht um sieben Minuten nach drei. Herrje.

Kurz vor vier schrieb er.

Komme nicht überraschend vorbei. Ich fahre nachher nach Selerøy. Wir reden, wenn ich zurück bin.

Dein Ernst? Bevor sie die Nachricht schicken konnte, löschte Svea sie. Sie konnte sich nur mit Mühe davon abhalten, ihr Telefon gegen die Wand zu schleudern. Was bildete der Typ sich eigentlich ein?

Ja, vielleicht war sie unfair. Ja, natürlich brauchte er Zeit. Immerhin ging es für ihn um sein Leben, während es für sie … nun, auch irgendwie darum ging, wie ihr eigenes verlaufen würde. Wieso war das für ihn offensichtlich so schwierig zu begreifen? Aber sie war Svea Iversen. Und Svea Iversen wahrte die Fassung. Svea Iversen gab sich nicht einmal die Blöße, ihn zu fragen, wann er zurückkommen würde. Zur Not konnte sie Weihnachten auch mit Len und Jonas feiern – und sich dann einen neuen Job suchen, irgendwo in einem netten Dorf am Oslofjord. Sollte er doch sehen, was er davon hatte.

»Svea?«

Nie war lächeln so anstrengend gewesen. Sie drehte sich zu Tilda um. »Ja?«

Tildas Blick wurde weich. »Gib ihm Zeit, Kindchen.«

»Sieht man es so deutlich?« Noch während sie fragte, merkte sie, dass sie weinte. Gut, das sah man dann wohl deutlich. Sie zog ein Taschentuch aus der Halterung an der Wand. »Vergiss die Frage. Was ist los?«

»Die Klinik hat Laborbefunde von Linda geschickt, weil wir ihre Hauspraxis sind. Vielleicht kannst du die entsprechend einpflegen.«

Linda, die Mutter des kleinen Oliver. Ihr Besuch dort schien in einem anderen Leben stattgefunden zu haben. Es war der Tag, an dem sie das erste Mal angefangen hatte zu ahnen, welche Sturmtiefen hinter Espens glatter Fassade lauerten. Vielleicht auch der Tag, an dem sie angefangen hatte, ihn wirklich kennenzulernen. Linda hatte so elend ausgesehen. Und dann der kleine Junge dazu … »Sind sie in Ordnung?«

»Ich kümmere mich um die Verwaltung, du kümmerst dich um das Labor. Ich bin stolz, wenn ich eine Masernimpfung von einer Blutprobe unterscheiden kann.«

Svea wusste den Versuch zu würdigen. »Glaubt dir jeder.«

»Ich war als junge Frau nicht umsonst eine der beliebtesten Schauspielerinnen in unserer Theatergruppe.« Tilda zwinkerte ihr zu. »Die Daten liegen in deinem Ordner auf dem Server. Ich werde jetzt Feierabend machen, und du solltest das auch tun.«

Und dann?

Sie las Espens Mail noch einmal, heulte ein bisschen, verbrachte den Rest des Abends damit, Fotos und Videodateien zu sortieren, um irgendwie einen neuen Ansatz für ihren YouTube-Kanal zu finden – und dachte dabei an Espen –, als ihr Bilder der Fotosession in die Hand fielen, mit der alles angefangen hatte.

Beide waren sie so hoffnungsvoll gewesen. So unschuldig. So unbelastet. Selbst Espen hatte so gewirkt, der Meister der Verdrängung. Sie vergrößerte eines der Bilder, die sie in der Werkstatt von

Espen gemacht hatte – eines von denen, auf denen seine Hand über dem Hosenbund lag –, und fuhr mit den Fingerspitzen über den Monitor. Espens Hände waren ihr schon am ersten Tag aufgefallen. Sie waren schön, noch leicht gebräunt vom Sommer, und man sah, dass er mit ihnen arbeitete. Sogar auf dem Foto war die kleine Narbe auf dem linken Zeigefinger zu erkennen, wo er einmal mit der Säge ausgerutscht war, irgendwann, lange bevor sie sich kannten. Sie wusste so genau, wie diese Hand sich anfühlte, die glatte Haut, die Muskeln darunter, die Adern, die hervortraten und unter ihrer Berührung nachgaben.

Und sie vermisste ihn so, so sehr.

> Ich sehe mir gerade die Fotos aus deiner Werkstatt an.
> Unser Leben wäre gut gewesen, unwissend.

Sie legte das Telefon wieder neben sich, mit dem Display nach unten, und vergrößerte sein Gesicht. Seinen Mund, der zu diesem atemlosen Lächeln verzogen war, als er ihr geantwortet hatte, das winzige Grübchen neben dem Mundwinkel, die Augen, dunkler als normal, die leicht geschlossen und konzentriert auf sie gerichtet waren.

Wäre sie nicht schwanger geworden – wie wäre dann alles verlaufen? Hätte Espen sich trotzdem testen lassen? Wären sie auf jeden Fall an dieser Stelle ihres Lebens gelandet? Oder wären sie irgendwo anders abgebogen und hätten gemeinsam beschlossen, dass es Dinge gab, die sie lieber nicht wissen wollten?

Aber sie war schwanger geworden, und Espen hatte den Test gemacht, und jetzt konnten sie, wie er gesagt hatte, nicht mehr nicht wissen. Jetzt wussten sie, was kommen würde, ganz egal, wie sehr sie es wegwünschen mochten.

Svea ließ die Fingerspitzen auf dem Bild von Espens Lippen liegen. »Es ändert nichts, du Vollidiot. Es ändert absolut gar nichts.«

Nur dass es bereits etwas geändert hatte und dass ihr bisher jede Idee fehlte, wie sie damit umgehen sollte.

Sie verbrachte die nächsten Tage damit, Espens Mail zu lesen, Sport zu machen, sich in der Praxis so viel Arbeit aufzuladen wie irgend möglich, Espens Mail zu lesen, Alvas Versuchen auszuweichen, sie zum Mittagessen einzuladen, Espens Mail zu lesen, Sport zu machen, keine Idee für ihren YouTube-Kanal zu haben und sich abends im Bett nach Espen zu sehnen und nicht einschlafen zu können.

Am Freitagnachmittag gab sie es auf, darauf zu warten, dass Espen ihre Nachricht las. Aber immerhin hatte sich ihr Entschluss gefestigt. Er hatte geschrieben, dass er sie liebte. Und, ja, sie liebte ihn und war allen hässlichen Erfahrungen zum Trotz immer noch bereit, sich auf ihn einzulassen. Voll und ganz, Huntington oder nicht. Weil Espen es verflucht noch mal wert war.

Sie würde hier nicht das Feld räumen. Wenn er sich trennen wollte, reichte es nicht, sie zu ghosten, denn irgendwann musste er zurückkommen. Und bis dahin sollte er sich warm anziehen.

Ihr Smartphone stand auf der Ablage unter dem Badezimmerspiegel und zeigte ihr eines der Selfies, die sie vor ihrer Fotosession aufgenommen hatte. Für das, was sie vorhatte, war es wichtig, dass jedes Detail stimmte. Es dauerte eine halbe Stunde, dann sah ihr Make-up genauso aus wie an jenem Abend. Sie trug dasselbe Oberteil. Und sie war mindestens ebenso aufgeregt, als sie die Kamera einschaltete.

So, Espen Solberg. Dann wollen wir mal. Seine Werkstatt wäre als Hintergrund ideal gewesen, aber daran war nichts zu drehen, also musste ihr Wohnzimmer herhalten. Sie hatte mit Tüchern und Stehlampen immerhin geschafft, die Beleuchtung ähnlich zu gestalten, wie sie bei Espen gewesen war.

Es fiel ihr leicht, sich an den Abend zurückzuversetzen. So leicht, dass ihre Brustwarzen sich zusammenzogen, ohne dass sie sie auch nur berührte. Sie nahm nur winzige Videoclips auf. Eine Sekunde, drei Sekunden, acht Sekunden: ihre Hand, die die Chiffonbluse zur Seite strich, ihre Zungenspitze, die an der Oberlippe spielte, ihre Finger, die die Hose aufknöpften. Nichts davon freizügig oder anstößig, aber alles zusammen hoffentlich dazu geeignet, Espen daran zu erinnern, wie sorgenfrei sie einmal angefangen hatten.

Doch zuerst musste sie ihn dazu bringen, zuzugeben, dass er ihre Nachrichten in der Vorschau sah, auch wenn sie als ungelesen gekennzeichnet waren. Das war einfach.

> Ich habe Lindas Laborwerte aus der Klinik bei uns eingepflegt. Sie werden dich freuen.

Und Bingo. Dieses Mal blieb die Nachricht nicht ungelesen, nicht einmal eine Minute.

Danke.

> Ach, schau. Du bist doch nicht in den Fjord gefallen. Bleib dran, ich schicke gleich mehr gute Nachrichten.

Ihr Telefon zeigte die Nachricht als ungelesen, aber sie wusste, dass sie Espen am Haken hatte. Das Erste, was sie ihm schickte, war sein eigenes Bild, das, auf dem er so aussah, als würde er gleich über sie herfallen. Es blieb ungesehen, natürlich.

Ebenso wie das Bild, das sie ihm von ihrem ersten Wochenende auf Selerøy schickte, als sie einen Cliquenausflug dorthin gemacht hatten und niemand von den anderen auch nur geahnt hatte, dass zwischen ihnen längst noch etwas anderes war. Sie schwammen beide im blauen Fjord, glitzernde Wassertropfen in den Haaren. Auf Espens Gesicht lag das unbeschwerteste Lachen der Welt, und sie war gerade dabei, ihm eine Ladung Wasser ins Gesicht zu spritzen. Alva hatte das Bild aufgenommen.

> Ich wette zehntausend zu eins, du vergehst fast daran, mir nicht zu zeigen, dass du das hier liest.

Nichts.

Nun. Sie hatte noch mehr. Als Nächstes schickte sie das Minivideo, auf dem ihre Zungenspitze über ihre glänzende Unterlippe huschte. Drei Sekunden.

Eine Stunde später ein Bild vom Kekswochenende vor ein paar Tagen. Espen und sie auf dem Sofa, er hatte den Arm um sie gelegt und küsste ihre Haare, ihr Kopf lag an seiner Schulter. Sie wusste so genau, wie sich sein Pullover an ihrer Wange angefühlt hatte, dass sie schlucken musste.

Vor dem Schlafengehen versorgte sie ihn noch mit zwei weiteren Kurzvideos – eine Detailaufnahme der Bluse über ihren aufgerichteten Brustwarzen und ihre Hand, die über die nackte Haut ihres Bauches nach unten strich.

Keines davon wurde gesehen.

Vierundzwanzig

Hältst du das für ein Spiel?

Und hielt er sie für blöd? Ihr war nie etwas so ernst gewesen wie das hier.

Sie erhöhte das Tempo des Laufbands.

Nach dem Morgensport schickte sie ihm kommentarlos eines der Bilder vom Wasserfall in Jørpeland, auf denen er so versonnen auf die Stromschnellen blickte, gefolgt von einem Foto vom letzten Nationalfeiertag, auf dem sie beide Arm in Arm und mit ziemlicher Schlagseite in die Kamera grinsten.

Den Wocheneinkauf erledigte sie schnell ungeschminkt, danach nahm sie mit vom Nieselschnee nassen Haaren das Telefon wieder zur Hand. Sie hatte durchaus noch mehr Minivideos vom Vorabend auf der SD-Karte. Eines nach dem anderen schickte sie an Espen. Und dieses Mal sah er sie an, jedes einzelne.

Immerhin war sie einen Schritt weiter gekommen.

Sie rubbelte die Haare notdürftig trocken und zog kurz die Bürste hindurch. Ein Kontrollblick in den Spiegel verriet ihr, dass sie Glück gehabt hatte, beim Einkaufen niemandem über den Weg gelaufen zu sein. Sie fühlte sich nackt.

Das letzte Video war die Andeutung dessen, dass sie ihre Hand in die nun ganz aufgeknöpfte Hose schob. Sie hatte es eben abgeschickt, als es klingelte. Hatte Isak schon wieder ein Paket angenommen?

Svea legte das Smartphone auf den Küchentresen, ließ Teewasser Teewasser sein und ging zur Tür.

Es war nicht Isak. Es war Espen.

Unrasiert, mit Schnee auf den Schultern und auf den Haaren, in schwarzem Hoodie und schwarzer Jeans und ohne die Spur des üblichen Lächelns. Die Konturen seines Gesichts wirkten schärfer als sonst, die Augen glitzerten fast fiebrig. »Es ist kein Spiel«, sagte er heiser.

»Ich weiß.«

Einen sehr langen Moment blickten sie sich nur an. Mit unheimlicher Klarheit nahm Svea die rötliche Ader in seinem linken Auge wahr, den aufgekratzten Fleck an seiner Wange, sah, wie er schluckte. Dann machte er einen Schritt nach vorn, sie zog ihn herein und trat die Tür hinter ihm zu, bevor sie ihn gegen die Kommode im Flur drückte und ihn küsste. Und dann waren ihre Hände in seinem Haar, seine Hände fuhren unter ihr Shirt, ihre Zunge glitt hinter seiner Oberlippe entlang, er stöhnte, seine Daumen waren rau auf ihren Brustwarzen, seine Bartstoppeln zerkratzten ihre Lippen. Fiebrig, gierig.

Er umfasste sie und drehte sie beide herum, ohne dass sie sich voneinander lösten, sodass Svea mit dem Rücken an der Kommode landete. Sie zwängte die Hände zwischen ihre Körper, die am liebsten nicht das kleinste bisschen Abstand voneinander halten wollten, öffnete mit fliegenden Fingern seine Hose und schob die Hand hinein. Espens Augen waren halb geschlossen, sein Atem ging flach. In dem Moment, als Svea die Boxershorts hinunterschob und ihn berührte, stieß er dieses atemlose Lachen aus, das sie so liebte, und begann, sich gegen ihre Hand zu bewegen. »Ich wollte dich noch nie so sehr wie jetzt«, flüsterte er heiser. »Wenn du so weitermachst, dann …« Sie machte weiter, und er biss sich stöhnend auf die Unterlippe, als sie die Finger um ihn legte. »Warte.«

Es war klar, wie schwer es ihm fiel, aber er brachte Abstand zwischen sie und schob Sveas Hose über ihre Hüften. Sie zog und trat sie hinunter, während sie sich mit Espens Hilfe auf die Kommode schob. »Ich würde dich gern lecken«, sagte er heiser, »aber ich glaub, das geht nicht mehr, weil –«

Er zuckte in ihrer Hand, ebenso wie sie sich an seiner Hand rieb, und dann glitt er in sie hinein, endlich. Sie zog sich um ihn zusammen, immer wieder, bis sich seine Rückenmuskeln und sein Gesäß anspannten und er ein letztes Mal tiefer in sie drang, genau, als sie sich in seine Schultern krallte, weil sie sonst davongerissen worden wäre.

Sie lehnte den Kopf an seine Schulter, um wieder zu Atem zu kommen.

»Das war … schnell«, sagte er schließlich, und seine Lippen kitzelten ihr Ohr.

Sie richtete sich so weit auf, dass sie ihn ansehen konnte. »Du ghostest mich nie wieder, verstanden? Nie wieder.«

Später im Wohnzimmer saß Espen ans Sofa gelehnt auf dem Teppich. Eines seiner langen Beine hatte er ausgestreckt, das andere Knie angezogen. Svea lag auf dem Bauch, das Kinn in beide Hände gestützt, und betrachtete ihn. Die letzten Tage hatten merklich an ihm gezehrt, das sah sie jetzt noch deutlicher als vorher. Aber er lächelte immerhin schief, als sie sagte: »Wenn du dich trennen willst, wäre das jetzt wohl ein guter Zeitpunkt.«

»Ich finde nach wie vor, dass es die beste Lösung für alle Beteiligten wäre.«

»Wirkte eben nicht so.«

»Du hast das gut vorbereitet mit deinen Bildern.«

»Außer selbst nach Selerøy zu kommen und deinen Arsch an die Wand zu nageln, hatte ich ja wenige andere Möglichkeiten, nachdem du im Suff beschlossen hast, alles wegzuwerfen, was wir haben können.«

»Ich …«

»Und mich dann zu ignorieren«, beendete Svea freundlich ihren Satz.

Espen fuhr sich mit der Hand durch die Haare. »Es tut mir leid, okay? Ich hatte keine Kraft für was anderes. Ich brauchte jedes bisschen Selbstbeherrschung, um zu überleben und mich nicht schreiend von der Lysefjordbrücke zu stürzen.«

Sie streckte die Hand nach seiner aus, und ganz kurz berührten sich ihre Fingerspitzen. Es war eine gute Idee gewesen, eine Reaktion von ihm zu provozieren, aber ausgestanden war die Sache noch nicht, das erkannte sie in diesem Moment.

»Es erschien mir alles so bedeutungslos. Das Einzige, was noch Platz hatte in meinem Kopf, war der Wunsch, dass du glücklich wirst. Alles andere ...« Hilflos hob er die Schultern. »Vielleicht ist das jetzt einfach mein neuer Normalzustand, keine Ahnung.«

Svea drückte sich hoch, sodass ihr Gesicht beinahe auf Augenhöhe mit seinem war. »Blödsinn. Ganz ehrlich, das ist völliger Quatsch. Du musst nur erst mal mit allem klarkommen. Melodrama steht dir nicht, also lass es.«

»Es ist kein Melodrama.«

»Und wie es das ist. Frag deine Psychologin.«

»Vielleicht solltest du wirklich einfach nach Oslo zurückkehren.«

Sie setzte sich auf. »Lass es endlich! Ich habe hier ein Leben, und das werde ich nicht aufgeben, bloß weil du gerade in einem finsteren Film bist.«

Er schüttelte nur den Kopf.

»Weißt du, ich bin bereit, dieser Krankheit mit dir ins Gesicht zu sehen. Aber ich bin nicht bereit, jetzt alle paar Wochen diese Nummer durchzuziehen! Wenn du das vorhast, sag Bescheid, dann gehe ich nämlich wirklich.« Sie war laut geworden.

»Begreifst du das nicht? Es ist kein Film, es ist kein verficktes Melodrama, sondern ich *sterbe,* Svea! Ich werde beschissen elendig zugrunde gehen!«

»Aber nicht heute!«, brüllte sie zurück. »Also hör auf, alles kaputt zu schlagen.« Wie konnte jemand so schlau sein und gleichzeitig so wenig begreifen?

»Tut mir leid.«

»Gut.«

»Wir müssen wirklich drüber reden, Svea.«

»Ich schubse dich gleich eigenhändig von dieser Brücke.«

»Da gibt es ein Problem.« Der Hauch eines Lächelns klang in seiner Stimme mit.

»Ach ja?«

Mit schiefem Grinsen machte Espen eine vage Geste, die die gesamte Wohnung einschloss. »Keine Brücke.«

»Blödmann.« Ein scheues kleines Lachen mogelte sich an all dem Drama vorbei. Svea krabbelte zu Espen und setzte sich mit angezogenen Beinen neben ihn vor das Sofa. »Weißt du, dass Alva mir auch angeboten hatte, ins Ferienhaus zu fahren? Ich habe ihr geantwortet, dass ich nicht darüber nachdenken muss, ob ich mit dir zusammen sein will. Wir hatten das. Es gibt keine Garantien im Leben. Ich kann morgen vor ein Auto laufen und querschnittsgelähmt sein. Würdest du mich dann verlassen?«

Espen legte den Arm um sie, und sie ließ es zu. »Das ist nicht dasselbe. Weil wir das nicht wissen. Aber das mit Huntington, das wissen wir.«

»Hast du mal drüber nachgedacht, was passiert wäre, hättest du dich nicht testen lassen?«

»Die ganze Zeit über.«

»Wir wären einfach zusammen gewesen und hätten das Beste gehofft.«

»Aber jetzt wissen wir es.« Er seufzte. »Ich schätze, wir werden noch sehr, sehr viel drüber reden müssen. Du hast nur dieses eine Leben, und ich will nicht, dass du das für mich … na ja, verschleuderst. Wenn du fünfzig bist und ich höchstwahrscheinlich tot, will ich nicht, dass du zurückblickst und dir wünschst, anders entschieden zu haben.«

Sie hob den Kopf. »Glaubst du mir, dass ich über diese Dinge nachgedacht habe?«

»Ja. Mit dem Kopf schon. Aber mein Gefühl sagt immer noch, ich müsse dich irgendwie vor mir retten.«

»Vielleicht sollte dein Gefühl bei Gelegenheit eine Therapie machen.« Sie küsste ihn auf die kratzige Wange. »Es ist jetzt alles noch so frisch. Aber wir werden uns daran gewöhnen.«

Daran gewöhnen, das sagte sich so leicht, dachte Espen, während er später Sveas kleinen Schnarchern lauschte, die ihn so unsagbar glücklich hätten machen sollen. Aber die Realität sah anders aus. In der Realität hackte Chorea Huntington jetzt schon mit tausend Kleinigkeiten am Tag auf ihn ein. Als wäre es nicht genug, dass er irgendwie mit diesem Wissen klarkommen musste, nur noch zwanzig Jahre zu haben, mehr als die Hälfte seines Lebens vermutlich schon gelebt zu haben. Es waren auch die alltäglichen Kleinigkeiten. Nach Weihnachten würde er in die Praxis zurückkehren, und er wusste jetzt schon, wie Tilda ihn ansehen würde. Er konnte die unausgesprochenen Fragen in den Augen der Auszubildenden und der Patienten sehen. Und dabei würde es nicht bleiben. Niemand musste etwas ausplaudern – früher oder später würde die Sache in Lillehamn durchsickern, da machte er sich wenig vor. Und von der Sekunde an würde ihn nicht nur Svea auf Anzeichen von Huntington beobachten, sondern der ganze Ort.

Und irgendwann würden die Patienten anfangen, ihm zu misstrauen, und die Praxis würde kränkeln. Er musste das mit Alva und Krister besprechen. Auf keinen Fall wollte er, dass sie ihn mitleidig durchschleppten.

Er konnte sich die beiden bestens vorstellen, wenn er sie zum Gespräch bitten würde. Alva, die ihn mitfühlend ansah und ihm versicherte, sie würden immer zusammenhalten, und Kris mit seiner zweifelnd hochgezogenen Augenbraue, hinter der er seine

Sorge versteckte, der ihn fragte, ob er die Ausschreibung zu Studie XY schon gesehen habe. Alva musste er klarmachen, dass er keinesfalls dulden würde, wenn sie die Praxis seinetwegen in Schieflage brachten. Und auf Kristers Frage sollte er besser jederzeit mit Ja antworten können, das war er Svea und sich selbst schuldig.

So behutsam wie möglich schälte er sich unter der Decke hervor. Sveas Atem stockte kurz, als er aufstand, aber dann schlief sie weiter. Er küsste sie behutsam auf die Stirn und sah sich dann nach einem Stück Papier um, auf dem er ihr eine Nachricht hinterlassen konnte. Nur damit sie wusste, dass er nicht einfach so verschwunden war.

Zu Hause sah er endlich die Unterlagen durch, die Laetitia ihm zusammengestellt und die er bisher unangetastet gelassen hatte. Empfehlungen für Nahrungsergänzung, die helfen mochten oder auch nicht. Sportprogramme, Selbsthilfegruppen. Das war nicht das, was er suchte. Er suchte eine Übersicht über aktuelle klinische Tests. Vielleicht würde er nicht sofort eine Studie finden, für die er sich eignete oder an der er teilnehmen wollte, aber er hatte Zeit. Er würde eine finden. Kris hatte recht, die Gentechnik steckte erst in den Kinderschuhen, in zehn Jahren konnte viel passieren. Er legte sich mit dem Laptop aufs Sofa und öffnete die erste medizinische Datenbank.

Die Recherche hielt ihn wach, während die Welt außerhalb seiner kleinen, verzweifelten Blase allmählich wieder erwachte. Das Problem an all den Studien war: Wenn er an einer teilnahm, disqualifizierte er sich damit für alle weiteren. Man musste also sorgfältig auswählen.

Um sieben Uhr morgens hatte er das Gefühl, sein Hirn würde sich jetzt schon auflösen. Oder gesprengt werden vor lauter Informationen. Er schob den Laptop zur Seite und streckte sich der Länge nach auf dem Sofa aus.

Die Sonne badete das Wohnzimmer in Mittagslicht, als er aufwachte und feststellte, dass sein Nacken ihm das Schlafen auf dem Sofa übel nahm. Er kniff die Augen zusammen und öffnete sie wieder, bevor er ächzend das Telefon vom Couchtisch angelte. Es war 11:50 Uhr, und Svea hatte geschrieben.

Ausgeschlafen? Was würden wir mit dem Wochenende tun, hättest du den Test nicht gemacht?

Weiß nicht. Tennisspielen? Sex? Weihnachtsgeschenke für die Familie besorgen?

Verflixt. In ein paar Tagen war Weihnachten, und bis auf die Lampe für seinen Vater hatte er nicht mal drüber nachgedacht, womit er seinen Geschwistern eine Freude machen könnte.

Hattest du nicht erzählt, ihr würdet euch nichts schenken?

Ich suche noch nach Ideen, die als ›nichts‹ durchgehen würden.

Es dauerte lange, bis Svea ihre Nachricht zu Ende geschrieben hatte.

Was würden wir außer Tennisspielen und Sex tun? Nimm an, ich hätte dir an dem Abend nicht gesagt, dass ich schwanger bin, sondern du hättest mir nur von Huntington erzählt. Wir hätten beschlossen, dass wir zusammenbleiben und das Leben leben, wie es kommt. Was hätten wir dann dieses Wochenende getan? Das erste Weihnachtsferienwochenende immerhin.

Ich weiß es wirklich nicht. Verrat mir, worauf du hinauswillst.

Ich habe mit deinem Bruder gesprochen. Er leiht uns Spikes und Wanderstöcke, falls wir sie brauchen. Morgen früh gehen wir auf den Preikestolen. So als Übung für die langen Wanderungen in der Toskana.

Tun wir das?

Das glaub mal, dass wir das tun. Ich ertrage kein Weihnachten mit deiner Kekse essenden Familie, ohne nicht vorher ein bisschen Sport zu machen. Apropos: Gibt es bei euch Lutefisk? Dann komme ich nicht.

Er ertappte sich dabei, aufzulachen. Gut, also würde er mit Svea auf den Berg steigen, wenn sie das unbedingt wollte. Vielleicht war das ohnehin besser, als die Datenbanken der Cochrane Library auswendig zu lernen.

Außerdem konnte er die Gelegenheit nutzen, sich den Weg noch einmal genau anzusehen. Man musste seine Optionen kennen, falls es hart auf hart kam. Wenn Krister sich schon weigerte, ihn aus dem Flugzeug zu werfen. Aber wer weiß, ob er die steilen Pfade überhaupt noch hochkam, wenn sein Hirn eines Tages nur noch ein krustiger Schwamm mit Löchern war. Grundgütiger, wie morbide konnte man bitte sein? Dabei war es gestern mit Svea so schön gewesen.

Er rollte sich vom Sofa und stand auf.

Wie geht es dir heute?

Ich habe die ganze Nacht lang Studien recherchiert.

Wir hatten das. Ich hab ja nicht gefragt, was du TUST.

Ist aber einfacher zu beantworten.

Versuch es.

Ich denke, ich bin ein wenig müde.

Sie schickte ihm nur einen Emoji mit herausgestreckter Zunge zurück. Er würde ihr morgen sagen, wie es ihm ging. Falls er es bis dahin herausgefunden hatte.

Der Parkplatz am Pfad, der zum Preikestolen führte, lag so gut wie verlassen. Nur wenige Wintertouristen waren versiert oder irre genug, bei Nässe und Grieselschnee dort hinaufzusteigen. Espen stellte den Wagen ab und wandte sich Svea zu. »Bereit?«

»Es war meine Idee.«

Er mochte die Berge hier nicht auswendig kennen wie Krister, aber sie waren ihm vertraut genug, dass sie beide heil hoch- und wieder herunterkommen würden. Anfangs machte der Weg nicht den Eindruck, besonders schwierig zu werden. Es war nur ein matschiger Waldweg. Spannend würde es erst später werden.

Espen hatte darauf bestanden, dass er die Ausrüstung trug, und einmal im Leben hatte Svea nicht protestiert. Er rechnete es ihr hoch an. Vielleicht war ihr klar, dass er gerade den Helden spielen musste. Während sie die in den Berg gebauten Treppen erklommen, fing es an zu schneien. Kleine, spitze Kristalle, die ihm ins Gesicht stachen, schmolzen und in den Kragen liefen.

Sie sprachen nicht, während sie liefen, und auch nicht, als der Weg steiler wurde und ihr Atem zu kleinen Wölkchen kondensierte. Still marschierten sie durch die schroffe Wildnis, in der nur das

Knistern des Schnees, das Fauchen des Winds über der Ebene und ihr eigener keuchender Atem zu hören waren.

Anfangs hatte Espen noch nachgedacht, während er bergan stapfte. Über die Zukunft. Über ihre Beziehung. Über Gentherapien und über Weihnachten.

Doch nach und nach wurden die Gedanken weniger, und schließlich schwiegen sie.

Svea war bisher nur einmal im Sommer hier oben gewesen, als es eher einem Volksfest als einer Bergwanderung geähnelt hatte. Doch jetzt waren Espen und sie allein mit der stillen, grauen Welt um sich herum.

Sie hatten es nicht abgesprochen, aber Svea war sicher, dass Espen sich genauso wenig wie sie die Blöße geben würde, zuerst schlappzumachen. Erst als sie beinahe das Felsplateau erreicht hatten, hielt er in einer geschützten Senke an und stemmte die Arme in die Seiten, um zu Atem zu kommen. Seine Wangen waren gerötet, und in seinen Augen spiegelte sich der Himmel. »War eine gute Idee von dir, danke.«

»Gern.«

»Ich freue mich auf die Toskana«, sagte er keuchend. »Da machen wir das Ganze dann im T-Shirt.«

Svea musste daran denken, was Linnea über ihren Vater erzählt hatte: wie dieser das Leben mit all seinen Facetten gefeiert hatte. Zu Espen würde das auch passen.

»Müsliriegel?«

»Gern«, sagte sie.

»Im vorderen Fach.«

Svea zog die Handschuhe aus und trat hinter ihn, um in seinem Rucksack zu kramen.

»Du hast in deiner Textnachricht gefragt, wie es mir geht.«

»Ja.«

»Im Moment, jetzt gerade, wenn ich die Gedanken an die Zukunft abschalte, geht es mir erstaunlich gut.« Es klang ehrlich – und ziemlich verblüfft. »Ich habe einen faszinierend funktionsfähigen Körper, der eben auf diesen Berg hier gestiegen ist. Und neben mir ist die wunderbarste Frau der Welt, die mich erstaunlicherweise bisher nicht aufgegeben hat. Doch, mir geht es gut.«

Sie reichte ihm einen Müsliriegel nach vorn. Ihren eigenen Riegel riss sie sofort auf, doch Espen machte keine Anstalten zu essen. »Mein Leben lang habe ich mit dieser Angst gelebt. Es gab keinen Tag, an dem ich sie nicht hatte. Und jetzt … jetzt ist sie weg. Ich brauche mich nicht mehr zu fürchten, dass mich der Scheiß irgendwann holen *könnte,* weil ich *weiß,* dass es so sein wird. Ergibt das irgendeinen Sinn?« Das fahle Sonnenlicht schien ihm direkt in die Augen.

»Ja«, sagte Svea langsam. »Tut es.«

»Ich hätte nicht gedacht, dass es so befreiend sein kann. Schon jetzt nach der kurzen Zeit fühle ich weniger, wenn ich darüber nachdenke. Ich glaube, ich werde mich wirklich daran gewöhnen. Schlimm wird es vermutlich, wenn die ersten Symptome kommen, aber bis dahin werde ich mich tatsächlich irgendwie damit einrichten, glaube ich … Was ist mit dir? Wie geht es dir?«

Aufgeregt, dachte sie. Sehr, sehr aufgeregt bin ich. »Ich verstehe, was du damit meinst, dass die Gewissheit etwas Erleichterndes an sich haben kann, auch wenn ich dieses Gefühl gerade noch nicht wirklich in mir finde. Auf jeden Fall ist es gut, dass ich nicht nach Oslo gefahren bin.«

»Und dass du mich nicht von der Brücke geschubst hast.«

»Wäre schade um dich gewesen. Gehen wir weiter?«

Das Fünkchen Hoffnung in ihr, das die ganze Zeit so unbeirrt weiterflackerte, hatte neue Kraft bekommen, auch wenn ihre Beine nach der Pause nicht begeistert davon waren, sich wieder in Bewegung setzen zu müssen. Seit sie eben das Leuchten in Espens Augen gesehen hatte, glaubte sie zum ersten Mal seit der Diagnose wirklich ehrlich, dass sie trotz allem ein gutes Leben miteinander haben könnten.

Nach wenigen Schritten stöhnte Espen auf. »Meine Muskeln haben keine Lust mehr.«

»Frag meine mal. Los, die letzten Meter schaffen wir noch.« Weil sie nicht fünf Minuten vor dem Ziel aufgeben würde. Und weil sie die Aussicht über den Fjord als Kulisse brauchte. Ein Teil des Wegs lag im Schatten. Auf dem verharschten Schneefeld, das sie dort überqueren mussten, knirschte jeder Schritt, bevor sie um die letzte Kurve bogen.

Zwei Typen in Sportkleidung kamen ihnen entgegen, und Svea musste daran denken, dass Krister solche Läufe auf die Berge angeblich tatsächlich als Frühsport machte. Vielleicht sollte sie das auch anfangen. Einer der Männer hob die Hand zum Gruß. »Fröhliche Weihnachten.«

»Euch auch«, sagte Espen, und er klang, als meinte er es.

Vor ihnen lag die letzte Kurve. Hintereinander tasteten sie sich über den schmalen Pfad zu ihrem Ziel.

Inzwischen war die Wolkendecke aufgerissen, die Felskanzel lag in strahlendem Sonnenschein, und tief unter ihnen glitzerte das Wasser. In ihrem Rücken erhob sich der Berg noch ein Stück, dafür fiel er am Rand des Plateaus tausend Meter in die Tiefe ab.

»Wagen wir uns nach vorn an die Kante?«

»Wenn du nicht runterspringst.«

Er … lachte. Espen lachte. Einfach so. »Nein, ich denke, heute werde ich das noch nicht tun.«

In respektvoller Entfernung von der Kante blieben sie stehen. Es hatte etwas Feierliches, als Espen ihre Hand nahm. »Danke.«

»Wofür?«

»Dafür, dass du mich hier hochgeschleift hast. Dafür, dass du es mit mir aushältst. Dass du … mich … haben willst, mit all meinen Fehlern.«

Svea gab ihm einen schnellen Kuss. Hatte sie wirklich früher gedacht, die Sache zwischen ihnen sei nur oberflächlicher Spaß? Jetzt stand sie hier mit Espen auf diesem Berg, und um sie herum erstreckte sich der Fjord. Es konnte keinen besseren Moment geben, um zu tun, was sie tun wollte. »Es mit dir auszuhalten ist normalerweise nicht besonders schwierig.« Sollte sie es wirklich tun? »Meinst du, es wird je wieder ganz unbelastet zwischen uns?«

»Mit dem Wissen, dass ich dir irgendwann wegsterbe, meinst du?« Vielleicht war es nur das Sonnenlicht, das seine Augen brennen ließ, denn seine Stimme war fest.

Sie nickte.

»Ich glaube … ja. Irgendwann. Ich meinte das, was ich gesagt habe, und ich fange an zu begreifen, was mein Pa meinte, dass die Zeit umso wertvoller wird, wenn sie begrenzt ist.«

»Linnea sagte auch so etwas. Dass ihre Eltern umso intensiver gelebt hätten, weil sie ahnten, dass es irgendwann vorbei sein würde.«

Er nickte. »Die beiden waren schon beeindruckend. Ich glaube eher, ich werde einer von denen, die sich vornehmen, nichts zu verpassen, und dann doch die Scheune renovieren und die Steuererklärung machen. Willst du mich trotzdem?«

»Noch hoffe ich ja irgendwie, dass wir eine Möglichkeit finden, dass du noch mit achtzig die Scheune renovieren kannst.«

Sein Mund verzog sich zu einem angedeuteten Lächeln. »Ich habe gestern den ganzen Nachmittag und die halbe Nacht nach experimentellen Therapien gesucht, bei denen ich mich als Studienteilnehmer bewerben kann. Und irgendwann bin ich an einen Punkt gekommen, an dem das alles unbedeutend wurde, weil ich dachte: Was tu ich hier eigentlich?«

Nach Hoffnung suchen, dachte Svea. Was sonst?

Espen ließ den Blick über den Fjord schweifen. »Das ist alles so groß. Und wir sind so winzig. Heute Nacht bin ich aufgewacht und hatte nur ein einziges Wort im Kopf: *Surrender*. Weißt du, was das bedeutet?«

Svea zog die Augenbrauen hoch.

»Sorry.«

»Ist in Ordnung.«

»Für mich bedeutet es mehr, als sich nur zu ergeben. Sondern es bedeutet, zu akzeptieren. Diese Krankheit, das ganze beschissene Schicksal, das ist viel zu groß für mich. Also bleibt mir nur …, mich zu ergeben. Sie zu akzeptieren, nicht nur an der Oberfläche, sondern ganz tief in mir drin. Ich ergebe mich. Möglicherweise werde ich nicht verhindern können, dass ich Huntington bekomme.« Jetzt sah er Svea direkt in die Augen. »Aber ich kann so was von dafür sorgen, dass es mich nicht jetzt schon kleinkriegt. Ich werde nicht mein Leben davon bestimmen lassen.«

Sie wollte ihn immer nur ansehen. »Ich liebe dich. Da muss schon mehr kommen als so ein altes Gen, um daran etwas zu ändern.«

Er nahm ihr Gesicht in beide Hände. Von der Anstrengung des Aufstiegs waren sie rau und warm. »Ich liebe dich auch, Svea. Bis tief in mein ganzes, verlottertes Herz hinein.«

Wenn sie einen letzten Anstoß gebraucht hätte, hatte er den soeben geliefert. Gut, dass er sie küsste, bevor sie heulen konnte. Es war ein vorsichtiger, langer, inniger Kuss, und es war nicht einfach, sich daraus zu lösen.

»Espen?«

»Hm?«

»Warte kurz.« Sie sah sich um. Beim besten Willen war auch nicht die kleinste Blüte zu finden. Es musste so gehen. Svea nahm Espens Hände und verflocht ihre Finger mit seinen. »Espen Solberg.« Ihre Stimme zitterte nur ganz wenig, obwohl sie das Gefühl hatte, an der Aufregung zu ersticken. »Als ich dich das erste Mal gesehen habe, fand ich dich scharf. Als ich dich kennengelernt habe, habe ich entdeckt, dass du dazu auch noch witzig und loyal bist. Als wir das erste Mal miteinander geschlafen haben, dachte ich, so einen hingebungsvollen Mann findest du nie wieder.«

Er öffnete den Mund.

»Lass mich ausreden. In den letzten Tagen habe ich dazu noch herausgefunden, dass du so mutig bist wie kein anderer. Deswegen frage ich dich vor den hier anwesenden Zeugen –«

»Welche Zeugen?«

»Du sollst mich ausreden lassen!«

»Svea?«

»Die Sonne ist da. Und der Fjord. Wenn das mal keine Zeugen sind.« Sie atmete tief ein. »Also noch mal. Ich frage dich vor diesen Zeugen –«

»Warte.« Seine Stimme war rau.

»Wenn du mich noch einmal unterbrichst, überlege ich mir das mit dem Runterschubsen doch noch.«

»Svea, willst du mich heiraten?«

Sie entzog ihm ihre Hände und deutete mit dem Zeigefinger auf seine Brust. »Du. Hast. Meinen. Satz. Geklaut. Nachdem ich alles so schön vorbereitet habe. Und dafür soll ich dich auch noch heiraten?«

Espen lachte nervös. »Willst du? Trotz allem?«

»Ach, ich weiß nicht.« Sie winkte divenhaft ab. »Eigentlich ist mir jetzt die Lust vergangen.«

Er ließ sich vor ihr auf ein Knie sinken und verzog keine Miene, als der Schnee sein Hosenbein durchnässte. »Svea Iversen, als ich dich das erste Mal gesehen habe, fand ich dich noch tausendmal schärfer als du mich. Aber das ist gerade vollkommen unwichtig, weil du noch dazu unfassbar liebevoll und tapfer und mutig bist. Würdest du mir die große Ehre und Freude erweisen, mich zu heiraten, obwohl ich dir deinen Satz geklaut habe?«

»Ja«, sagte Svea. »Ja, das will ich sehr gern.«

»Das wiederum macht mich ganz enorm glücklich.«

Sie legte die Arme um ihn. »Du darfst die Braut jetzt küssen.«

Nach dem Kuss standen sie noch lange auf der Felskanzel, die Arme umeinander gelegt, und sahen zu, wie Wolken unter ihnen vorbeizogen und Schatten auf die glitzernden Wellen warfen, bevor sie sich an den Abstieg machten.

Sie mochten keine fünfzig Jahre haben, aber sie hatten diesen Moment. Dieses wertvolle, brüchige Jetzt.

Und vielleicht war das genug.

ENDE

Danksagung

Als Allererstes danke ich euch, den Leserinnen (Männer sind mit gemeint), die Espens und Sveas Geschichte gelesen und hoffentlich mitgefiebert haben. Es sprengt nach wie vor meine Vorstellungskraft, dass jemand irgendwo da draußen, den oder die ich noch nie gesehen habe, mein Buch liest, die Geschichte zu seiner eigenen macht und dadurch auf eine ganz eigene Art mit mir verbunden ist.

Ohne mein fantastisches Team beim Knaur-Verlag wäre das natürlich nicht möglich. Natalja, Bettina: danke. Danke, dass ihr mich diese Geschichte habt schreiben lassen, die so alles andere als einfach war. Danke, Bettina, dass du dich mit voller Kraft hineingeworfen hast. Ohne dich wäre ich jetzt wohl nicht halb so zufrieden mit dem Ergebnis. Und ohne deinen feinen Feinschliff, liebe Catherine, ebenso wenig. Habt herzlichen Dank.

Vor euch allen hat aber Nina Svea und Espen kennengelernt. Sie hat auch als Erste gesagt: »Ich freue mich so sehr auf Espens Geschichte!«, und mein Schreiben damit unglaublich beflügelt, als ich emotional noch bei Annik und Krister aus Band 1 war. Danke, nicht nur dafür.

Ein ruhiger, stetiger und vermutlich immerwährender Dank geht an meine Ink-Rebels-Schreibschwestern Kira, Daniela, Franzi und Jenny. Ich liebe es nach wie vor, jeden Morgen in unser Büro zu kommen und glücklich zu sein, dass ihr immer noch da seid und vielleicht schon jemand Kaffee gekocht oder am Vorabend eine Nachricht hinterlassen hat.

Silvia, ich freue mich sehr darüber, wie schön sich unser Austausch entwickelt. Danke für viele konstruktive Gespräche und den einen oder anderen Heidespaziergang.

Ivonne hat mir in einem ziemlichen Tief, als ich dachte, diese Geschichte würde nie, niemals rund werden, ein wunderbares Überraschungspaket geschickt. Vielen Dank! Die Karte daraus hängt an meiner Pinnwand neben dem Schreibtisch.

Überhaupt bin ich wahnsinnig dankbar für die unfassbar wertvolle Unterstützung der Buchcommunity, allen voran »meiner« Bloggercrew. Tatsächlich möchte ich euch an dieser Stelle nicht namentlich auflisten, weil ich mir nicht verzeihen könnte, sollte ich eine von euch tollen Frauen vergessen. Fühlt euch bitte dennoch sehr persönlich gemeint, jede Einzelne von euch.

Die ersten 140 Seiten der allerersten Rohversion von »Tief wie das Meer« habe ich in Schreibklausur unter Anfeuerung meines *English Book Club* geschrieben. Deswegen geht ein großer Dank an die wunderbaren Menschen dort, selbst wenn die meisten dieses Buch nie lesen werden.

Tausend Dank an Marianne, deren Ferienwohnung ich für solche Klausuren nutzen darf. Ich weiß das sehr zu schätzen.

Und da wir gerade bei den ganz praktischen Sachen sind: Danke an Maike dafür, dass du mich auch in den Phasen des Zweifelns erträgst und mich ab und zu dran erinnerst, dass der Hund rausmuss.

Danke an Anja dafür, dass du mich mit Kaffee versorgst und mein Leben organisierst.

Danke an Katrin, von deren Schafen ich die Namen für Espens Hühner ausgeborgt habe.

Last, but not least: Lieblingsfamilie, danke. Dies ist ein offizieller Gutschein für einen Besuch in der Eisdiele – nur so als Test, ob das hier je jemand von euch liest. (Er schließt Teilzeitkinder explizit ein.) Ich lieb euch, sogar wenn ich allein den Brocken hochstapfen muss. Immer.

Alvas Rezept für Pepperkaker

Für richtige norwegische Pepperkaker braucht man etwas Zeit, da der Teig wie jeder andere Mürbeteig ruhen sollte, am besten sogar über Nacht. Traditionell sind es Weihnachtskekse, aber lecker sind sie das ganze Jahr über.

Ihr braucht dafür:

- 100 g Butter (wenn Svea dabei ist, nimmt Alva Pflanzenmargarine)
- 150 g Zucker
- 100 ml heller Rübensirup
- 100 ml Sahne (bzw. Hafersahne)
- optional: 1 TL von Tildas Moltebeerenschnaps oder Cognac
- 400 g Mehl
- 1 TL Backpulver
- 2 TL Ingwer, gemahlen
- 2 TL Zimt
- 1 TL Nelken, frisch gemahlen oder zermörsert
- 1 TL schwarzer Pfeffer, möglichst frisch gemahlen

Und so geht's:

1. Die Margarine mit dem Zucker und dem Sirup in einem Topf leicht erhitzen, bis sie geschmolzen ist. Den Topf vom Herd nehmen und die Sahne und ggf. den Moltebeerenschnaps unterrühren.
2. Dann nach und nach das mit den Gewürzen und dem Backpulver vermengte Mehl hinzugeben und unterrühren (nicht mit dem Mixer). Der Teig sollte relativ fest sein – Keksausstechteig eben.
3. Wenn er fertig ist, schlägt Alva ihn in ein Wachstuch ein und legt ihn über Nacht in den Kühlschrank. Eine halbe Stunde bis Stunde vor dem Ausrollen holt sie ihn wieder heraus.
4. Zum Backen: Den Ofen auf 170 °C vorheizen und derweil auf einer leicht bemehlten Arbeitsfläche den Teig dünn ausrollen (höchstens 5 mm dick) und Kekse ausstechen.
5. Etwa 10 Minuten backen, bis die Ränder leicht braun werden. Auf einem Kuchengitter auskühlen lassen.
6. Danach kann man sie nach Herzenslust verzieren oder einfach pur genießen. In einer Keksdose lassen sie sich recht lange lagern.

Ha en fin juletid.